In the Darkness

黑暗之中

〔美〕迈克·奥默(Mike Omer) 著 吴宝康 译

中国出版集团 现代出版社

图书在版编目（CIP）数据

黑暗之中 /（美）迈克·奥默（Mike Omer）著；吴
宝康译. -- 北京：现代出版社，2021.3
ISBN 978-7-5143-9012-4

Ⅰ.①黑… Ⅱ.①迈… ②吴… Ⅲ.①长篇小说—美
国—现代 Ⅳ.①I712.45

中国版本图书馆 CIP 数据核字 (2021) 第 034921 号

版权登记号：01-2020-4351

黑暗之中

作　　者：【美】迈克·奥默（Mike Omer） 著
译　　者：吴宝康
选题策划：杨　静
责任编辑：杨　静　王　羽
出版发行：现代出版社
通信地址：北京市安定门外安华里 504 号
邮政编码：100011
电　　话：010-64267325　64245264（传真）
网　　址：www.1980xd.com
电子邮箱：xiandai@vip.sina.com
印　　刷：三河市国英印务有限公司

开　　本：880mm×1230mm　1/32
印　　张：15.625　　　　字　　数：324 千字
版　　次：2021 年 4 月第 1 版　印　　次：2021 年 4 月第 1 次印刷
书　　号：ISBN 978-7-5143-9012-4
定　　价：59.80 元

第一章

2016 年 9 月 2 日，星期五，得克萨斯州圣安吉洛市

他从墓穴中爬上去时，一些沙土稀稀疏疏地流下了墓穴。细小的沙粒窸窸窣窣地撒向箱盖，把它弄脏了。一时之间，他大为恼怒。他希望从上望下去时，箱子很干净。可当他意识到自己的荒唐想法时，对自己笑了。他正要用几吨重的泥土埋葬这个箱子呢，那么，箱子盖上撒了点沙土又有什么关系呢？

他花了点时间想了想这个实验中的另一个参与者。她也许能听到她上方沙土撒下的声音，甚至她可能明白其中的含义。当他一想到这个场景时，他的心就剧烈地"怦怦"乱跳：在窄小的空间里，声音扩大了，伴随着空间里绝对的黑暗。

他拿起一把铁铲，插进了一堆泥土中，却又停顿了。愚蠢，太愚蠢了。他已经被真正的行动激起了兴奋，以至于忘了重要的部分。他把铁铲放在一边，转身拿起了笔记本电脑。他接上了外接电池充电器，确保充电器能工作。他可不想在实验的半途中电池没电了。

身后车子上的引擎发出了巨大的噪声，让他浑身紧张，他咬紧了牙关。他极为谨慎地挑选了这个地点，确保不被人察觉到，因为有一长排的仙人掌、树丛还有灌木的阻隔。这条路难得使用，偶尔有辆车子经过。这些分心之事让他有点气恼。这可是个重要时刻，值得他全神贯注。他开启了视频直播，仔细检查了屏幕。

他再次拿起铁铲，把第一铲沙土碎石铲向了箱子。摄像机的镜头对着他，而他则迫使自己不去理会。"朝镜头笑笑吧"，他似乎能听到母亲的声音在对他说。当他还是个孩子时，她从来就不会放弃让他摆个姿势照相的机会，为家庭相册增色。

当他举起第四铲时，沉闷的敲击声又响了起来。车子引擎的轰鸣声肯定震醒了年轻的女子，现在她正敲击着盖子呢，试图把盖子推开，尖叫着。她这个强烈的愿望攫住了他，随着一股潮热突然贯穿了全身，他几乎要扔下铁铲了。

集中注意力，以后还有的是时间对付呢。

5分钟之后，箱盖看不见了，如果他仔细听听的话，仍然能听到敲击声和尖叫声。有人已经在观看直播了吗？很有可能。毕竟，这就是全部的要点所在。那么，他们会怎么想？他们瞪大眼睛看着，等待那个关键时刻的到来吗？把此事当作恶作剧？或者，他们甚至正在报警，试图解释他们所看到的事吗？

他的全副身心都沉浸在原始的兴奋之中，一时的宣泄。他无法集中心思，记不得原先计划的细节了。所以，他只得暂停，就一会儿，他得释放一下压力。

　　他把铁铲往地上一插，急忙走向箱式货车，拿出了笔记本电脑。他做完此事后，把身上拍打清理了一下，又戴上手套，从车里出来，再次挖土。他希望他的观众们没抱怨等待太久。

　　他曾从哪里听说过，在线视频观众平均注意力的持续时间为 37 秒。他在与醉猫的视频、电影预告的片花，还有色情视频竞争呢。所以，他动作得快点。这就是他准备了那些大容器的原因。

　　他走到最右边的那个大容器，把容器向墓穴倾倒，随着大块大块的泥土倾泻而下，他入迷地观看这一景象。他走向每个容器，逐个地重复上述动作，看着墓穴逐渐填平，不见洞穴了，颇为着迷。现在，嘶叫声，敲击声一概消失，被泥土遮挡住了。然而，那些在家里观看直播的观众依然能轻易地听到。他确保了这一切。

　　他花了时间，自我欣赏了一番手工活。地面几乎都平整了，匆忙之中他们不会找到这个地点的。

　　他伸了伸腰，让他有点发疼的背部稍稍休息了一下，然后朝摄像机的镜头瞥了一眼。

　　对着镜头笑笑。

　　尽管他也知道镜头拍不到他的脸，可他还是这么做了。

第二章

2016 年 9 月 5 日，星期一，弗吉尼亚州匡提科

佐伊·本特利坐在办公室里，用大拇指和食指捏着一张照片，举起来看着——一个男子和一个年轻女子对着相机微笑着，他俩的头紧靠，几乎要碰到一起了。不经意的旁观者是不会注意这张照片的——只是一张自拍照罢了。但佐伊却能看到细微之处所显示的隐情。这个男子眼神空洞，淡淡的微笑透出了敌意。而那个姑娘的面容——天真幼稚，毫无知觉。

那姑娘是佐伊的妹妹安德丽雅。那个男子就是罗德·格洛弗。此人曾强奸并绞杀了数名女性。

自罗德·格洛弗在戴尔市露面已经过去一个月了。他当时露面拍了这张诡异的照片，然后就隐身消失了，仿佛是个邪恶的幽灵一般。

佐伊把照片放进办公桌的抽屉里，重重地关上了。她知道自己以后还会再看看，她忍不住。自从她把照片从技术实验室里拿回来之后，每天都会看上好几回。

当她还是个少女时，格洛弗曾是她的邻居。佐伊发现了他的罪行，报了警。不幸的是，当警方重视她的报警时，格洛弗早已逃之夭夭了。自那时起，他和佐伊保持了某种关联，给她寄送装有灰色领带的信封，他就是用这种领带绞死了几个受害者。

他对佐伊的缠扰在去年夏天升级了。她那时正在芝加哥调查一个连环凶杀，格洛弗便开始跟踪她，以后又袭击了她，几乎把她杀死。过后不久，他又给佐伊邮寄了这张照片。他在街上接近了安德丽雅，而后者由于不知道他的身份，答应摆个姿势拍了这张照片。自那以后，他便消失得无影无踪了。

佐伊站起身来，在联邦调查局行为分析部的这个小办公室里踱来踱去，脑袋里"嗡嗡"作响。她难以集中心思，部分原因是睡眠不好，噩梦和焦虑在头脑中交替出现。

她坐下了，在办公桌电脑上登录进入 VICAP，即暴力犯罪缉捕数据库。这是联邦调查局的数据库，负责收录各种暴力犯罪行为，以帮助追踪连环犯罪者。她搜索了过去 24 小时之内所有牵涉到强奸和绞杀的犯罪。她命中了一处。随着她阅读报告，她的心跳加快了。在纽约市，有一名 45 岁的妇女在其家中遭受强奸后被绞杀。这与罪犯行为特征分析毫不相符，连一丁点儿都谈不上。受害者年龄太大，而绞杀是用双手，地点遥远。不是他干的。

你究竟在哪里，格洛弗？

假如她能办到，她会把安德丽雅置于自己的监护之下，最好是在某处上锁的安全建筑里，直到格洛弗被抓获。可她办不到。佐伊花费了几个星期，经过无数次大声争吵，总算让安德丽雅暂时搬来和她一起住了。

负责此案的联邦调查局特工对此事与佐伊的看法不一致，警方也是如此。他们都认为格洛弗早已远走高飞了，他永远不会再冒险逗留在本特利姐妹的近邻之处。佐伊知道他们都错了。他们最后一次面对时，她见过他看着她的方式，听到过他的声音。这种缠扰并未远离。

她眼神空洞，陷入了恐惧之中。她的办公桌上没放照片，也没有其他装饰。她曾两次想放置盆栽植物，可是，第一盆在两天内就枯死了。第二盆是仙人掌，挣扎了差不多一个月之后，也枯死了。她很肯定，问题在于缺少浇水和照射阳光。但泰腾·格雷，她的同事和朋友，却推理说是她的瞪眼注视吓死了植物。现在，取代植物的是体现她办公桌特色的混乱状况，各种材料堆积如山。

办公室门外传来了一阵熟悉的轻快脚步声，佐伊从座位上猛然站起来，快步走向走廊，赶上了部门主管克莉丝汀·曼卡索。

"主管，可以说几句话吗？"

曼卡索只是瞥了她一眼，故意大步流星地走着。"快说吧，佐伊。这个星期才开始，就已经有 6 个不同的地方需要我去。"她的黑发往后梳着，套装干净整洁，浑身上下，包括嘴唇边的美人痣，都散发出权力和效率的气质。

"我想开始与考德威尔特工在格洛弗案件上合作。"与佐伊相同，丹·考德威尔也在行为分析部从事针对连环罪犯的罪犯行为特征分析。佐伊得知他被委派负责此案而不是自己后，非常愤怒，但曼卡索拒绝重新考虑。

"我们已经讨论过这个问题了。没门。"

"我认为我有第一手情报，这用于建立这个罪犯的犯罪行为特征分析方面可是珍贵的资料。我们应该运用手头所有的资源，尤其是已经有迹象表明，他再次出手犯罪只是个时间问题。"

曼卡索在一架大型打印机旁停了一下，打印机吐出了一张张的纸。她瞄了一眼最上面的那张纸，随即失望地咕哝了一句。她转身看着佐伊，"正因为如此，考德威尔特工才花费了两天的时间，找你谈，仔细研究你认识格洛弗后所了解和记得的一切事。"

"我不认为……我相信我能够客观冷静，在我的——"

"你做不到。"曼卡索的口吻是终结性的。

"那么我需要休个假。"

"然后你就可以像某个赏金猎手那样去追踪那个家伙？我认为你不需要休假，我需要你在这里。"

"为什么？"佐伊的声调之高几乎是叫喊了，"我分析的那些案子都是 10 或 15 年前的。为什么那些案子就那么紧迫？"

曼卡索噘起了嘴唇。"你有点忘乎所以了，本特利。"她又转身对着打印机，翻阅着打印出来的文件，拿起了几张，然后转个身，大步走回去了，根本没看佐伊是否仍跟在身后。

佐伊匆忙地跟着她，几乎是小跑步了。"克莉丝汀……那个家伙在威胁我妹妹，我无法集中思，无法做我的事了。请给我几天时间吧。

我只要这些就够了。几天时间和一位分析员。"

　　曼卡索脚步放缓了。自从在匡提科工作以来，佐伊手里就有了这个武器，如今就使用了。她从来不叫曼卡索的名字，只称呼她的姓氏，从来就没有提及过她们过去的亲密关系，当时她们都在波士顿的分部工作。这可不是她随随便便就可以这么称呼的。

　　"我来告诉你吧，"曼卡索说道，"另有一个案子我需要你去调查。一旦你完成了，我就给你 5 天时间，只要你直接和考德威尔特工一起工作就行。"

　　"好啊。"佐伊立即点头同意，不相信自己那么幸运。"是什么案件？"

　　曼卡索在一个办公室的门口停了一下。"我会转发给你的。还没有案件档案。今天上午才送来的。"

　　"没有案件档案？"佐伊问道，颇感惊奇。"那么我们掌握了什么情况？"

　　"一个视频链接。关于有人将一个女子活埋的视频。"

　　"我不明白。假如这是个连环杀手，我们应该有其他的案情——"

　　"这是第一宗。"

　　佐伊眨了眨眼。"可我们是专门负责连环犯罪的。"

　　"我相信还会出现更多的这类案件。"

　　"为什么？"

　　曼卡索抓住门的球形把手，"因为这个视频的题目就叫'实验一号'。"

第三章

克莉丝汀·曼卡索打开泰腾·格雷的办公室门，侧身进去，用力关上了门，佐伊还没来得及跟着进去。虽说克莉丝汀很重视佐伊，可这个女人正在慢慢地把她逼疯。在过去的一个月里，克莉丝汀忍受了无数次来自佐伊的邮件啦、电话啦、上办公室面谈啦之类的骚扰，都是为了同一个连环杀手。她还真想要过上几天本特利不在眼前的日子呢。

泰腾抬起头来，有点吃惊于在他办公室里见到克莉丝汀。"上午好，主管，周末过得好吗？"

"打住。"曼卡索在他对面坐下了。

他的办公桌上翻开了一份案件档案，她进来时打断了他的阅读。格雷新近加入了行为分析部，仍然缺乏曼卡索对手下分析员所期望的大多数业务知识和经验。但她有点勉强地承认，他有敏锐的直觉，这至少部分地弥补了他的不足。更为可贵的是，他具有一种几乎闻所未闻的能力，能够真正地倾听其他人的意见。

一个月之前，在他和佐伊搭档处理芝加哥连环凶杀案时，泰腾已经证明了自己的能力。尽管曼卡索对他们进行调查的方式有所保留，但他们化解了一次全家遭遇谋杀的危机，这个事实不容忽视。

她很高兴，没再看到他惯常的咧嘴笑笑。当然，她也知道有些人觉得他的咧嘴一笑很有魅力，但她个人觉得他这么笑的样子让他看上去有点自命不凡，像个不成熟的青少年。眼下，他的脸部表情显示，他正饶有兴致地关注着她。

"对格伦·韦尔斯你怎么看？"她问道。

泰腾有点困惑地眨了眨眼，靠在椅背上，宽阔的肩膀绷紧了。他略加思索之后说："韦尔斯是我在洛杉矶时调查的恋童癖者。他把目标锁定在上学路上的女孩子们。他会劫走她们，强奸她们，威胁她们不得声张。他还拍了许多照片。我们在他的笔记本电脑里发现了30多个女孩的照片，其中一个女孩曾试图自杀。"

他说话时，她注视着这个特工。他散发出某种镇静的风度，但他的嘴唇有点弯，而他的右拳则攥紧了。

"很难获得确凿的证据，都是间接证据。我们跟踪了他很长时间，最后当他在街上强行劫持一个13岁的女孩时，我们才最终抓到了他。当时他正拖着她走，而我们就紧跟着上去，想要抓捕他。"

"后来发生了什么？"

"他突然狂奔。我追逐他进入了一条小巷，他在小巷的半途停下了，转过身子。我用枪瞄准了他，叫他两手放到脑袋上去。他反而快速伸手到单肩包里去了，我就朝他开枪了，连开了三枪。"

"那么他单肩包里有什么东西？"

"就一部照相机。我们后来认为他当时想赶在我们抓住他之前把相机里的照片删掉。"

"结果他死了。"

"有过调查。他们替我开脱了。"

"此事也许会重新调查。"克莉丝汀轻轻地说。

泰腾的眼睛睁大了，"为什么？"

"很显然，出现一个新的目击证人。有人看到了枪击情况，出来说了。"

"那他为什么要等到现在？"

曼卡索耸了耸肩。"什么人想干什么事，为什么？今天上午我接到了一个电话，来自IIS的一个特工，他叫拉森。你知道他吗？"IIS是联邦调查局下的内部调查部的名称缩写。曼卡索原本倒可以不去理会那个该死的电话的。

"是的，我就知道是他。"泰腾咬着牙说。

"我觉得他恨你。我真的不知道你是怎么会惹恼那么多人的？"

"不屈不挠而已。"泰腾暗示说。

"唔，他告诉我此事时肯定幸灾乐祸。他想警告我，你很快会被传讯。"

"他告诉你时间了吗？"

"我们没谈那么多。我告诉他，你正在调查一桩时效性强的案件，需要好几天呢。"

"可我眼下没在做任何调查。"

她叹了口气，"当然你在做。我为什么不对拉森这么说呢？"

泰腾似乎有点疑惑不解，"你要我做什么，直说吧？"

"我想对这个内部调查了解更多一点，"她说道，"我正在研究此事，但需要时间。所以你得保持低调，至少是这些日子吧，等我先把这些情况厘清了再说。"

泰腾点点头，但曼卡索注意到他两只拳头都攥紧了。她猜测，不到 24 小时泰腾就会开始打电话，试图自己来解决这个麻烦，而那只会使事情变得更糟。

第四章

重启内部调查的消息让泰腾感到了一丝苦味。他原本以为此事已经了结，可现在整个事情又从阴郁的过去慢慢地被人扒出来了。

他花了一个小时左右的时间，设法让自己埋头工作，但最终放弃了，转而去办公楼小厨房里找点安慰。可是，在小厨房里快速地乱找一气，找能提神兴奋的东西却是个无效的运动。他嚼着干巴无味的饼干回来了。经过佐伊的办公室时，他停了一下，觉得自己还能看到一副友善的面孔。

他敲了敲门，能听到门内传来一阵烦乱沉闷的声音，好像有人在哭泣。

"请进。"佐伊回答说，他便推开了门。她坐在办公桌后，对着笔记本电脑发呆。

实际上，她显得娇小多了，相比泰腾而言——或者相比大多数女性。她的眼睛是她脸部最为显著的特征，绿色的眼睛，富有魅力。泰腾有一次无意中听到有个特工在背后称她"秃鹰"，而他明白个中缘由。她凝视的目光里有种捕食性的神色，看上去她几乎能看穿人们，看到人们的内在心思。而她的鼻子长长的，稍有点弯，就像鸟嘴。

　　他听到的哭泣声来自佐伊的电脑。她瞥了他一眼，随后敲了一下某个键，暂停了。随着哭泣声停止，泰腾的肩膀也松弛了。

　　"对不起。我换个时间再来吧。"他说。

　　"好啊。"她又转向了电脑屏幕。

　　泰腾的一条眉毛抬了抬。上星期五以后她就没见过他，如果她至少对他的状态随意地表示一下关心，那该多好啊。他转身正要离开，觉得假如他要寻找一张友善面容的话，或许佐伊的办公室并非最佳之处。

　　"泰腾，等一下。"

　　"怎么了？"

　　"我应该借用另一双眼睛看看。你来看上一眼，不介意吧？"

　　"没问题。"他有点吃惊地眨了眨眼。佐伊通常独自工作。他绕过她的办公桌，看着她的电脑屏幕。上面播放着一个视频剪辑，停留在43分32秒处。整个视频的长度还不到一小时。在停留的图像上，有个年轻女子躺在一个狭窄黑暗的空间里，面容扭曲，惊恐万分。视频是黑白的，所以泰腾估计是用热成像摄像机拍摄的。佐伊重新开始播放视频。

　　视频开头就被分割成上下两个图面。下面的黑白图像显示同一个女子躺在黑暗的空间里，但此刻她正在尖叫着。上面的图像显示了沙土地形，也许是沙漠吧。地面上有个长方形的坑，看上去像是个坟墓。一个男子看起来是在把沙土铲进墓穴里，他的下半身在墓穴周围移动着。

　　那个女子的尖叫声令人难以忍受。泰腾瞥了一眼办公室的门，他刚才让门开着。现在他匆忙过去关上了门。

"能把音量放低点吗？"他说。

佐伊点点头，按动鼠标，尖叫声略微降低了。泰腾又看着屏幕。那个往墓穴里填土的男子走向一个大型容器。他用脚踹翻了容器，于是大块大块的泥土从容器里向墓穴倾泻而下。那男子用铁铲刮了刮容器里的土。而那个女子用双手向上方不知拼命敲击着什么东西。

上方屏幕里该男子冷酷镇静的动作和下方屏幕里那女子歇斯底里的尖叫显得极不协调，泰腾不由得一阵战栗。他在佐伊后面俯身伸手暂停了视频。尖叫声停止了，他宽慰地松弛了，"这是什么？"

"这是一个女子被活埋的视频，或者至少看上去如此。"

"你从哪里找来的？"

"曼卡索转发给我的。该视频是由得克萨斯州圣安吉洛市的警方提交给联邦调查局的。她让我看看，然后告诉她我的看法。"佐伊的手移动着去继续播放视频。

"等等。"泰腾急忙说。

她的手在鼠标上停顿了一下，然后收手了。

"我们知道什么情况？"泰腾问道，眼睛盯着屏幕。视频下方的标题是"实验一号"。上传者的用户名呈灰色显示在标题旁边——薛丁格，视频的时间标记是"09/02/16 08：32"。除了视频本身之外，这些就是屏幕上显示的唯一细节了，网页的其余部分都是空白。泰腾看了一眼顶部的网址链接——却是一长串乱码似的字母和数字。

佐伊切换进入她的电子邮件账户，快速地浏览了一下所显示的电子邮件。"视频里被活埋者的身份已被圣安吉洛市警方辨识为妮科尔·梅迪纳。她今年 19 岁，与她母亲一起居住在圣安吉洛市。她母亲 3 天前报警她失踪了。接着，就在她被报警失踪的几小时后，这条链接从一个临时邮箱中发送至 8 个博客和两个记者。"

泰腾在她身后阅读了这个邮件，"警方还没有找到她。"

"没有，警方还没有找到。"佐伊指着邮件上泰腾读到的字句下面的几行里，"她母亲说她从来没有这样失踪过。"

"会不会是个宣传噱头？伪造了这个视频。甚至她母亲会不会也牵涉进去？"

"有可能。"

"但你不这么看。"

"我还不知道呢。"

"再看看剩下的部分吧。"

佐伊继续播放视频剪辑。妮科尔的尖叫声再次充斥了办公室，泰腾倾听着，咬紧了牙关。他迫使自己不去看那张遭受折磨的面孔，而是集中注意力在那个往墓穴填土的男子身上。屏幕上半部的视频才是重要的，那上面的任何线索都可能帮警方辨认出这个视频拍摄的地点。摄像机放置在固定的位置，明显的就是在地面上，该男子的手和脚，那些大容器，还有慢慢填满的墓穴。该男子穿着牛仔裤，长袖衬衫，两手戴着厚手套，身上的皮肤没有裸露。直播中的唯一声音来自视频中的女子，她停止了尖叫，开始恐惧地呜咽着。

坟墓中有什么东西吸引了泰腾的注意。"瞧。"他指指墓穴的一角，那里有什么东西蜿蜒而上，"电缆线。"

"你说对了。或许是为了通风？"

泰腾仔细地审视着，"我想不是，"他最终说，"它看上去像是电缆线。这就解释了被活埋女子的状况如何能流式传播出来的原因，如果她真的是被活埋在那里的话。"

"为什么要使用电缆呢？为什么不通过蓝牙什么的进行传播呢？"

"如果她被活埋在厚厚的泥土之下，那会干扰信号接收的。"

"说得对。"佐伊点点头，依然专注地看着屏幕。

该男子花了 7 分钟时间倒空了那些容器。在某一时间点上，他走出了镜头画面，所以屏幕上半部的视频静止了几分钟，而下半部的视频画面里妮科尔又尖叫起来了。该男子倾倒完容器里的泥土之后，就用铁铲平整了地面。别人根本就看不出那里有什么东西。该男子随后停了一下，转向摄像机。

"他在干什么？"泰腾问道。

"我觉得他只是休息吧，但等一下——你看。"

该男子走近摄像机，从口袋里掏出了什么东西。一部手机。他"啪"地翻开手机屏幕。泰腾皱了一下眉头，那是总统站在讲台后说话的连续镜头。而唯一的声音便是妮科尔·梅迪纳精疲力竭的轻声啜泣。

"这是……某种政治声明吗？"

佐伊摇摇头。"这个视频是上星期五上午发布的。"她指了指"实验一号"视频上的时间印记。"那个新闻连续镜头是现场直播的，同时是经过流式上传播出的。他在对我们证明他的视频也是现场直播的。"

泰腾再次瞥了一眼日期，他的心跳加快了。假如当他还在流式传输视频时警方就能确定他的位置，那么整个事情还没开始就几乎结束了。

屏幕上，该男子放下手机，塞进了口袋里。然后他靠近了摄像机，随即屏幕上半部的镜头变黑了。妮科尔的哭叫声变得更响，更歇斯底里了，同时她又在敲击头顶上方的木盖子了。

"一两分钟之后视频会调整为显示她的满屏。"佐伊说。

"你全部看过了？"

"是啊。"

泰腾清了清喉咙，"结尾时发生了什么？"在此情形下，这个问题听上去有点愚蠢，他自己也暗恨这个提问。

佐伊移动光标，放到视频进度条上，按住鼠标左键往右拖去。随着她拖到57′07″，视频画面快速闪烁着。当她松开鼠标左键，妮科尔大多沉默无声，偶尔用劲吸气。10秒钟之后，视频画面黑了。

"信号传播就这么停了。"佐伊说。

泰腾皱着眉头，"我倒希望他就这么播放下去，给我们显示她是如何窒息的。"

"也许她并没有窒息。"

"对。"

"或许妮科尔并没有真的在那个墓里。即使妮科尔没在装假，这也可能是个非常病态的恶作剧。她可能被关在某个地方。"

"或许妮科尔陷入困境的视频不是现场直播的镜头。"泰腾提示说，"该男子只是在上半部的视频里显示了现场直播的画面，而这与显示妮科尔的下半部视频并无必要的联系。"

"可能这牵涉到薛丁格的猫。"[①]佐伊指指上传者的用户名，薛丁格，"我不知道确切的详情，但薛丁格的猫是个实验，在实验里你把一只猫关在一个盒子里。"

"你不知道它是死是活。所以，两种情况都有可能。"

"可当我们把一个女子关进一个箱子里，然后我们剩下的只是猜测她是死了还是活着。"佐伊往椅背上靠着，"那么你会怎么想？"

"你是什么意思？"

"这是否真的有一个女子被活埋了？这个视频称为'实验一号'，那么还会有更多的。"

"让我们来假定是真的……"泰腾的心突然猛地一跳，"她可能还

---

① 译注：薛丁格（或译"薛定谔"）猫是奥地利著名物理学家薛定谔（Erwin Schrödinger, 1887 年 8 月 12 日—1961 年 1 月 4 日）提出的一个思想实验，是指将一只猫关在装有少量镭和氰化物的密闭容器里。镭的衰变存在概率，如果镭发生衰变，会触发机关打碎装有氰化物的瓶子，猫就会死；如果镭不发生衰变，猫就存活。根据量子力学理论，由于放射性的镭处于衰变和没有衰变两种状态的叠加，猫就理应处于死猫和活猫的叠加状态。这只既死又活的猫就是所谓的"薛定谔猫"。但是不可能存在既死又活的猫，必须在打开箱子后才知道结果。

活着。"

佐伊摇了摇头，"如果她真的被活埋在那里，绝无可能生还。我首先就核查了此事。我找来了莱昂内尔，请他看过视频。"

泰腾点点头。莱昂内尔是在行为分析部里工作的分析员之一。

"他通过把墓穴与该男子的两腿作了比较，设法粗略估算了墓穴的大小，再通过把箱子与妮科尔的脑袋比较，设法粗略估算了箱子的高度。假如箱子足够大，能填满整个墓穴的话，箱子最多大约 90 英寸长，30 英寸宽，25 英寸高——很可能稍微比棺材大一点。按照莱昂内尔的说法，即使我们把他估算里的差错也考虑进去的话，最多不超过 36 小时，妮科尔就可能窒息了。而要考虑到她起初非常歇斯底里，她很可能耗费了比她实际需要更多的空气。所以，莱昂内尔认为她很可能在 12 小时后就死了。"

泰腾坐在佐伊办公桌边缘的几张纸上面。"所以说……曼卡索要你观察一下，并判断出这到底是某种疯狂变态的恶作剧还是谋杀，对吗？"

"也可能是其他情况。或许某人真的拘禁了妮科尔，但没有杀害她。标题'实验一号'可能只是意味着许多以妮科尔为主角的视频中的第一个而已。"

那种想法可能是迄今为止最为糟糕的，泰腾不敢多想了。"那么你怎么才能判断出来呢？"

佐伊正想回答，门打开了。曼卡索走了进来。

"噢，太好了，"她说道，朝泰腾看了一眼。"你在这里，我正想请你加入，和我们一起工作呢。你看过视频了吗？"

"看了部分。"泰腾回答说。

曼卡索点了点头，很满意，然后转向佐伊，"有什么初步的想法吗？"

"我需要和负责此案的警探谈谈，以便更好地了解此案的详情。那会有助于我们对妮科尔·梅迪纳了解更多。当然，视频里有些技术数据，据此我们能——"

"所以你认为我们应该对此作一番彻底的调查？"

"即使这是个恶作剧，妮科尔不像是个心甘情愿的参与者，"佐伊说道，"至少，这是一桩绑架案。"

"好吧。我要你们两人都去那里，"曼卡索说道，"越早越好，万一妮科尔还活着呢。我想尽我们的力量去帮助圣安吉洛市警方。"

泰腾皱了一下眉头，"主管，我怀疑我们没必要飞去得克萨斯州。我敢肯定打几个电话了解情况就足够了——"

"我倒更情愿派人去那里，"曼卡索平静地说道，"这个案子感觉好像是有潜在的可能会逐步恶化，所以我想早做准备，以防万一。"

"但是，主管。"佐伊的脸色既吃惊又焦虑，"我妹妹——"

"你妹妹很好，本特利。订购机票，可能的话，今晚就动身吧。"曼卡索的语调生硬，不容争辩，"我要这个部门参与妮科尔·梅迪纳案件。"

一时间，佐伊和曼卡索互相瞪眼对视着。泰腾则极力克制住自己想要回避她们怒目而视的愿望。

　　此刻他头脑清醒，他意识到主管的决定除了妮科尔·梅迪纳的安全因素之外，还有一层含义。曼卡索不想再让佐伊干扰格洛弗案件的调查。部门里众所周知，佐伊和那个被委派负责该案件的特工总是对格洛弗的罪犯行为特征分析争论不休，以至于那个特工抱怨说佐伊简直让他无法工作了。

　　当然，主管也想让泰腾暂时离开，远离拉森的魔掌和内部调查。

　　最终，佐伊的目光移开了，�‌起了嘴唇，"还有什么其他事吗，主管？"

　　"联系圣安吉洛市警方，通知你们的到达时间。我需要了解有关这个案件的最新实时情况。"

第五章

　　泰腾还没打开公寓的房门就已听到了祖父马文的叫喊声。老人的叫声听上去非常愤怒，泰腾于是就猜想又是谁在老人的麦片粥里撒尿了，通常那都是泰腾的那只猫弗雷克尔干的。事实上，即使那只猫真的往马文的麦片粥里撒尿，泰腾也不会感到吃惊的。他小心地先朝里面张望了一下。近来，弗雷克尔已经决定它的新卧床就在门前。所以，门开得太快的话会惹得这只猫愤怒异常，而就弗雷克尔这只猫来说，一只愤怒的猫意味着凡是有关的人小腿上都会血迹斑斑。可是，今天，这只小老虎似的猫在别处溜达，所以入口处就没有猫了。

　　叫喊声来自厨房。泰腾光听到单边的谈话声，就知道马文在打电话，或者倒不如说，在此情况下，他对着手机咆哮吼叫。

　　"你看看，小姐，就找你的上司或者有两个以上脑细胞的人说话。我就想……哦，当然我要健康保险——所以我打电话，对吗？不，我没谈老年公民的健康保险，该死的！我是特意咨询……喂？喂！"

　　泰腾转了一下眼睛，走进了厨房。马文坐在桌子边，面前放着一杯喝了一半的茶。他强烈的怒视直接遇到了泰腾的目光。

　　"该死的保险公司！吸血鬼！他们就要你的钱，但是神禁止他们只为赚钱。这一次得另想办法了！"

"我很高兴，你终于开始做这件事了。"泰腾给自己准备了一杯茶。几个星期以来，他一直在唠叨着要马文去把他自己的健康保险办好。

"是啊，哦，可看起来还没什么进展！"

泰腾点点头。他祖父是老派的人了，办什么事都是要当面办，拒绝在线填写表格，任何电话只要通话超过5分钟都会让他变得脾气暴躁。泰腾只能同情。现在对马文来说，什么都发展得太快了。他倒了杯热水，也给他祖父的杯子里续满了水，随后在他祖父面前坐了下来。

"要我帮你去办吗？"他问道，"我知道这些人是怎么想的。"

马文迟疑了一下，"是吗？"他随后说，有点勉强，"你真会去办？"

"当然啦。你需要办什么样的？"

"我想为我的跳伞运动课程买份保险。"

泰腾咳嗽了一下，有点气急败坏了，而马文则抱着双臂，瞪眼看着他。茶味冲着鼻子时很不舒服，尤其是在茶水仍然滚烫的时候。

"跳伞运动课程？"泰腾打了个喷嚏，随后问道。

"3天后我参加一个跳伞运动，已经为一切都付过钱了。但现在的结果是，他们对我的年龄不太满意。他们的保险不保这个，所以他们说，如果我想参加，我得去买份额外的保险。你能相信他们神经正常吗？"

"我相信，确实如此。"泰腾用厨房的毛巾擦擦嘴。"你不能去参加跳伞运动课程。"

"究竟为什么？"

"因为你已经87岁高龄了。"

"那又怎样？我所要做的只是从飞机上跳下来，重力对老年人也一样的，泰腾。"

"谁在乎什么重力？你从飞机上跳下后过了5秒钟就会犯心脏病。"

"我的心脏健壮如牛。别犯傻了。"

"你已经有过一次心脏病发作了！"

"那是10多年前的事了，泰腾。凡是杀不死你的事只会让你变得更强壮。我已经剩下没多少时间了，30或40年最多了。我就想在死之前从飞机上往下跳一次。我的要求过分吗？"

"难道你就不能打打桥牌，或者去钓钓鱼，就像个祖父通常做的那个样子？"

"你看看，你说过会帮我的。你到底去打那个电话还是不打？"

"绝对不打。"

马文站起身来，很生气，跺跺脚走了。泰腾叹了口气，仰头向上看着。他心想他的祖母要是在天上看着他们，正在捧腹大笑呢。

他站起来，端着茶杯，跟着祖父进了起居室。弗雷克尔，那只橙色的死神之猫，也坐在那里，眼瞪着玻璃鱼缸，尾巴摇晃得"嗖嗖"作响。鱼缸里就一条鱼在平静地游来游去，绕着那只啤酒瓶兜圈子，那只啤酒瓶是鱼缸里的唯一装饰。那条鱼叫蒂莫西，猫和鱼正在展开经常性的斗智斗勇。

　　泰腾不知道这是怎么发生的，但几个星期之前，在某个午夜，他被很响的碰撞声惊醒了。他持枪冲进了起居室，发现弗雷克尔晕头晕脑的，全身湿透了，一个盆栽植物被碰翻了。蒂莫西若无其事地一直在鱼缸里游动着，而鱼缸里的水只剩一半了。自那以后，弗雷克尔时常潜行在鱼缸周围，眼神憎恨地瞅着那条鱼，而那条鱼……还是在干着鱼儿通常该干的事。

　　马文坐在长沙发上，生气地皱着眉头。泰腾知道如果现在不解决的话，他祖父会找出另一种比跳伞更危险的方式来消遣时间。他就要飞往得克萨斯州了，可不希望回来就参加葬礼。他需要找个方式，让老人忙碌起来。

　　"听着。"他一屁股坐在爷爷身旁。杯子里的茶水危险地晃动着，幸好奇迹般地没晃出多少来。"今晚我就要飞到得克萨斯州去了。我需要你帮个忙。"

　　"噢，你现在需要帮忙？哦，我可没那么宽宏大量，泰腾。"

　　"你知道佐伊·本特利吗？就是那个和我搭档的女人？"

　　马文看了他一眼，他的兴趣显然被激起了，"是啊。"

　　"警方还没抓到那个袭击她的家伙。你知道的，就是那个连环杀手——"

　　"罗德·格洛弗。我知道，泰腾，我还不老。"

　　"他在威胁佐伊的妹妹，也许在跟踪她。佐伊很担心把她妹妹一个人留在那里。我觉得你能够……顺便去看看，看看她是否安全？"

"嗯。为什么警方不做点什么事？"

"哦，格洛弗已经逃走一个多月了，但佐伊觉得他可能依然在周围活动。你就是偶尔去看看，这会让她和她妹妹感到更安全一点。"

"好吧。我有把手枪。"

泰腾脸色发白了，"嗯……对。不过没必要拿枪，你可以把枪放在家里。"

"那怎么做啊，泰腾？假如那个连环杀手露面了，就用我的手杖去敲他的脑袋吗？"

"你没有手杖。"

"该死的，说对了，我没有！你知道我有什么，泰腾，一把手枪。你可以对佐伊说，我会照顾她妹妹的，不像你，我很乐意在需要我的时候去帮助她。"

第六章

佐伊躺在床上，又在笔记本电脑上观看起那个活埋的视频。她不去理会屏幕下半部的图像，那只是妮科尔·梅迪纳敲击着木头盖子，尖叫救命。在安德丽雅走进房间发出令人心烦的声音后，佐伊就改为静音了。

她全神贯注地盯着那个男子，被他随意的动作吸引住了，该男子不慌不忙，镇静自若，或者说，他看上去如此。她仔细看着，能看出在他填埋墓穴时，动作渐渐加快了，有着某种兴奋的快速。该男子步态笨拙，抵御着下身性刺激带来的不适感，他获得了性兴奋。

这就使她进一步证实，这可不是个恶作剧，该男子在实施他的幻想。究竟是什么让他如此兴奋？是拍摄了视频让大家观看吗？是屏幕下部视频里的尖叫声和敲击声吗？是他在填埋墓穴的动作吗？

现在下结论还为时过早。

安德丽雅敲敲门，"佐伊，你不饿吗？"

她饿坏了。她暂停了视频后，又对着屏幕皱着眉头看了一会儿。

佐伊关掉了笔记本电脑，下了床，打开房门。油炸食品的气味使她的胃部咕咕作响，渴望狼吞虎咽一番。安德丽雅正想再次敲门呢，她脸色苍白，两眼已经没有了往日的神采。佐伊全身感到一阵悲哀袭来，她已经很久没看到妹妹这副模样了。安德丽雅是一朵野花，一抹亮眼的色彩，阳光快乐，充满活力。可当她面对着无休无止的恐惧时，她萎蔫了，精力干涸了。

"我们吃什么？"佐伊问道，装作开心的语调。

"我做了炸肉排和土豆泥。"

"炸肉排？听上去像是欧洲风味。"

她妹妹转身拖着脚步走向厨房，"我觉得是澳大利亚风味。"

佐伊跟在安德丽雅身后进了厨房，只见红白格子的餐桌布上放着两个热气腾腾的盘子。每个盘子里搁着一大块东西，佐伊觉得是鸡肉，裹着棕色的酥脆面包屑，旁边是一大团黄油似的土豆泥，上面放着一片装饰性的绿叶。每个盘子边上放着一片柠檬。食物色美味香。

佐伊坐下时，安德丽雅从冰箱里取出了两罐啤酒，佐伊已是馋涎欲滴了。

"上面放点柠檬吧。"安德丽雅说。

她照办了，在炸肉排上挤上几滴柠檬汁。她切了一块，放进嘴里。面包屑里有胡椒、面粉以及安慰。肉排当然是鸡肉，薄薄的，油炸透了，佐伊的牙齿很容易嚼碎。柠檬汁调得恰到好处，佐伊细嚼慢咽时鼻子深深地吸了吸。

"好吗，做得对吗？"安德丽雅微笑着，一时间佐伊又瞥见了热情快乐的妹妹。

"真是令人惊异。"佐伊说着，大口吞咽。

"我还没到那个程度呢。那只是鸡胸肉裹面包屑，还根本够不上米其林星级。"①

"噢，能获得佐伊星。"

"你只是太饿了。"安德丽雅切割着自己的那份炸肉排，脸色稍红了点。

佐伊啜饮了一口啤酒，"你在家干什么呢？今晚你不上班吗？"

安德丽雅耸了耸肩，眼看着盘子，"我被解雇了。"

"什么？"

"弗兰克早些时候给我打电话，说找到一个人来取代我了。"安德丽雅说得很随意，但随着她说出的话，泪水流了下来，声调粗哑了。

弗兰克是安德丽雅打工的那家餐馆老板。佐伊咀嚼着这个消息，意识到她自己的直觉反应是一阵宽慰。餐馆里上夜班可是经常造成安德丽雅和她关系紧张的根源，夜班让安德丽雅处于不必要的危险之中。格洛弗可以等待安德丽雅走出餐馆去倾倒垃圾，或者当她回家时，他会跟踪她，就在她走出出租车时，一把攥住她。

"他为什么要解雇你？"她最终问道。

"你觉得是为什么？"安德丽雅怨恨地反问，"他说他不能雇一个

---

①　译注：米其林（Michelin）是历史悠久的专门评点餐饮行业的法国权威鉴定机构，1900 年米其林轮胎的创办人出版了一本供旅客在旅途中选择餐厅的指南，即《米其林红色宝典》，此后每年翻新推出的《米其林红色宝典》被美食家奉为至宝，被誉为欧洲的"美食《圣经》"，后来，它开始每年为法国的餐馆评定星级。

不愿每星期上 3 个夜班的女服务员。"

"对不起，宝贝，我——"

安德丽雅的叉子掉在桌子上，发出了"咔嗒"一声响，"我再也没法接受这一切了，佐伊。已经一个月了，还是没人见到过他，一次也没有！而考德威尔特工说——"

"考德威尔特工错了，他搞的有关格洛弗的一切全错了，"佐伊愤愤地吞了口水，"他不了解格洛弗是怎样——"

"他说格洛弗太谨慎了，永远不会冒险直接接触的。"

"他错了。格洛弗的幻想是——"

"我才不管他是什么幻想呢，佐伊！假如他真的逃掉了呢？假如他想再躲避一年呢？或者两年？或者 5 年？我不能再这样生活下去了。"她一直设法忍住的泪水现在掉了下来，一滴泪水掉在她的那块炸肉排上，被面包屑吸收了。

"安德丽雅。"佐伊伸手去拉她妹妹的手，但安德丽雅把手抽了出来。

"忘了吧，"她说，"那只是个低档的工作而已。"

佐伊不知道该如何让安德丽雅感觉好点，所以就默默地吃着东西。安德丽雅用手抹了一下泪水，也开始吃饭了。

过了几分钟，佐伊说，"泰腾早些时候打电话来了。就在我们去得克萨斯州的这段日子里，如果他的祖父偶然顺便来看看你，你介意吗？他是个老人，泰腾说他变得非常孤独。"

安德丽雅目光锐利地盯着她看了一眼。然而，她不像佐伊那样，她没继承她们母亲的鹰钩鼻子，她姐姐还继承了她们父亲目光强烈的绿眼睛。佐伊对视了一下妹妹的目光，默默地坐了一会儿。她不知道她妹妹是否相信她那个没什么恶意的解释。

"好啊，"安德丽雅说，"他是个很好的老人，对吗？"

"对啊，他在此地没认识很多人。"这可是公然的撒谎。泰腾和马文搬来戴尔市才 6 个星期，马文就已经认识好几个人，有些人年纪比他小多了。他在泰腾的公寓房间里已经搞过两次派对了，每次都以财物损坏和附近居民报警投诉而告终。

"既然我现在还没有工作，也没有自己的房子，我也不太可能有什么事要去忙。"

"你会找到另一份工作的。"

"我累了，佐伊。我再也不想担惊受怕了。"

佐伊点点头，美味的土豆泥在她嘴里突然变得索然无味了。安德丽雅不该这么受罪。她和佐伊不同，她尽可能地想远离暴力。安德丽雅每当看到什么人受伤，即使在电视上，她也会受不了。可如今，这个变态的家伙因为她是佐伊的妹妹，就入侵破坏了她的生活。

"我回来后就着手解决这个问题。"佐伊希望自己能遵守诺言，"曼卡索答应让我参与这个案件。我会抓到格洛弗那个浑蛋，把他关进监狱。"

"假如你办不到呢？"

"我们会找到解决办法的。"

第七章

2016 年 9 月 6 日，星期二，得克萨斯州圣安吉洛市

当他们离开机场时，猛烈干燥的热风袭来，一时吹得佐伊透不过气来。航站楼的空调环境经常让人产生错觉。现在她皮肤里的每一个水分子都被吹干了，皮肤变得犹如一张又干又皱的羊皮纸似的。她用手遮着眼睛，朝四周张望着，炽热的阳光让她一时看不清东西了。她马上脱下黑色的夹克衫，折叠挂在自己的臂弯上。她的太阳镜留在家里了。昨夜很晚时她才收拾行李，那时阳光的概念还很遥远呢。她得去买一副新的太阳镜，否则她在圣安吉洛市的这段时间里都得眯起眼睛看东西了。

"我们的车子应该在那里。"泰腾做了个手势说。他看上去像个标准的联邦调查局特工模样——一身黑西装，一副大框架太阳镜，皮鞋擦得锃亮。即使炎热让他烦闷，也不见他有什么表示。"一辆银色的雅绅特。他们说就在停车场北边。"

佐伊扫了一眼停车场，还有几十米呢，她不确定自己能不能走那么远。

"你有水吗？"她问道，嗓音嘶哑了。她恍惚记得看到他在航站楼里买了一瓶水。

泰腾点点头，在包里翻了一下，找到了那瓶水。他拿出来交给她，塑料瓶上凝结而成的一层水珠慢慢地滴了下来。佐伊接过瓶子，拧开瓶盖，往嘴里倒着水，脑袋后仰。

"随意喝吧。"——泰腾看着佐伊大口大口地喝下了整瓶水——"喝完吧。"

"谢谢。"她舔舔嘴唇，感到解渴了。

当他们在一排排的车子中走来走去时，骄阳快把佐伊脑子烤熟了，要变成一锅汤了。她脑子里有关连环杀手的一切思考都荡然无存，被一长串混乱的购物单所取代了。她需要购买以便能在酷热天气里生存下去的东西，一顶帽子、一大瓶水、轻薄的短衣，再有一个能让她钻进去的轻便冰箱就更好了。

"到了。"泰腾打开车门，佐伊急忙钻了进去。车内的热气令人窒息，远非她所期望的那份凉爽。

泰腾发动了引擎，车子的空调向他们吹出了一股热风，很快就冷却变为适宜的凉爽。佐伊让通风孔直接对着她的脸，感觉大脑又缓慢地运转起来了。如果她要思考问题时，她得一直待在空调房间里才行。

趁泰腾在手机里查找如何去圣安吉洛市警察局时，佐伊打开了收音机，快速调着电台，直到她听到了泰勒·斯威夫特演唱的歌曲《重新开始》，她这才心满意足了，往后靠在椅子上，等待泰腾开车。

"哦……我们不听这首歌了，好吗？"泰腾从手机上抬起了眼睛。

"不，就听这首歌吧。"

"我真的没法那么做，佐伊。"

"你肯定行的。来吧——开车吧。"

"我来告诉你。"泰腾高兴起来了，"我们轮流来吧，好吗？这次我挑选几首歌，开这段路程，然后，下次你挑选几首歌吧。"

"不错。"

泰腾把手机插进了辅助插口，手指在手机上拨弄了几下，"好吧，我们听创世纪摇滚乐队的曲子。"

"我喜欢创世纪乐队的摇滚乐，"佐伊说道，扬扬自得，泰腾贬低她音乐欣赏品位的企图失败了，"我年轻一点的时候还有《无形接触》专辑的盒式录音磁带呢。"

"我肯定你会有的。但我说的是在彼得·盖布瑞尔离开创世纪摇滚乐队之前的曲子，其他的都见鬼去吧。这是《用英镑出卖英格兰》，当时的杰作。"

他敲了一下播放，开始驾驶了，汽车引擎的嗡嗡声与歌手长长的悲哀调子混合在一起。

佐伊注视着车窗外面，音乐声冲击着她。靠她这边的是一望无际的平地，偶尔才见到一棵树，而公路的另一边景色则被相同的野生树丛和仙人掌遮挡了。

她的心思转向了安德丽雅，她妹妹此刻在干什么呢？还在睡觉，很可能。她说过今天会开始去找份新工作。当佐伊一想到安德丽雅独自在戴尔市开车兜来兜去时，一阵痛苦的焦虑立刻就涌上心头，她对此尽量不去多想。佐伊把车子的钥匙留给她，所以安德丽雅就不需要坐出租车或者公共交通了。佐伊希望那样会让妹妹更加安全，难以被人跟踪。

"你似乎不在乎炎热。"她说着，瞥了泰腾一眼，设法缓解自己的忧虑。

"我在亚利桑那州长大的。"

佐伊点点头。"你喜欢你长大的那个……"她迟疑了一下，突然之间不敢肯定他确切地是在哪里长大的。

"威肯堡？是的，我想是的。那是个很小的城镇，所以大家都相互认识。我有3个朋友，从幼儿园一直到高中。生活节奏和城市里很不相同。我们会在外面闲逛几个小时，打打球，或者就是聊聊天，直到我父母或者马文朝我们大叫，让我们去干点有用的事情。"

"你住得靠近马文吗？"佐伊问道。

泰腾笑笑。"我奶奶去世后，他就搬来我们隔壁住了。我爸爸和马文还曾经隔着窗户互相叫喊呢。房子之间有点距离，所以他们得叫喊得响一点才行，这可把邻居们都逼疯了。"泰腾学着嗓音低沉地叫了几句，"嗨，马文，来看球赛吗？当然，是我托利，晚饭吃什么？马文，我们一小时前就吃过了。什么？你没有打电话？"泰腾哼了一声，"他们就一直这么叫来叫去，直到我妈妈把窗户'砰'地关上了。"

"托利是谁？"佐伊问道。

"托利弗，但每个人都叫我爸爸托利。注意听这段，歌曲的这一段很精彩。"

佐伊没有分享他对"歌曲的这一段"的兴奋。歌曲的风格一直在变化，听起来有点烦。

"我的父母亲难得叫喊，他们总是顾忌邻居们会怎么想，"她说道，"当他们要吵架时，我妈妈会在家里兜上一圈，确保窗户都关闭了，同时朝我爸爸尖叫。"

"哈哈！我父母有时候会互相大叫，因为电视里没什么好看的，这就像是家庭乐趣一样了。"

泰腾敲了一下方向盘，他听专辑时脸上依然保持着笑容，"你在小时候干些什么？"过了几分钟泰腾问道，"我是说在你开始追踪连环杀手之前。"

"阅读，大多是这样的，手头有什么就读什么。在梅纳德，我们有座很好的图书馆，我每星期都会骑自行车去那里几次借书看。"

"我看你成书虫了。"

"我可不像隐士那样躲在阁楼里看书，"佐伊说道，有点恼怒了，"我会出去和朋友玩……哦，有一个朋友。"

"你的 BFF[①]？"

"我不懂这是什么意思。"

泰腾瞥了她一眼，有点吃惊，"永远的最好朋友。大家都知道的。"

佐伊耸了耸肩。"噢，显然不是永远的——我已经有 5 年多没和她

---

① 译注：BFF 是英文 Best Friend Forever 的缩写。意为：永远的最好朋友。

聊天了。但那时我们是好朋友，我们总会骑自行车上她家或者来我家。现在我想起来了，我那时骑自行车到处跑。自从离开梅纳德以后，我觉得再也没有骑过自行车了。"

"我也曾经骑着自行车到处跑，"泰腾说道，"每当想起小时候，我就想起那时拼命踩脚踏板，想把自行车骑得飞快。我每天骑车上学下学时，算好时间，总是想打破自己的纪录。我也常常和朋友一起骑车，在街上比赛，互相碰撞。有时我们会骑车去龟背山……我甚至觉得那不是一座像样的山，但看起来还是巨大的。我们会骑上山顶，然后尽量飞快地从山顶冲下去。"

"听上去你能活过孩童时代还真是个奇迹呀。"

泰腾大笑："一旦我搬去和马文一起住，监管便松了许多。"

泰腾少年时期的形象在佐伊心里形成了，她觉得自己对此很着迷。她想搞明白小泰腾是怎样长大，成为她现在慢慢认识的男子的。

"你父母亲后来发生了什么事？"她问道，他们从来没谈到过此事。她只知道是马文抚养大了他。

"他们在一次车祸中去世了，那年我12岁。醉驾司机撞了他们。"

"我很遗憾。"

"谢谢。撞死他们的司机也死了，我想他是幸运的。否则，马文会追踪他，并杀了他的。所以，马文带着我，尽心尽力地把我抚养大了。"

"要我说他远远不止是尽心尽力了。"

"哦，你没经历过那个著名的对第十一年级学生的宵禁战吧。"泰腾朝她咧嘴一笑。随着他们进入圣安吉洛市警察局的停车场，他放缓了车速。警察局是一幢褐色的大型扁平房建筑。

"所以，"他关闭了引擎，"你觉得专辑怎么样？"

"没有合唱，没有韵律，歌手叫喊时的嗓音有点讨厌。但我喜欢第一首歌曲里的配乐部分。假如整个专辑都是这样的话，那听起来很棒。"

泰腾的嘴抽搐了一下，"你得多听几次才能真正地——"

"泰腾，我永远不会再听这个专辑了。下次该我挑选了。"她下了车，随手关上了车门。

第八章

　　圣安吉洛市警察局的犯罪调查部门在一楼，从大厅进去，走过长长的走廊，到底就是了。房间里的空间被分割成一个个方形的办公隔间，隔间板是米黄色的，矮到泰腾能从上方看到各个小办公空间。彼得·詹森警督陪同他们走进来，停顿了一下，朝四周打量了一番，仿佛是第一次注意到这些方形办公隔间似的。

　　"这是我们警探们的工作场所。"他朝其领导下的区域做了个颇有气势的手势。他是个矮个子，并没有比佐伊高多少。"这里我们有调查情况的白板，"他继续说道，并指给他们一块大白板看，"我们在上面记上那些最为紧迫的案件。"

　　可是白板上除了一个角落之外都还空白着，有人在此玩起了拼字游戏，而在白板的顶部，似乎有人无意中用永久性记号笔写了什么，但意识到不妥，就住手没再写下去。结果就留下了字母"Gib"，永远留在那里了。詹森颇感失望地瞪眼看着大白板，显得不太高兴，那上面并没有展示紧迫的案件。

　　"这很有意思。"泰腾希望结束这个参观，"你希望我们在哪里谈谈梅迪纳案件？"

"去我办公室吧，就在那里。"

他带领他们走过那些办公隔间边缘，从一个小门进入一间狭窄的办公室，里面有一张大办公桌，桌上整洁无物，对门的墙上挂着几幅镶着镜框的文字，感谢警方的辛勤工作，还有一张詹森和一个官员模样的男子的合影，泰腾估计那人是总警监。

詹森在他的办公桌后坐下，两手的手指交叉，"请吧，坐下吧。"

泰腾做了多年的联邦调查局特工，已经能觉察出当他不受欢迎时的感觉。詹森显然不太乐意他们来此，他那副神色仿佛是准备了一长段话，可以概括为"走开吧"。

"我很高兴，联邦调查局重视此案，"詹森说道，"坦率地说，我们之所以把这个视频上报给你们，是因为我们想通报新的情况，即我们所面临的状况，在某种情况下，会有所加剧。"

泰腾在心里把詹森的话翻译为，"有人未经我同意就上报了联邦调查局"。

"所以我们就来了，"他脸色明亮地说，"以便防止状况加剧。"

"那是当然啦！所以我们非常高兴。在圣安吉洛市警察局，我们高度重视机构之间的合作。"

我们管好我们的事，所有其他的执法机构应该管好他们自己那些该死的事。

"然而，派一个联邦调查局的小组过来也许还为时过早了点。"

你想拿走我们的案件，那就等我成了一具冷冰冰的尸体时再说吧。

"为时过早？"佐伊插话了，"一个年轻的女子似乎是被活埋了，你真的有专门技能去处理你的这个案件吗？"

"哦……显而易见的是，我们正在做全方位的调查。这个视频非常让人烦扰，但我们怀疑它并不代表着全部事实。"

那个视频是伪造的，就像你们俩一样。

"什么事实？你究竟在谈论什么？"佐伊语调紧张地问道。泰腾在左右为难中挣扎着，尚不肯定他是否应该干涉。一方面，如果佐伊大发脾气，他们会被踢出这个案子，离开这个警察局；另一方面，那又很有趣。决定啊，决定吧。

"妮科尔·梅迪纳的父亲——奥斯卡·梅迪纳，因私藏毒品，意图售卖，已被拘禁。他与墨西哥的黑手党有着明确的种种联系。我们有个线人，他声称有个本地团伙正在设法对毒品供应链施加影响，所以这个视频非常有可能是针对奥斯卡·梅迪纳的威胁。"

"你认为是本地团伙活埋了妮科尔，同时拍摄了视频，为了……威胁她父亲？"佐伊的眼睛眯了起来，"然后呢？他们再把她挖出来？"

"我们需要调查各种可能性。当然，我们真的也想看到联邦调查局来接手。"

泰腾对胡言乱语的那种解释技能已经容量超载，崩溃了。佐伊深深地吸了口气，准备应付突袭。泰腾觉得尽管看着她舌战警督，将其击溃，十分好笑，但至少要证明一下他们此行来得克萨斯州的必要性。"哪位警探在负责此案？"他急忙问。

　　"他是我们最有经验的侦查员，所以我向你们保证，我们非常重视此案。"

　　泰腾克制住自己的冲动，他真想指出，这个案子居然没出现在那个非常重视的白板上。"那是当然。你能指给我们看他在哪个办公隔间里？我们就想和他谈谈，确定一下我们对案情的了解是否大致相同，然后我们就可以离开了。"

　　詹森的脸色放松了，他的厚嘴唇上挤出了一点笑意。很显然，"就可以离开了"这话正是他想听到的。

第九章

塞缪尔·福斯特警探肤色黝黑，他脸上的黑胡须颇为显著，间杂着斑斑点点的灰色。佐伊估计他40岁左右，也许年纪还要稍大点，他的前额上开始显出上了年纪的皱纹了。有人曾对她说过，警察老得快一点，虽说这种概括有点荒谬，可她也时常看到些例子，还真没说错。他咬着一支铅笔，当他们在詹森警督的带领下出现在他的办公隔间里时，他半盯着电脑显示器，屏幕上是活埋妮科尔·梅迪纳的视频页，画面停止在视频半途上。

"警探，这两位是联邦调查局的格雷和本特利特工。"詹森的语调是一副公事公办的样子，但佐伊能感觉出一丝模糊的暴躁成分，仿佛整个局势都在以某种朦胧的方式惹他生气似的。她没再费心对自己的真实身份加以纠正。

福斯特转动了座椅，看着他们。他的脸上毫无表情，精明审慎。他把铅笔从嘴上拿了下来，牙齿印布满了整支铅笔。

"联邦调查局特工？"福斯特说道，"他们为什么事来的？"

"我们向他们通报了妮科尔·梅迪纳案件，他们就来了。"

"我们通报了？"福斯特的眼睛睁大了，"我很高兴你改变了想法，警督。"

"他们来此只是提些建议。"詹森牙关咬得紧紧的，居然还能设法吐出音节可真是个奇迹，"给他们概要地说说我们到目前为止所获得的情况吧，我很感谢你。"

"绝对办到，警督。"

詹森简略地点点头，没再说什么，转身就走了。

这警探的脸上露出了宽厚热情的笑容。一秒钟之前他还是个疲惫不堪、怒气冲冲的警察呢。可眼下，他眨眼就变成了一个愉快、友善、热情的人，"谢谢光临。坦率地说，就连联邦调查局也对我们的案子感兴趣，我深感宽慰。"

"是你就此案通报了联邦调查局吗？"泰腾问道。

"我？"福斯特戏剧性地把手放到了下巴上，"那不是我作的决定。我建议通报联邦调查局人员，但是最终只有警督才能决定本案是否有必要请求外部干预。"

"哦，那很好，有人通知了我们，"佐伊说道，急于转入正题，"我希望我们能够帮助缩小嫌疑人范围。"

福斯特指指他身旁的一张空椅，"坐下吧。你可以从那个小隔间里拿把椅子过来。奥沙利文在休假——他不会介意的。"

佐伊坐了下来，而泰腾则去邻近的小隔间里拿了把椅子。办公小隔间很拥挤，没有两个人坐的足够空间，更别说3人了。

"我估计你看到视频了吧？"福斯特把咬过的铅笔放进了一个小杯

子，里面已经有半打各种铅笔了。

"是的。"佐伊说道，"詹森警督告诉我们，你认为妮科尔·梅迪纳在某种程度上是被用来威胁她父亲的——"

"我敢肯定警督有些不着边际的想法，但我向你们保证，这些想法并不是来自我的。"福斯特说。

佐伊和泰腾交换了一下眼神，"警督说有个线人告诉他的。"

"那是鲁弗斯·布莱基·安德森。布莱基总会有消息提供给我们的，尤其是自从我们开始为每条消息支付40美元后。他的有些消息得到了证实，而另一些只是天方夜谭而已。"福斯特摇摇头说道，"我根本就不相信此案与毒品或者帮派团伙有关。在所有这些案件的背后有个变态的浑蛋。"

"对妮科尔·梅迪纳的失踪一事，你还能告诉我们什么情况？"泰腾问道。

"她母亲是在9月2日上午报案说她失踪了。"福斯特回答说，"妮科尔前一天夜里去参加了一个派对，她告诉她母亲说会在午夜回家。到了早晨，她母亲见她一夜未归，就向我们报案了。我们找她的朋友们谈过，但他们声称她和他们一起坐车，他们在她家门口让她下车了。他们的说法一致，而我们有拍到他们4人坐在车里的摄像镜头，妮科尔坐在后排，脸部能看见。"

"在镜头里她看上去怎么样？"佐伊问道，"喝醉了？睡着了？"

"你来看吧。"福斯特俯身向前，抓起了鼠标。他在一个打开的文件夹里某个图像文件上双击了一下。图像在屏幕上打开了，显示出一辆丰田车在路上行驶。图像的像素太糟糕了，但佐伊能够辨认出一个女孩朝乘客座车窗外看着，她的脸容模糊，根本无法看清楚她的脸部特征。

"她很清醒——我们只能这么说，"福斯特说道，"除此之外，一无所有了。我以后给你看看闯红灯摄像机拍到的连续镜头。"

"那么以后呢？"泰腾问道。

"按照她朋友们的说法，他们在她家门口让她下车后，就开车走了。我和那个开车的司机一起去过她家，他显示给我看他确切地在哪里停车的。我们在街坊挨家挨户地问了，没人看到他们把她从车上放下来，但正如我说过的，她的朋友们说法一致，而他们看上去都是很好的孩子。那条街幽暗，有一条碎石子小道通向她家门口。"

佐伊皱起了眉头，"你认为是有人在那里绑架了她？"

"那条路上有些摩擦的痕迹，表明有过挣扎。"福斯特耸了耸肩，"还不是结论性的，现场没有发现血迹。实际上，她母亲也无法肯定地告诉我们说妮科尔没回家，有可能妮科尔回家了，睡了一觉后，在她母亲还没有睡醒之前就走了。但是这又不太像，因为我们没能找到什么证据来说明妮科尔在派对之后回到家里了。"

佐伊设法想象了一下，妮科尔就在离家门几步之遥的地方被劫持拖走了。这听起来相当冒险，可她也能看到这么做的好处，就是那个姑娘不太警觉，觉得已经安全了。佐伊决定要亲自去看看那所房子。

福斯特叹了口气说，"警督有些不着边际的想法，但值得一提的是，他居然认真对待，当头的就是如此。我们和那里的每个人都谈过，在那个街坊作了大范围的搜查。之后，就在那天晚上，一个叫伦尼·克罗宁的当地孩子给我们发来了这个视频的链接。"他指了指显示器，脸色疲倦，"我看了这个视频好几次了，这让我在夜里都睡不着。"

佐伊很同情。即使图像停止了，画面有些模糊，停格在动作过程中，也让人看了很不舒服。"这个当地的孩子，"她说道，"他是怎么发现这个视频链接的？"

"通过邮件收到的。他订阅了 YouTube 视频网站，他在那里发表议论……"福斯特眼睛转动了一下，"老实说，我也对此不太了解。我看过他的几个视频，可我连他谈论的一半内容也听不懂。不管怎么说，他说有人把这个链接发送给了他和一大帮其他人，他就转发了这个邮件给我。那个电子邮件是从一个临时的邮件地址发出的，内容只有那个视频的链接。邮件分发给 10 个不同的地址，其中有 8 个，包括克罗宁的，是圣安吉洛市和邻近城镇的 YouTube 网站主播，都是很受欢迎的，另外两个是本地记者。我和他们中的几个人聊过，他们都说得大同小异——他们看了几秒钟，觉得这个视频是个让人厌恶的恶作剧，就没有看下去了。"

"你查过克罗宁吗？"佐伊问道。

"他整晚做现场直播，同时和一帮朋友玩电子游戏。我们查清了，千真万确。"

"其他线索呢？"泰腾问道。

"她母亲给了我们一大把联系人，大多数是梅迪纳的朋友。然后我去了监狱，和她父亲谈了谈。他看起来非常焦急，告诉我说根本不可能和帮派团伙有什么联系。我们还有许多地方要查，时间紧迫。"

福斯特眼神呆滞，回想过去的几天，很是后悔他的决定，"当时我就该坚持要求你们派人来，可是我想我们很快就会查到什么的，然后有人对布莱基说了。自那时起……哦，我们还在调查，但这个案子搞错了方向。而眼下，如果那个姑娘还是埋在那里的话，她非常可能已经死了。"

"你希望我们去找到她，"佐伊说着，完全明白了，"所以你一开始就想让联邦调查局参与进来。"

"当然是的。你们的人有各种方法追踪视频的来源，对吗？能找到谁发布的。我们的网络部门毫无头绪，但联邦调查局的人应该能轻易办到。"

佐伊咬紧牙齿，很受挫折。她没有福斯特对他们网络能力的那种信心。更为糟糕的是，福斯特希望得到帮助的要求找错了地方。警探所需要的是联邦调查局圣安吉洛市分局派个人来过问一下而已，但是相反，他的要求却不知怎么的送到了行为分析部来了，浪费了宝贵的时间，结果是不该来的人却被派来了，难道联邦调查局里就没有人去认真追踪并确定视频的来源吗？

福斯特的眼睛在他们两人之间看来看去，"所以，你们能不能和你们的技术分析员谈谈？施展一下联邦调查局的魔力？"

佐伊摇了摇头。"这不是我们——"

"我们会尽力而为的。"泰腾说。

第十章

就泰腾所知，整个联邦调查局只有一个技术分析员——洛杉矶分局的萨拉·李。他隐隐约约地知道其他人玩弄着"分析员"的头衔，到处行走，倒也能派上一定的用场。毕竟，萨拉无法做每一件事，还得聘用其他人为她减轻负担。但假如他真有需要，还得找萨拉帮忙。假如他对爆炸物有问题，他就找萨拉。看到案发现场的难以捉摸的犯罪工具痕迹——他就会第一个给萨拉打电话。在家里马文弄坏了上网路由器，他不懂如何修好，那就立即给萨拉打电话。

泰腾坐在福斯特办公隔间对面的一个空隔间里，拨了她的私人电话，不想花时间去找她办公室电话了。

"泰腾吗？"她听起来又惊又喜地接了他的电话。

"萨拉！"一听到她的声音他就咧开嘴巴笑了，"你好吗？"

"我很好，很高兴和你聊。在行为分析部干得怎样了？"

"还在熟悉当中，"泰腾说道，很老实地进入了闲聊模式，"格蕾丝怎么样了？"格蕾丝是萨拉养的狗，泰腾听够了有关她这条狗的各种故事，多得简直数不胜数。

"它很好，昨天吃了猫屎。"

"了不起。听着,萨拉,我需要你帮个忙。"

"泰腾,你可不能老是打电话要我帮忙啊。"

"真的非常紧迫。"

"在匡提科他们就没人来帮你吗?"

"他们都是白痴。每当我要某人来帮我时,他们就要先填写各种表格。"

"别吓我,"她冷淡地评论了一句,"表格?联邦调查局成什么了?"

"这个要 212B 表啦,那个要 42A 表啦——"

"这些都不是真正的表格编号。你填写过实验室表格吗?"

"我不需要填写,因为有你就肯定行。"

"我可不行——你就是不想去做。"

"这好比我是詹姆斯·邦德,而你就是 Q,会创造出各种技术奇迹。"

"我打赌就是詹姆斯·邦德也得时不时地填写某些需求表吧。"

"你就像一个神谕,所有的答案都有了。"

"好了,好了,别说了。你需要什么?"

他就把详细案情都告诉了她,同时从他的笔记本电脑上把视频链接发给她了。他听到她噼噼啪啪地敲击键盘,一分钟之后,他就从电话中听到了她那边传来的妮科尔·梅迪纳微弱的尖叫声。萨拉的呼吸变得急促了。

"需要我怎么帮你?"她问道。尖叫声停止,她不是点静音了,就是暂停了视频。

"我需要追踪这个视频的来源。"

"我能做点挖掘追踪，但要花费时间，而且我不太乐观。"电话里传来了一阵愤怒的键盘输入声，"我会试试找出这个域名属于谁——也许我能通过那个找到来源。"

泰腾拍打着办公桌说，"还有其他方法能找到视频里的地点吗？也许采用航空摄影照片寻找？"

萨拉哼了一声，"寻找什么？在得克萨斯州的什么地方找仙人掌、沙砾，还是沙土？我怀疑那是否能缩小范围。"

"那么也许你能——"

"也许你该让我安静地做事。你还是像在这里工作时那样，让人烦恼，把脑袋伸在我的肩膀上不断地说这样那样的意见。"

他没挂电话就等着，只听到电话里一阵敲击键盘声。

"我跳过一点视频，"萨拉说道，"他和总统有什么交易？"

"这与总统无关。他只是在使用美国有线电视新闻网现场直播到——"

"美国有线电视新闻网的传播是现场的？"

"是啊。"

"一旦我获得了什么，我再给你打电话，好吗？"她听上去突然兴奋起来了。

"谢谢了，萨拉。我真的非常感谢，你真是我的——"

"我是你的神谕，你的Q，你的技术奇才——我知道了。我会再打电话的。"她挂了。

　　他很愉快，转身面对福斯特和佐伊，他们正坐在福斯特的办公隔间里再次彻底检查这个案件的时间线。

　　"我要和妮科尔·梅迪纳的母亲谈谈，"佐伊告诉他，"而且我还要看看她可能失踪的那个地点。"

第十一章

泰腾跟着福斯特的车子——一辆破旧的银色雪佛兰——去妮科尔·梅迪纳的家。福斯特提出开车送他们去，但泰腾更喜欢自己开车，顺便沿路感受一下圣安吉洛市。

如果不是轮到佐伊挑选音乐的话，这段行程原本倒是很轻松的。她硬是把泰勒·斯威夫特的《红》强加给他，并且说，她跳过了几首歌，因为她要让他听听那些最好的歌曲。可对他而言，这并没改善他的体验。

终于，福斯特的车子停在了路边。泰腾减慢了车速，在他的车子后停下了。道路的边缘长着杂草，还有灰土，根本没有人行道。在他们的右边有一大簇野生灌木丛和一些植物，再往前就是一条碎石子小道。

他关闭了车子引擎，下了车。

福斯特两手放在臀部，正等着他们，他的两只眼睛躲在一副墨镜后。他指向那条碎石子小道，"那里就是她的家。"

泰腾看了看碎石子小道。那所房子不大，但看起来似乎维护得不错，前院的草地已经割平了，一簇簇的花朵在四周生长着，洒水装置正开动着，在空中喷出一条条朦胧的色彩。他想到了索菲娅·梅迪纳，妮科尔的母亲，为女儿焦急病倒了。

"没有路灯。"佐伊在他旁边说。

"房子距离这条路大约 15 米，"泰腾说道，"没有紧靠一起的邻居。"

"他能轻易地隐藏在这里。"佐伊指指那些植物，然后又指指他们刚走过的路，"他的车子停在那里，也就离这里几米的距离，这个地点没人会注意。"

佐伊的脸颊和前额都晒得发红了，但她似乎根本没注意到太阳。她知道太阳已经升起来了吗？或者，在夜晚的晚些时候，妮科尔·梅迪纳遭到劫持时，她还会同样看待这条路吗？她朝茂密的植物走了几步，在矮树和灌木之间蹲了下来。泰腾看看她的位置。她说得对：如果绑架者躲在这里，在黑夜里他根本就不会被人发现。

妮科尔·梅迪纳家的门突然打开了，一个妇女连走带跑地朝他们过来了，她全身紧张得僵硬绷紧。

"警探，"她问道，"有任何妮科尔的消息吗？"

"还没有，梅迪纳太太，我很遗憾。"福斯特温和地回答。

这妇女的身体一下子就委顿耷拉了，她转身看看泰腾。

"这是格雷特工。"福斯特做了手势介绍说，"来自联邦调查局。他来帮我们一起调查您女儿的案子。"

泰腾习惯于看到当人们意识到一个联邦调查局特工走进他们的生活时，他们脸上呈现出的各种情绪变化。但是，他从索菲娅·梅迪纳脸上看到唯一的反应是她稍感宽慰了。

"谢谢你，"她说道，"她已经失踪 4 天了。"

"我明白，"泰腾说道，"警探——"

"她和朋友们去参加了一个派对，回来时他们就在这里让她下车了。"她的话脱口而出，语气疯狂急切，"他们都是很好的孩子，我知道他们每个人。吉娜差不多就在我们家长大的，她是妮科尔最好的朋友。他们就在这里放下了妮科尔，她当时就在这里。但我觉得她没走进家门。她没用她的牙刷，也没洗衣服。她上床前总要换衣服，总要刷牙的。我可以把她所有朋友的电话号码都给你，还有她老师的电话号码。她所有的老师都喜欢她——他们可以告诉你——"

泰腾抬起手掌，做了个放心的手势，这妇女一连串的话戛然而止。她用恳求的眼神看着他。

灌木丛里传来一阵窸窸窣窣的声响，索菲娅转动目光，正好看到佐伊从灌木丛里走出来了。

"这是我的搭档，佐伊·本特利。"他有意不提佐伊的头衔。他可真的不想对索菲娅解释为什么一个法医心理学家在调查妮科尔的案件。

"我们进屋可以吗？"福斯特问道。

索菲娅点点头，带他们通过一片洒水装置喷出的清凉水雾后，走进了房子。房子里很暗，百叶窗大多关闭着，她打开了电灯。只有一扇窗子开着，面对着街道，窗子旁边放了一张椅子。椅子旁边的地上散乱地放着一个烟灰缸，几个空的马克咖啡杯。这就是索菲娅的瞭望哨岗。她很可能坐在那里，等待着警察出现，也许还在希望看到妮科尔沿着那条碎石子小道逛过来，回到家里。

"您能带我们去您女儿房间看看吗？"佐伊的声音有点压抑。寂静幽暗的房子让人感到像个哀悼之处似的，大声说话不合时宜。

"她的房间在这儿。"这妇女带他们走进一个小房间。室内的墙壁粉刷着一层柔和的黄色，床单上印着令人愉快的花卉图案，靠着一扇小窗户放着一张光滑的木头书桌，桌上放着几本笔记本，一盏小台灯，还有一支香味蜡烛。

"您女儿失踪之后您还是会清洁这个房间吗？"佐伊问道。

"没有，"索菲娅回答说，"妮科尔喜欢一切都整整齐齐的。"

泰腾走到另一面墙壁前，那里挂着一个小架子，摆放着几个乌龟的雕刻工艺品。这些雕刻工艺品大小不一，形态各异，质料不同，有木制品、玻璃制品、塑料制品，还有布艺品等。他拿一个手工陶土乌龟看着。

"这些是妮科尔的收藏品，"索菲娅解释道，"她 12 岁时就开始收藏这些东西了。"

"妮科尔有男朋友吗？"佐伊问道。

"没有。半年前她和男朋友分手了。"索菲娅回答。

"他是谁？"

"学校里的一个男孩。"

"我们找他谈过了，"福斯特说道，"他有些日子没见到妮科尔了。"

佐伊瞥了福斯特一眼，有点怀疑似的抬了一下眉毛，"就没有其他男孩子吗？她没再约会过一个吗？哪怕就出去一次的？"

"没有。她会告诉我的。"做母亲的回答。

"在她生活里有新的人出现吗？"

"她总是有一大帮朋友，但我不认为她有新的朋友。她整天和他们在手机上发送短信，她手机不断地发出叮叮当当的声音，快把我逼疯了。我……"她语不成调了。泰腾猜她恰好想起听不到女儿手机上的那种叮当声了。

"她在朋友当中很受欢迎吗？"佐伊问道。

"是的。她非常友善亲切，懂得交朋友的诀窍。"

佐伊就这么询问她有关妮科尔生活习惯的一切——白天她在干什么啦，和谁联系啦，是否经常在夜里很晚回家啦，等等。泰腾在周围走来走去，打量着房间，同时听着这妇女的回答。失踪女孩存在的痕迹似乎随处可见——梳妆台最上面都是妮科尔的各种照片，一把梳子的手柄上绕着一束发带，扔在一个架子上，一个角落里放着一双粉红色的人字拖鞋。过了一会儿，佐伊不再问问题了，只是听索菲娅说着妮科尔的种种往事。妮科尔是如何如何地喜爱游泳，她6岁前又是如何如何地害怕床下会钻出一个怪物来，妮科尔用所有的零钱给她买了生日礼物，等等。

最后，她似乎是筋疲力尽了。泪水淌下她的脸颊，她的话语淹没在害怕和焦虑之中。

福斯特感谢了她，随后他们都走了出去，关上了身后的门。

"你在哪里发现了摩擦的痕迹？"佐伊问道。

福斯特走到了小道的边缘。"就在这里。"他蹲了下来,"现在很难看出来了,但我们当时拍了几张照片。"

泰腾的手机响了。他看了看显示,是萨拉·李打来的。他走到一旁,让福斯特和佐伊聊着,自己接听了电话。

"你找到什么了吧?"

"那个美国有线电视新闻网视频是现场直播的吧,对吗?所以,我们知道了是什么时候拍摄的。"

"对啊。"泰腾看到福斯特和佐伊直起身来。福斯特指着街道,在说着什么。

"我联系了覆盖该地区的几个移动通信服务商,"萨拉告诉他,"要求提供那段时间里浏览了有线电视新闻网现场直播视频页的用户CDR。"

泰腾咀嚼着这话的含义。他过了几秒钟才想起来 CDR 是什么意思——呼叫详情记录。当一个人浏览了有线电视新闻网,移动通信服务商保留着这项活动的记录,其中必须包括域名,还有应答服务的手机信号基站,而那些就可以转化为一个大致的定点位置。对他们来说,幸运的是,这个信息不受第四修正案的保护,所以萨拉可以获取,无须申请许可证。

"那个单子肯定是巨长无比。"

"确实如此。"萨拉的语气中有点扬扬自得,"所以我把它缩短了。就限定在圣安吉洛市周围。这样就得到了有线电视新闻网上播放那个特定视频的确切时间，再把用户呼叫详情记录范围限定在那个直播时间 5 分钟之内就开始观看视频的用户。这个单子就非常短了。"

"有多短？"他问道，声音紧张。

"18 个在圣安吉洛市或邻近地区的电话号码。在这 18 个号码里，17 个在圣安吉洛市内，所以这些显然不是我们要找的那个家伙，对吗？我们要找的那个家伙就在某个偏僻的地方。"

"萨拉……"泰腾感到自己的心在"怦怦"地跳动着，"你有确切的定点位置给我吗？"

"我会发给你 GPS 坐标。我已经核对了卫星图，泰腾。定点位置未必精确，但周围的地形完全匹配视频。"

第十二章

佐伊看着那条碎石子小道和周围环境，设法想象那夜晚的情景。没有路灯，那里几乎就是漆黑一片。载着妮科尔朋友的车子把她放下了，她挥手再见，他们就开走了，只剩下她一个人在黑暗之中。她很可能快速向家门走过去。劫持她的那个家伙就躲在院子旁的灌木丛里——她几乎百分之百地肯定，那里是最有可能的地方，他不可能是偶然埋伏在那里的，这是有预谋的。

"我获得定点位置了！"泰腾兴奋的声音一下子惊醒了她的沉思。他特意指了指手机。福斯特马上就走到他的身旁，佐伊也匆忙朝他们走来了。

"在哪里？"福斯特问道，有点喘不过气来了。

"斯皮威路，"泰腾说着，指指手机屏幕上的地图说，"那是个大致的定点位置，在 500 英尺的范围内。"他切换到一个卫星图像上。就在手机缓慢连接下载图像时，他们等待了几秒钟。该地区大都覆盖着仙人掌、灌木丛，还有树木。

福斯特看着手机屏幕说，"如果这样的话，也可能是查理玛路。"

"不太可能，"佐伊插嘴说道，"太靠近这儿的农庄了。"她指指那个农庄。

"在这儿沿斯皮威路 500 英尺？"福斯特用手指追踪着卫星图像，"不可能在公路的北面——那里的植物太茂密了。他是在一片开阔的土地上活埋她的，那肯定在这儿。"他指着地图上的一小块区域，直径大约 50 英尺。

"我觉得你说得对。"泰腾赞同地说。

"我马上派一个巡逻队去那里。假如她在那里，我们会找到她的。"

"不，等等！"佐伊脱口而出地说道，"你得找几个案发现场技术分析员一起去，以便分析该区域。"

"你在开玩笑吧。"福斯特瞥了她一眼，感到难以置信，"那姑娘或许眼下在那个箱子里正憋着气呢。没时间去——"

"假如她在那里，她已经死了 3 天了，"佐伊说得很决断，"急于去找到一具尸体的话，那只会不利于我们以后抓获干此事的坏蛋。"

福斯特看了一眼房子，仿佛是担心妮科尔的母亲在听着他们讨论似的。"你不知道的。"他低声嘘了一句。

"我知道。我们的分析员给出梅迪纳最多 36 小时的存活期。"

"那只是推测。"

"那真的是数学推测。"

福斯特呼出了一口气，摇摇头说，"我去尽快地把姑娘挖出来。"他快步走了。

"我们给警督打电话吧，"佐伊急忙对泰腾说，"我们需要他们保护好案发现场。”

　　泰腾瞥了她一眼，眉头皱成了一团。“这不是我们处理的案件，”他提醒她，“我们在这里只是提供建议，所以我们绝对不去指责批评这个警探糟糕的方面。”

　　“但他们也许会开着巡逻车或者重型机械冲到那个墓地，把我们以后能够使用的一点证据都踩掉了。”

　　“那可不是我们能作的决定啊。”

第十三章

　　开车到斯皮威路花了 30 分钟，因为泰腾在什么地方拐错了弯。等他们赶到那里时，很容易就能看到警方已经找到了确切的定点位置了——那里已经有两辆巡逻车了。一看到那些警察，佐伊就在泰腾身旁叹息着，4 个警察在拼命挖掘着。3 个人用铁锹，另一个人用双手在扒土，一把一把地把泥土扔出墓穴。

　　泰腾拐了一下车，下了公路，车子的轮胎刮擦着碎石子。他开了车门，朝那 4 个警员慢跑过去。当他接近时，一个警员转头对着他，大概想叫他离远点。

　　"格雷特工，联邦调查局，"泰腾说着，挥了一下他的证章，"我只是来帮忙的。"

　　那警员似乎困惑了一下，然后耸了耸肩，又回到那个越挖越大的洞穴。那几人挖得很快，几乎是在拼命，泰腾能感觉到他们的激动。他提醒自己佐伊很可能说得对。假如那姑娘一直埋在沙土下，她早就死了。他唯一的希望就是她根本不在那下面，希望那个视频是假的，或者在活埋她以后，停止视频了，那家伙又把她挖出来了。为什么要停止视频呢？他能想到的唯一原因是那家伙想隐藏什么。

　　泰腾还没能想明白之前，就已经跳下了洞穴，和一个警员一起，用手挖泥。挖掘很容易，沙土并不坚实，自从视频中那个家伙把沙土倒进墓穴之后的几天里，沙土还没有充足的时间变得坚实。

　　随着他一把一把地把沙土抛出洞穴，他设法回忆这个墓穴该有多深。他们该挖多深？大约是三四英尺深吧，不会更深了。以他们目前的速度，他们能在 10 分钟后挖到。

　　一个人痛苦地叫了一声，他们都停止了。他在挖土时一把铁铲砸到了他的手。

　　"小心，拉米雷斯！"那人厉声对身旁的警员叫道。

　　"对不起！"拉米雷斯道歉了一声，向旁边移动了一步。

　　"差点儿把我的手指铲掉。"受伤的警员抱怨道，但他已经又在挖土了，不顾手背上流出的一股鲜红的血。

　　几分钟后，又有一辆车出现了。泰腾抬起眼睛，看到福斯特警探下了车，拿着一大把铁铲。他急忙来到墓穴边，看到泰腾也在下面，他略一迟疑，随即他匆忙地点点头，递给泰腾一把铁铲。

　　几秒钟之后，有一把铁铲碰到了木头，发出了"咚"的一声。

　　"我找到了！"拉米雷斯大叫，"在这儿。"

　　泰腾挖得更快了，他感到了拼命的劲头，他身旁的人也是如此。很快，他就看到了木头——没刨平的木板，白白的，弄脏了。他发现铁铲是个负担，因为它老是碰撞在木板上。他把铁铲扔出了洞穴，又开始用手扒土了，其他警员们也跟着照办了。

挖土，站起来，抛出去，再蹲下，挖土，站起来，抛出去……泰腾怀疑他的背部过后会疼痛得要命。

"好啦！"福斯特叫道，"足够了。大家上来吧。"

箱子的盖子现在大多露出来了，只有几处还有一小堆沙土。唯一妨碍他们打开盖子的是还有4个人正站在盖子上。泰腾动作笨拙地爬出来了，其他人也跟着出来了。有个警员是高个子，秃顶，肩膀宽阔，俯身探下洞穴，抓住盖子边拉着。一时之间，盖子没动，因为盖子上沙土重量压着它。但那人咕哝着用劲，猛然"嘎吱"一声响，盖子打开了。

妮科尔·梅迪纳确实在那里。但她早已死了。

第十四章

佐伊在她一生中已受到反反复复的告诫，说她感觉迟钝，不善计谋。然而，自他们抵达这个墓地后，当泰腾第一次转身面对着她时，她明白此时最好保持缄默。他的那身服装原本笔挺整洁，此刻已经沾满泥土，肮脏不堪，布料变得皱巴巴的，白衬衣上有个纽扣掉了。他的头发蓬乱，脸色疲倦，满是哀伤。一时间，她有一股冲动真想上去拥抱他。

他向她走过去，"她至少已经死了两天了。"

佐伊点了一下头。几米外，福斯特警探在负责此事，他让其他人后退，想要确定一下案发现场的边缘，因为这就是现在的状况了。当然，这是一个谋杀案案发现场。

佐伊走近墓穴。她朝里面张望着，仔细打量着尸体。梅迪纳全身的衣服大概还是她穿着去参加派对时的。佐伊在心里核对了她朋友们的说法，证实这正是她参加派对时的穿戴。她的衬衣凌乱，但完整未破。她的眼睛闭着，或许在完全耗尽空气之前已经幸运地失去了意识。

佐伊皱着眉头，回头看着箱子和尸体。箱子稍高，但明显比尸体宽得多，也许这些是标准尺寸吧——她会核查的。但她的直觉是这个箱子大于所需。

　　杀手在做箱子时，他心里想着妮科尔的身材大小吗？或者他只是做一只箱子可以装入任意被劫持的受害者吗？

　　"特工，你介意在这里签一下名吗？"福斯特在她身旁，递给她一个夹了纸的笔记板和一支笔。

　　她瞄了一眼，那是案发现场的勘查日志。"当然介意。"她从他手里拔出了笔，在泰腾的名字下潦草地签了一下名。"我不是特工，福斯特警探，我是个平民咨询顾问。"

　　福斯特心烦意乱地点了点头，顾不上区分了。他眼睛盯着墓穴，"什么样的恶魔才会干这种事？"

　　"那不是恶魔，"佐伊不假思索地回答。福斯特眯起了眼睛，她又加了一句，"那是你要对付的人，不是恶魔。我们只要研究他、了解他，就能抓获他的。"

　　"你觉得还会有更多的吗？这是个连环杀手吗？"

　　她考虑了一下说："我认为最好在完成了案发现场勘查报告之后我们再来讨论吧。"

　　福斯特抬头看看天空，太阳下山了。"那只能放在明天了。现在我们用聚光灯在黑暗里尽量做我们能做的事，但我觉得明天上午我们再来做一次清理吧。"他的手机响了，他离开了几步去接听了。

　　一个警员因为挖掘，制服上满是泥土，他在墓穴四周的矮灌木丛上系着警戒带。佐伊走开了，眼睛扫视着周围地区。一排树木挡住了墓穴地点，从公路上难以察觉，而树枝扭曲多刺，还覆盖着荨麻。树丛间生长着仙人掌，形成了额外的伪装，仙人掌厚厚的绿色手掌似的分枝也形成了一道几乎难以穿越的植物墙。这条公路本身是一条狭长的道路，几乎没有车辆来往，那里的一切呈米黄色，或者灰色，或者灰尘覆盖的绿色，它就像是一条通向无路之路。

真是一个埋葬的最佳地方，或者说，就此案来说，是个活埋受害者的最佳地方。

她转过身来，回头看看。在那堵仙人掌和树丛的植物墙上有个豁口，大约 6 英尺宽。两辆巡逻车停在那里。佐伊叹息了一声。显而易见，这就是那个杀手开车进出的通道。警方很可能已经在无意中消除了任何轮胎痕迹。她走到那条狭窄的通道上，蹲下身来，皱着眉头。

"这是什么？"泰腾在她身后问道。

"这里居然也有植物。"她指着一根在地下突起的树枝，"有人剪除了这些树枝。"

"你认为是杀手干的？"

她站起身来，"非常有可能。看看这个通道是如何直接通往墓穴地点的？他预先准备了一条车道。"

"他事先计划好了这个墓穴地点。"泰腾说道。随后，他又补充了一句，"他甚至很可能在他绑架劫持了受害者之前就已经挖好了墓穴。"

"但是为什么选这里？"佐伊问道，"我们在沙漠中部。极其可能有成千上万个地方可以活埋人。为什么选择这个地方？他还得辛苦动手才能挖好呢。"

　　泰腾没有回答，他仔细地观察着那些被修剪下来的树枝。最后，他站了起来，转向她，"我刚才把最新情况通报了曼卡索。她想知道，我们是不是认为会有更多的受害者。"

　　"现在说什么还为时过早。"

　　"但你有预感，是吗？我知道我有。"

　　"可我们不能凭预感行事。"

　　泰腾叹了口气，"你的直觉告诉你什么了，佐伊？"

　　她咬咬嘴唇说，"会有更多。这不是有关谋杀妮科尔·梅迪纳。这是有关活埋人，这是一种犯罪幻想。"

　　"我也是这么想的，"泰腾说道，"如果杀手把这次称为'实验一号'的话——"

　　"有很大的概率他已经在策划'实验二号'了。"

第十五章

他对互联网失望了，尽管他没有想过他的视频会犹如病毒，立刻广泛传播，他原先估算一个女子被活埋的视频会导致浏览者人数增加，也就稍稍多于他目前视频浏览人数的区区 1903 个。

可是，他给 10 个博客和记者发去了视频链接，居然没有一个人出来公开评论，说过一句话。大多数的视频浏览者都来自一个网站，该网站专门收集人们受伤垂死的各种视频，即使在那里，他的知名度还是非常低。一个用户说这个视频太差劲了，他们都没看到那个女子如何窒息至死的样子。另一个评论说这个视频显然是演戏，并且两个参与者都是蹩脚的演员。

没关系。下一个视频会抓住他们的注意力的。

他转到了图片分享社交平台，开始滚动翻阅他的目标信息源。他几乎从不跟踪她们本人。为什么要冒着被抓的风险，让这些女子不辞辛苦地为他干那种肮脏事呢？他对新的自拍，摆出各种姿势拍摄，挑逗性的标题等很有兴趣。他记下了谁有了新的男友，谁出门去参加派对是因为她们"终于自由了"。

那些都是他喜欢的目标。而男友则会让事情变得更为复杂。

他在一个叫格洛丽亚·金的女孩简况上停留了一下。格洛丽亚刚才在一张和朋友们夜里出去的照片上贴上她自己的链接标签。在自拍照里，她们3个人都拿着啤酒瓶，对着照相机微笑。格洛丽亚身穿一件无袖粉色衬衣，露出了她的金黄色皮肤。照片是新近拍摄的，20分钟之前才上传的。

她一个人夜晚出门在外，喝醉了酒，回家时会醉醺醺的。早就过了午夜，她的父母也早已入睡了。当然，他知道她住在哪里。他们家有条狗，但它被系在前门附近，而通往她家的小道又长又暗，邻近的房子太远了，毫无关系。

这是个机会，他考虑着。格洛丽亚·金的命运可以说是命悬一线。

时间尚早。他毫不匆忙，有足够的时间。

他最小化了浏览器，鼠标双击台式电脑屏幕上的视频缩略图。一个年轻女子的脸出现在屏幕上，正好她缓慢地醒来。随着她发出了第一声惊叫，他已经能感受到积聚在他体内的刺激。他试图别老是看这个视频，重复会让一切都变得乏味，甚至这个视频也是如此。但是此刻，这个视频几乎仍然像第一次看到时那样令他感到刺激。

他只有一次是从头到尾地看完了整个视频。时间长度是14小时。它甚至还不是导演的剪辑——就是原始素材，有些部分并不精彩。7小时08分到11小时32分这整段里就是她闭着眼睛，躺着不动的景象，而过了12小时35分23秒之后，这个女子就完全不动了。

但是，总的来说，这可是绝好的素材可供处理。他估计了一下，他的个人剪辑版长度在 3 个小时左右。

　　眼下，在过了长长的一天之后，该放松一下了，他知道视频中有哪几段好的部分可以看看。他可以从 3 小时 42 分开始。

　　随着妮科尔·梅迪纳敲击着木盖，又开始尖叫了，他紧攥着桌子上的一盒纸巾，呼吸沉重。

第十六章

哈里·巴里坐在办公桌旁，眼睛看着办公室里的空间。《芝加哥每日新闻》办公室里无休止的各种噪声对他来说，已经成了他思考问题时的背景音乐，他几乎对此充耳不闻。打印机吐出纸张的声音，他同事们连续敲击键盘输入的"嘀嘀嗒嗒"声，还有伦达和她丈夫之间日常性的高声电话谈话声，等等，在过去的 6 年中丝毫未变，6 年来天天如此。6 年来，他一直写他的编辑喜欢称之为人类共同兴趣的新闻故事，而哈里则称之为诱人上瘾的垃圾，都是些名流逸事和性丑闻之类。有时候，他用名流丑闻和性新闻搅和一下。

他曾一度喜欢这么做，也擅长此道。

但他又有了某种不同的口味，所以现在他对每天的生活采取了一种平淡的风格，就像某人每天吃烘肉卷，也喜欢这么吃，但也一度曾品尝过多汁肉排一样。

他在仔细思考这一点时回想起那个简短的电话交谈，也就是一个小时之前的事。他收到了一个爆料。这个爆料引人好奇，意味着一个好的新闻题材，那是他为之一直工作了一个多月的题材，而这个新闻题材的下一章并不在他工作的芝加哥。

是在圣安吉洛市。

问题是如何去那里。

去那里度假，为旅行自掏腰包的想法让他不爽。不，更好的办法是让他老板支付这次旅行，还有他哈里的花费。而最好的结果则是他没有使用他宝贵的假期，却能带薪旅行一番。可如何才能说服他的编辑呢：那是他在心里仔细考虑的大事。他还想不出什么办法来解决这个难题，这让他非常心烦意乱。

他浏览了一下自己最近的一篇在线文章，该文让他的风头盖过了一个著名的本地大学足球队中锋和一个啦啦队队长的风流韵事。那篇文章的题目——"请让我狂—欢—作—乐"——让他自鸣得意了一番。那是篇短文，用一种有点茫然不解的笔调写成，一如他其他的"人类共同兴趣"的新闻故事。他签上了大名，一如往常，H. 巴里，因为哈里·巴里不是一个让记者满意的名字。事实上，它用在任何地方都不会令人满意。这名字显示了父母的懒惰。就好像他母亲说过的，"别再费心想全名了——就找个字母能变化一下就行。"①

此刻，正如他需要找点乐趣解闷时常常会干的那样，他滚动鼠标转轮，转到网页下面去看评论区。他喜欢伴随着总体评论的那类巨魔瘴气，愤怒的读者，还有孤独，但他最为欣赏的是那类义愤填膺的读者。如果一个读者入迷地从头到尾读了这篇文章，随后就急忙抨击说人人都

---

① 译注：哈里·巴里的英文是 Harry Barry，除了姓和名的第一个字母不同之外，其余字母拼写完全一样。所以有其父母懒得起个像样的名字之嫌。

迷恋于性和暴力，并且哀叹美国价值的衰落，那么，再也没有其他东西能让他更感到心满意足了。

尤其是有一条评论，由网名为"忧虑的公民 13"贴出的，吸引了他的眼球。"垃圾。本文'作者'应该感到羞愧。"

这条评论吸引他注意的首要原因是，它是唯一没有拼写错误，并使用了标点符号的评论。而更为重要的一点是，这条评论的情感色彩。

那就是，他应该感到羞愧。

他长久仔细地盯着这条评论，咧嘴大笑。羞愧，现在有了一件事。

他核对了时间。10 分钟之前他就该把下一篇文章的草稿发给编辑了，这意味着他会显得重要——

"哈里。草稿在哪里？"丹尼尔·麦格拉斯走进了他的办公隔间。

哈里没回答，眼睛直盯着电脑屏幕，但他的凝视非常遥远。

"哈里。嗨！"

哈里眨了眨眼，回头看了一眼他这位合作了多年的编辑，"噢，是丹尼尔。我刚才没听到你。"

"那篇该死的文稿呢？你告诉过我，你已经为今天策划了某种精彩东西，拉塞尔女人被狗仔队拍到裸照。"

"狗仔队，对了。"哈里长长地叹息了一声。

"唔，在哪里呢？"

"丹尼尔，你有停下来想想我们干的是什么吗？"

编辑吃惊地眨着眼睛，"又是关于我们没有雇用自己的狗仔队摄影师吗？我告诉你，这是成本更低的——"

"不。我是指……"哈里悲哀地指指电脑屏幕说，"一切的事。"

"报道文章？"

"那些我写的报道文章。那些人。我坐在这里写着那篇报道文章，但我忽然想到，卡西·拉塞尔也有父母啊。"

"她……哦，这有什么不同吗——"

"她有个母亲，还有个父亲。"

"通常父母亲都是这样的，对啊。"

"你能不能想象一下，在星期天的早晨，你打开报纸，你女儿的裸胸就在头版上？"

"别自捧了。那只会出现在第八版上，哈里。"

"那会多有感觉啊！那个曾经在你膝盖上活泼兴奋地跳跃的一个女孩……"

"而我们却用像素化滤镜拍摄了那对乳房，你知道的。"

"就是那个女孩，你曾经给她讲过睡前的故事，哄她……"

"你究竟在说什么？"

"那会多让他痛苦，他的女儿遭到如此的性剥削。"

"性剥削？我……不正是你告诉我说，她就是那个首先招来狗仔队摄影师的女子吗？"

"你年轻时难道就没有犯过错误吗？我们就像土狼，等待着她掉下来。所以，就是她招来了狗仔队那又怎样？她还年轻呢。"

"她已经 26 岁了。"

"她已 26 岁了。"哈里摇摇头，闭上了眼睛。"26 岁。"

丹尼尔凑近了他，放低了声音，"哈里，进展如何？"

"我们没有把世界变成更好一点的地方。"

"更好一点的地方？你在说什么呢？我们提供娱乐，我们让人们快乐。"

"我们需要把我们自身提升到一个更高的境界。"哈里开始自我陶醉了，"是我的错。我热衷于获得关注。但既然我们有一个强大的平台，我们可以使用它。我写写人类共同感兴趣的故事，对吗？让我们把这些故事变得更有价值吧。"

"把这些故事变得更有价值？"

"你还记得那封电子邮件吗？那个照顾了无家可归的癌症患者的护士？我们来写写她吧。"

"你在想办法不写这篇文章吗？我可以给其他人去写。我有一大把初级写手，他们极其渴望去写写有关拉塞尔那女人的乳房。"

"卡西·拉塞尔。她有点名气，但她是个人，丹尼尔。她是一个有各种感情的人。"那是引用了对他某篇文章的一条评论。

"她是个人，但她的丈夫贪污了数百万美元，所以现在靠露出她的乳房来吸引注意力。"

"我想写写那位教师，他教授非法移民英语。"

"人们不想读那种玩意儿！"

"他们应该去读！我不想为我写的东西感到羞愧。"他还想过拍拍胸，但又觉得那样太过分了，"我将会写写好的符合人类共同兴趣的新闻故事。不再写性剥削了。"

丹尼尔的目光移开了，眼睛里闪烁着焦虑。哈里是迄今为止他们这家报纸里最受欢迎的记者，不光是因为他的题材好，而且是因为他知道如何写好这个题材。对哈里来说，可能发生的最糟糕的事情就是他感到羞愧。

"听着，我知道你此时正在经历某个阶段，哈里。我来告诉你吧——你需要休假。"

"不。我想写写新闻故事。"他翻动着办公桌上的纸张说道，"我这儿有点东西，一个退伍老兵收养了一只三条腿的狗。你真的会喜欢的。"

"告诉你吧，"丹尼尔脱口而出，"写写那个罪犯行为特征分析员①的后续故事怎么样？本特利？你一直嘀嘀咕咕地和我说了好长时间了。"

"本特利？"哈里扬了扬眉头，"就是上个月的那个联邦调查局的分析员？"

"那时你是很有兴趣写写她的。"

"写写犯罪？还有连环杀手？我不知道，丹尼尔。"

"试试看吧。你能写出一篇正面的文章。一个年轻的罪犯行为特征

---

① 译注：罪犯行为特征分析员（profiler）的职责是分析罪犯行为特征，网上一般译为"侧写师"。译者认为虽然简洁，但词不达意，也不符合中文的表达习惯，会令许多读者不明其意，并且，不够正式。所以，还是译为"罪犯行为特征分析员"为好，既能说明其工作性质，又比较正式。有时也可简称为"分析员"。

分析员试图作出不同凡响的事迹。这可是个很好的新闻故事，对吗？"

"我觉得她不太可能接受采访，她才去了圣安吉洛市，去追踪一个案件。"

"噢……太妙了！"丹尼尔脸色快乐，"飞过去，看看她在干什么，就写写她在干的事。那不是性剥削吧，对吗？也许，换个环境对你有点好处。能让你从更好的角度去看问题。"

哈里又沉重地叹了口气，肩膀耷拉着，而在心里他却在跑完他得胜的最后一段，观众们疯狂地喝彩。

第十七章

　　佐伊躺在汽车旅馆的床上，头发仍然是湿的，刚冲了淋浴，身穿内裤，上身披了一件宽松的衬衣，衬衣上有个独立摇滚小乐队的标识，佐伊对此不认识。衬衣是安德丽雅的，佐伊很肯定她一定是从波士顿的一个男朋友那里拿来的。

　　但穿上去很舒适，而舒适正是佐伊此刻所需要的。

　　技术人员到达案发现场后，他们很快就离开了。佐伊提出她来开车，泰腾似乎疲倦了，注意力不集中。但他坚持说应该他来驾驶，所以她也没再争取。他带她去了一个汽车旅馆，离警察局相当近。开车途中，他们两人都沉默无语。而一旦她关上汽车旅馆房间的门之后，各种景象和情感都纷纷出现了。它们都倚靠在一堵超然之墙上，那是她借以保护自己的一堵墙。一旦她独处之时，她心中的那堵超然之墙永远会变得薄如纸张。

　　她本可走出房间，寻找各种消遣，但她凭经验知道，那只会导致令人毛骨悚然的夜间噩梦。她心中的所思所虑需要发泄，这会以这样或那样的方式来解决。所以，最好是现在就行动，因为她已经在心里有了准备。

尸体已经触发了这个发泄。在她还没能明白之前，原本就可能存在着众说纷纭，猜测究竟发生了什么，可一旦他们发现了尸体，直观地看到其状态，那些现实可能性都合并成一种。妮科尔·梅迪纳遭遇绑架劫持，被塞进一个箱子，然后被活埋了。

佐伊有个诀窍，能钻入杀手的心里，以杀手的思维去想，有时甚至能推测他下一步会干什么。但这是一种付出了代价的天赋。她时常发现自己也会深陷受害者的心理，看到她们的最后时刻，感受她们，仿佛她们是她自身。

在妮科尔的案件里，她甚至无须刻意发挥想象。她第一次仿佛是真的看到受害者在遭受痛苦似的。在那个噩梦般的关头，她轻易地滑入妮科尔·梅迪纳的心理，如同呼吸一般自然。

在那个箱子里是黑暗的，漆黑一团。她一直仰面躺着，每当她挪动身体，她就会感受到四周的板壁。她会感觉空气不新鲜，充满尘味。随着时间的流逝，她会呼吸困难，这就触发了极大的恐慌。

板壁围裹着她，她惊恐万分地意识到自己深陷绝境，哪儿也去不了。

还是孩子时，佐伊曾有一次和家人去劳雷尔—卡文斯旅游。那里有一大群人，佐伊兴奋不已，四处挥舞她的手电筒。然后，在旅游中，正当她爬在一个洞穴通道里时，她前面的妇女卡住了。而在她身后，其余的人不断地靠近，并不知道前面的通道已被堵住了，佐伊能感受到他们身体的重量越来越近。她四周全是石壁，人们堵住了她前进后退的路——她突然感到呼吸困难。安德丽雅就在她的身后，推着她移动，而佐伊竭尽全力地自我控制才没向后蹬脚。

自从那天起，她总是避免去山洞和洞穴通道，并且，窄小的升降电梯也会让她感到不适。

她躺在床上，想象着深陷那个窄小空间里的感受，四周是巨量的泥土，她能听到自己的心脏"怦怦"地乱跳，她的呼吸短促，爆发出惊恐失措的情感。

第十八章

泰腾站着淋浴，背部酸疼，手掌上擦伤划伤无数，火辣辣地疼，一片指甲折断了，指甲下有瘀血。他让热水冲洗着全身，脑海中想着妮科尔·梅迪纳躺在箱子里的情景，回忆起视频中姑娘的尖叫声。

他看着水在两脚周围积聚着，因为泥土，已成灰暗色。他叹息着，打开了汽车旅馆里通常提供的肥皂包，开始洗涤。

一俟洗净，他即走出淋浴间，用毛巾擦干了自己，在镶木地板上留下了湿漉漉的脚印。他关闭了百叶窗，随后放下了毛巾，仔细地看着自己房间里那个非常窄小的衣柜。

几乎快到黄昏了，但谋杀现场的情景通常无益于一个健康的胃，所以他尚未考虑晚餐。他想看一会儿电视，但又想到关在小房间里也是了无乐趣可言。

这家汽车旅馆有个小游泳池，泰腾觉得游一会儿泳倒是最好了，既有益于他的背部，又有助于开胃。他没带泳裤，所以就穿短裤吧。但白色的拳击短裤显然绝不合适，黑色短裤又嫌太紧，只要他待在泳池里，不会有问题，可一旦出水离开时，这条短裤就会像包装三明治的塑料袋那样，紧紧地裹住私处，极不舒适。而那条蓝色的短裤很可能不错，他穿上去，一条毛巾甩上肩膀，出了房间，随手锁上房门。他不去理会自己心里的惊慌呼叫，告诉他只穿了条短裤就出门了。他可不是这样的。他穿着泳裤呢。

无论按照哪种标志来看，这个游泳池都不大，池水闪烁着落日的余晖。水面平静，诱惑着人们跳下水去。泰腾头朝下跳入水中，结果几乎造成脑震荡，因为池底比他原先估计的要浅得多。他在水下游到了泳池对面，脑袋露出水面，深深地吸了口气。

他游了几圈。可圈子小到荒唐，有点像在浴缸里兜圈子，但他暂时什么都不管了，只是集中心思关注着自己在水里的身体运动，关注着呼吸，关注着一到达泳池边就把自己推开。

在游了几十个小圈之后，他感到有人在看着自己。他停了下来，抬头一看，原来是佐伊。她用她那双极具穿透力的眼睛正盯着他，就好像是一只猛禽在考虑捕食一条鱼当晚餐似的。

他向她欢快地挥挥手，"下来游泳吗？"

她皱起了鼻子，"我不喜欢游泳。"

"这池水阴凉，太好了。"尽管天空已成深蓝色了，空气依旧令人窒息般的闷热。"你可以湿湿脚。"

让他吃惊的是，她真的在池边坐下来，脱下鞋子。她把一只脚伸进水里，随后是另一只脚。然后她发出一声长长的叹息。

他游到她身旁。她的眼睛似乎看向遥远的前方，脸色难看。在这瞬间，他几乎想要用水泼她了，他想起在大学期间，这可是个靠谱的方式去惹得一个女孩尖叫着咯咯大笑，嬉戏地说"别闹了"！

但是随后，他看着她的脸，再想了想。佐伊似乎不像是那种会尖叫着咯咯大笑的女孩，她很可能只会朝他蔑视冷漠地瞪一眼，或者，有可能想要杀了他。

"你没事吧？"

"没事。"她稍一哆嗦，"我只是需要出来一会儿。我一直在想着妮科尔·梅迪纳的案子。"

泰腾点点头。稍过片刻，他问道："为什么你不喜欢游泳？"

她思索着看了他一眼，"你没看过《绿野仙踪》吗？水会溶化我。"

泰腾朝她咧嘴笑笑，她也报以微笑。

"我就是不喜欢游泳，"她说道，"我不喜欢冷水，我游泳后头发会缠结成一团。游泳池里的氯气会让我皮肤瘙痒。"

"明白了。游泳对你最糟糕。"

"安德丽雅在高中时进了游泳队，"佐伊补充说道，"假如你允许的话，她会一天到晚地泡在池水里。"她伸手在口袋里摸了一下，拿出了手机。她轻敲屏幕时嘴唇噘起了，随后她把手机放在一边，注视着池水。

"安德丽雅在干什么？"泰腾问道，估计刚才佐伊就在查看这个。

"我不知道。"她的语调有点暴躁，"她不回复我的短信。"

"她看到了吗？"

"哦……没有。但我总是看到她不理睬那些短信。她不会打开她不想理睬的短信的。她就是这样的不坦然。"

"我敢肯定她很好。"泰腾完全明白此话空洞无用。罗德·格洛弗给佐伊最后一封信里有一张他和安德丽雅的合影，在谈论此事时，泰腾也在场。但是，自从那天起，没人见到格洛弗，或者听到有关他的任何消息。就算佐伊听到了他的这番话，也毫无表示。她又查看起屏幕来了。

"安德丽雅是个聪明的姑娘，"泰腾说，"她不会——"

"安德丽雅根本就不知道格洛弗这种人会干出什么事。假如她明白了，她就不会离开公寓外出了。可我知道，你也知道。他们构建了各种精心策划的幻想，迷恋其中，念念不忘，使得他们的心理更为错综复杂，感到真实可信。直到这个强烈的欲望根本无法克制时，他们就开始动手作案了。"

"对啊，但罗德·格洛弗从不跟踪某个特定的姑娘。这是你告诉我的。他总是寻找机会下手，把目标锁定在那些独自一人的姑娘身上。他不悄悄跟踪任何人。"

"可他悄悄跟踪过我。"佐伊指出说。

一个月之前，在她调查芝加哥的殡葬人员绞杀案时，格洛弗曾跟踪她，直到她独自一人。然后他就突然袭击了她。幸运的是，她设法把他打跑了。泰腾知道从佐伊的立场来看，格洛弗不会甘心平静无为。泰腾意识到他们日常分析过的这些罪犯中的某一个可能会针对你的家庭成员……这可是令人恐惧的感觉。这就像一个肿瘤科医生，他在自己孩子的身上发现了脑肿瘤的症状——他清楚这些症状意味着什么。所以，无知有时还真是一种福气。

泰腾抬头看看佐伊，注意到她快速地眨着眼睛，嘴唇颤抖。她坐在泳池边缘，两脚伸进水里，突然之间，她看上去就像一个迷失的女孩在寻找她父母似的。

"有一个内部调查，针对我过去经手的一个案子。"他突然说道，寻找着分散她注意力的方式，任何能让她分散注意力的方式都行。

结果奏效了。佐伊的目光聚集在他身上，两眼睁大了，"什么案子？"

"误击一个恋童癖嫌疑人。"

"噢。"她点点头，"我记得——你告诉过我。那家伙伸手去拿照相机，你就开枪了，是吗？"

"他伸手到包里，我就开枪了。事后，我们发现他是去拿照相机的。他包里没有任何武器。"

佐伊似乎在深思此事。泰腾感到有点凉意，便游到泳池对面，然后折返。

"他们为什么要重提此案？"她问道。

"可能找到了一个新的目击者。"

"那个目击者是否有可能会说出什么对你不利的事？"

"不，"泰腾断然否定，"他们本应知道所发生的事，我无法知道他不是去拿枪的。"

"你在对他开枪前说过什么话吗？"

"只是命令那人举起手来。"

"你叫了他的名字了吗？"

"什么？"

"你是叫着这个人的名字呢，还是仅仅叫他举起手来？"

"这有什么区别？"

"那会造成不同的感觉。到底是哪一个？"

泰腾爬出了游泳池，水珠滴滴答答地滴在白石地面上。他从邻近的一张塑料椅子上一把抓过他的毛巾，擦干了自己，同时又证实了一下自己穿短裤游泳的策略依然奏效。他稍微把短裤拉下一点，然后坐在佐伊的旁边，毛巾搭在肩上。"我想我叫了他的姓，是叫韦尔斯。所以我就说'韦尔斯，把手举起来'之类的话。"

"就是他的姓？你还说过其他的话吗？你说得很清楚吗？"

"那不是什么重要的事，佐伊。就是有人在煽风点火地诬蔑而已。别担心。"

"如果他们重提此事，他们肯定有理由，那就是个重要事了。"

"没有压力什么的。"泰腾心急地说。他后悔不该提起此事。

"当时你在追捕他，是吗？"

"是的。我们在观察时发现他在街上劫持了一个年轻姑娘。"

"你追了他多长时间？"

"不知道。反正追了一两个街区吧。那家伙也算不上运动员。"

佐伊的手机发出了短促的声响。她一把从地上抓起了手机，屏幕的光亮照在她的脸上。她的肩膀松弛了，嘴唇一歪，显出了一个淡淡的微笑。

"是安德丽雅？"

"是的，她很好。你祖父今天顺路去看望了她。"

"是吗？"泰腾扬起了眉毛，"她挺过来了？"

"她说他是个很好的老人。"

"那么，我想不是同一个人。很可能是其他人的祖父。"

佐伊大笑。那是个突如其来的喜悦，而泰腾则知道那可不是因为他敏捷的才智。那是一个出自纯粹放松的大笑。他温和地对她笑笑。

"想去搞点什么东西吃吃吗？"他问道，"我饿了。"他确实是饿了，他的胃突然咕咕作响，为提到了食物而兴奋。

"那当然了。"佐伊站了起来，水珠沿她的脚滴下。她从地上拿起凉鞋穿上了。"你一点也不担心？关于那个内部调查的事？"

"没有。会过去的，只是有点干扰而已。"他也站了起来，转向楼梯。

"你当时真的认为是一把枪吗？"

这个问题让他停下了脚步，非常吃惊。他回头看了佐伊一眼。她脸色平静，但她的目光钻进了他的眼睛，不眨眼地看着。

"当然，"他回答道，"所以我对他开枪了。"

"而且他是个恋童癖者。你为这个案子花费了很长时间。一桩麻烦的案子，一个针对儿童的性侵者。"

"是的。"泰腾咬牙说着。他全身绷紧，感到一阵愤怒的情感在表面之下沸腾了。他极力克制了。她只是问了个简单问题而已。"我真的想亲手抓住这个家伙。我要逮捕他。"

"恋童癖者频繁地一再犯罪。假如他去了监狱，几年之后就会出来了，又会肆无忌惮地骚扰儿童了。你知道的。而当你把他逼到了死角，他就想毁灭随身带的证据。"

"我不明白——"

"就在那个时刻，在追到了他之后，肾上腺激素涌进了你的血管，你叫了他的姓名。他不只是个威胁。他是个非常特定的威胁分子。"

"佐伊，算了，不说了。"

"你有信念，"佐伊说道，"你想与众不同。有可能当你不得不做出一个突然的主观判断时，你会做出鲁莽的行动。也许你甚至还让自己确信——"

"你在……分析我的罪犯行为特征？"泰腾疑惑地问道。直到那一刻，他以为她一直在谈论的是案子被别人认为的方式。但是，不，她在对他做实际分析。

"那完全可以理解的。假如你相信他不得不停下的话——"

"他要去拿枪。"

"但那是台照相机。"

"我以为那是把枪！"当泰腾听到自己的话语在周围的汽车旅馆大楼里回响时，他才意识自己刚才大声叫嚷了。

佐伊吃惊得目瞪口呆地看着他，"你为什么这么愤怒？我没说——"

泰腾抬起手来让她安静，自己却气愤得浑身颤抖，"别来分析我。你明白吗？我不是你的分析对象。"

"我只想让你有所准备。如果他们问你一些难以回答的问题——"

"没有难以回答的问题，本特利。因为我得保护自己。我面对的那个家伙让我以为他有武器。我从来不会对没有武器的人开枪，你应该知道这一点。"

"我没说你做错了什么事。我只是在说，他们会指出，你反应得过于攻击性了，你不该如此的。"

"这根本就与他们无关。这只是你的想法。"

"我当时不在现场。"

"完全对，你不在现场。但你会设法把我的话当作那里发生的事。"他从她身边擦身而过，咬紧着牙关。他的胃口早就没了，尽管他刚游过泳，他浑身散发着热气。

第十九章

1986 年 5 月 9 日，星期五，得克萨斯州圣安吉洛市

这个男孩躲在他的房间里。这不是最好的躲藏地点，可当你害怕了，你就会去你的安全地方。这就是他的乌龟壳，他的地堡，他的避难所。在那里，他可以蜷曲着身子，攥着他的外星人娃娃，受到超人的保卫，那超人就在男孩卧床上方的一张海报里站岗放哨。

他们知道吗？

他爸爸有一架双筒望远镜，让他爱不释手。就一个简单的物件，尽管出奇的沉重。而当他举起望远镜对着他的眼睛时，奇迹就发生了，这男孩能看清一辆沿着公路开的汽车上的牌照内容，还能看到大街尽头走进一家理发店的那些人的面孔。用他爸爸的这架双筒望远镜，他就有了一个超级能力——超人的视力。

当然，有个规矩。总要和他爸爸一起玩望远镜，不能独自玩。但是，有哪个超级英雄会跟着他的爸爸到处走的？

此外，他爸爸从来不允许他用望远镜看邻居。而那是他运用超人视力时最喜爱的消遣了。帕尔默太太住在街对面，他能用双筒望远镜看

到她卧室里的零碎东西，此事让他兴奋不已，无论她是否在房间里。

他破坏了规矩。而他越是这么做，他就越想再做。他永远小心，父母在周围时从来不做此事。周末最好，因为他们起得很晚，帕尔默太太也是如此。他就可以不受阻碍地观看她。

但是，那天早晨，当她醒来，正要穿衣，蓦然她转向窗户，皱起了眉头。片刻之间，她就站在那里，直瞪着他。即使他想抽身溜走，他无法动弹。

然后，她猛地一拉窗帘，遮住了，他就明白他被逮住了。

他冲进自己的房间，惊慌失措，不可控制的反应。他咕哝着静静地祷告，向上帝保证，如果帕尔默太太没来找他父母，他会永远不再偷看她了，他会永远不再碰那架望远镜了。

望远镜。望远镜还在他手里呢，他需要把它放回原处，在——

电话铃响了，在起居室里显得尖厉响亮。他能冲到那里，抢在他父母之前接电话。然后告诉他们说是打错号码的电话。或许他能让帕尔默太太确信，他是在看鸟儿。

然而，他却在角落里蜷缩得更紧了。他的床靠着他的绿色书桌，如果他坐直了，把两脚靠拢胸部，他就能躲避开房间门。如果他父母走进房间，他们就看不到他了。

他还有另一个超级能力。隐身法。

他母亲接听了电话。他能听到她接电话时睡意未消，但随着电话交谈的继续，她的语调变得尖锐警觉。

他得想个办法，但他母亲的脚步声和生气的声音明确地说明已经太迟了。

她叫喊着他的名字，声音刺耳，狂怒。暴风雨的声音渐渐逼近了。害怕的泪水堵住了他的喉咙。

房间门"砰"地打开了。片刻之间，他母亲就站在门前，嘀咕着，"他在哪里。"隐身法，最棒的超级能力。

但她随后就走进了房间，魔力就此破了。她脸颊涨红了，暴怒异常。她再次尖叫着他的名字，尖叫着他偷窥邻居的事，还有那架望远镜。

他采取了唯一能做的行动：矢口否认。什么偷窥邻居？他在看鸟儿。

"你现在还敢对我撒谎？"他妈妈叫喊着，根本不信。

她攥住他的手臂，开始硬拽着他走过房间，拖出了门外。一时间，他拼命挣扎，伸脚阻碍。

但他的力量可不是他渴望的那些超人能耐。他恸哭恳求，一再说对不起。那该是个有魔力的词吧，对吗？对不起？他说对不起，他太对不起了。

她把他拖下楼，到了地下室。他需要接受惩罚。他需要时间去想想他错在哪了，就好像他没在过去的 20 多分钟不停地想这个问题似的。

他知道其他的父母在孩子犯错时会揍他们。他班上的罗比曾经告诉他，他爸爸打了他整整 100 下屁股。

　　但他的父母不打孩子。打孩子是错的。他的父母相信惩罚也得是教育性的。

　　他妈妈总是说,他需要时间去想想他干的事。

　　地下室里有个放置扫帚等清洁工具的壁柜。那是黑暗之中的黑暗地方。

　　求你了,妈妈——对不起。他太对不起了。他再也不会那么干了。他已经得到教训了。他会向帕尔默太太道歉的。他对不起。

　　她把他推进了清洁工具壁柜里,"砰"的一声关上了壁柜门,把门闩上了。他听到她的脚步声随着她大步走远了,爬上了楼梯,关上了地下室的门。他头顶上狭窄空间里尽是清洁工具的气味,尘土味,霉味,以及噩梦。

　　他哭泣着,敲击着壁柜门,尖叫着说对不起。

　　清洁工具壁柜里一片漆黑。黑暗到几乎就像是他两眼要失明似的。

　　这不是他第一次被关在那里了。他经常需要时间好好去想想。总是相同的气味。他总是在黑暗包围着他全身时感到恐惧堵塞在他的喉咙口。

　　为什么帕尔默太太必须要给他妈妈打电话呢?他没有伤害任何人啊。她原本可以关上百叶窗嘛,或者如果她想要他住手,她原本也可以和他说说嘛。他会听的。他被关在这里是她的错,是她对他造成的。

　　黑暗之中,他所能做的就是听,听听他头顶上什么地方有他母亲的脚步声,听听电话铃声。远处什么地方,一部收音机,一段静态和一曲音乐。

　　他第三个超级能力。超级听力。他需要他能获得的所有超级能力。

　　因为在黑暗之中，各种怪物来了。

第二十章

佐伊精疲力竭了。昨夜泰腾突然爆发脾气之后，她就一个人去吃了晚餐，然后上床设法入睡，可是，睡眠拒绝来临。她又细细地回想了他们的对话，想要弄明白究竟是什么引得泰腾大光其火。她最终觉得他太蠢了，所有的联邦调查局的男性特工都蠢，并且，事实上，男人一般都很蠢。当她设法睡着了，她做了个噩梦，有关安德丽雅，所以黎明之前她就醒了。幸运的是，在他们所住的汽车旅馆的路对面就有家星巴克，等到泰腾来简短地告诉她说如果她要搭车的话，他马上要去警察局，那时她已经喝了一大杯美式咖啡了。

去警察局的车程很短，气氛紧张。在整个驾驶过程中，泰腾始终冷漠无情。佐伊尝试了几次，想谈谈他们和圣安吉洛市警方一起工作的策略。但他的回答语气暴躁，令人不快，所以她最终放弃了尝试，决定在余下的逗留期间坐优步出租车。如果曼卡索主管抱怨额外的支出，佐伊会告诉她，欢迎她自己去坐泰腾开的车试试。

詹森警督在他们走进部门时就拦住了他俩。他看起来似乎穿上了崭新的警服，头发梳理整洁，皮鞋擦得锃亮。"特工们，很高兴在此见到你们。我们正要开始专案组会议。"

"什么专案？"泰腾低低地吼了一声。

"总警监指示我们成立一个专案组，调查梅迪纳谋杀案，"詹森解释道，"我们希望你们能加入，并提供你们如何开展工作的建议。"

"对，"泰腾冷冷地说，"提供我们的建议。"

"这儿走，特工们。"詹森沿走廊走去。

"我不是特工。"佐伊跟在他后面，"我是联邦调查局的顾问。"

"噢？"詹森回答了一句，漠不关心。他步履轻快地大步走着，但他的腿短，所以她很容易地走在他身旁。泰腾在他们后面步履沉重地跟着，心怀某种模糊混乱的不满情绪。

"我只是个平民顾问——"

"在这里。"詹森大步走进一扇门，来到一个大房间里。室内空间大多被一个米白色的长方形会议桌和两排椅子所占据。那里有一块大白板，有人在上面写了"妮科尔·梅迪纳，9月2日"的字样。已经有3个人坐在会议桌旁了。福斯特警探坐在右边一个红发女子的旁边，她的头发后梳，扎了个马尾辫。在另一边坐着一个秃顶男子，他的两条眉毛浓密，相互交叉，形成了一字眉。那眉毛就像一只飞翔的鸟。当佐伊看着他时，那男子的眉毛稍稍扬了一下，好像那只鸟拍打着多毛的翅膀，很让人分心。

詹森关上门，轻轻地拍了一下两手。"好，"他宣布道，"既然我们都到了，我们可以开始了。先让我介绍一下每个人。你们已经见过福斯特警探了。那位是卡萝尔·莱昂斯警探……"

那女子对佐伊和泰腾点了点头。

"你们很可能认识谢尔顿特工。"詹森对有着飞鸟般眉毛的男子做了个手势，显然他觉得所有的联邦调查局特工们都互相认识。

"不，我们从没见过，"那男子说道，"我是圣安吉洛市分局的布赖恩·谢尔顿。"

"噢？"詹森说。佐伊怀疑每当有什么事出乎意料时，他就会这么回答。"哦，那么，他们是格雷和本特利特工。我是说，格雷特工和……嗯。"他似乎突然之间找不到合适的词了。

"本特利博士。"佐伊冷漠地说。

"现在我们都相互认识了。"詹森又轻轻地拍了一下手。

佐伊坐在谢尔顿旁边。而泰腾则在莱昂斯身旁坐下了。佐伊的目光迎上了泰腾的注视，他就把目光转向一边，咬紧了牙关。

"我们来仔细看看这个案件的各个细节，"詹森说道，"福斯特警探？"

福斯特清了清喉咙，先是简略地介绍案情，以昨天发现了妮科尔·梅迪纳的尸体做结束。随后他看看面前的几页稿纸，开始详细谈最初的各种发现。

"法医认为死因是环境性窒息，"福斯特说道，"他估计死亡时间在9月3日的凌晨2点至上午8点之间，当然，一旦他完成了验尸，我们将了解更多情况。受害者被活埋在一个手工制作的木箱里。一个小型的红外线摄像头和一个话筒安装在箱子里面，拍摄视频。它们连接在伸展出墓穴的一根电缆线上。电缆线的另一头被剪断了，埋在泥土中，大概是杀手完成了拍摄视频后隐藏的。在箱子里，我们发现了许多指纹，我们正在和受害者的指纹做比对。但在摄像头，箱子外部，或者电缆线上都没有留下指纹。我们还从箱子内部收集了一些 DNA 样品，大多数是头发，一根折断的指甲，一些血迹……"他瞥了一眼谢尔顿特工。

"我们的实验室会很快处理这些样品的，把它们和受害者的 DNA 比对，然后在联合索引系统里查找核对。"谢尔顿说道。

"我们在案发现场发现了一些轮胎印，但是……"他快速地看了看佐伊，"在我们急于试图去拯救受害者时，它们大多被覆盖了、消除了。"

佐伊的脸上毫无表情，她也没再费心指出昨天她曾告诫过他们别那么干。她从来就不理解人们会有如此强烈的冲动，说"我告诉过你如何如何"，这就像你没有足够的说服力，却以此为荣一样。

"今天上午技术人员正在案发现场做第二次清理，从地上收集鞋印。然而，最上面的泥土是一层薄薄的尘土，而两天之前，那里风很大。再加上有那么多人曾在那里挖掘过墓穴，所以我对此很不乐观。"

詹森清了清喉咙，"我们最优的选择是拯救梅迪纳的生命，当然，如果可能的话。"这显然是试图避免被指责为缺乏专业素质。

佐伊想要看看泰腾的眼神，她知道要是在平时任何一天，他会嬉笑怒骂地奚落他们一番。但是他现在只是看着福斯特，根本不理会佐伊。

"验尸预定在今天下午开始，"福斯特说道，"我们在案发现场的技术人员正在勘查那只木箱，想法尽量获得更多的信息。"

他看了一眼手里的稿子。"杀手使用的手机未联网，所以我们无法追踪。看起来这部手机在墓地附近似乎是第一次开机，所以在活埋事件之前，我们无法根据手机来分析他的动向。"他拍拍桌上的稿纸，把它们放成整齐的一叠，"这些就是我们到目前为止所得到的情况。"

"很好，请把你的概要发送到每个会议参加者的电子邮箱。"詹森说。

"是，我会办的。"

"我想议程里最重要的问题是显而易见的。那就是此人是连环杀手吗？"詹森满怀期待地瞥了泰腾一眼，然后又瞥了佐伊一眼。

"连环杀手的定义是指一个杀手在不同的场合至少分别杀死了两个人，"泰腾回答道，"可是，至今我们还没有证据可以这么认为。"

"不是说至少要有3个受害者才能算是连环杀手吗？"詹森问道。

"不。"在泰腾和谢尔顿特工说出相同意见之前，佐伊就立即回答了。佐伊身体前倾，"我们切换到2005年的说法吧。定义是一个罪犯在不同事件中分别杀害了两个或以上的受害者。"

"他公布的视频题目是'实验一号'，"詹森指出，"那么我们应该预计将来还会有另一个受害者吗？"

"我们还完全没有什么办法知道这一点，"佐伊说道，"我们需要进一步的调查。但有一个明确的可能性是他就是一个连环杀手。"

"有个新闻发布会，在"——他看了一下手表——"32 分钟之后举行。我们该对他们说什么呢？"

"没什么好说的。你可以取消这个新闻发布会。"

"那不可能。他们已经知道发现了一具尸体。有人会把它和那个视频联系起来。我们需要控制局面。"

"此话我完全赞同。"佐伊在桌子下攥紧了一只拳头。她现在明白了为什么詹森穿戴这么正式，"为此你必须尽量避免把新闻界牵涉进来，至少等到我们了解更多情况之后。"

"我刚才说了，那是不可能的。"詹森转向泰腾，就像一个病人在寻找另一个意见似的，"我们的目的是减少谣传和恐慌情绪。"

"如果这真是个连环杀手的话，"泰腾严肃地说道，"他或许会因为新闻界对他产生了兴趣而做出反应。那会刺激他再次作案杀人。我同意本特利博士的看法。"

"噢？"

佐伊怀疑无论如何这个新闻发布会肯定要召开，"那就告诉他们最基本的细节，没有任何解释的余地。如果你想减少恐慌情绪，你应该避免使用连环杀手这个说法。"

"说得对。"詹森又轻轻地拍了拍手，"那就这么定了。现在，我们下一步的工作，我想我们有了一些很有希望的线索。墨西哥的黑手党就是一个。我们应该和梅迪纳的父亲谈——"

"如果我可以说的话，警督，"莱昂斯警探插话了，"我想到了另一条调查线索。"

"噢？"詹森吃惊地眨了眨眼，看着她。

"我们目前都是根据这样的假设去调查的，那就是梅迪纳从她朋友们的车子下来后，在进屋之前遭到了绑架劫持。我们应该确保这个假设没问题。再找她所有的朋友谈谈，尽可能得到一条详尽的时间线。还有，如果她确实是在那时遭到劫持的话，那么杀手要么在她家附近等候，要么就是从他们派对出来后就一直跟踪了。我们应该核查闯红灯摄像头的连续拍摄镜头，看看是否有车子紧跟在她朋友车子后面。"

福斯特目不转睛地盯着莱昂斯看着，他的嘴巴一抽，形成了一个淡淡的微笑。他们在戏弄警督呢——佐伊很肯定。莱昂斯在开口说话，因为他们都知道，无论是什么理由，詹森都很容易受到影响。

"还有，一旦我们有技术勘查的结果，"莱昂斯继续说道，"很有可能我们会有箱子制作者的线索。如果这箱子不是杀手自己做的，我们就可以追踪那条线索。当然啦，我们要监控杀手的手机号码。"

詹森眨了眨眼睛，又清了清喉咙，"那是当然。这听起来是个合理的行动步骤。"

"我们将设法确定杀手留下的数码痕迹，"谢尔顿特工说道，"如果有什么迹象突然出现，我们会通知你们。还有一个视频上传的起源点问题。"

"是的。"詹森一脸茫然,"上传的起源点。"

"视频是在现场上传的。"谢尔顿皱起了额头,于是那只眉毛鸟的翅膀收缩,仿佛要下降似的,"杀手肯定使用了一个无线调制解调器。"

"他完全可以用他的手机作为无线热点。"福斯特指出。

"我们已经核查了所有的手机活动状况,"谢尔顿说道,"有线电视新闻网络的摄像是唯一上传视频使用的地方。我们将检查附近几个手机信号发射塔的所有数据。由于案发现场是在偏远的地区,需检查的列表不会很长。如果他是在这个地点上传视频的话,我们会找到上传记录的,然后我们也许能使用它来追踪杀手。"

在整个解释期间,詹森不断地点头。他深感满意,又看了泰腾一眼,"特工,还有什么要补充的吗?"

"本特利博士和我将开始做一个初步的罪犯行为特征分析,"泰腾说道,"如果能够研究从案发现场收集到的所有证据,包括照片,我们非常感谢。"

"那是当然的,"詹森做了个强调的手势。这倒像是一个国王恩准臣下的愿望似的合情合理,但在目前的情形下,显得完全荒唐,"我们开始工作吧。"

第二十一章

泰腾几乎到了门口时被佐伊拉住了手臂。

"能稍等一下吗？"她问道。

被她一拉，他变得有点僵硬了，"好吧。"

他们就站在门边，而其他的会议参加者纷纷走出了门口。谢尔顿特工最后一个离开，他有点好奇地看了他们一眼。泰腾朝他点点头，礼貌地微笑了一下。那特工耸了耸肩，也离开了。

"我们需要决定如何处理这个案子，"佐伊说道，"有很多事要做。"

泰腾已经估计她不会谈论昨晚说的那些话，更别提道歉了。但他仍然感到一阵生气和失望的痛苦，他需要发泄一下。假如她告诉他别像个小孩似的行事，那他至少还会有个机会反击一下。昨夜他半个夜晚都在想，当佐伊不经意地称他为凶手时，他就该说出所有的事情。可现在如果再说的话，毫无意义。反驳的时效非常短暂。

"当然，"他说道，"我们需要看看该地区过去的犯罪情况报告。假定这个杀手的幻想有幽闭恐怖症的视角，我们就能检查任何涉及把人关在狭窄小空间的情况。"

"也许可以看看是否有哪个妓女报告过这类情况。比如，一个顾客迫使她们长时间地躺在关闭的箱子里，或者汽车行李箱里。"

"好吧。我去检查该地区过去的案件。"

"我去试试暴力犯罪缉捕数据库。"佐伊叹了口气。

泰腾理解她的语气。暴力犯罪缉捕数据库应该是最适合做这类调查的数据库，因为联邦调查局的暴力犯罪缉捕数据库应该是记录了全国各地所有暴力犯罪的数据库。如果该杀手曾在其他州有过暴力犯罪，该案件也应该上报并输入了电脑。从理论上来说，佐伊所需要做的是检索其他有关活埋受害者的案件，如此一来，她会得到一个类似案件的列表。

但是有点障碍。其中最主要的是只有不到 1% 的暴力犯罪案件被输入暴力犯罪缉捕数据库里。当然，第二个问题是，在该数据库的数据输入表里没有"活埋"这个复选框。然而，此刻泰腾的同情心下降，所以他没有主动提出帮忙减轻工作量。

"上传者的昵称叫薛丁格，很可能这不会是巧合。所以我们应该也要研究一下这个薛丁格，"佐伊说道，"如果他真的是在参照薛丁格猫的实验，我们应该能对他这个活埋实验理解得更多。"

"那很直截了当。你在一个盒子里放一只猫，你关上盒子……由于某种原因，这只猫或许在某个时间点上死了。所以，这只猫是活的……但又是死的。"

"为什么它既是活的，又是死的？它要么活着，要么死了。"

"我的意思是……因为我们真的不懂。这是物理学的事，我估计。"

短暂的沉默。

"我们应该也研究一下薛丁格。"佐伊又说了。

第二十二章

　　佐伊独自坐在会议室里，她的笔记本电脑放在她前面，纸张和打印出来的照片散乱地铺满了会议桌。早些时候，她问过詹森是否可以用会议室工作，他一番哼哼哈哈之后，同意了。泰腾在警探部门，就坐在那个休假警探的办公隔间里。就佐伊所关心的，这个解决方案很不错了。她只是觉得泰腾目前的心情难以让她忍受。

　　笔记本电脑显示着暴力犯罪缉捕数据库的检索页面。那天上午，她做了 8 次不同的检索，结果找到了 200 多个能与梅迪纳案件相关的案件。在所有这些案件中进行筛选既困难重重又徒劳无益。

　　她有很多问题需要得到解答。这个受害者是如何被劫持的？毒理学报告说了什么？那只箱子是从哪里来的？这些问题会在适当的时候得到答案的。但是，每当一个案子的破解进程陷于停顿，而所有的直接问题都已经有答案之时，佐伊习惯于接受咨询。在行为分析部里，她多次听到这个说法，"要是他们早点通知我们就好了。"这仿佛是每当一起暴力犯罪发生之后，罪犯行为特征分析员就像某个真实的大侦探波罗一样，一露面就能指出犯罪团伙来，并能预防后续的犯罪活动发生一样。而在此刻，她已经尽量地早了，但是，结果她还是和其余的人一样，毫无线索。

　　她按摩着前额，知道自己不在状态。她为泰腾的生气和安德丽雅的疏远而感到分心，无法专注。一想到她妹妹，她立即又想象着安德丽雅无忧无虑地走向停车场的样子，毫不注意有个黑影正躲在她的车旁，攥紧的两手拿着一条灰色领带。

　　她咬了咬牙齿，一把抓起了手机。她快速地给安德丽雅发了条短信，"嗨，今天上午你好吗？"

　　让她感到吃惊的是，对话框里显示，安德丽雅几乎是立即打开了——向好的方向的重要转变。

　　"很好。案子进展得怎样啦？"

　　佐伊叹息着回复了，"有点乱糟糟的没头绪。而且泰腾对我生气了。"

　　"你干了什么？"

　　"没干什么。他就像个小孩子似的。"

　　安德丽雅发了个表情符号，图案里的脸上抬高了眉毛，可佐伊觉得这个含义不明的表情让她讨厌。"我要回去工作了，"她点击键盘，"以后再聊，好吗？"

　　"没问题。"

　　佐伊感到放心了，她站起身来，在会议室里来回踱着步。是时候改弦易辙，重新开始了。她还不能弄清楚确凿无疑的情况，但她能推测。妮科尔极有可能是被一个陌生人杀害的。假如她是被某个认识她的人出于某个通常的动机杀害的话——比如说，出于贪婪或者嫉妒——那么，杀手不至于那么肆无忌惮地活埋她，还拍了视频，并上传到网上。不，在此，驱使这个杀手的动机是不同的。

白板旁边有几支马克标记笔。她拿起了一支，开始列表。

活埋。定点位置偏远。网上视频。

在圈了一下"活埋"这个词之后，她画了一条线，从这个圈子出发，到"幽闭恐怖症"这个词为止。然后，她有些犹豫不决，于是她上网查到了一个描述被活埋的恐惧的术语，并写下了这个术语——"活埋恐惧症"。她已经看到了该杀手在那时受到性刺激的迹象。现在，她再度坐在笔记本电脑前，点击了视频，密切观察着杀手的动作。

视频中，有两次杀手停止往墓穴填土，从画面里消失了。在第二次，他过了3分钟才返回。在第三次观看这个视频时，她已经肯定了。他离开时，姿势僵硬，急急匆匆。而当他回来时，他显得放松镇静了。

他走出画面是去手淫了。

她的信心得到了增强，她在这张图表里再连接了两个词。"统治"和"控制"。这两种驱动力对性连环杀手来说，极为普通，所以当然在此适用。

她再走到"定点位置偏远"这个词。她从这个词出发画了一条新的线，然后写下了"策划"和"厢式货车"。是时候写第三个项目内容了——"网上视频"。

这是她最为关注的部分，这也是她希望警方尽量对新闻界有所保密的主要埋由。她只能想到该杀手之所以上传发布视频的一个原因，她写下来了，并在下面画了三条线。"出名"。

有些连环杀手未必受到幻想的驱使。他们是受到想要出名的动机驱使。山姆之子 ① 和 BTK② 就是经典的例子，他们向报界寄送信件，吹嘘他们的作案。如今，互联网能更为广泛地传播，所以该杀手甚至无须去接触新闻界了。

但在这个各种消遣娱乐精彩纷呈、数不胜数的时代，他无法像山姆之子那样，邮寄那些闲聊式的长信。没人会读。他得与时俱进。所以他就在网上发布了视频。

这就很可能对他的杀人节奏带来严重的后果。每当一个连环杀手凭他的种种幻想动手作恶时，在杀人行凶之间常常会有一段长时间的间隔。杀手的记忆和记忆在杀手心中的反复重现能很好地抑制住杀人的冲动，至少能维持一段时间。

但是，假如一个杀手行凶是为了获得关注，那么，只要他感到失去了大众的关注，他可能又会行凶杀人。而在如今，新闻很快即成旧

---

① 译注：山姆之子（Son of Sam），真名戴维·伯克维茨（David Berkowitz），臭名昭著的连环杀手，杀害了 6 个无辜的人，并伤害了好几个人，在 1976 年 7 月至 1977 年 8 月之间其罪恶行径曾让成千上万的美国纽约市民陷入恐慌之中。

② 译注：美国堪萨斯州的连环杀手 BTK。他原名丹尼斯·雷德（Dennis Rader），其杀人手法，都是先捆绑（Bind）再折磨（Torture），最后才杀害（Kill）。他因此得到一个称号叫 BTK 杀手。1974 年至 1991 年间被他杀害的受害人至少有 10 名。他的工作是普通牧师。30 年来，"BTK"这个恐怖的代号，是美国堪萨斯州威奇托地区居民的梦魇。

闻，这就意味着他会很快开始有了受挫感。

会议室的门打开了，惊动了她聚精会神的思考。福斯特和莱昂斯走了进来。

"本特利，你在这里，"福斯特说道，"验尸……"他仔细看着白板就不说下去了，"这是罪犯行为特征的分析吗？"

佐伊摇摇头，"不，只是一些想法而已。不到明天我不会有任何具体想法的。"

"taphephobia 是什么意思？"他问道。

"被活埋的恐惧，活埋恐惧症。"佐伊回答。

"太确切了。"莱昂斯扬起了眉毛。

"你认为这个杀手有被活埋的恐惧？"福斯特问道。

"我不知道。但他活埋一个姑娘时已经引起了性兴奋。恐惧和性刺激相联系的情况很常见。我几乎可以肯定，在视频中某个时间点他去手淫了……当然是离开摄像机干的。"

"真的？"莱昂斯厌恶地撇了一下嘴巴。

"你应该用一架紫外线相机仔仔细细地把案发现场再搜索一遍，就搜索精液。也许我们会有好运。"

"好运。"福斯特冷冷地说了一声。他和莱昂斯交换了一下眼神。

佐伊无视他们的反应。她没有照顾他们情绪的耐心了。"这是一桩完完全全的性谋杀案。"她皱眉对着白板，目光集中在"策划"这个词上，"除非……这里有什么因素不相符合。"

"是什么？"莱昂斯问道。

"连环杀手通常在某种酝酿期间隐藏着他们的性幻想，直到有某种压力发生了。我们把这称为紧张性刺激。这种压力有可能是某种关系的结束，或者遭遇解雇所造成的……反正这会是沉重地压在他们身上的某个事件。压力过重他们就神经崩溃，动手杀人了，实现他们原本的幻想。一旦他们越过了这道屏障，实施了第一次杀戮，那么随后的杀戮就会来得容易得多了。他们会策划得更为细致，去思考他们所能做到的一切，以便提高他们的杀人技巧。但是，第一次谋杀差不多总是出于冲动。"

"没有事先策划。"福斯特瞥了一眼白板。

"正是如此。这次谋杀是精心策划的。他必须得制造或者订购木箱，找到合适的地点，准备好上传的网址。他非常谨慎地使用一次性手机，事后清理干净。所有这些都不是冲动型行为。我相信他花了一两个月做了研究，然后再策划好。"

"也许这个杀手有所不同。"莱昂斯提出看法。

"有可能吧。"佐伊耸了耸肩，"但有个更为简单的解释。有某件事让他感到了压力。他崩溃了，就杀人了，很可能就在一个星期之内发生的。然后，过了一阵，他就策划下一次的谋杀。"

"那么……你是说——"

"至少还有一个受害者我们还没有发现。"佐伊说。

"但是……他称这次是'实验一号'。"莱昂斯弱弱地指出说。

"我对此也不是太赞同。因为可以有无数的原因解释为什么他这么做。我认为有很大的可能性是他在过去某个时间活埋了另一个姑娘。不会太久。就在几个月之前。"

莱昂斯看上去似乎脸色发白。"对不起。"她轻轻地说了声，就离开了。

佐伊想着是否要问问福斯特一声莱昂斯是怎么啦，随后又觉得这不关自己的事。假如一个妇女每当触及谋杀案就会晕倒的话，可能她选错了职业。

"实际上，我是来告诉你，验尸结束了，"福斯特说道，"我们正想去和法医谈谈。你也想和我们一起去吗？"

"我过会儿去。"佐伊看着白板。她想趁心里的想法还在时仔细想清楚。

第二十三章

　　泰腾跟着福斯特警探走进了验尸间。这是自从他们来到得克萨斯州以来他第一次感到了寒意。他身穿一件薄薄的白衬衣，所以立刻就后悔没穿夹克衫。

　　但是，随着一阵气味袭来，他对温度的不适也就退居其次了。他从来就不习惯于这种气味。门旁的一个锃亮的钢制柜子上有一盒口罩，于是福斯特拿了两只，给了泰腾一只。

　　妮科尔·梅迪纳的尸体赤裸地躺在房间中央的一张钢床上，验尸手术在她整个躯体上留下了一个呈 Y 形的切口。在房间里的冷光灯下，尸体的皮肤呈灰白色，但即使在目前的状态下，泰腾依然很容易地就能辨认出这个视频里的姑娘。

　　法医在一架显微镜前弯腰查看着。他一身白褂，有好几处已染上了棕色，他的口鼻上也罩着一只口罩。他的头顶已秃，而日光灯的白色光线使他的头皮看上去更加苍白了。当他们走近时，他直起身来，透过一副厚厚的眼镜玻璃端详着他们。

　　"这里冷得冻人了，柯里。"福斯特搓搓两手说，"你怎么就这样工作呢？"

"我穿了保暖裤。"那男子说。他的眼睛四周都皱了，而泰腾估计他在口罩背后微笑着。

验尸室的门打开了，佐伊大踏步地走了进来。她才进门走了两步就停下了，大概是气味向她袭来了吧，她的脸色泛起了一层稍稍反胃的神色。泰腾在猜想是不是因为佐伊的鼻子比大多数人的鼻子稍长一点，所以她更容易喜欢芬芳的环境。

他忘了自己曾对她大发雷霆，指指门旁的盒子，"那里有口罩。"

于是她转身走过去，很快就拿出了一只口罩。

福斯特对泰腾打了个手势，"柯里，这是格雷特工和本特利博士。他们是来给梅迪纳案件提供咨询意见的。而他"——他指指法医——"是我们的法医，柯里。"

法医转动了一下眼珠，看向泰腾，"柯里是我在学校时的绰号。我是克莱德·普雷斯科特博士。很高兴见到你们。"

福斯特转向佐伊，"柯里正要给我们一步步地详细谈谈验尸报告。"

柯里从柜子上拿起一个夹纸的笔记板，扫了一眼，"妮科尔·梅迪纳，年龄 19 岁。死因几乎肯定是环境缺氧窒息——"

"几乎肯定？"福斯特问道。

"尸体上没有任何严重创伤的证据，所以，考虑到尸体发现的地点，环境缺氧窒息是合理的结论。然而，你们当然还需要再等等毒理学报告。"

他指着尸体的臀部，上面有点乌青色。泰腾快速地瞥了一眼，就把视线移开了，"早期的腐烂开始于髂窝处。根据这一点，再结合玻璃体液里的钾离子浓度，我推断受害者大约在被发现之前的 80 个小时左右死亡。"

"大约到什么程度？"福斯特问道。

"受害者年轻健康，尸体被关在相对清洁的环境里，免受蠕虫和热量的侵袭。所以，更准确一点，前后不会相差 4 个小时。"

这实际上是一个更好的近似值，比起泰腾原先估计的更准确。他快速计算了一下，"是在 9 月 3 日上午 6 点到下午 2 点之间。"

"对。尸体背部的铁青色痕迹表明该死者死去时仰面躺着，死后其尸体没有被移动过。"

他围绕着验尸台走动着，眼看着梅迪纳的尸体。"她膝部、手掌、肘部，还有脚部都有许多划伤和擦伤，这一切看起来似乎都与她反复敲击和蹬踢坚硬的木头盖子相一致。尸体上有 3 处陈旧性骨折，很可能在早年孩童时所致。左腿上有两处，右手腕有一处。这 3 处骨折都愈合得很好。她胃部空了，这不奇怪，因为在她生命的最后 12 个小时里她都未进食。"

"有任何性接触的痕迹吗，无论是暴力胁迫，或者自愿所为？"佐伊问道。

"我拭抹了她的口腔、阴道和肛门部位，检查是否有外来因子，但是没有。在受害者的裤子上有一大块斑迹，但那是尿液所致，不是精液。"

他指指尸体的颈部，泰腾抻长了脖子去看。皮肤上有一道长长的擦伤。

"这道擦伤相当新鲜，"柯里说道，"仔细检查后，这看上去就像被某个尖锐但又平滑的物体划伤了皮肤，但割得不深。"

"有人用刀划的吧？"泰腾问道。

"是的，但我认为其意图不是杀她。我估计是有人拿刀顶住她的喉咙，划伤了她。看到角度了吗？这很可能表明是有人站在她的背后干的。如果你再看看她的左臂，你会看到有一处挫伤。那是他用劲抓住她的地方。"

泰腾在自己心里想象着当时的情景。妮科尔在她家门口外的车道上从车内下来了。街道幽暗。她开始朝家门口走去，就在此时，有人猛然抓住她的左臂，用刀子顶住了她的喉咙。

"那人是习惯用右手的。"福斯特的话呼应着泰腾自己的结论。这并不令人惊奇，视频里的那个男子也是用右手的，"还有任何搏斗的痕迹吗？"

"没有明显痕迹。我剪了她的指甲，送去检验了。"

"也没有她遭到捆绑的痕迹吗？"

"没有。"

泰腾已经考虑到了这一点，"务必要在毒理学测试中包含约会迷奸药。因为这可以解释受害者为什么没有挣扎，甚至当他把她关进木箱里时也是如此。"为了节省经费，约会迷奸药并非总是包含在标准的毒理学检测里，但这次最好要检测。

柯里记了下来，"我要他们检测时务必包括这一项。麻醉镇静类的药氯胺酮和氟硝安定肯定会在头发样品里显示出痕迹的。"

泰腾急于要离开验尸室了，但他逼迫自己最后看了一眼受害者。妮科尔·梅迪纳很可能在她死去之前已经丧失了意识，她的眼睛闭着，脸色安详。

但是，她被关在黑暗狭窄的空间里时，她会感到恐惧，这毫无疑问。看起来似乎她在尖叫时觉得没人能听到。可是，具有讽刺意味的是，她的尖叫声却被许多人听到了，但无人能够及时拯救她。

第二十四章

"我不知道你是如何喝咖啡的。"

佐伊从笔记本电脑上抬起眼睛，看了看说话者。原来是莱昂斯警探。她一手端着两杯咖啡，另一只手平托着一个粉色糕点盒，显得毫不费劲。佐伊知道，如果让她自己来玩这个杂技表演的话，其结果就是胯部会留下一大摊咖啡污渍，地上则是一大团糕点。

莱昂斯走进了房间，把咖啡杯和糕点盒放在桌上。随后，她拿起一杯咖啡，喝了起来，"我没放糖。"

"太好了，谢谢。"佐伊拿起另一杯咖啡。她啜饮了一口，细心地保持着脸色平静。咖啡太淡了，几乎就像在喝温开水似的。

莱昂斯打开糕点盒。里面有4个甜甜圈面包，两个面包上面撒了一层巧克力，另外两个面包上面是一层香子兰味的巧克力屑。她拿起一只撒了巧克力的甜甜圈，示意佐伊自己伸手去拿。

"谢谢。"佐伊又说了一次，拿起一只撒了香子兰味巧克力屑的甜甜圈。

"圣安吉洛市有个姑娘6星期前失踪了，"莱昂斯说道，"她的名字叫——"

"玛丽贝尔·豪，22岁。"

"你怎么——"

佐伊把她的笔记本电脑转个方向，这样莱昂斯就能看到屏幕了。屏幕上显示了纳姆斯失踪人员数据库的页面。"我浏览了一些数据库，检索了得克萨斯州的失踪人员，"佐伊解释说道，"包括在过去半年中所有在圣安吉洛市报告失踪的人员，玛丽贝尔·豪是唯一仍然失踪的人员。"

"我在调查豪的案件，"莱昂斯说道，"可是我在初期就钻进了死胡同。她在一个星期六晚上和几个朋友去看电影的……你不尝尝另一个巧克力甜甜圈吗？"

"已经很好了。"

"我就嗜好吃巧克力甜甜圈。我真该停止了，可每当想吃时，我的胃就做主了。警察和甜甜圈面包，对吗？"

"对啊。"佐伊想不起和哪个常常爱吃甜甜圈面包的警察共事过，但很可能总得有人来延续这个神话了。

"无论如何，"莱昂斯继续说着，一边拿起了第二个甜甜圈，"她失踪的情形相似。她和朋友去看电影。他们同坐一辆优步出租车回家——他们住在同一条街上，相隔几栋房子。司机把他们在朋友家旁放下，离豪的家大约30米。豪对她朋友说了再见，就走向自己的家了。到了第二天上午，她没有去上班。她老板给她打了几个电话，有点着急了，就派一个同事去看看她。她家没人，于是又反复给她打了几个小时的电话之后，他们就报警了。"

"你认为她就像妮科尔·梅迪纳那样，在她家附近遭到了劫持？"

莱昂斯耸了耸肩，"玛丽贝尔·豪不是妮科尔·梅迪纳。她 22 岁，独自居住。她的朋友告诉我们，她憎恨这个城市，憎恨她的工作，总是谈论着要离开。她和父母相处得不好；她 18 岁时就离开了家。她失踪前不久部门里就有两个警探退休了，所以我们严重地缺少人手。我不是说我停止了搜索，但我手头有六七个案子要同时处理，所以，在这个紧要关头，很容易认为她只是决定逃离城镇了。"

莱昂斯把她吃了一半的巧克力甜甜圈面包放回了盒子里。"我偶尔会查看一下她的图片分享社交平台网页，"她过一会儿又说道，嗓音沙哑了，"她曾经一直更新。比如每天几张照片。但自从失踪之后，那里什么都没了。"她拿起了她的手机，点击了几下，递给佐伊看。

确实是玛丽贝尔在图片分享社交平台上的账户，最后上传的照片是在 7 月 29 日。玛丽贝尔和另一个女孩，对着照相机微笑着，她们的头部都稍稍互相靠拢。标题是"亚历山大·斯卡斯加德，我们来啦"。

佐伊瞥了莱昂斯一眼。"谁是亚历山大——"

"热门影剧演员。"

玛丽贝尔很美丽。她就是那种女孩，懂得如何化妆，使之看上去更加地完美，她的嘴唇闪着红光，长长的浓密眼睫毛看起来几乎是天生的，她的头发乌黑，剪成精灵仙子的样式，她身穿绿色的无肩带背心，一脸调皮的微笑，仿佛是在暗示当亚历山大最终见到她时，他会忘了好莱坞，跟她去圣安吉洛市似的。

"她母亲仍然每星期给我打电话，"莱昂斯说道，"她想要最新的情况，可我什么信息都没有。你知道我现在的想法吗？"

佐伊没回答。

莱昂斯泪眼迷茫，"我想她已经被埋在附近哪个地方了。"

第二十五章

迪莉娅·豪正在洗涤盘子，恨恨地用力擦洗着，每天如此，弗兰克和他那该死的培根肉及鸡蛋。她一直告诉他吃完培根肉和鸡蛋后就得冲洗盘子。这又不是搞火箭科学那么难，你就把盘子放在水龙头下冲上半秒钟就完事了。但假如他吃完后动手把盘子放到水槽里去，她已经很幸运了。而等到她去洗刷时，鸡蛋剩余物已经硬化了，成了一块变了色的黄斑污迹，然后她只得反反复复地用劲擦洗才能从盘子上清除掉。明天，她要让弗兰克就用脏盘子吃饭，大概他才会最终明白那该死的意思了。

很有可能他根本没注意呢。她摇摇头，嘴唇抿成了一条细细的长线。

自从玛丽贝尔失踪之后，弗兰克难得和她交谈。他那样子好像全是她的过错似的。因为她的错，玛丽贝尔才离家出走了。因为她的错，玛丽贝尔才没有小心提防。因为她的错——

迪莉娅在清洗的盘子，带着她一股怨恨的擦洗劲，重重地撞到了水槽边。盘子破裂了，裂成了3块。迪莉娅手里抓着1/3的盘子碎片，一块扇形的三角碎片，一时间，张口结舌，愣住了。

随后，她注意到手掌上流出了血。鲜血混合着肥皂泡沫和水，呈粉色，滴在水槽里。

她扔下盘子碎片，用近旁的一块毛巾包扎了手，很快毛巾就变红了。她的手掌感到了刺痛，但她不在意。最近的这几个星期以来，疼痛已成了家常便饭似的朋友。疼痛驱走了空虚。

有人敲门。她步履沉重地走过去，开了门。莱昂斯警探站在擦鞋垫上，她的脸色严峻。她身旁站着一位陌生妇女。另一个警探？当迪莉娅发现调查她女儿失踪案件的是个女警探时，她就已经灰心了。当然，妇女是了不起的，她们值得和男人平等，还有其他的一切。可那是基本的进化，是不是？男人是猎手；女人是收获者。她想要个猎手去找她的女儿。可如今，又有一个妇女掺和进来。真是完美无缺了。

"莱昂斯警探，"她冷淡地说道，"真是出乎意料。"

她能把含义注入她说的话，表达得更清楚。"真是出乎意料"，在此情况下，意味着她知道警方没认真对待她女儿失踪的事。向她问的一半问题都是这一类的，诸如玛丽贝尔是否有理由不告诉她就离开这个城镇了。好像玛丽贝尔才失踪似的。

"有玛丽贝尔的消息了吗？"她过了一会儿问道。因为她无法不问啊。因为即使过了那么几个星期，经历了那么多次的虚假希望和深深的失望之后，她依然怀着信心。

两星期之前，她的堂弟打电话告诉她，他在纽约看到了玛丽贝尔，她就在附近的一家超市里当员工。迪莉娅甚至没有让她堂弟确认一下，给她发个照片来。她就买了机票，正要飞过去时，她堂弟又来电话道歉了。他认为是玛丽贝尔，但结果是因为光线关系，认错人了。

她没能获得机票的退款。弗兰克很可能为机票钱而暴怒，但他什么都没说。

"没有，"莱昂斯说道，"还没有。我很遗憾。豪太太，这是佐伊·本特利，来自联邦调查局。"

迪莉娅眨了眨眼，打量着本特利。联邦调查局？这女人不像是联邦调查局的。她又矮又瘦，脸颊粉红。她脖子那么细，很可能只要一扭就能折断她的脖子了。

然而，她那双眼睛呢——片刻之间，迪莉娅发现自己直看进那女人的眼里了。但随即她又移开了视线，心"怦怦"直跳。联邦调查局来干什么？这与玛丽贝尔有关吗？

"豪太太，我们能进去谈吗——你好吗？你在流血！"

迪莉娅立刻就看了看自己的衬衣，仿佛是她胸腔里原本呆滞空洞的跳动最终发展成了一个流血的伤口似的。可是，不，警探在谈论她的手。"我很好，"她说着后退了一步，做了个手势请她们进去，"我被盘子碎片割伤了。"

"我来看看吧，"那个联邦调查局的人说着，没等迪莉娅有所反应，她已经抓起迪莉娅的手，解开了包扎的毛巾。那条伤口又长又深，而迪莉娅则瞪眼看着，目光空洞，随即意识到伤口靠近了几处烧灼伤痕，她一下子把手抽了出来。

"没什么。"那个女人看到那几处伤痕了吗？

"你应该在上面涂点消毒药。"本特利说。

"你们是为玛丽贝尔的事来的吗？"迪莉娅克制着自己想把伤手藏到身后的冲动。

"是的，"本特利回答道，"我就想问几个有关她的问题。"

莱昂斯关上了身后的门，走过迪莉娅身旁，进入起居室。迪莉娅跟着她，感到在自己的家里反倒有点别扭了。于是她报复性地决定不向她们提供什么饮料喝。莱昂斯坐在扶手椅上，而本特利则坐在长沙发的一边，给迪莉娅留下了另一边。这是唯一可坐的地方，所以迪莉娅就坐下来，由于和联邦调查局的人靠得太近，感到很不舒服。

"你想知道什么？"她问道。

"你女儿出去多吗？"

"她有时候出去，"迪莉娅颇有戒意地回答说，"她可不是那种放荡的女孩，假如这是你想暗示的话。"

"我什么都没暗示，豪太太。她是和朋友们出去的？在晚上？"

"我估计是的。她不在这里住，她有自己的住处。"

"为什么会这样？"

"因为她很倔强。我无数次让她回家住，不想让她在外面住。"

"最初她是为什么离家的？"

"我们争吵过许多次。她说我们……说我快把她逼疯了。当时我只是留意她在干什么而已。"迪莉娅的脑海里又冒出了母女之间争吵的景象，就像她们以后经常发生的那样。她和玛丽贝尔几乎在任何事情上都意见不一致。玛丽贝尔衣着打扮的方式，她见的那些人，还有她一直很晚回家，等等。她们还时常为吃东西争吵。她告诉过玛丽贝尔吃慢点，别吃太快，要注意身材，而玛丽贝尔会突然大发脾气。或者她会羡慕地谈到杰基的女儿，她是多么的苗条，而玛丽贝尔则会勃然大怒，好像母亲是有意这么说的。要是玛丽贝尔肯听，要是她不对一切都那么敏感……

"在街上，或者她近来有遇到什么男子吗？"本特利问道。

"对不起？"

"我是问，玛丽贝尔是否提起过在街上见到过什么陌生人，或者她近来见过什么男子吗？"

"没有。为什么？"

"你女儿经常去哪些地方？"

"她去上班。她就在她住处附近的超市里工作。"

那女人一直在问问题。无穷无尽的问题，都没答案。在整个谈话期间，本特利看起来似乎在审判她、责怪她。终于，迪莉娅发脾气了。

"你究竟想从我这里得到什么？我不知道任何有关玛丽贝尔的事。一旦她 18 岁了，她就走了，不，谢谢你了，我什么都不知道！每当我们谈话时，我们总是争吵。这就是你想听的吗？是的，我们争吵。她从来不会听我说的任何话。我是她的母亲，可她就是不肯听。我只是在试图帮助她成长而已——就这些了！如果你找到她了，你能把这话告诉她吗？能麻烦你告诉她说我只是想帮助她？”

　　她的声音很奇怪，而她的眼睛则已泪汪汪了。她不理解为什么她们要来，究竟她们想要从她这里得到什么。她想到了煤气灶。她眼睛快速地朝厨房那里瞄了一眼，再看着本特利。这个女人看她的方式……她明白的。迪莉娅不知道怎么说，但她心里明白。她紧抓着裹着毛巾的手。

　　“谢谢你，豪太太，”本特利说道，她的声调柔和。她取出一张卡片，递给豪，“假如你想起来有关你女儿的任何事，请打电话给我。”

　　她们终于走了。迪莉娅在她们背后锁上了门。然后她直接走进了厨房，拧开了煤气，蓝色的火焰闪烁着。她伸出手腕放在火苗上。就两秒钟，也许更短。一阵剧痛贯穿她的全身，她呻吟着，踉踉跄跄地往后退了几步，在一阵疼痛的背后，空虚感和内疚感安全地隐藏起来了。

第二十六章

佐伊坐在汽车旅馆房间里的床上，她的后背靠在胀鼓鼓的大枕头上，笔记本电脑放在膝盖上。

她已经花费了好几个小时，想要弄明白薛丁格的理论，为此阅读了一些论文，甚至观看了在线讲座视频。尽管她明白了理论的基础知识，但那些细节之处马上就变得难以理解了。于是，她陷入了一阵非理性的愤怒，在各方面憎恨起所有的物理学和物理学家们了。

然后，她的肚子饿得咕咕叫了。十分可能的是，她的暴怒也是饥饿所致。她就像安德丽雅喜欢说的那样，患有饿怒症。

她本可以出去找点东西吃的，但一想起昨晚吃的油腻腻的中餐外卖，就有点沮丧。她想出去，另找个什么地方吃饭。她还想有人陪伴。

显而易见，陪伴者就在隔壁，可他还在生着闷气呢。

如果她对自己坦诚一点，那确实让她感到不少的烦恼。泰腾通常是为人随和、愉快乐观的。的确如此，他们这里那里的总有意见分歧，他也能成为一个令人沮丧的家伙，无法相处，可她却又想不出哪件事上他真的对她生气了。

该和他谈谈了。尽管她无法肯定究竟是什么事让他勃然大怒的，但她还是应该为昨夜的事向他道个歉吧。她来赔罪，请他吃个饭吧。她难得道歉，这只会让他更容易地理解她确实是感到对不起他。她站起身来，在包里乱翻了一番，找出一件短袖的白色 T 恤衫，还有一条牛仔短裤。她穿上，照照镜子。她又松开头发，让它披在肩上。如果要对这种干燥炎热的天气说几句肯定性的话，那就是它让她的头发显得更好了。平时，她总是费劲对付头发卷曲啦，发丝纠结啦，难看的结团啦，反正是总体的头发蓬乱。但在此地，她的头发整齐光滑，简直就像是洗发精的商业模特儿。她对着镜子微笑着。还不错嘛。

她抓起手提包和钥匙，出了房间，走到泰腾的房间门口，她敲了敲门。她肚子咕咕叫着，她又敲了一下。

他开了门，看起来疲倦古怪。他身穿一件蓝色 T 恤衫，下着短裤。他看到了佐伊的外表和打扮后睁大了眼睛。但随后他又咬紧了牙关，皱起了眉头。

"嗨。"佐伊试着用自然的语调打招呼。

"我正要找你呢。"泰腾说。

"是吗？"她问道，深感鼓舞。

"我发现了一桩 8 个月前的待定性谋杀案可能与我们调查的案件有关。一个妓女名叫拉雯·惠特菲尔德，她的尸体被发现埋在圣安吉洛市以北几英里的地方。她的手臂被人用电缆线捆绑住了，身上被捅了好几刀。"

"他们是怎么发现这具尸体的？"

"野生动物把她啃掘出来的。"

"有嫌疑人吗？"

"有一个。一个家伙曾经是她的皮条客，名叫阿方斯……什么的。"泰腾皱着眉头。"我会把案件档案给你。你可以检查确切的细节。看起来像是一个证据确凿的案件，但上了法庭之后，辩护方设法对调查程序提出了几个问题。他们缺少一个至关重要的目击者，死亡时间结果有误，而且没有对主要的嫌疑人宣告他的权利，违反了米兰达原则。[①]许多证据被认为不予认可。于是，嫌疑人就被开释了。"

"而你认为这个案件是有关联的？"佐伊问道。

泰腾耸了耸肩，"她被埋了。但是很显然，这么做是为了隐藏尸体，这不是目前这个杀手所为。刀刺与目前的作案方式不同。"

"她被野生动物啃掘出来，这就意味着她没被深埋。"

"对。所以我不认为是同一个家伙干的，但我也无法完全排除他。"

---

① 译注：米兰达原则：mirandize（向疑犯宣读其权利），起源于因警察未宣读权利而逃脱制裁的米兰达。1963 年，一个名叫米兰达（Ernesto A. Miranda）的美国男子因涉嫌绑架和强奸妇女而在亚利桑那州被捕。警官随即对他进行了审讯。两小时后，米兰达认罪，并在供词上签了字。后来在法庭上，检察官向陪审团出示了米兰达的供词，作为指控他犯罪的重要证据。然而，米兰达的辩护律师坚持认为，因为警察在审讯米兰达之前没有告知他有权保持沉默，根据美国宪法第五修正案，这份供词是无效的。虽然陪审团判决米兰达有罪，但米兰达上诉至最高法院后，最高法院以 5∶4 的票数推翻了一审判决。最高法院在裁决中向警察系统重申了审讯疑犯的规则，即必须提前告知他所享有的权利。从此以后，我们在电影中常常能够看到警察在逮捕疑犯时大声向其宣读权利的场景。这种做法就被称为"向疑犯宣读其权利（告知疑犯有权保持沉默）"。mirandize，来自米兰达的姓氏。

佐伊点点头，同意他的看法。"我想和你谈谈另外的事，有关昨晚的事。"

泰腾的脸色依然冷漠。

"我真的很抱歉，让你感觉我说的话很伤感情。其实，我当时想帮你，但我能理解你如何把我说的话当批评来看的。我有时确实有点太直率了。"她期待他的脸色会缓和一点，但他的脸还是紧绷着，棱角分明，依旧生气，"洛杉矶的那件事是几年前发生的，所以避免谈论完全合理。我答应不再提它，直到你准备好了。"

可是，看起来似乎他的牙关咬得更紧了一点。难道他没注意到她说的第一部分，她的道歉吗？

"所以，不管怎么说，我很抱歉。我正想去吃点东西。我们一起去，好吗？我请客。"

"你觉得抱歉，我感觉到了。"他冷淡地说。

噢，他总算是感觉到了，"好的。"

"你现在意识到你可能会过于直率了吧。"

这次道歉并未如之前计划好的那样，于是佐伊开始感到有点急了，"我真的很抱歉。"她第三次道歉了，"那么和我一起去吗？我想有个地方——"

"我不饿。晚安。"房门"砰"地关上了。

她盯着关上的房门，简直难以置信。随即，她勉强克制住踢门的冲动，转身怒气冲天地离开，独自去吃晚餐了。

第二十七章

　　哈里坐在汽车旅馆的休息室里，正想放弃他的监视，就在此时，他注意到佐伊在外面，快步走向大街。一时间，他几乎认不出她了，她那身 T 恤衫和牛仔短裤和他在芝加哥见到她穿的套装迥然不同。但是，随后她转过了她的头，那张脸决不会看错了。

　　他猛地从休息室里冲出去，向外面猛追过去，"本特利博士！"

　　她停住脚步，转身看着他，有点心烦。

　　"在这里见到你真是太好了。"哈里的语调里既有故作天真，又有假装惊奇，边说着边随意地向她走去。

　　她的注视集中了，而他则裹足不前，有点心绪不宁。在小时候，他常常担心某些人会看穿他的心思，知道他灵魂里的黑暗角落。佐伊的眼光几乎让他感觉到又遇到这类事了。

　　"是你，"她嘘了一声，"你在这里干什么？"

　　"哦，就是公务旅行，"他说道，"我住在这个汽车旅馆里。你呢？"

　　她眨了下眼睛，当她意识到他们住在同一个地方时，脸上显出了沮丧的神色。由于最初面对她强烈目光所产生的震惊感渐渐减弱了，他发现她身上有着某种确定无疑的吸引力。她的颈部柔和，头发乌黑，这赋予她几乎是白雪公主般的气质。但那份柔和却被她奇怪的眼神和鹰钩鼻子削弱了，把她从"漂亮可爱"转变为"令人着迷"。他心里默记着在他的采访报道中要对此提上一笔。他还想到了其他可能的形容词。富有魅力，引人注意，引人入胜……不，引人入胜听上去有点荒唐。

"我在此……"她迟疑了一下。最后，她脱口而出，"私人事务"。

"在圣安吉洛市是私人事务，哈？那么我猜测，泰腾·格雷特工也是私人事务吧？"

她狠狠地瞪了他一眼，"我没有什么可对你说的。"她转身就走开了。

哈里急忙追了上去，"没问题。"他气喘吁吁了。该死，这女人走得很快。"也许就评论几句我明天见报的文章吧？我正在考虑标题，'年轻姑娘可疑死亡之后，连环杀手专家在圣安吉洛市为警方提供咨询'。"他喘息着说，他的心肺则因为突如其来的用劲而令他感到不适。他已经很多年没这么奔跑了。

"我将以烘托氛围开始。"他抬高了声音来抵消交通噪声。她走得更远了，所以他加快了脚步，边说边喘着气，"本特利博士，以抓获芝加哥殡葬人员绞杀案罪犯和臭名昭著的乔万·斯托克斯而闻名，近日与其搭档泰腾·格雷特工一起飞赴圣安吉洛市。虽然对他们的出现没有任何评论，但可能他们此行与19岁的妮科尔·梅迪纳的死亡有关……"

佐伊放慢了脚步，随后就停下了。哈里气喘如牛，也停下了脚步。他感到心脏病快要发作了。

"她被……发现死在……城外。"那些该死的香烟。它们会要了他的命，"在……被报警失踪……"

"停。"她一个急转身，向他大步走去，看上去好像她会勒死他似的，"你不能发表任何有关文字。这只会激怒和误报。"

"误报？"他看着她，感到很受伤害，"难道你不是和泰腾·格雷特工一起在圣安吉洛市吗？难道妮科尔·梅迪纳没被发现死了吗？他们说今天报纸的新闻里说她被发现已经身亡了。噢！我知道了。你不喜欢连环杀手专家这个头衔。很有道理。那么，著名的罪犯行为特征分析员怎么样？"

"巴里先生，如果你发表你的报道文章，那么后果也许是……你不能再……"她无助地挥了挥手，她的手势狂乱却又含义模糊。

"用话说吧，本特利博士。我不懂肢体语言。"他的心跳总算减缓了，但他浑身已经大汗淋漓了。也许他是该戒烟了，"什么后果？"

"请再过一天发表。"她不善于恳求。她的语调听起来更像是个专横的命令。

"这样就可以让所有的本地报纸抢在我之前获得消息？我不这么认为，博士。你有没有什么条件给我呢？"

她瞪眼注视着他。而他则平静地对视着她，但那就像是与美杜莎①进行互相注视的比赛一样。最后，他首先移开了目光。

---

① 译注：美杜莎（Medusa），希腊神话里的蛇发女怪之一，被其目光触及者即化为石。

"这儿有个故事可以给你，"她终于说了，"但如果你现在公开，上面有我的名字和一连串所谓的功绩的话，我发誓你永远不会再从我这里听到任何消息了。"

他耸了耸肩，"这也不像是我从你那里听到什么消息啊。"

"我会在给任何人之前，先提供给你完整的故事。我答应你。"

"那么，假如其他报刊先得到了呢？"

"你并不只想写圣安吉洛市死去的姑娘吧。你在芝加哥的读者对此的关注度不会小。而你需要的是我的视角。"

"你就像读一本打开的书那样读我的心思啊。"他对她咧嘴笑笑。

"那篇报道文章等等吧。过一两天我会给你打电话。"

他点点头，"我会等你电话的，但别太久。"

她长长地呼出了一口气，"晚安。"

"你去吃晚餐吗？我们可以一起去吃点东西。"

"我宁可和一条响尾蛇一起吃饭，哈里·巴里。"

他看着她走远了，脸上浮现出一个困惑的微笑。随后，他在口袋里翻了一下，掏出一盒皱皱巴巴的香烟。他抽出一支，插到嘴上，点燃了。他吸了一口烟，享受地闭上眼睛。戒烟见鬼去吧。他知道，在抢到一个好故事之后，再也没有什么能比吸上一支烟的味道更美滋滋了。

第二十八章

当他在浏览本地新闻网站时，那姑娘的尖叫声成了背景音乐。她在恳求什么人，或者任何人，放她出去。他听了一会儿，把这个姑娘和妮科尔·梅迪纳做一番比较。他不确定她们中哪个更迷人。

他摇了摇头，又筛选了一下网站。

他一直希望现在会有人发现其中的联系，意识到死去的姑娘就是他发布在网上视频里的同一个姑娘。但是，所有的报道文章都只是提到基本事实罢了。死去受害者的姓名和年龄，两星期前在她的图片分享社交平台账户里贴出的在夜总会里的自拍照，以及警方所说的他们正在调查此案。没有提及连环杀手，没有提及网上视频，更没有提及薛丁格。连篇累牍的报道都只是些乏味的花边新闻。

他不由得一阵怒气爆发，猛地拍了一下桌子。警方怎么会如此盲目？他已经给他们留下显而易见的追踪线索。难道还需要他向他们强行灌输每个细节吗？

他点击了一下圣安吉洛市的现场直播网站上"联系我们"的链接。他愤怒地打字输入，指出了死亡的受害者和视频之间的关系。他复制粘贴了链接网址。他还指出视频的名称，说明会有更多的类似视频出现。

警方根木佘何不了他，联邦调查局也是如此。将有更多的受害者，无人是安全的。她们都在他的关注范围内。将会有更多的受害者，几十个吧。

光标徘徊在"发送"按钮上方，他停顿了。

他再次看了一下全部内容。他实际上必须得上下移动显示才行，该死的内容太长了。几乎一半的文字是大写字母。他写的话听起来有点疯狂。他还找出了至少 13 处拼写错误。惊叹号的使用多得惊人。在某一处，他居然写了许多个惊叹号。

一连 6 个惊叹号，大写字母，就像某个发泄情绪的疯子。

这可不是他想给予人们的印象，无论他是多么的愤怒。

他从椅子上站了起来，在地下室里踱来踱去，深深地吸气呼气。这个空间比过去更拥挤了。在较远的一边，木箱一直堆放到天花板，它们的大小尺寸都一样，每个木箱上都钻了个小孔。每个木箱是为一个实验对象准备的。用于一次实验。只消看看这些木箱就足以让他平静下来，足以让他微笑了。

在这些木箱旁边是几个装满了泥土的大容器。他的这些大容器足够他做 5 次实验了，而且所装泥土分别匹配不同的地点。这就是他，一个有所准备的人。他会系紧每一根松开的绳子。他不会冒任何风险。

他将坚持原定计划。所以，新闻界反应迟钝那又如何。很快，人人都将听说有关他的事。但人人都将猜测谁会是下一个受害者。

因为这个姑娘将不光让他的存在曝光，还将澄清一点：他不会搞一两次实验就罢手的。

她的尖叫声又在地下室里回荡着，她尖叫着要见她母亲。

这就给了他一个想法。

他早就该想到这一点了。这些日子里，没人关心眼下在发生什么。

他们所谈论的是即将会发生什么事。总有无穷无尽的唠叨声在猜测电影的预告片啦，引人好奇的广告啦，演员们和摄制组里的台词提示还有眨眼瞌睡之类的琐事。而一旦某些电影被屏蔽之后，除了"诺诺"连声地表示同意之外，还有谁再去谈论呢？

广告和预告。制造叽叽喳喳的谣传。而这叽叽喳喳的谣传比实际结果更为重要。那将会把他置于公众关注的中心。

谁又能猜想到一个连环杀手在这些天里所需要的是一个良好的市场宣传部？

他咧开嘴巴笑着离开地下室。这个想法在他的心里逐渐成形了。

第二十九章

佐伊坐在吧台旁，攥着拳头放在膝盖上。她想不明白这个晚上怎么会如此糟糕的。先是泰腾那种令人憎恨的行为，接着是那个来自芝加哥的厚颜无耻的记者怎么会发现她在这里，拧着她的胳膊要做个讨厌的采访。哎呀，真气人。

他是怎么找到她的？他飞到圣安吉洛市来，这就意味着他有个可靠的消息来源。行为分析部里的某个人。她以后得和曼卡索谈谈，告诉她有人向新闻界泄露消息。

"小姐，这是您的。"酒吧女侍者在佐伊面前放下 3 个盘子。第一个盘子里是一块厚厚的肉排，在平底锅里油煎好了，外观很有诱惑力，一小片西蓝花搁在肉排旁，几乎就像是事后才想到放的。其余两个盘子里是些配菜——色拉、蔬菜，爽脆新鲜，红绿相间的混合，一份烤土豆浇上一堆酸奶油，还有几片绿色的洋葱放在最上面。

至少今晚有一件事没让她失望。如果这顿饭的味道只要有看上去的一半那么好，这也算得上是顿令人满意的晚餐了。

她切了一片肉排——肉排的里层如她所愿的那样粉红。她把肉放入嘴里，闭上了眼睛。

或许，生活毕竟还是值得过下去的。

她细细地咀嚼着，享受着多汁肥嫩的肉，随后又叉起了一片土豆，确保先蘸上些许酸奶油，还伴着一片绿色的洋葱。她一口全吃进嘴里，稍稍有点失算——土豆片烫到她的舌头了。但味道鲜美。

"味道还好吗？"酒吧女侍者礼貌地问道，在她的盘子旁放上一杯冰水，水面冷凝形成一层雾气。

"是啊，太好了。"佐伊说着，用鼻子吸了一口气。

酒吧女侍者朝她愉快地笑笑，离开了。佐伊又咬了一口肉排。这晚的各种事在她脑海里交替出现。哈里·巴里大概算是无耻了，但他也是受到逼迫而为。她倒也赞赏某个专注其工作的家伙。而泰腾……哦，泰腾依然令人不快，但她知道他的心思还是对的。她很遗憾他没和她一起来。这顿好饭菜如有人一起享用味道就会更好了。

蓦然，一阵内疚和恐惧感袭上心头，她意识到自己太忙于这个案件了，所以自从上午以后就忘了了解安德丽雅怎么样了。几乎是一整天了。

她拿出手机，"你好吗？"她点击输入文字。

几秒钟后回复就来了，"很好啊，别烦我。我在吃饭呢。"

她宽慰地叹息一声，拍了张菜肴的照片，发给安德丽雅，标题是"我也在吃饭"。过了一会儿，她妹妹回复了一条短信——"你觉得你的饭菜很好？看看你还缺了什么"——还有一张愁眉苦脸的日本拉面的图像。佐伊哼了一声，发回一个挂着泪水的笑脸表情符号。有时还真是个含泪带笑的时候。

肉排吃了一半的时候，酒吧女侍者把一瓶葡萄酒和一只杯子放在吧台上。

"坐那边的小伙子请客的。"她告诉佐伊，朝吧台边缘处点点头。她在佐伊面前放上一杯葡萄酒。

"嗯……"佐伊说道，"我没——"

"这是真正的好酒。"酒吧女侍者抬了抬眉毛。

自从上次有人在酒吧里想和她搭讪以来，已经过去一段时间了，而她现在只得笑着说，"好吧，谢谢了。"

她闻了一下酒味，随后尝了一口。还真是不错的酒。她看了一眼那个送她这杯酒的男子。只见他头发卷曲，棕色的胡须浓密。他身穿一件蓝色格子花的衬衫，大多数人穿着不好看，可他穿着倒很合适。他浑身散发着一股伐木工的气势。他的颈部有一个小小的文身图案，看起来像是姓氏缩写，但佐伊在这个距离无法辨认。他举起一杯啤酒向她祝酒致意。她也举起了她的酒杯。

他似乎觉得那是一种邀请的表示，而她则不能肯定这算不算邀请。他站起来，一下子就高出酒吧里大多数客人。他不慌不忙地走过来，坐在她旁边的一只空凳子上。

"我喜欢见到一个很享受晚餐的女孩。"他微笑着说。

"不再是女孩了——我已经33岁了。"她放下了酒杯，"谢谢你的酒。"

"我叫约瑟夫。"

佐伊伸出手来，"佐伊。"

一时间，当他握住她的手时，她很紧张，心想他也许会吻她的手。但他只是坚定地握了一下。

"你不住在这儿附近吧，"他说，"你从波士顿来？"

她有点惊奇地眨眨眼睛，"我的口音那么明显？"

他笑了，"我在波士顿住过几年，所以我的耳朵能听出来。口音不是很明显，而是那儿。你说33岁等等。"他模仿起有点可笑的波士顿口音，调皮地笑了笑。

佐伊也报以微笑，"哦，我也不喜欢住在那里。"她突然感到了一阵强烈的乡愁。她就啜饮了一口酒。

"那么，你在圣安吉洛市做什么呢？搬到这里来了？"

"不，我来这里是工作需要。"

"什么工作呢？"

现在，问题就来了。法医心理学家这几个字对一般人有某种不吉利的意味。这几个字要么让人们感到不舒服，要么就激起人们强烈的好奇心。所以，一提起她的职业就会要么没法再聊天了，要么就会围绕着杀人强奸的事说下去。

她咬了一口肉排，心里在想着如何回答。这两种可能性都不太好。她只满足于不错的晚餐和迄今为止还算愉快的陪伴，可她不想突然谈论起连环杀手什么的，"我是个咨询顾问。"

"哪方面的咨询顾问呢？"他喝了一大口啤酒。

"噢……大多是有关人类行为方面的。"她耸了耸肩，"我昨天才飞过来。我将在这里待上几天。你呢？"

"我住这里。"他微笑着，"就在沙土和果冻里出生和长大。"

她过了一会儿才理解那是指城市名称的俏皮话，可有点傻。她微微一笑，吃了一口土豆加奶油。

"我是电工和空调技术员。这个职业很受欢迎。"他靠近了一点，"我不知道你是否意识到了，但这儿的天气偶尔也会变得暖和一点的。"

她忍不住大笑起来，然后又开始咳嗽了，无法控制，土豆呛进她的气管里去了。约瑟夫睁大了眼睛，惊慌地看着她，随后立即把水杯递给她。她从他手里接过水杯，还在咳嗽，泪水也咳出来了，喝了一口，终于呼吸平稳了。平稳了，佐伊，非常平稳。

"你没事了吧？"

"好了。"她喘息着，一口气喝了半杯，"你刚才的俏皮话让我有点措手不及。"

"对不起，你吃东西时我会设法更严肃一点。"

"假如这里那么需要空调技术人员，你那时去波士顿干什么呢？"

"跟一个女孩去的——还会有什么呢？到了那里，我想开始做灯光装置的业务。那看起来好像能兴旺好几年呢。可后来不是的。"他说着拿起一个啤酒杯垫子，开始剥开它，吧台上撒满了纸屑，"和那女孩分手后，我就回家了。回头想想，不知道为什么我会离开家乡。"

佐伊割了一片肉排，放进嘴里咀嚼着。她已经不饿了，只是在享受吃的乐趣。她指指他颈部那个字母缩写的刺青，"H.R. 是谁？"

他摸了摸那块刺青。"亨丽塔·罗斯。就是那个波士顿女孩。有点傻，哈哈？你恋爱时就会做最愚蠢的事。现在我刺上了她的名字缩写，人人都会问这是什么。"他皱眉看看他剥碎的啤酒杯垫子。

佐伊有种感觉，假如安德丽雅在这里的话，她就会设法说上几句笑话，转移聊天的关注点。她设法想了想其他的意思。她在思忖着，"你可以告诉他们，那两个字母代表人力资源"①，却又很肯定，那是个蹩脚得不能再蹩脚的玩笑话了。她觉得也可以开始这么说，"嗨，至少她的姓名字母缩写不是……"可她又想不出一个妙语笑点了。

她终于想到了某些有趣的话可说了。到现在为止已经3天了，她一直在想办法入睡。

"我不觉得那有什么蠢，"她最后说，感到有点差劲，"我觉得你爱上了某人，所以做了一个很棒的举动。"

他眨眨眼，"谢谢，佐伊。这话说得很好。"

大概幽默终究就是夸张了点。

两人之间一阵沉默。这不是那种相熟相知者之间的沉默，舒适无忌。而是那种气氛毫不轻松，刺激强烈，几乎触手可及的沉默。仿佛是有个想象中的话题球，他们抛来抛去地聊着，但其中一人动作笨拙，话题球掉了，捡不起来。

---

① 译注：人力资源（Human Resources）开头的字母缩写也是 H.R.。

他清了清喉咙，"那么谁是你生活中最重要的人？"

这个问题与之前的聊天毫无关联，显得突兀，但佐伊能够就事论事地看待——重拾话题的一种方式而已，使得聊天回复正常。她对此倒不介意，"我有个妹妹。她和我一起住。"

"真的吗？那不困难吗？和你妹妹一起住？"

"也许对她有点，"她轻松地说，"我喜欢她在身边。"

"你父母呢？"

"我爸爸几年前去世了。而我母亲有时候有点难以相处。"在过去的几年里，她母亲总是喜欢控制一切，消极对抗，变得几乎让人难以忍受，"你的情况怎么样？"

"我没有兄弟姐妹，我爸爸几年前离开了得克萨斯州，所以现在只有我和我妈妈。但我们关系很好。"

"我敢说你回来了她一定非常高兴。"

"她非常兴奋，"他说道，"她当初就不希望我离开。"

他们又聊了一会儿波士顿。然后话题就忽左忽右地转来转去，约瑟夫操纵着聊天，而佐伊则很乐意跟着聊。他聊了一会儿他的嗜好是修复旧家具，而佐伊则在他描述如何修复了一个梳妆台时表现得很受感动的样子。但她从宜家商场买来家具自己装配了3张椅子的事却是没有谈起。然后，他们又比较了一番自己喜欢的影片。约瑟夫为自己要了一杯葡萄酒。聊了一会儿之后，佐伊发现自己对他放松了戒备心理，说话更随意了。她上次和什么人坐在一起，和他聊些无关紧要的事，享受着伙伴的乐趣是什么时候的事了？

　　酒吧女侍者早就端走了她的盘子，而杯子里最后的一滴酒也喝完了，约瑟夫问道，"今晚怎么过你有什么打算吗？"

　　佐伊紧张了，将近午夜了。尽管她喜欢约瑟夫的陪伴，但她却不愿这样的夜晚再继续下去了。她依然对他了解不足，除了他身材魁梧，很有吸引力之外。于是，再一次，她想起了她知道的其他有吸引力的男子。泰德·邦迪 ①、查尔斯·曼森 ②、理查德·拉米雷斯 ③，还有罗德·格洛弗。这个名单越来越长。对于一个整天与心理病态性格者打交道的人来说，吸引力只不过是危险的伪装罢了。

　　"我想我需要去睡觉了，"她说道，"明天对我很重要。"

　　"提供一天的咨询，嗯？"

---

① 译注：泰德·邦迪（Ted Bundy）出生于 1946 年，原名西奥多·罗伯特·考维尔（Theodore Robert Cowell），是美国活跃于 1973—1978 年的连环杀手。在其于 1978 年 2 月最后一次被捕之前，他曾两度从县监狱中越狱成功。被捕后，他完全否认自己的罪行，直到 10 多年后，才承认自己犯下了超过 30 起谋杀。不过真正的被害人数量仍属未知，据估计为 26—100 人，一般估计为 35 人。他于 1989 年被执行死刑。

② 译注：查尔斯·曼森（Charles Manson，1934 年 11 月 12 日—2017 年 11 月 20 日），美国著名类公社组织"曼森家族"的领导人、连环杀手。曼森家族崛起于 20 世纪 60 年代后期的加利福尼亚。曼森由于女星莎朗·塔特（Sharon Tate）和拉比安卡（LaBianca）谋杀案而被判入狱，其实曼森的罪行远不止这些。在美国，曼森被称为"最危险的杀手"。2017 年 11 月 20 日，查尔斯·曼森死于加州，终年 83 岁。

③ 译注：理查德·拉米雷斯（1960 年 2 月 27 日—2013 年 6 月 7 日），全球十大连环杀手之一，美国著名连环杀手，绰号"恶魔的门徒"，曾制造了轰动美国的血案。

　　"对。"她试图微笑一下，但不确定是否妥当。

　　"你会驾驶吗？"他看了一眼她的酒杯。

　　他不需要知道她就住在附近。"我会叫出租车。"

　　他从钱包里掏出一张名片，"如果你明天还想来吃顿不错的晚餐，给我打个电话吧。"

　　她谢了他。他对她最后微笑了一下，看起来似乎有点困惑，随后就离开了。

　　"我可以结账了吗？"她问道。

　　"他已经在早些时候你去洗手间时支付了所有费用，"酒吧女侍者说道，"一个真正的绅士。"

　　"是啊，"佐伊重复着说，"一个真正的绅士。"

第三十章

2016 年 9 月 8 日，星期四，得克萨斯州圣安吉洛市

迪莉娅正在折叠洗干净的衣物，给袜子配对，就在此时，家里的电话响了。弗兰克所有的袜子要么是灰色的，要么是黑色的，这就意味着她得比较一下它们的长度和质料来配对。有时候她不想这么麻烦，就把短袜和长袜配对，羊毛袜和薄袜放一块，结果就是一连串的抱怨，所以在眼下她不想做错事。可她怎么也找不到手里捏着的袜子的另一只。

电话铃声让她跳了起来，她的头左转右看，就像个被追逐的动物似的。那倒不光因为她正陷入深思——那是因为这个电话几乎从来不响。她和弗兰克都用各自的手机，大家都知道这是找到他们的最佳方式。事实上，他们没有停止这条电话线是因为弗兰克的母亲，杰尔塔，她总是拨打这个电话号码。杰尔塔的记忆力衰退了，而弗兰克怎么也教不会她拨打他的手机号码，绝望了。总统有部红色电话专门和俄国联系，豪家有部米黄色电话专门和杰尔塔联系。

可是，杰尔塔已经去世 7 个多月了。迪莉娅裹着她伤痛的手，她的心里也被伤痛搅得稀里糊涂。这不是打错的电话，就是电话调查，或是推销员推销她没法拒绝的产品。如果不去理睬，这电话铃将响个不停，又让人心烦。但她决定不理它，等着铃声停止。

　　但铃声就是不停。电话铃声响了一遍又一遍，发疯似的响。那些老式的电话机都被设计得铃声响到不管你在家里的哪个地方，都能听见。

　　最终，实在是对噪声没耐心了，迪莉娅站了起来，拿起电话。

　　"喂？"她的语调尖锐愤怒。那意思是表明她可不是那个想浪费时间的人。

　　电话另一端先是无声，随后传来某种轻柔，像是呼吸的微声。

　　不，不是呼吸声，是啜泣声。

　　"喂？"她问，声音更柔软一点，有点害怕。随后，又轻声地问，"玛丽贝尔吗？"

　　一时间，电话另一端的人只是啜泣着。但随后她开口了，声音嘶哑、恐惧，"妈咪……"

　　"玛丽贝尔吗？你在哪里？你好吗？喂？"她在每个问题后都稍等一下，但玛丽贝尔哭得更厉害了，显然无法回答，"玛丽贝尔！"

　　"妈咪！"

　　"你在哪里？我会来带你走——快告诉我你在哪里。"

　　"把我从这里救出去！"玛丽贝尔尖叫道，"求你了！"

　　"从哪里救出去？你在哪里？"

　　电话里没声了。

　　迪莉娅瞪着电话机，简直不敢相信。随即，她放下电话，奔过去拿她的手机，上面记录了莱昂斯警探的电话号码。

第三十一章

泰腾参加上午的会议晚到了几分钟，詹森向他投去了责备的目光，可他老练从容地不予理睬。

"好。"詹森拍了一下手，"莱昂斯呢？我想开始会议了。"

"她很可能一会儿就到。"福斯特说。

"哦，我们不等她了。案件调查进行到哪里了？福斯特警探？"

福斯特快速地翻动着他的笔记本，"我们找梅迪纳失踪那夜和她在一起的所有朋友谈过了。根据他们的证词和闯红灯摄像机的连续镜头，我们可以肯定地说，她在凌晨 1 点 15 分在她家门前下了车。当时所有的邻居都在睡觉。她母亲在早晨 6 点 30 分起床，看到妮科尔还未回家，就给她能想到的每个人都打电话问了一通，然后在上午 7 点 35 分报警失踪。我们找派对上的目击者们还有妮科尔另外的一些朋友都谈过，但目前仍无有用的线索。"

"好吧。"詹森又拍了一下手，"那么也许——"

"莱昂斯一直在检查闯红灯摄像机的连续镜头，"福斯特继续说道，"有 3 辆车子跟在妮科尔所在的车子后。其中两辆是那些从同一个派对上返回的青少年。第三辆是货车，司机是一个名叫怀亚特·蒂勒的 47

岁男子。我们正在调查，虽说我怀疑他不是我们要找的人。"

福斯特又快速地翻了一页笔记本，"妮科尔·梅迪纳的一些朋友在她家门前的街上竖立了一个小型的纪念神龛。看起来没有什么害处——那里也没什么值得新闻界大张旗鼓地宣传的。"

"你能够监控去看神龛的参观者吗？"泰腾问道，"杀手也许会去。"

福斯特考虑了一下，"我们派不出人去那里蹲点，但安装个小型的监控器没什么问题。"

"那个案发现场怎样了？"佐伊问福斯特，"你用紫外线摄像仪扫描过了吗？"

泰腾有点不快，意识到她在跟进某个他不知情的事。

"案发现场的技术人员使用紫外线摄像仪了，但没发现有任何外来液体的迹象。"福斯特停顿了一下，让大家知道，然后接着说，"至于那个木箱，我们咨询了一个经验丰富的木匠，他估计木箱是专业人士做的。我们想追踪那条线索，但坦率地说，我们需要更多的人手。"

"嗯。"詹森说。

泰腾叹了口气。人员匹配的舞蹈要开始啦。

他们稍稍争论了一会儿。最终达成了一个妥协。泰腾不太肯定争论的底线是什么，但福斯特和詹森似乎都不满意，也不高兴。

接着轮到谢尔顿特工说话了，他迅速地概括了他们追踪杀手通过在线视频发布的情况。听起来不太有希望。主机服务必须用比特币来支付，而域名是免费的，使用了一个临时电子邮件账号注册。

"该不明嫌疑犯使用了第二部一次性手机作为无线热点来发布视频，而在现场，该部手机时开时关，"谢尔顿补充说，"我们在监控这两个手机号码，以防其中的一部开机。"

他瞥了一眼他面前打开的笔记本电脑。"实验室的结果表明从这个木箱里提取的所有 DNA 样品都是受害者本人的。"

詹森有点疲倦地转向了泰腾，"你怎么样？对杀手的罪犯行为特征分析有什么进展吗？"

"我们正在寻找相似的犯罪类型，"泰腾说道，"迄今为止，尚无结果。本特利博士提出，我们可能应该仔细了解薛丁格，理解他的理论——这或许会给破解这桩谋杀案带来某种启示。"

"这个想法很好。"詹森那眉开眼笑的模样立刻让泰腾有了某种可疑的感觉。

"哦……是啊。今天我就去仔细了解。"

"我有个朋友是整个圣安吉洛市最好的物理学博士，在安吉洛州立大学工作，"詹森说道，"我们在大学时就已互相了解。我可以组织一个专题会议。"

"我有点补充意见。"佐伊插话了。

"噢？"詹森转向了她，"你有什么发现，特工，嗯，本特利博士？"

"我根据我们对这个杀手的了解，构思了一个初步的罪犯行为特征分析，"她回答道，"当然，尚未确定，但我会设法准确地描述几个可能性大的特征。”

詹森噘起了嘴唇，有点怀疑，但两个警探则全神贯注于佐伊的话，饶有兴趣。

“这个杀手异乎寻常地谨慎，没留下任何痕迹，这使得我相信，他至少 30 岁了，很可能年龄还要大一点。年轻一点的杀手通常会更为冲动地行事。然而，他体魄强健：视频中看到的那些容器非常沉重；那个墓穴很难挖掘。但尽管他在视频里所干的事很艰难，却显得并无任何不适。这就使得我认为他不会超过 45 岁。”

“我有个跑马拉松长跑的叔叔，他已经 60 岁了。”詹森说道。

泰腾清了清喉咙，“所以本特利博士说这些是可能性大的特征。我们并不是告诉你忽视任何 20 岁左右的人。但我们建议你们，按照我们的建议，优化你们的调查日标。”此刻，他的日光紧盯着佐伊的眼睛。

她则简短地点了点头，“未明嫌疑犯非常谨慎，避免在视频里显露他的肤色，戴着长长的手套，脚上是高筒的靴子，身穿一件长袖衬衣。所有这一切很可能是为了避免给我们任何有关他种族的暗示。但是，视频是流式传输的现场直播，他肯定也想到了在他费劲干这些事的时候，或许他会偶尔显露出一点肤色。这就使得我相信，他并不对此担心，他并不认为这会缩小多少搜索范围。由于圣安吉洛市的人口结构多为白人，我假设这就意味着他是个白人。”

福斯特在他的笔记本上拼命地记着。

“从案发现场的整洁程度和精心策划的谋杀来看，我们可以说他具有强迫型人格，拘泥小节，常常极度地关注细节。如果他有一份工作的话，那么这工作并不要求速度，而是要求完整度。这样就很可能意味着，他不从事客户服务，也不从事琐碎卑微的工作。他智商极高，倾向于卖弄炫耀，而这几乎可以肯定的是，他内在的自尊心很低。这使得我认为，他在儿童期要么受到他父母的轻视，要么受到欺负，很可能还是个孩子时就已忍受了某种虐待。"

会议室的门打开了，莱昂斯走进了会议室，一副心神不宁的神色。她一言不发，径直坐在会议桌的末端。

佐伊继续说道，"他有一辆厢式货车，这是这些地区最为普通的厢式货车。"她耸了耸肩。

"我对车子了解不多。"

詹森眨了眨眼，"非常……详尽，特工，嗯，博士。"

她似乎没在听他说，或者说没有在乎他的反馈意见。"几个月前，他生活中遇到了一件压力倍增的事，使得他感到无人赏识，因而愤怒。有可能与他的工作有关，也许是他遭到了解雇，或者某种事情让他感觉受到轻视，降了级。我们把这个触发点称为紧张性刺激。"

"这个紧张性刺激有时也可能是某种关系的终结所致，"泰腾指出说，"并不一定是与工作有关。"

"对，"佐伊承认道，"但我的感觉是这个视频是某种表现，借以抵消他所感受到的什么事。他发布到网上，让每个人都能看到——他希望得到公众的肯定。他给自己起的名字——薛丁格——还有把视频当作实验上传，这好像是一种显得有技能和表现聪明的尝试。这是某个值得上司重视和同事赞赏的人。"

泰腾不能肯定自己是否同意她的评估判断，但决定不去管它。

"同时，我认为很有可能妮科尔·梅迪纳不是他的第一个受害者。案发现场的状况不符合某个人出于冲动行事而第一次行凶杀人的情形。相反，它看上去就像是某个有过杀人经历者的冷静策划所为。6个星期之前，有一个名叫玛丽贝尔·豪的22岁姑娘被报警失踪了。那个案件仍未破案。昨天，莱昂斯警探和我去找她母亲谈过了，我认为有可能玛丽贝尔就是另一个受害者。"

詹森看了莱昂斯一眼，"噢？"

莱昂斯清了清喉咙，"关于此事，我有个新的消息，"她说道，她的声音疲惫，"我刚和她母亲谈过。她告诉我说，她接到了玛丽贝尔的电话。我无法从她那里获得确切的细节，因为她听上去非常歇斯底里。我要求调派一个巡逻队去那里和她谈谈，而我将亲自去那里获得她的陈述。"

"对。"詹森拍了一下手，"同时，本特利和格雷及我一起去听听我那位物理学家朋友的看法。"

泰腾突然感到有点遗憾，不该建议他们了解更多的有关薛丁格的事。有一个原因是，他想多了解一下玛丽贝尔·豪的案子。而和詹森一起，他就像浑身起了疹子那样难受。

第三十二章

泰腾皱着眉头开车跟在詹森的车子后面。这也证明了佐伊和他之间的关系有多糟糕，所以她说她搭乘警督的车子。泰腾耿耿于怀，情绪糟透了。他知道有些人会对此淡然处之，几乎形成了一个嗜好。他的婶子有时会对他回忆起她八年级的时候，她的一个半友半敌的故人对她说了些什么，她说得很轻松，就好像她在回忆昨晚发生的什么事。但泰腾还得不断做出努力才能那么做，并且还把他烦恼死了。

詹森在大学的停车场停好了车子，而泰腾发现了一个不远的停车位。他和佐伊还有詹森会合到一起，走向物理系。途中，詹森查看了一下信息，随口骂了一句，"新闻界已经发现了玛丽贝尔·豪打电话的事。"

"那么快？"佐伊问道。

"那姑娘的母亲很可能直接告诉了他们。"

"她给我的印象不是这种人吧。"佐伊说。

詹森看起来没在听。"有些人暗示豪和梅迪纳的案子有联系，这是在打我们的脸啊。我就知道在新闻发布会上我们应该告诉他们更多一点情况。"他的语气改变了，颇有点指责意味。

佐伊噘起了嘴唇。泰腾没干涉。和警督争论根本无用，他知道。

警督已经在找替罪羊了，以防他受到指责。

科布博士的办公室在三楼，办公室门开着，但詹森还是敲了敲门，边说着，"敲门，敲门。"那语气大概是想显得亲热一点吧。

泰腾往办公室里看了一眼。科布博士远非泰腾所预想的那种物理学家的模样。科布是个苗条黑发的妇女，身穿纽扣白衬衣，下着牛仔裤。她的那副眼镜的镜片既不是厚厚的，也不是圆圆的，而是雅致的方形。她已涂抹了鲜红的口红，这立刻使得泰腾想起早年在高中时的一个暗恋对象。

"啊，"她说道，声音冷静，"你打来电话后，我就想到在你到来之前，我还有点时间工作呢。"她的声音和举止都暗示着詹森称她朋友也许有点夸张了。

"你好吗，海伦？"詹森问道，满面笑容。他走进了办公室，似乎正想和她拥抱一下。

这位博士，显然预料到了他这个举动，先伸出了手，而詹森，略一迟疑，也就伸手握了一下。佐伊和泰腾也走进办公室，泰腾关上门，他在一张空椅子上坐下了。

"海伦，他们是联邦调查局的本特利博士和格雷特工，"詹森说着，随后对她做了手势，同时瞥了泰腾一眼，"这是海伦·科布博士。"

科布博士对他们点点头，"很高兴见到你们。我理解你们需要我的帮助，为了一个……案子？"

"有一个杀手似乎深受薛丁格的吸引，"泰腾说道，"我们需要一个有关那个猫的实验的快速课程。"

科布叹了口气，"哦，那更多是属于思维实验。据我所知，薛丁格从来没有真正地折磨过任何猫。实验的目的是为了双态量子系统里的一个问题。在量子物理学中，我们说一个量子可以以两种不同的分离状态同时并存。我们把它称为叠加。"

泰腾已经感觉到自己的注意力被胡思乱想分散了。这好像又在学校里上课了，老师讲课的嗡嗡声成了某种背景噪声，而他正幻想着坐在他前面的女孩，幻想着下午的那些计划，有关青蛙，有关任何事，真的。

"薛丁格想要证明，叠加有个内在的问题，"科布继续说道，"所以，他构思了这个思维实验。你把一只猫放进一个盒子里。在盒子里有一瓶酸性物质，瓶子和一个装置连接，装置里有个测量放射性的盖革计数器和放射性物质。放射性物质足够的多，所以，一小时之后，有50%的概率有个原子会衰变。假如它衰变了，酸性物质就会杀死这只猫。假如它没有衰变，酸性物质仍在瓶子里。听明白了吗？"

泰腾不敢肯定。他真的尝试过，但他一时之间为科布的嘴唇分了心，她的学生如何能在上课时集中注意力？他想把注意力拉回来。一只猫和一些酸性物质。对。

"装置里的放射性物质处于叠加状态。它既衰变了，但它又没有衰变。它是双态并存。这只猫既暴露于酸性物质下，又没有暴露于酸性物质下。这就意味着猫同时既是死了，又是活着。它处于叠加状态。"

"但它既是死了，又是活着。它不能同时既死又活的。"佐伊的话听起来很激愤。泰腾寻思为什么她觉得此事那么冒犯。大概她反对残忍地对待一只想象的猫吧。

"哦，这个思维实验说明它处于叠加状态，因为它被关在一个封闭的、未被观察到的装置里，这个装置处于叠加状态。所以，猫和装置处于同一个状态里。"

"你说未被观察到的，是什么意思？"佐伊问道。

"叠加只能存在于没有被测量的物质。一旦该物质被测量了，它就无法同时在几种状态中并存。"

"假如我们通过视频来观察这只猫呢？"

"那么，它就不再是不被观察到了。所以，猫就不会处于叠加状态。"

"假如我们通过视频来观察这只猫，但是信息馈送终止了呢？"泰腾问道，突然感到紧张，"然后，实验继续进行，无人观察呢？"

科布迟疑了一下，"过一会儿，这只猫将进入叠加状态。它会既是死了，又是活着。"

是否这就是杀手为什么中断信息馈送，让一切都处于不确定状态中的原因呢？是否这就是杀手实验的一个部分呢？泰腾咬紧了牙关思考着。杀手还会进行其他的实验吗？

"如果盒子里没有酸性物质呢？"佐伊问道，边在手提包里乱翻着。

"那么，这只猫大概能活着。"科布的眉头皱成了一团。

"但它也可能是因为没有空气而死的。"佐伊从包里抽出了一份案件档案的副本，快速翻动着，手里拿着一支笔。在某一页上她做了一个小记号。

"是啊，但那不是量子装置的后果，所以它不会处于叠加状态。它要么是死了，要么还活着，而不是既死又活的。"

"但我们不知道哪一种状态——那是否意味着它已进入叠加状态呢？"

"不。"科布耸了耸肩，"我丈夫现在在家里。他不是在吃饭，就是在冲淋浴，或者在阅读，或者其他情况，我对此不知道他处于哪种状态。那并不意味着他处于叠加状态。因为他的状态并没有连接到某一个粒子。而且，很显然，他也不是一个粒子。他是我的丈夫。这也是与这个实验相关的问题中的一部分。这已证明一只猫不能进入叠加状态。"

"为什么不？"

"因为它太大了。大的物体不能进入叠加状态。无论那只猫爆炸与否都没关系——它永远不会进入叠加状态，就因为它太大了。"

"爆炸？"佐伊问道，"你刚才说它是被酸性物质杀死的。"

"哦，在爱因斯坦的说法里，它会爆炸。爱因斯坦的实验里有一桶爆炸物。但确实没什么关系。要点是，是某种东西杀死了猫。"

很显然，物理学家们喜欢在理论上用许多方式来折磨一只猫。也许马文会觉得这个想法有吸引力，考虑到他和弗雷克尔是长久的宿敌。"那么，人也不会处于叠加状态吧，对吗？"他问道。

"当然不会。人比猫还要大呢。"

"科布博士，"佐伊说道，"这个实验真的做过吗？"

"上帝啊，我希望没有。"科布有点战栗了，"意义何在？整个设想的目的在于证明一种悖论。你不需要真的把一只猫塞进一个死亡机器做实验的。"

除非实验另有目的，并且根本与科学无关。

第三十三章

安德丽雅很怀念在波士顿的日子。

她在健身房里的跑步机上跑步时就意识到了这一点。她怀念在波士顿公共绿地里的慢跑。眼下，树丛的颜色将会变成黄色、红色，还有粉红色，在那个五彩斑斓的世界里跑步可真是——

"嗯啊！"一个响亮的哼哈声突然在她身后响起。

比这里要好得多了。这个男子在尝试各种举重机器时，一直时不时地发出哼哈声来，已经半个小时了。可是，在波士顿公共绿地里，她慢跑时，四周没有什么男子在哼哈咕哝的。

当她搬去戴尔市的时候，她是迫不及待地想离开波士顿。但是，那倒不是她想逃离波士顿。而是那份保险索赔代理人的工作，真够让人灵魂破碎了。而是德里克，以及他们之间的尴尬关系。而是她的母亲，离她只有不到一小时的车程，整天喋喋不休地催她快结婚，自从安德丽雅的父亲去世之后，这情形糟糕了 10 倍以上呢。

所以，当佐伊告诉她说要离开波士顿，搬去弗吉尼亚州住，安德丽雅所想到的一切就是她也想离开。她还有个浪漫的想法，本特利姐妹俩一起去征服戴尔市。

"嗯啊！"又一声哼哈声穿透了空气。安德丽雅转动着眼睛，加快了慢跑速度，后悔把耳机忘在家里了。

现实打击了她。佐伊在匡提科有了一个非常忙碌的工作。而安德丽雅所有的工作经历却是她发誓永远不会再去做的那份工作，结果，她最终成了一个普通餐馆的女招待。

在戴尔市的约会场景也没什么可谈的。一句话，那真是个悲伤之夜，她给德里克打电话，问他过得怎样了。糟糕透顶，打了电话，永远如此。德里克没有心碎，短信回了她。不，德里克过得很好。事实上，他有女朋友了，还减了体重。

可现在，她甚至连工作也没了。她的储蓄账户以惊人的速度在耗尽。当然，佐伊会很乐意借给她一些钱的。该死，佐伊会很乐意给她钱——她也确实这么给过。但安德丽雅还没到山穷水尽的地步。

"唉呀呀呀！"这次是个妇女在哼叫着。这些人都怎么啦？

一个月之前，当她得知一些有关罗德·格洛弗的情况时，她吓坏了。她已经记不得他的模样了，所以当他在街头接近她时，他显得是个不错的稍有点古怪的男子。抱着她的肩膀，一起拍了照，随后礼貌地谢了她。当然啦，她还知道她们还是孩子时的那件事，那个可怕的夜晚，罗德·格洛弗想闯进她们的房间，而她们在房间里吓得挤成一团。佐伊不止一次地谈到此事。但她已没有记忆了。

大概除了一些片段吧：她坐在床上，室外的什么东西把她吓坏了，而佐伊搂着她，轻声说道，"别担心，蕾蕾。他伤害不了我们。"

　　现在她才知道，街头的那个男子就是同一个魔鬼。这魔鬼在梅纳德杀害了 3 个少女，在芝加哥杀害了至少两个少女，还在芝加哥袭击了她的姐姐，想要强奸后再杀害她。这就是那个在拍照前叫她"笑一笑"的男子。

　　有时候，她那条被他的手指碰触过的上臂会有刺痛感，仿佛有几百条小虫子爬在上面噬咬着她。于是，她就得冲个淋浴，驱赶掉这个感觉。

　　"嗯啊！"

　　"唉呀呀呀！"

　　他们居然叫唤得同步了，听上去就像是一对夫妇止沉浸在世界上最不舒服、最不愉快的做爱中。安德丽雅旁边跑步机上的那个姑娘停止了跑步，离开了，一脸厌恶神色。

　　起初，安德丽雅无法入睡。她做噩梦，会惊醒，听着这栋楼里的各种噪声，每一个嘎吱声，每一次邻居的脚步声，每一个陌生的声音——所有这些都成为他的声响。来找她了，想要强奸她，再扼死她，就像他对其他姑娘所做的那样。她发现了佐伊所写的关于他的笔记，读了一部分，看了几张案发现场的照片。所有这些刺痛了她的心，再也无法清除。她被吓坏了。

　　但是，自从那天之后，再也没人见到过他。慢慢地，她开始确信他离开了。他曾经恐吓过她和佐伊，而他远走高飞了。考德威尔特工，佐伊的同事，给她解释过，罗德·格洛弗是个会寻找机会的性袭击者。

一有机会，他就会出手攻击。他不把特定的女人定为作案目标。他不想被抓住。所以，他们没有理由认为他还在周围。

恐惧渐渐地减弱了，然而，佐伊仍然焦急万分，罩着安德丽雅，却让她感到窒息，以致安德丽雅开始反感她了。所以，她现在格外地怀念波士顿。

她在这里没什么事可干。在这个跑步机上跑步倒是对她在戴尔市生活的完美隐喻。

她背后又响起了一声哼叫，响得那么可笑，所以安德丽雅朝身后投去暴怒的目光。可她却瞥见了什么东西紧紧地攫取了她的注意。她把脸向前再凑近看了一眼，心里却是慢吞吞地想着她刚看到的人。

一个男子在角落里正盯着她看，他部分地隐身在那些器械后面。中午，头发长得出奇，笑容古怪。

她曾看过照片多次了，确定知道他是谁。

罗德·格洛弗。

眼下，他就在这里，看着她。

她的心狂跳着，但她继续跑步，两眼直看前方。突然之间，她很感谢那两个哼叫着的男子和女子，以及其余在她周围的人。他们都保护了她的安全。

随着脑袋里猛然冒出的所有那些案发现场照片里的景象，她的眼里泪水盈眶了。那些赤身裸体死去的姑娘，她们的尸体被扔在地上。而他就在这里，干下了这一切罪恶的魔鬼，就在她的身后。他知道她已经看到他了吗？他此刻正在向她走过来吗？脸上挂着令人恶心的笑容，手里是不是挥舞着一把刀子？她不能回头看。

她的两脚保持着跑步。她脑袋里正浮现着那个经常出现的噩梦——拼命想逃离一个恶魔，却停留在原地不能动弹。

佐伊给过她明确的指示，如果她见到格洛弗的话，她应该怎么做。她应该尖叫着逃跑，如果没有其他选择的话，就拼命搏斗。但是，如果她现在尖叫的话，他马上就知道她已经看见他。然后又会怎样呢？不管怎么说，她想试着尖叫起来，可她的喉咙堵住了，透不过气来。

她必须设法离开他。她伸手停止了跑步机。机器慢了下来，于是她下了跑步机，离开了，尽量装得若无其事一般。她拼命想从眼角看到这个家伙。他在跟踪她吗？无从知道。

她匆匆走向更衣室。她的手机在更衣室里。只要拿到手机她就能报警，或者打给联邦调查局，或者打给佐伊。她瞥了一眼墙上的一面镜子，没看见他。她浑身发抖，嘴唇颤抖着，想让自己放心，周围有那么多的人呢。格洛弗袭击那些女子时，她们都是单身一人。他也不想被抓住的。她应该报警，让警察来包围这个地方。他们会逮捕他——她就会安然无恙了。

她一头钻进了更衣室，走向储物柜，可一时又困惑了。她的储物柜是哪一个呢？然后，她找到了，一把抓住了密码锁，使劲地拨弄密码，手指都发抖了。

整个更衣室空荡荡的，她猛然意识到了。她走进一个空荡荡的房间，只有一扇门。她其实是被困住了。

她几乎当时就想猛冲出来，不管不顾她的包和手机了，但是，忽然之间，她又不能肯定他有没有在室外等她出来。那不正是他曾经干的吗？隐藏起来，等待他的受害者经过？

密码锁咔嗒一声，她猛地拉开了门，在包里摸索着，她找到了手机，拨了911。

"911，请问您有什么紧急情况？"

"我……罗德·格洛弗，是个连环杀手。他在跟踪我。我在健身房。"

"女士，请镇静。您在健身房吗？周围有人吗？"

"现在没有。"她声调抬高了，惊慌失措，"我在更衣室里，这里没人。有一个杀人犯在跟踪我。"

"您能走到某个公共场所吗？女士？"

她拿着手机贴在耳朵上，无法说话。更衣室的门上有一块磨砂玻璃，出现了一个身影，随着这身影的靠近，危险越来越逼近了。她立即奔到房间的另一端，钻进了最远的淋浴隔间里。

"女士？"

"请派警察来。"她压低声音说。

"能告诉我地址吗？"

她根本就不知道地址，"我在健身房里。嗯……靠近切希尔车站。"

"好的，女士，我派巡逻队过去。您能否走到某个公共场所，直到他们到达？"

那个身影仍然在门口吗？她甚至不敢看一下。"我害怕极了。"她的声音不比耳语响多少。

"我理解。"接听员的声音镇静，控制着语调，就像佐伊总是做的那样。上帝啊，安德丽雅多想佐伊就在这里啊，"但如果您在健身房里，那里有许多人，您是安全的。就去大厅等待警察吧，好吗？别挂电话，走到大厅去。"

"好吧。"

她悄悄地走向更衣室的门口，轻轻浅浅地呼吸着，她的心仿佛是沉在冰水里一般。她在潮湿的地上轻轻地走着，用手揩去了眼睛里恐惧的泪水。

脚步声。磨砂玻璃前有动静，有人走近了。

"他朝我来了。救命，救命！"她尖叫起来了。手机从她僵硬的手指里掉了下去。

"尖叫，逃跑。如果逃不了，拼命搏斗。"佐伊说过。安德丽雅尖叫着，步履踉跄地往后跑，尽量尖声高叫着。她没法跑，也觉得没法搏斗，只剩下尖叫了。她又高声尖叫了，设法引来什么人能及时来救她。

一个浑身冒汗的胖女人走进了更衣室，瞪眼盯着安德丽雅，满脸困惑和焦虑的神情。安德丽雅倒在地上，啜泣着，接听员的声音从掉在地上的手机里传出，在呼唤她。

第三十四章

佐伊叹了口气，往椅背上一靠，下午晚些时候的斜阳穿过会议室的窗户，照花了她的眼睛。她沿着会议桌挪动到另一个位置，这样阳光就不会妨碍她了，也不会在她的笔记本电脑屏幕上反光。

有关玛丽贝尔·豪打给她母亲的那通电话的细节，少得可怜，令人沮丧。

有一个打进豪住所的电话记录，那倒是真实的。然而，他们无法知道究竟是谁打的。迪莉娅·豪一再声称那是玛丽贝尔，但又补充说，那姑娘没说什么话。那么究竟是谁在叫她妈妈呢？迪莉娅也承认，玛丽贝尔从小就没这么叫过。这让人感到有可能是个恶作剧电话。

她用过的手机依然开机，但手机的位置不太精确。它在圣安吉洛市南部的一个地区的某处，该地区有700多幢房子。警察在那里挨家挨户地搜查着，但他们无法获得搜查700户人家的许可证，而且，许多房子没人，房主都在上班。当他们在这么干的时候，其他方面的调查也没有什么进展。

福斯特还告诉佐伊，毒理学报告来了——在受害者的体内发现了氟硝安定的痕迹：洛希普诺安眠药。这就澄清了一个事实，说明了为什么杀手能够有办法对付她，把她塞进一个木箱里去时她没有任何挣扎。

她仔细地思考着此事，心不在焉地随手在面前的一张纸上涂鸦。她正想给迪莉娅·豪打电话，摸清细节情况，此时，泰腾走进了房间。

"嗨，"他说道，"我想和你谈谈。"

"谈什么？"她问道。她自己有点吃惊，她的声调里充满渴望。

"对这个案子，我有个想法。我想听听你是怎么想的。"

"快说。"

"你认为这个连环杀手着迷于自己的名声，是吗？"

"这绝对是他部分的动机。"

"是否他可能在和警方玩心理游戏？"泰腾问道，"一种确立他优越感的方式？"

佐伊对此考虑了一下，"也许他想公开地证明他的优越感。假如那只是证明他比警方高明，他完全可以直接把视频寄给警方，那还更保险一点呢。"

"那就符合对这类杀手的罪犯行为特征分析了，他就想把自己牵涉到案子里去，对吗？"

许多连环杀手很喜欢试试警方的调查，使他们自己成为调查的一个部分。有许多时候，他们就是"发现"尸体的人，还为此报警。或者，他们会装作获得了涉及案子的重要信息。那是一种大量获取信息的方式，而且他们还常常错误地相信，这样做会把他们排除在嫌疑之外。在这种行为里，确实有着某种程度的优越感。

“我认为你说得对。”她说。

“让我们别再等他这么做了。我们需要开通一条免费热线。就声称我们正在寻找任何有关妮科尔·梅迪纳的信息，只要证明是真实有用的就行。然后，警方就能核查打电话的人以及他提供的线索。他也许会打这个电话的。”

佐伊想了想，“我觉得这是个好主意。我们应该提出建议。”

他俩之间一阵沉默。有好一会儿，他们都有了过去一起合作的感觉。但现在讨论结束了，紧张气氛又来了。

“我需要给玛丽贝尔·豪的母亲打个电话，”佐伊咕哝着，在包里乱翻着找手机，“我想了解确切的……”她张口结舌地看着手机屏幕的显示，说不出话了。

他们去拜访科布博士时，她把手机设置为静音，然后就忘记了此事。她错过了哈里·巴里两个电话，安德丽雅三个电话，以及曼卡索一个电话，还有安德丽雅的一条短信，紧急要求佐伊给她回电。她拨安德丽雅的号码时头晕了，听到铃声响了，已经在祈求她接听。

终于，安德丽雅说话了，“嗨。”

听到了妹妹的声音，佐伊的心猛然一沉。她明显地哭过了，并且她呼吸沉重，听上去吓坏了。

“蕾蕾，发生了什么事？”

“我看到格洛弗了。”

“你好吗？他——”

"他没碰我。我在健身房里看到他偷偷跟踪我。就是他，佐伊——我肯定。"

"当然你肯定了。我不会不相信的。现在你在哪里？"

"我在公寓房间里。我锁上了门。"安德丽雅啜泣着说道，"一个巡逻警察送我回家的，在他离开之前，他确保房间里没人。"

"你告诉考德威尔特工了吗？"

"是啊，我给他打了电话。"

"他说什么？"

"他说警方会检查健身房的监控摄像头的。"

"现在有什么人一直在守护你吗？"

"我……我不知道。我想没有。"

佐伊倚靠在墙上，感觉无助，也对自己愤恨。她远离了安德丽雅一直在干些什么呢？她妹妹现在就需要她。"听着，我会尽早回家的。我将坐第一班飞机，好吗？现在，我要和曼卡索谈谈，确保那里有人一直守护你。你把房门也闩上了？"

"是的。"

"把窗户也闩好，好吗？没什么可担心的，蕾蕾。他不会靠近你的。你能不能说说究竟发生了什么，详细点？"

佐伊边听着边来来回回地踱步，顾不上泰腾焦虑的目光，她的心里狂怒。格洛弗竟敢窥视她妹妹。显然在跟踪她。他整天都在这么做吗？他意图伤害她妹妹吗，或者仅仅是为了在窥视她时得到点刺激？愚蠢的问题——格洛弗早就比窥阴癖者更加罪恶了。如果他跟踪一个女子，那就意味着他幻想着去袭击她，而格洛弗正是凭借他的种种幻想作恶的。她需要保证安德丽雅的安全。也许他们可以让她去某个安全屋。或者，让她乘飞机出国几个月，直到佐伊抓住格洛弗，挖掉他的眼珠，阉割了他——

"喂？佐伊？你在吗？"

"我在。没事，蕾蕾，就待在家里。门窗都闩上。我要和曼卡索谈谈，就乘飞机回去。"

"好吧。我拿着厨房刀子。"

佐伊愣了一下才明白她妹妹刚才说的意思，"哦。好的。"

"我会睡觉也带着它，以防万一。"

"那可要小心啊。"

"我会把刀放在枕头下。"

"看你睡觉时翻来滚去的样子，这会刺伤你自己的。"

安德丽雅发出了战栗的笑声。

"先挂了。我一会儿再打来，好吗？"她挂了电话。

泰腾看着她，"佐伊，什么——"

"等等。"她拨了曼卡索的电话。

主管在响了两声铃后接了电话，"佐伊。"

"格洛弗在窥视安德丽雅。他和安德丽雅曾在一个房间里。"

"我们正在检查——镇静。此刻考德威尔正在那里查看监控录像。"

"你需要派个人去照看安德丽雅。她孤身一人在我的公寓房间里，孤身一人！他随时都可能去那里，曼卡索，而她——"

"本特利，控制情绪！"

佐伊停住了，颇感吃惊。

"目前有一辆巡逻车在监视着你那幢房子的出入口。一个警员已经仔细地在你房间里搜索过了。没人会让什么事发生到安德丽雅的头上，明白吗？"

"她不知道你们在监视着。"佐伊含含糊糊地咕哝了一句。

"你妹妹吓坏了。我怀疑她只听到考德威尔在电话里告诉她的一半话。她不是专业人士，没人指望她会在压力下起作用。和你不同。"

佐伊没理睬这番话，在键盘上敲打着，搜寻机票。"我要飞回去了，"她告诉曼卡索，"我能在明天早晨上飞机。"

她原以为主管会和她争论一番，结果曼卡索只是叹息了一声，"好吧，不管怎么说吧，我也怀疑你在圣安吉洛市帮不了多少忙。格雷可以再多待一天帮助当地警方。"

"谢谢。"

"安德丽雅会很好的，佐伊。"

佐伊没回答。曼卡索说了句再见，就挂了电话。佐伊放下了手机。

"发生了什么事？"泰腾问道。

"安德丽雅看到格洛弗了。他在跟踪她。"佐伊开始为购买机票输入详细信息。

"她还好吗？"

"还好。她吓坏了。"

"我会让马文过去，这样她就不孤独了。"

"谢谢。我明天早晨第一件事就是飞回去。曼卡索说，你可能得多在此待一天，把事情告一段落。"

"好吧。"又是一阵沉默，"你要我开车把你送到汽车旅馆吗？"

"我很好。我会坐优步出租车。你该去告诉福斯特你那个热线的事。那是个好主意。"

泰腾清了清喉咙，"我敢肯定安德丽雅会没事的。"

佐伊关了笔记本电脑，站了起来，"那正是曼卡索告诉我的话。我真想知道你们两个是从哪里得到你们的信息的。"

第三十五章

　　等到泰腾对福斯特谈了最新的进展，并且告诉他有关设立热线的事之后，佐伊已经走了。泰腾几乎想给她打电话问问清楚安德丽雅怎样了，但还是决定别去烦她。他反而走出警察局，给马文打了电话。

　　"猜猜我今天干了什么，泰腾。"他的祖父直截了当地说道。

　　泰腾能想到许许多多他可能会干的事，但没一件算得上特别好，"干了什么？"

　　"我跳伞了。"

　　泰腾抱怨了一声，"保险怎么办？"

　　"我找到一家保险公司，他们同意承保。那可花了我一大笔钱，但你没有我的遗产也可以吧，对吗？"

　　"我不在乎那该死的遗产。我只是要你在我身边，而且——"

　　"我用你的信用卡支付的，泰腾。我的信用卡不知怎么搞的没法用。"

　　泰腾闭上了眼睛，陷入了某种平静的凶暴想法里。

　　"我会还给你的——别担心，"马文说道，"而且我还得到了下次的折扣优惠呢。"

　　"下次……马文，没有下次了——"

"我已经迷上跳伞了，泰腾。你不会相信简直太棒了。这比叮卡因要好。几乎比做爱还要好。唯一的问题是时间太短了，泰腾。自由降落不到一分钟。自由降落，那是我们跳伞者说的跳下去和降落伞张开之间的那段时间。乔吉特说我天生就是跳伞的。"

"谁是乔吉特？"

"教练。我们一起跳的。你应该去看看她，泰腾。她很奇妙。假如我再年轻个 40 年——"

"马文，听着。安德丽雅刚看到了格洛弗，他在跟踪她。"

"噢，狗屁。他碰她了吗？"

"没有，但他靠得非常近。你能不能顺便过去，看看她怎样了？"

"没问题，泰腾。我马上就过去。可怜的孩子——她一定吓得要死。佐伊怎么样呢？"

"震惊了，非常担心。她回汽车旅馆了。明天她会飞回去。"

"你在哪里呢？"

"我在警察局。我需要把一些事情处理完。"

"你出什么问题了，泰腾？快去帮助你的搭档——她需要有人在她身旁。她很可能着急得要死。"

"谢谢你的关心。快去看看安德丽雅。"

"泰腾，听我的，去陪陪佐伊。我不管你是不是觉得她很好。相信我：她现在不好。"

"你不了解她。她可是我认识的最坚强的人，而且——"

"我发誓你爸爸是个了不起的孩子，但他根本不知道怎么把你养大。快去陪陪你那个该死的搭档吧。"

泰腾眼睛一转。他祖父快把他逼疯了，"瞧，不管怎么说，没有我，她也很好。几天前我们争辩过了，现在有点复杂。所以，我赞赏你的劝告，但是——"

"什么样的争辩？"

"没什么。"

"什么样的争辩，泰腾？"

"就是她说了几句蠢话。我告诉了她在洛杉矶的那个案子。就是我开枪打死那个恋童癖者的案子。"

"噢，是啊，我记得。"

"内部调查又开始了。显然找到了一个新的目击证人。"

"他们搞得好像对恋童癖者开枪是犯法了一样。"

"是违反法律的。不管怎么说，佐伊说也许我不是开枪自卫，说我开枪是因为我觉得是在做一件正确的事。"

"是啊。那么你怎么争辩的呢？"

泰腾皱起了眉头，"这就是我们争辩的焦点。"

"噢，我明白了，"马文最后说，"你觉得受伤害了。"

"嗯，是的。"

"你觉得她应该了解你更多。我理解你的感受了，你是在乎她怎么看待你。"

"我当然在乎。"泰腾踢了一块小石子，小石子砸在警察局的墙上。"不管怎么说，我就该让她独自一人吧。她现在不需要陪伴。"

"嗯嗯。不过，听着，泰腾。"

"怎么？"

"你是个男人还是个懦夫？"

"什么？"

"你是个懦弱的人吗？你是个该死的胆小鬼吗？她伤害了你那脆弱的感情？这算什么事？你该高兴我没在你那里，泰腾，否则我会做你父亲该做的事，揍你的屁股蛋！"

"听着，马文——"

"你做男人的玩意儿丢掉啦，泰腾？"马文咆哮着，"是兽医给弗雷克尔阉割的时候不小心把你的也割掉了？要我去叫兽医给你找回来吗？那样会帮你克制自己，像个男人样吗？你出什么问题了？长了该死的脊椎，还有那新的玩意儿，去陪陪你的搭档吧。她需要你的支持，该死的浑蛋！"

"爷爷，闭嘴！"泰腾也大声叫了起来，"我在做我认为是对的事。你没有我那么了解她，而且——"

"你什么事也没干对过，泰腾！上你的车子，开过去，安慰你的朋友，明白吗？我去看她妹妹，我们两人中还有个人记得怎样才是个男人！"咔嗒一声，马文挂了电话。

泰腾几乎要把手机砸在地上。他摇摇头，气哼哼的。那个顽固疯狂的老头儿，还有他那种老派的愚蠢建议。他究竟知道什么？他根本就不知道。叫喊几声，发发脾气很容易，但老头子根本就不了解佐伊，根本就不知道是什么给了她激励。佐伊就是那种需要时间独处的人。泰腾知道这一点，马文应该尊重他了解搭档的能力。

但是，也许她会想吃点东西的。他应该给她弄点外卖食物。就交给她吧，问问她还需要什么。这样问问不会伤害什么的。

他开着车子，气呼呼地沉默着，一路上想着下次和马文说话时该对他叫喊些什么话才解气。他花了点时间才找到一家餐馆，那里外卖的食物比较像样。他给佐伊买了个很好的汉堡包，还有一些炸薯条。他随后又去附近的一家食品杂货店，买了6瓶罐装的啤酒。她很可能需要点饮料的，并且如果她真的需要有个陪伴的话，他们可以一起喝。她不太需要陪伴的，但最好还是买了，以防万一。

当他到达汽车旅馆时，夕阳已经西下。他爬上楼梯，走到她门口。他敲了敲门，然后又敲了敲。他朝窗口瞥了一眼。房间里一片黑暗。

"她刚走。"

泰腾转身看到一个男子向他走来，抽着一支烟。

"什么？"他问道。

"你来找佐伊，对吗？我刚看到她出去吃饭了。有个小伙子陪着她，身材魁梧，真的。我想他有7英尺高吧。"

"你究竟是谁？"

"哈里·巴里。很高兴见到你，格雷特工。"

第三十六章

　　佐伊在戴尔市的公寓房有两个卧室，两个卧室都有窗户，可以看到这个小区里对面的房子，也可以看到通往这幢公寓楼出入口的小径。

　　安德丽雅闩上窗户，关上门，就坐在起居室里的长沙发上，这样她从眼角就能看到房间进门处和起居室的窗户。她现在坐着，瞪眼在看电视，极力想集中心思在屏幕上出现的无论什么内容，手里紧握着从佐伊的厨房里拿来的一把大刀子。她偶然看上一眼刀子，闪闪发亮的尖锐刀刃给了她些许安慰。

　　房门突然响起了敲门声，吓得她的心提到了嗓子眼。她瞥了一眼时间。10点一刻。

　　她确定房门闩上了，虽说她已经检查了六七次了。她站了起来，握着刀子，悄悄地走过去，祈求无论是谁，他都会走开的。

　　又敲了一次门，这次更响了。她畏缩了，想要大声叫喊，可她喉咙里所发出的只是轻轻的沙哑声。

　　"对不起，先生？"她听到门外有个坚定的声音，"我能为您做什么？"

　　那很可能是监视房子出入口的那个警察。考德威尔特工给她打过电话，说他们检查了监控摄像，确实看到了有人在看着她，但是很难辨认出他的脸。特工强调了好几次，有一个警察会整夜监视她的住房周围。

"先生？"那个声音又说了，"请您离开这个房间门口，好吗？"

"我来这里看看安德丽雅·本特利，"一个有点古怪的声音回答说，"镇静。我可不是那个该死的连环杀手。"

"先生。请离开门口。"

"听着，年轻人。我知道你对工作很有热情，但是……你在干什么呢？把它放下——别犯傻。"

安德丽雅拔掉门闩，开了门锁，猛地打开了门。泰腾的祖父就站在门口，他背对着她，一个肩上搭着一个包，另一个肩头扛着一个鱼缸。他脸对着身穿制服的警察，警察手里拿着枪，有点疑惑不定。

"没什么问题，"安德丽雅急忙说道，"我认识他。"

"你认为我要干什么？"马文大声地问道，"拿金鱼去袭击她？"

"对不起，小姐，"警员道歉说，"我看到有人走进了大楼，拿着可疑的包，所以——"

"可疑的？那是个鱼缸。"马文摇摇头，"你要逮捕鱼吗？"

"谢谢了，警官。"安德丽雅朝他微笑着，把门开得更大了一点，"请进，马文。"

老人慢吞吞地走进房间，安德丽雅在他身后关上房门。

"对不起。"马文在桌上放下了鱼缸，里面有一条目光茫然的鱼。

"我打电话了，但你没接。"

安德丽雅无言地点点头。他打电话来的时候，她一直在歇斯底里地哭泣着，不在状态，没法接电话。

"我告诉过我孙子，我会留意你的，"马文说道，"我听说你遇到麻烦了，所以我就来了。"

"谢谢。您不必……为什么您带上鱼？"

"如果我在这里过夜的话，我不能把鱼放那里，和猫在一起。这对它们中的一个没好处。所以，要么把鱼带来，要么把猫带来。而且鱼不会有什么抗拒的。"马文抬起胳膊，让她看沿着他手腕被猫爪抓伤的3个红红的爪子印。他接着又打量了一下房间四周，有点怀疑地问，"你养猫了？"

"没有。"安德丽雅虚弱地回答。

"好。"老人解开他的夹克衫，让安德丽雅感到恐惧的是，他居然拿出了一支手枪。

"还好那年轻的警察没看到它，"他喃喃自语着，把手枪放在桌子上，鱼缸的旁边，"好了，厨房在哪里？我想喝上一杯不错的茶，我还得告诉你，我觉得你也应该喝一杯。你的脸色白得像床单。"

"呃，您真的不必在这里过夜。"安德丽雅跟着马文进了厨房，"警方在监视我的房间，而且——"

"别胡说。"马文挥了挥手，"你目前不能单独待着。别担心——我就睡在沙发上……你姐姐把茶叶放哪里了？"

"我不能肯定她有茶叶。佐伊平时喝咖啡。"

"有时候该喝咖啡，有时候该喝茶。"他在一个低一点的柜子里翻找着，"啊，有了。你怎样喝茶的？"

"我……嗯……"

"这不是个难题。要么你喝茶不放糖，要么放一匙糖，或者两匙糖，或者，如果你知道怎样更好，三匙糖。"

"半匙糖吧。"

"嗯嗯嗯。有点自作聪明，是吗？"他摇摇头，边做着茶。

安德丽雅回头看了一眼。那条鱼似乎盯着手枪看，仿佛是在考虑如何抓住手枪似的。鱼缸中央竖着一个啤酒瓶，这鱼围绕着瓶了游了两圈，随后就又停在手枪面前。

"它不是金鱼。"安德丽雅说。

"啊？"马文拖着脚步走到她面前，手里端着两杯热气腾腾的茶。

"你刚才称它为金鱼。它不是的，它是丝足鱼。"

"是金色的，是吗？"他在厨房餐桌旁坐下了，放下了两杯茶，把一杯推向另一边，"坐下吧。喝茶。你已经有过可怕的震惊了。"

她坐下了，啜饮着茶。他说得对，她需要喝茶，还有陪伴。她感到眼睛湿润了。

"你的茶怎么样？"

"很好。"她嗓子嘶哑了。

"我放了两匙糖呢。"他浓密的眉毛晃来晃去的。

安德丽雅喷出了大笑，随即又啜泣了。

老人笨拙地拍拍她的手，"你没事吧，是吗？我向你保证，只要我在这里，绝不让那个浑蛋靠近你一步。好吗？"

"好。"她用手背抹去眼泪。

"你知道我今天干了什么？我跳伞了。太棒了！你下次可以和我一起去。那一分钟的自由降落，直到天篷打开……我们跳伞的把降落伞叫作天篷。不管怎么说，那不像你想的那样害怕。太刺激了。乔吉特说我是个天生的……"

他说话时她想笑笑，点点头。那天她第一次可以放松了。说来好笑，脾气古怪的老人正是她所需要的，可以给她一点安全感。而且，知道他要睡在起居室里，无论她说过什么，都让她相信她在夜里的某个时刻也许能睡得着了。

第三十七章

"你不喜欢冰激凌？"

这问题一下子打断了佐伊的遐思。她眨了眨眼，看了看面前的塑料杯子。杯子里装的是冰激凌，或者至少原本是冰激凌。她的杯子放着没动，热气把冰激凌融化成了某种奶油糊，一块孤零零的粉色冰山在橘黄色的海洋里上下颠簸着。她不能肯定她自己要的是什么味的冰激凌了。草莓味的还是……柠檬味的？她用匙子拨弄了几下，然后抬眼迎着约瑟夫的目光。

"我不饿。"

"饿不饿和冰激凌有什么关系？"他咧开嘴笑了。他自己的那个塑料杯，明显地大了许多，已经完全空了。

她邀请他见面也是为了分散一下自己的注意力。她在汽车旅馆的房间里踱来踱去，她心里的各种想法却是呈螺旋状地交替出现焦虑和内疚。最后，她给约瑟夫发了短信，请他来接她。不到 15 分钟他就来了。起先，他们在柠檬草餐馆吃了泰式炒面，然后逛到大街对面要了冰激凌。

所有的食品在她嘴里都味同嚼蜡，佐伊自己也没法完全确信她在整个约会中是否说过一句完整的话。在整个时间里，她脑子里思绪纷呈，都在想安德丽雅独自一人在公寓房间里，而格洛弗则潜伏在邻近的什么地方。

佐伊对恐惧不感到陌生。但为她自己感到的恐惧总有点不同于为她妹妹感到的恐惧。当她自己的生命处于危险状态时，这会驱使她奋力向前，搏斗或者逃跑的生存本能催促着她拯救自己。但为她妹妹感到的恐惧则有所不同。这就像是她全身浸入冰冷的糖浆里，莫名其妙地使她行动缓慢，思绪混乱，阵阵寒意传遍全身，使她变得毫无用处。

现在，约瑟夫仔细地看着她，"我对你不太了解，但今晚你显得心事重重，把你压垮了。出什么事了？"

佐伊垂下目光，用匙子搅动着冰激凌，搅出了粉色和黄色的漩涡。平时，她想控制自己的生活。她憎恨某个人对她发号施令。可眼下，她不相信自己的判断。这一次，她倒很期望有什么人来替她掌管。

"有个强奸杀人犯在跟踪我妹妹，"她说道，感觉这话在她嘴里说得很不顺畅，似乎话里有着令人不快的实质，"他缠扰过我，而现在把她定为目标。"

约瑟夫眨着眼睛。显然，他原以为是其他什么事呢。比如抱怨一天的糟糕工作，有个亲戚生病了，或者在超市遭遇不快，等等。佐伊不懂统计学，但她很肯定，在浪漫约会中，突然聊起一个自己私下熟知的连环杀手的概率极低。

他没有问问她是不是当真的，也没有脱口而出说些什么话之后就走了，也没神经质地大笑。她不得不说实情，而他则显得仔细思索着，仿佛在考虑遇到这类情况时该如何做出反应。这可不是闲聊的范围。

他的眉头皱紧了，"他怎么认识你的？"

"我还是小孩子时，我们是邻居。"她感到一阵冷冰冰的镇静控制了她。这些事实她都能面对。这些都是过去的故事，并非是将来潜在的恐怖情形，"他在我的家乡强奸和杀害了 3 个姑娘。而我就是向警方告发他的人。"

"那时你多大？"

"14 岁。"

他一只手捋着胡须，承受着她的注视。

"我现在以此谋生，"她继续说道，感觉到了当面一吐为快的某种畅快感，"我为联邦调查局工作。在行为分析部工作。我是个法医心理学家，现在是罪犯行为特征分析员。"

"就像《犯罪心理》里的那样？"

她叹了口气，"是的，但是真实的。而电视连续剧里的描述并不确切。"曾有一段时间她也喜欢看《犯罪心理》，指出里面所有的荒谬之处。

"你说你在这里是为公事。"约瑟夫过一会儿问道。

"给本地警方提供咨询建议。"

"关于什么事呢？"

"有关一桩谋杀案。"

"就是他们发现的那个被活埋的姑娘？靠近杰克逊农庄？"

"我不知道杰克逊农庄在哪里。"

他摇摇头，一副不信的神色，"你提到的这个家伙在跟踪你妹妹？"

"是的。"

"但警方为什么不能阻止他？"

"他们可以看护她，"佐伊说道，"有一辆巡逻车现在就在她那幢建筑前。但他们不可能一直在那里。早晚他们会撤了监控。一个月后，一年后。而他会等待着，他很有耐心。他已经躲避警方 20 多年了。"

"他们打算干什么呢？"

"不管他们干什么都没用。我得亲自去干。我必须抓住他。"她叹息道，"你送我回汽车旅馆，好吗？"

他们开车回去的路上沉默着。汽车旅馆其实不远——她原本也可以走回去，但那需要某种程度的集中心思，判断方向，而她没法肯定今晚能行。他把车子停在停车场，打开了他那一侧的车门。

"你不必——"

"我送你到房间门口。"约瑟夫执意说。

她耸了耸肩，下了车。她在前面引路，注意着脚下，努力把那些令人恐惧的想法克制住。她手里攥着钥匙，穿过停车场，爬上楼梯到了房间门前。

"谢谢了。我很抱歉我是这么一个……"她含糊其辞地做了个手势。很抱歉这么陪伴着我。

约瑟夫两手插在口袋里，显得有点羞怯，"没必要道歉"。

她打开房门，走进房间。她转过身来，正要说再见，她的手已经放在门把手上了。

可一旦她关上了那扇房门，各种想法又会涌现出来，在她脑袋里嗡嗡作响，搅成一片。就像她在店里时在杯子里搅拌而成的冰激凌漩涡一样，成了黏稠的汤了。无助感、焦虑感，还有各种假设的可怕可能性，全都混合一处，在她心里无休无止地翻腾旋转，使她睡意全消了。

"你想进来坐一会儿吗？"她问道。她的声调里有种恳求的意味；她忍不住这么说的。她不想一人独处。

他眉头皱紧了，又一次深感吃惊。不知怎的，这个倒霉的约会竟然会以一个邀请而结束。他走了进来，她则在他身后关上了房门。

一阵令人讨厌的时刻，她以为他会开始聊聊。但他却伸手搂住了她的背，把她拉近他身体。她踮起了脚，胸部摩擦着他的胸部，随后伸手搂住了他的颈部。

他尚未吻她，只是注视着看进了她的眼睛。他们站着，一言不发，而佐伊的大脑则在生命暂停时仍一如既往地运转着：大脑里思绪纷乱。她努力猜测着格洛弗离安德丽雅的距离，很可能不到 3 英里。他在等待着恰当的时机，等警方再次放松了警惕之时。他就像一个致命的恶性肿瘤，等待着突然冒出来，毁灭她妹妹。现在还无法找到这个肿瘤，并加以清除。

她战栗着，约瑟夫紧紧地搂抱着她，他的眉头紧锁。

只要她集中精力在他身上，她就能使心中的恐惧黯然失色。他们距离如此之近，她让自己的目光在他的脸上慢慢移动着——他的胡须修剪整齐，眉毛浓密，眼珠淡褐色，眼睫毛尖变成金黄色，只有在如此之近时她才看清他的眼睫毛是多么的长。

她把他的脸庞往下拉，随即他的嘴唇压在她的嘴唇上。尝试性地开始接吻，仿佛他们两人都不确定对方的感受如何。他稍稍抬起了头，确信她真的想要他，但这就使得她反而更猛烈了。她用嘴唇吸住了他的下嘴唇，吸吮了片刻。而他的手指则在她的腰间收紧了。

她紧靠着他身边，闻到一阵好闻的气味——刨木花和把木头刨光滑的气味。她张开嘴巴深吻，她的舌头与他的交缠在一起。他一把抱起了她，她的大腿裹绕在他身上，他抱着她到了床上，似乎她毫无重量。只有三步之遥。汽车旅馆房间对那种一夜情很有效率，床从不会离门口太远。

他们倒在床上，床在他们的重压之下嘎吱作响。他把她拉到他的大腿上，她就跨坐在他身上。他的身体对她的激烈的思绪而言，就是一个避难所。她可以在此刻迷失自己。

而在此刻，迷失自己不失为世界上最好的主意。

第三十八章

1990 年 11 月 10 日，星期六，得克萨斯州圣安吉洛市

梅因坐在他的床上，呼吸沉重，两眼盯着地上看。男孩看着她，希望她离开。但那不会在短时间里发生。

"你想玩玩我的乐高玩具吗？"他问道。他根本不想和她一起玩。但他凭经验知道，他母亲过后会问他，他们干了什么。他就不得不证明他提议了许多游戏玩，但梅因对那些游戏一点都没兴趣。一个好的主人总是会想法让他的客人们快乐的，她每一次都会对他这么说。

他从来就没有争辩过，主人总是邀请他的客人们来，而不是被迫接待客人们。

梅因眨了一下眼睛，仿佛仅仅建议他们一起玩乐高玩具的话让她厌烦。

她的真实名字叫查尔梅因，但他只听到一次，那是在她母亲对她发脾气的时候。在其余时间里，她就叫梅因。他的母亲和梅因的母亲——露丝，从高中起就是朋友了。她们每月至少见面一次，露丝总是带着梅因来。两个母亲就马上会吩咐他们自己去玩，而他们就去他的房间或者到外面去。他不喜欢这么做。他知道梅因也不喜欢，因为她告诉过他几次了。他也不知道为什么露丝总是把她带来。

他甚至不能肯定他母亲会喜欢。每当她们要来之前，他母亲总是对他父亲抱怨说露丝会找到某个方面瞧不起她。而每当她们离开后，他常常听到他母亲说她再也不会邀请露丝来了。

每当她这么说时，他曾经感到有点希望了。可根本没有希望。露丝和梅因成了他生活中的某种固化物，就像去看牙医，或者星期天醒来去教堂，或者关进地下室壁柜里的惩罚一样都躲避不掉。

"我们可以玩'大富翁'游戏。"他半心半意地建议说。

梅因哼了一声，"那是小孩子玩的。"

她比他大了一岁。但她几乎比他高了一英尺，并且当他们见面时她常常提到这一点，比画着说他的头顶还没到她的下巴呢。每当她花时间确定这个事实时，他就会默不作声，两眼却死盯着她的胸部看。她的胸部在衬衣下鼓起了一点。

他觉得自己已经在各方面做得够好了。他在脑袋里想象着和他妈妈的谈话。

"你和梅因玩了什么？"她会问，她的声调稍微有点紧张，每次和她亲爱的朋友见面后总是这样。

"没玩什么。"他会说，巧妙地省略了梅因的拒绝。假如他开口就解释说她不想玩什么，那听上去像是在辩解。

"你必须得提议去玩什么，"他母亲会这么说，"一个好的主人总是会想法让他的客人们快乐的。"

"我建议过了。"他会说。

"那么你建议了什么呢？"

"'大富翁'游戏和乐高玩具。"

一个棋子将死了对方。他母亲就会没什么话可说了。

梅因又呼出了一口气。她喷了好闻的香水。上次来她也是喷这种香水。等她离开了，那个香味还长久地能闻到，那就差不多使她这次来访值了。他躺在床上，回想着她靠近自己站立着，口里说，"你看！甚至我的下巴也高过你的头顶呢。你是我认识的最矮的男孩！"

他当时站着一动不动，眼睛直盯着她衬衣上的两块鼓起处。

他转身离开了，开始整理起他桌子上的火柴盒。共有15个火柴盒，他视若珍宝的收藏品。他喜欢玩火柴盒，每当他想到这些火柴盒里装的东西，他就深感越来越入迷了。他的那些小宠物。

甲壳虫啦，蜘蛛啦，蟑螂啦，但大多数是苍蝇。他活捉了它们，把它们放进这些火柴盒里。听着它们在小监牢里急促乱爬的声音。他曾在同一个火柴盒里放进去几只虫子。窍门是这样的：你把火柴盒打开一点点，把新抓到的虫子放进去，一旦它进去了立即关上火柴盒。有时候，他会混合配对放虫子。一只蜘蛛和三只苍蝇放在一起。一只蟑螂和一只甲壳虫放在一起。

每隔一会儿，他会摇晃每个火柴盒，听听。如果没有声音了，他就会在一小条卫生纸上倒空火柴盒里的虫子。最终，他倒出了一小堆死掉的小虫子，就看着它们，心想它们曾经有过怎样的感受，关在火柴盒里，永远在寻找着出路。

"那些是什么东西？"这声音让他吓了一跳。梅因站在他背后，在他肩头上方俯身看着。他能闻到她身上的香水味。

"只是我的收藏品——火柴盒。"他把 15 个火柴盒一个个叠放起来。一座囚徒塔。

"那么小的盒子。"她吸了口气，"都是一样的种类。收藏品应该是不同种类的盒子，对吗？"

"我不知道。"

"你知道我喜欢做什么？"她说道，"我喜欢划火柴，让它们一根根地烧。然后，当火柴快要烧到我手指时，我就抓住火柴的另一头，翻来翻去，这样就让火柴完全烧过了。"

他舔了舔嘴唇，"好。"

她依然俯身在他的肩膀上，她鼓起的衬衣碰触到了他的头颈。

"来，让我来做给你看看。"她抓起最上面的那只火柴盒。

他什么都没说，此刻完全麻木了。她站直了身子，打开了火柴盒。她的两眼睁大了，两只苍蝇"呼"地飞出去，在天花板上乱飞。一只蟑螂黝黑的腿扭动着出了火柴盒。

她失声尖叫了起来，那只蟑螂跳出来，爬在梅因的手上。她甩了甩手，绊了一下，倒了，一下子把一叠火柴盒都震翻到地上。她依然尖叫着，跌跌撞撞地冲向房门，猛地拉开房门，逃出去了。

他没动，也没敢吸气。在他周围，几十只囚徒急促乱跑，发出了嗡嗡声，它们的腿和翅膀刮擦着它们牢房的硬纸板墙壁。

第三十九章

2016 年 9 月 9 日，星期五，得克萨斯州圣安吉洛市

泰腾坠入梦乡才几秒钟闹铃声就响了，至少他感觉如此。他眩晕中伸手去摸索手机，却笨手笨脚地一挥手，把它从床头柜上拨到了地上。

闹铃声更响了。泰腾近来下载了一个闹铃应用软件，它是专为熟睡者设计的。它不会间隔一段时间再响，要停止响铃必须输入 6 位数的密码。它的铃响程度是每隔几秒钟增加一点。他也不知道究竟是什么原因促使他请来这个凶神恶煞进入自己的生活。

他下了床，蹲下来去找手机。他不知怎么的，居然把手机一直甩到了床下正中央的地上——其距离远到无论从床底的哪个方向爬进去取的话，都如噩梦一般。他也只得拼命伸长了胳膊去取，差点儿让他的肩膀脱臼。闹铃声现在巨响，极有可能也惊醒了左右隔壁房间的人。

他的手指够到了手机，他边取出手机，边呻吟着。他敲击输入设定的 6 位数密码，这可恶的东西终于安静了。他坐在地上，拿着手机，渐渐地从使人心理受创似的唤醒铃声里恢复过来了。

他给佐伊发了条短信："需要我送你去机场吗？"

然后，他把手机搁在一边，开始穿衣。在他把袜子套到一半时，他停下了，一只脚还赤裸着，一只袜子捏在手里。

佐伊还没有回复。昨夜，在床上躺下后，还在想着马文的斥责，他努力想到了一点模糊的内疚感，因为没能随机应变。现在他查了一下手机，看到佐伊甚至没打开他的短信。

那就有点奇怪了。她肯定醒了，而佐伊有点强迫症似的查看信息。现在安德丽雅处于危险之中更是加倍如此。

那个让人讨厌的记者昨晚告诉他说佐伊和一个高个子的男子出去吃饭去了。那时，泰腾以为她或许出于某种原因和福斯特警探一起出去了。可现在，他猜测不定了。

听到隔壁房间的门打开的声音，他急忙走出房间去，想在她离开之前拦住她。在阳光下，他眯起眼，转向佐伊的房门。

一个男子刚离开她的房间，房门在他身后关上了。

高个子倒是恰当的描述。那男子甚至比泰腾还高出一头。他挠挠胡须，转身正要离开，可当他看到泰腾时，停了一下。他的目光闪烁，看了一眼泰腾的脚，仍然只穿着一只袜子。他随后朝泰腾礼貌地点了点头，擦身而过。

泰腾查了一下手里的手机，佐伊仍然没有看短信。他突然感到一阵担忧。那个刚才从她房间里出来的男子究竟是谁？

当他走近她的房门，他看到门没有完全关上，门闩有点卡。他敲了敲门，"佐伊，你在吗？"

没有回答，甚至再敲了一下也没声音。他略一迟疑，随即推开了门。

房间里空空荡荡，但佐伊的行李箱在地上。床单纠结成一团，让他想起了一场激烈的搏斗。他能听到浴室里有水在流淌。

"佐伊？"他大声叫道，一会儿又叫得更响了，"佐伊？你没事吧？"

自来水停止了。"是泰腾吗？"他透过门听到了她沉闷的声音。

他立刻放松了；然后他在心里又推测了一下眼前看到的一切。纠结成一团的床单，房间里的麝香味，刚离开的那个男子……他站着僵住了，他心里突然咯噔一声，他早该在几分钟之前就能拼出来这个简单的拼图玩具了。

"泰腾，是你吗？"佐伊在浴室里又叫了一声问道。

"嗯啊，是的。抱歉。我就是想知道你是否需要我送你去机场。"他不安地挪动着脚，很不舒服，感到尴尬极了，"抱歉，你没有回复手机短信，我以为……"他没说完。他本来以为是什么呢？为什么他没想出一个解释，说佐伊可能暂时身体不适？

"我很感谢你送我，"她说道，"我马上就好。"

泰腾正要离开她的房间，就在此时佐伊的手提包吸引了他的注意。包拉开了，隐隐露出一个灰色的档案夹。他拿了出来，打开一看。是一份妮科尔·梅迪纳案件文档的复件，上面有佐伊手写的一些记号。他快速地翻了一下，看到几张熟悉的案发现场照片。

他身后的浴室门打开了。"好了，我准备好了。"佐伊说。

他转过身去。她的头发是湿的，她的脸色比平时更苍白。一滴水珠在她的颈部流淌下来，这情景让泰腾感觉到自己的注意力都被吸引过去了。

"噢，对了，"她说道，"你能把案件档案夹带回警察局吗？我离开时忘记归还了。"

"没问题。今天早晨你和安德丽雅谈过了吗？"

"她好多了。"佐伊蹲了下去，收拾起行李箱，"你祖父在那里过夜，显然是的。"

"什么？在你的公寓房间里？"

"她说他让她有安全感了。"她朝他微微一笑，"他是个可爱的男人。"

"那就是马文，"泰腾咕哝着，"最可爱了。"

她动身了，身后拖着行李箱。

"给我吧。"泰腾主动说。

"我很好。"她肩挎着手提包，随后看了看他的脚，"也许你该先把鞋子穿好。"

泰腾默默地看看自己穿了一只袜子的脚，"好，就一会儿。"

佐伊离开房间时从他身旁走过。她身上有一股旅馆里的洗发水味。他匆忙地走到自己的房间里，穿上另一只袜子，套上鞋子。然后，他离开房间，跟在佐伊身后。自从醒来，他还没去过浴室，也没刷牙呢。但他不想让她等候。他会避免对着他人呼气，直到他回来时再去旅馆房间吧。

"我不喜欢匆匆忙忙地离开，但我们在这里没什么事可做了，"在他们走下汽车旅馆的楼梯时，佐伊说道，"你可以帮他们开个新闻发布会，启动你说的热线。记得让他们确保仔细监视梅迪纳的葬礼。应该过几天就举行吧。"

"对。"连环杀手有时候会在受害者的葬礼上露面。拍摄参加葬礼的客人们是个很好的做法。

"我今晚会和你聊，看看进展如何。"

"照顾好你妹妹。"他从她手里接过行李箱，举起来放进车厢里。他们都钻进了车子，关上车门。

他发动引擎，"我昨天碰到你那个记者朋友。"

"哈里·巴里？"她一脸警觉的神色，"你没对他提过安德丽雅吧？"

"我什么都没对他说。"泰腾回答。他们行驶在圣安吉洛市的街道上，这座城市正在慢慢地苏醒。泰腾想到该轮到他来挑选音乐了，但想不出什么合适的话来，仿佛佐伊和他之间的连接关系已经断了，使他们成为一对陌生人。也许他们毕竟是陌生人吧。他才认识了她多久？一个月？那点时间足够了解一个人吗？

他的手机响了。他一手扶着方向盘，另一只手接了电话，"我是格雷。"

"格雷特工。"是福斯特警探，"这个杀手又在流式传输一个新的视频。'实验二号'。这次是玛丽贝尔·豪。"

"该死。"

"我正在给你发送链接。发送完了。"

他挂了电话,看了佐伊一眼,"只能为你找辆优步出租车了。"

"发生了什么事?"

"实验二号。"他的手机里发出"哗啦"一声。他把车停在人行道旁,看了一眼信息。信息来自福斯特,还包含着一个链接。泰腾点击了链接。浏览器的窗口慢慢地打开了。网址和第一个相似——由薛丁格上传了一个视频,标题是"实验二号"。他们眼盯着漆黑的视频屏幕好一会儿,等着移动链接慢慢地进入流媒体。然后,突然出现一个姑娘的脸,她正躺在黑暗之中,视频还是同样的红外线摄像头拍的黑白色调。她在叫喊,敲击着她上方的什么东西。手机里的扬声器播放出变了声的尖叫。

"那是玛丽贝尔·豪,"佐伊说道,"我看过她的照片。"

"我需要去警察局。我来帮你把行李箱取下来,然后——"

"不。"佐伊盯着屏幕,"我和你一起去。"

第四十章

　　玛丽贝尔在电话里响起的尖叫声刺激得迪莉娅的生活又失去了平静。她过去甚至都没注意这一点，直到那次来电话。就在迪莉娅等待她女儿回家时，时间似乎静止了几个星期。她和弗兰克停止了谈论；她难得离开家门，几乎不再费心注意日常生活了，只有她深切感受到的痛楚符合时间的规则，痛楚的程度随着时间一分一秒地流逝而逐渐减弱。

　　但是，一听到她女儿尖叫救命，她意识到玛丽贝尔此刻真的需要她的帮助了。昨夜，6个星期以来她和弗兰克第一次想谈谈。可交谈得并不顺畅，忽而停下来无话可说，忽而只说了半句话就打住了，仿佛是他们许久没有交流沟通了，现在他们已无法交流。那是一次正式的谈话，还要注意技术性细节呢。还存在什么可能性呢？他们如何做才能救出玛丽贝尔呢？弗兰克是个擅长行动的男人，他建议雇用一个私人侦探，引发一场社交媒体的运动，设法安排本地电视来采访。

　　迪莉娅同意他所说的一切，但她决意去警察局，要求对他们女儿的失踪事件给予应有的关注。这里有个尖刻的讽刺——玛丽贝尔不止一次地说过，迪莉娅的唠叨技能无与伦比。所以，现在她自己救女儿的计划主要是靠唠叨来催促警方采取行动。

　　她开车向警察局驶去，车窗玻璃打开了，让烟味散发出去。自从那个电话之后，她就连续抽了差不多两盒烟。现在她的香烟夹在右手的手指间，就是她切换排挡的右手，烟灰撒得到处都是。

　　她的手机在口袋里发出"哔哔"声，很可能是另一个记者。他们一直对她唠叨着，搅得她不得安宁。她不知道他们怎么会知道那个电话的，是警方的某个人告诉他们的吗？弗兰克却说那很好——他们需要警方的关注。可以肯定的是，他们现在已经获得了公众的关注。《圣安吉洛市标准时报》在第三版上有一篇关于玛丽贝尔的专题报道文章。里面包括不加掩盖的事实情况——那个电话，失踪的姑娘，玛丽贝尔的照片，看上去清纯美丽。报刊对警方颇多指责，当这个姑娘第一次被报警失踪时警方没有及时反应。

　　要过多久他们才会开始猜测为什么玛丽贝尔在 18 岁时就离开了家？又要过多久，指责的矛头会从直指警方转而直指其父母呢？

　　她吸了口烟，沉着脸想着等她到了警察局后该说什么。她得让警方明白如果他们不认真对待她的话，她就永远不会离开警察局。是时候把玛丽贝尔找回家了。

第四十一章

侦探部门一阵狂乱。有关玛丽贝尔·豪的视频在许多电脑上、手机上播放着，她的尖叫声响彻各处，渲染着令人恐惧而又刺耳的痛苦氛围。泰腾站在部门的入口处，一时间呆若木鸡，佐伊从他身边走过，来到福斯特的办公隔间。泰腾于是急忙跟在她后面，努力不去理会那姑娘尖叫着找她母亲，恳求救她出去的声音。

福斯特正在电话里对某个人叫嚷着，视频在他的电脑里播放。等他们到达时他刚放下电话。

"这个视频是什么时候开始现场直播的？"佐伊问道。

他看了她一眼。"25分钟之前。不久之后人们就开始通过电子邮件获得了链接。他这次把链接发送给更多的人了。调度被各种电话淹没了。"

"你和谢尔顿说了吗？"泰腾问道，"他在追踪视频的来源吗？"

"莱昂斯此刻正在和他通电话，"福斯特说道，"我们还派了3辆巡逻车去搜查妮科尔·梅迪纳墓穴邻近的地区，以防他决定把玛丽贝尔活埋在附近。刚才我已设法获得许可，派出一架直升飞机。或许我们会看到那个浑蛋还在往她头上铲泥土。"

"他这次没有拍摄他自己。"佐伊皱着眉头，"或许活埋地点容易辨认，所以他不想露出马脚。"

"我们很有可能确定那些容易发现的地点，"福斯特说道，"任何熟悉的地标就是个确定无疑的暴露，对吗？我立刻找个人检查一下。"他拿起了电话。

"福斯特！"莱昂斯在她的座位上叫道，同时从她的椅子上直冲过来。"他在使用原先的一部手机！"她的声音几乎完全被玛丽贝尔的尖叫声淹没了。

"什么？"

"他使用的手机——"

泰腾举起了手阻止她说下去，然后尽量大声叫道，"各位，把你们该死的视频都改成静音。立刻！"

一时间，似乎没人注意他。但随后，一个接着一个，那尖叫声停止了，直到房间里变得相当安静。泰腾宽慰地闭上眼睛，握拳的手松开了。

"我刚和谢尔顿谈过。"莱昂斯的眼睛明亮，"这个杀手正在使用上次用过的手机上传这个视频。我们已经得到了大致的地点。紧靠67号公路，就在双峰水库以北。那里靠近拖车式活动房专区。"她俯下身体，在泰腾的键盘上噼噼啪啪地敲了几下，在他的电脑屏幕上显示出了一幅地图。

"见鬼，我们找到他了，"福斯特吐了口口水，在他的电话上输入数字，"调度，我需要巡逻车去67号公路。我们还需要设置两个……不，3个路障。一个在转向去维勒克—皮特路的路口，另一个在转向去詹姆森南路的路口，第三个在通向双峰水库的路上，就在 67 号公路下去的地方……是的，就在那里。别让任何车辆通过，直到我给你进一步的指示，明白了吗？就是总警监也不行。整个地区都要封闭。"

他挂了电话，前额紧皱起来，"当我们把他逼入绝境时他会有多大的危险性？"他问泰腾，"我们该担心吗？"

"当他被逼入绝境时，他可能会设法逃跑，"泰腾说道，"但不是冒生命危险。更有可能的是他会胡编乱造，哄骗通过，他会说他和此事毫无关系什么的，就是这类手法。"

他瞥了佐伊一眼，希望得到她的肯定。她只是心不在焉地点点头，她的注意力在其他地方，"到目前为止，我们看到的一切都与一个折磨弱者的杀手特征相符。他用一把刀子威胁妮科尔·梅迪纳，这让我认为他甚至连枪都没有。"

莱昂斯办公桌上的电话响了，她就去接听了。

"我过去监督搜查，"福斯特说道，"如果你们哪位陪我一起去，我很感谢。"

"我去，"泰腾说，"我们可以——"

莱昂斯"啪"地放下了电话，两眼圆睁，"迪莉娅·豪在接待台。"

"迪莉娅·豪？"佐伊问道，"她知道了视频的事？"

"听上去不像。我觉得她就是来谈谈的。"

泰腾朝周围看了一下，看到的都是屏幕上显示着那姑娘在黑暗中挣扎的视频，警探们都疯了似的想找到她，"不能让她来这里。"

第四十二章

佐伊和莱昂斯于是就设法把迪莉娅·豪带到一间空着的会议室里，没让她注意到警察局里疯狂忙乱的情景。

她们审视了一番昨天迪莉娅收到玛丽贝尔电话的各种细节。佐伊觉得难以想象出确切的情景，所以她不断地希望会有某个不经意谈到的细节对那个电话带来点启示。随着谈话的进行，她内心的挫折感不断加深。一切都感觉不对。

莱昂斯在笔记本上记下了迪莉娅所说的一切情况。而迪莉娅对她们在同一个细节上反复调查显得情绪激动了。

"我已经告诉过你们了，"她突然厉声说道，"我不知道为什么她又挂了电话。也许她听到有人来了，也许有人从她手里夺走了电话。你们这些人对此事究竟干了些什么？你们现在还在找她吗？"

佐伊和莱昂斯的眼睛对视了一下，但迪莉娅似乎看到她俩在交换眼神，以至于紧张起来了。

"豪太太，我们正在尽最大努力找您女儿。"莱昂斯说。

"我不相信你们！我想和其他人谈谈。我想和你们的头谈谈。"她按摩着她的手腕，佐伊瞥了她一眼。迪莉娅的皮肤上出现了一块新的烫伤痕迹，比上次的还要大一点。但是她手腕周围没有青肿。可是没人逼迫迪莉娅把手放到火苗上去烤啊。莱昂斯在尽力安抚这个女人时，佐伊试图再次把各种有关事件排个顺序。6个星期之前，7月29日，玛丽贝尔·豪失踪了，大概是被不明嫌疑犯劫持了。然后，在9月8日，玛丽贝尔设法找到电话，给她母亲打了电话。一天之后，这个不明嫌疑犯就活埋了她，并发布了视频。那么，难道他在这段时间里一直关着她吗？

"我要另外找个人谈谈，立刻！"迪莉娅·豪尖叫着，拍着桌子。

那一点点的真相飘浮而过，但不在她的掌控之中。佐伊必须聚精会神，在那里无法做到，"对不起。"她站起身来，离开了会议室，关上身后的门。她倚靠在走廊的墙壁上，陷入了深思。

假定他把这姑娘关了一个多月。然后，她设法逃出来，给她母亲打了电话。作为惩罚，他就活埋了她。这是个很好的解释，但又说不通。为什么他把玛丽贝尔关起来，而妮科尔·梅迪纳则在遭到劫持后立即被活埋了？

或许玛丽贝尔没有遭到绑架。或许她真的离开了住所，然后杀手是在最近才从她待的哪个地方绑架劫持了她。但是，那样的话又显得过于牵强了。为什么她要突然消失，留下她所有的一切？

那个电话倒也很奇怪。迪莉娅·豪坚决否认对新闻界泄露过此事。或许是她丈夫说的，或许是警方泄露的。但是，在新闻报道里居然有那么多有关那个电话的细节，这些细节只有迪莉娅才可能知道。

有可能是杀手泄露了细节，但这也有些说不通。假如他因为她设法逃跑并给她母亲打电话而惩罚她，把她活埋了，那么他也不会把注意力吸引到他自己的疏忽上去啊。

莱昂斯走出会议室，走到佐伊的面前，"思考得怎样啦？"

"这儿有什么地方不对劲。你觉得玛丽贝尔在这段时间里一直被杀手关着吗？"

"我几乎敢肯定。那是最好的解释。"

"为什么？"

"我还不知道，佐伊。也许他占有了她的身体，也许他喜欢和她聊聊，也许他喜欢她的烹调。等我们找到她之后再去问问她吧。"

"为什么他没有把妮科尔·梅迪纳关起来？为什么那么急剧地改变了作案方式？为什么把玛丽贝尔关了那么久也只是为了活埋她？"

"也许因为他是个有虐待狂倾向的精神病患者吧。"莱昂斯提出看法说。

"不是这样的，"佐伊缓缓地说道，"该未明嫌疑犯不是因为他想散布痛苦才这么干的。他也没有着了魔。他干的每件事都是受需求的驱动。有些是他的性需求。他脑子里有个详尽的性幻想，而这些行为，活埋女子，就是那个幻想的结果。他还似乎想获得关注，新闻界和警方的关注。获得名声。"视频里有个细节攫获了她的注意，但她又无法确切地说出来。就像是她眼角瞥到了一个阴影，可一旦她转脸面对它时，它却又消失得无影无踪了。

"我们以后能解决的，"莱昂斯说道，"眼下我们需要结束这个谈话，而……"当她转向会议室的门口时，话到嘴边却说不出了。

佐伊顺着她的目光看去。会议室门稍微开着，房间里空无一人。就在她们交谈时，迪莉娅溜出去走了。

她俩即刻动身去追赶溜走的女人。迪莉娅与几个警察擦身而过，然后直冲右边，径直走进了标记着"警探部"的门。

佐伊和莱昂斯一会儿就追上了她。她站在部门的门口，瞪眼看着各种屏幕里播放着她女儿哭泣的脸。尽管视频都静音了，但图像的冲击力依然很大。

迪莉娅的两眼圆睁，嘴唇颤抖着，"那是……玛丽贝尔啊。"

莱昂斯轻轻地拉住她的胳膊，"豪太太，请跟我来。"

这女人挣脱了，目不转睛地盯着那些屏幕，"发生了什么事？"

莱昂斯做了回答，佐伊并未在意。现在，和这个姑娘的母亲一起看着视频，她终于意识到了视频里那个让她深感困惑之处。

这姑娘脸上有一处涂了睫毛膏。但是，假如杀手真的在 6 个星期之前就已劫持了她的话，没理由还让她化妆，除非这杀手要求她这么做。

而看到那姑娘的衬衣，一件无肩带绿色背心，佐伊就想到了一个原因。

第四十三章

　　自从泰腾踏足得克萨斯州以来，他还是第一次感受到如此的酷热。一连串的汗珠滚下他的额头，进入了右眼，引起刺痛感。福斯特走上前来，递给他一大瓶水。泰腾收下了，心存感激，一口气就喝了半瓶。

　　"你认为她还有多长时间？"福斯特问道，他的目光呆滞。

　　泰腾耸了耸肩。在过去的一小时里他们就已经3次问答了相同的问题。他们没有办法知道，即使他们知道了她被关进木箱的确切时间也没用。就他所知，从视频中看出来，玛丽贝尔事实上在做的一件事可以增加她的生存机会——她现在躺着不动，减少消耗她周围本已有限的氧气。

　　福斯特的手机"哗啦"一响。"噢，真该死！"他失声叫道，"新闻界已经有报道了。"

　　他给泰腾看了看屏幕。那是一篇报道文章，题目是"警方搜寻被活埋的姑娘"。视频里的一幅截图就直接放在标题之下，玛丽贝尔·豪正在尖叫之中的面容。"很快他们就会联系到妮科尔·梅迪纳的案件，我们将有大量惊慌失措的人群要应付了。"

　　泰腾看了一眼自己的手机，视频还在进行之中。"他还没有停止上传视频，"他说了一句，"差不多快两小时了。"

"你认为这意味着什么？"

"该死的，我要知道就好了，"泰腾疲倦地说，"佐伊会说他的幻想在演变中。"

远处持续不断的汽车喇叭声让他浑身不舒服。67号公路只有几十米之遥，警方设置的两道路障把公路分为3个部分，结果是在任何方向都是静止不动的长长车流。尽管警方还是让车子通过，但他们放得很慢，要记下每辆车子的牌照。

他注视着一长排一长排的车子，阳光在他们车子的窗上闪烁着，然后他又转头打量了一下整个搜索区。那是一片沙土的高地，干枯的灌木丛和光秃秃的树林间夹杂着斑斑点点的碎石。公路旁有个拖车式活动房专区，居民们正饶有兴趣地聚在一起，看着警方的搜索。再远点，他能勉强地瞥到一个加油站。离开公路几米的距离，有一条铁轨并排延伸着。泰腾研究过地图，知道这条铁轨和公路并行。

几个巡逻警员正在用金属探测器在地面上梳理探测，然而到目前为止，他们发现的只是几个啤酒罐罢了。一个自称名叫琼斯的搜救警犬训练员牵着他那条名叫伯斯特的搜救警犬，正在拖车式活动房专区旁边搜索着。在搜索区的另一边，一个技术人员正推着一个探地雷达，在碎石上扫描着，看上去不像是复杂的技术。实际上，它和草坪割草机相似。那个雷达技术员似乎是在与无穷无尽的石块、灌木丛，还有仙人掌搏斗着。就在泰腾观察时，只见他停了下来，摇摇头，离开了机器几步。然后他又走过去，肩膀都耷拉下来了。

"现在怎么啦？"福斯特咕哝着问。

"探地雷达在这里无法探测很深，"那人说道，"土壤里有太多的黏土层。"

"这算个什么理由？"福斯特问道。

"黏土层干扰雷达的效用。"

"你说过你这个宝贝可以探测到地下 50 英尺深呢。那么现在我们在谈论什么呢？只有 15 英尺吧？ 10 英尺，还是 5 英尺？"

"15 英寸。"

"15 英寸？"福斯特气急败坏地说。

"黏土层太厚，"技术员重复说着，"我很抱歉。"

"我们应该带更多的搜救警犬来，"福斯特对泰腾说，"还有更多的金属探测器。还有——"

泰腾的手机发出奇怪的静电干扰。泰腾看了一下手机，遮住屏幕上的阳光。"究竟是怎么回事？"他喃喃自语。视频里正发生着什么事。

玛丽贝尔周围的木壁在震动着，她周围有某种轰鸣声在响着。沙土从缝隙里"噗噗"地漏下来。玛丽贝尔控制不住地尖叫起来。

顷刻之间，泰腾直觉地心一沉，他想起了那个物理学家的话："爱因斯坦的实验里有一桶爆炸物。"

技术员从泰腾的肩头看过去，不由得骂了一声。木壁不断地震动着。这不是爆炸。这完全是其他什么东西。

"是什么？"福斯特问道，"看上去就好像发生了地震一样。她在哪里？"

泰腾抬起眼睛，朝四下看了看。他没看到有什么东西能造成那么大的噪声和震动，但玛丽贝尔的周围确实在震动着。难道他们找错地方了？

随后，他看到了铁轨。

他的心沉下了，他再看看屏幕。玛丽贝尔几星期前就被劫持了，但她的衬衣，虽然有点皱，但不像是穿了好多天的样子。她的眼睛周围涂了什么东西，现在泰腾明白是什么了。化妆品。

他们都以为他们在整个时间里都在看着一个现场直播的视频，就像妮科尔·梅迪纳的那个视频。但其实不是。

"那是火车，"他有点麻木地说，"有一列火车在她上面驶过。她被埋在铁轨附近。"

"但是这儿没有火车？"

"视频拍摄时有一列火车经过。"泰腾的心抽搐了，"那是她遭到绑架的时候。你带搜救警犬来错了，警探。我们需要的是寻尸犬。"

第四十四章

他靠在椅背上，微笑着，在浏览器上打开了第一篇有关他的报道文章。文中已经提出了有关他身份的种种问题：谁是薛丁格？这个"实验"是什么？报道文章保持着一种乐观的语调。该文引用了一条来自警方的消息说，他们相当确定他们知道那个姑娘在哪里。

或许，文章里提到，视频里的那个姑娘能够提供薛丁格的真实身份。

视频里的那个姑娘不会向他们提供任何情况了，难道还没人猜测到这一点吗？

大概佐伊·本特利猜测到了。

他切换了一下，重新阅读了一遍那篇报道，该文描述了她是如何抓到殡葬人员绞杀案杀手的。该文说，她经验丰富，出类拔萃，思考周密。

所以，警方派她来抓他了。他感到一阵激动。他们总算知道他可是个非凡之人了。

他又打开了几个本地报纸的网页，刷新了一下，等待着一篇新的报道显示出来。很快，他的浏览器里有了20多个打开的标签。有个标签开始播放起令人烦恼的叮当声，而他尤论如何也无法确定是哪一个。最后他只好静音了事。

另一个报纸上有一篇报道跳了出来。其中有些部分显然是恬不知耻地从第一篇报道里复制粘贴过来的，粗制滥造的文字。他非常鄙视那些业余写手。

关于妮科尔·梅迪纳有些什么消息呢？难道新闻界还没有人猜测出联系吗？那些报道里只字未提。也许有某一个读者会猜测到的，现在是大众自媒体信息时代了。他浏览了那些评论，几乎立刻就后悔了。有个评论者声称整个事情是媒体杜撰的，为的是分散公众对中东局势的注意力。而更多的评论则认定，这是"令人恐惧的"事件，或者是"可怕的"事件，也有的说是"魔鬼的恶行"。但无人提及妮科尔·梅迪纳，虽然有人确实问起过是否有个"实验一号"。

他叹息了一声。他还得耐心等待某个更有进取心的记者来提出两者之间的联系。很快就会有的——他几乎可以肯定。或许警方的消息来源会泄露出来的，或者某个记者也许会做个彻底的研究。

但到了明天他们就都会知道在圣安吉洛市有个连环杀手。

他又浏览了一遍那些网址，点击了刷新，等待着，眼睛不耐烦地略过了屏幕。什么都没有。很快他得去工作了。

他必须耐心。

他切换到照片分享社交媒体平台的标签，他转动着他的订阅，一个专栏里的女孩子们都在展示自己，吸引他的注意。他时不时地停下来，仔细观看照片里的女孩，犹豫不决。她会是下一个吗？

　　然后她进入了他的眼帘，她正躺在床上对着相机微笑着，毛毯盖住了她的身体。那是朱丽叶·比奇。他所喜欢的女孩中的一个。

　　"昨天上午就 18 岁了"，她已经写下了。他切换到脸书上她的个人档案，核查了一下她的生日。9 月 10 日。那是明天。

　　她明天夜里会举行派对吗？当然她会的。实验三号。

第四十五章

维克多·芬克尔斯坦警员在路边停好他的 SUV 车，然后打开后车门，放出了他的四脚搭档雪莱。它跳下车子，摇摇尾巴，它的颌部张开，露出一大排的犬齿，舌头伸出来往下耷拉着，呼呼地直喘粗气。

他从车里拿出它喝水的碗，放在它面前，在小型冷藏箱里翻找着他早些时候放进去的那瓶冰水。

"很高兴在此见到你，芬克尔斯坦。"有人在他背后和他打招呼。那人把他名字的读音读错了，听上去像是说范克尔斯坦了，而维克多现在也已习惯了。这也成了圣安吉洛市警察部门里某个出名的笑话。他的名字与 19 世纪小说里的一个科学家名字相似，尤其是考虑到他是靠什么谋生的。事实上，这也就是他把他的狗起名叫雪莱的原因 [①]，一种"眨眼，眨眼，明白吗"的意味，没人会这么做。

他瞥了一眼身后。福斯特警探走上来，他身旁还有一个男子。他们两人都显得大汗淋漓，脾气暴躁，还有点疲惫不堪。

"嗨，警探。"维克多说。

[①] 译注：雪莱（Shelley）又是英国著名诗人的名字。

"我们需要你去铁轨旁。"福斯特说。

"就几分钟，警探。雪莱需要喝水。"

福斯特有点急躁地点点头，似乎他在强迫别人接受一个不合理的要求。不和狗一起工作的人是不会理解狗是如何工作的。雪莱并不是维克多的宠物，可它也不是他的奴隶。它就是他的搭档。所以，维克多总是注意对待它的方式：当作与他平等的伙伴。如果维克多说他需要喝点水的话，福斯特会显得如此不耐烦吗？不太可能。

他找到了那瓶水，瓶里仍有少量的冰块漂浮着。他在雪莱的水碗里倒了半瓶水，它快乐地舔食着水。维克多自己也从那瓶子里喝了一大口，盖上了盖子，放回了冷藏箱里。随后，他关上了车子的后门，倚靠着门，抱着他的两臂。雪莱还在舔食着水。

福斯特看了一眼手机，清了清喉咙，"如果你不介意的话——"

"马上就好，警探，"维克多语调平稳地说，"不用急。既然你把我们叫到这里来就不用急了。"

警探和他身旁的男子交换了一下眼神。

"我是芬克尔斯坦警员。"维克多伸出了手。

"格雷特工。"那男子走上一步，和他握了握手。他握手有力，笑容礼貌可爱。

"联邦调查局特工，嗯？"

雪莱抬起它的脑袋，瞧了瞧维克多。它稍稍摇了摇尾巴。

"好了，警探，带路吧。"

两个人带着他走过了一段沙土路。令维克多感到吃惊的是，他看到琼斯也在。两个搜救警犬训练员难得一起工作。琼斯和伯斯特是被召来救活人的。

假如维克多有点小缺陷的话，那就是他和雪莱的工作没有像局里其他人的工作那样受到赏识。就拿琼斯做个例子吧。此人接受了本地报刊至少六七次采访。人们喜欢那些新闻故事："人类最好的朋友拯救了两个在峡谷里迷路的徒步旅行者"，或者"警察和他的狗找到了失踪的姑娘"。每年都有和幸存者的合影照片，鲜花，巧克力，圣诞卡。然后，还有侦测犬，它们每年都会有荣耀时刻，因为它们努力嗅出了偷运进来的可卡因而被拍照登报。

但是，报纸上从来没有维克多和雪莱的报道或者照片，没有"人类最好的朋友找到了腐烂的尸体"这类故事，更没有和总警督或者市长握手的荣幸。

啊，没什么。他知道他工作的价值。多亏了维克多和雪莱，多少父母们才获得了事情的终结？幸亏有这两个搭档，6条腿加一根尾巴，所发现的证据，使多少杀手从街头被捕的？

它们靠近时伯斯特"汪汪"叫了一声。雪莱却是摇摇尾巴。它倒还真不是只叫狗，沉默平静，就像维克多一样。

"那么我们认为有一具尸体埋在这儿的什么地方？"维克多问道。

"格雷特工当然这么认为的。"福斯特谨慎地说。

"我们认为那姑娘就被埋在铁轨附近的什么地方，"特工说，"但我们不确定是多久前埋的。"

维克多点点头，"听到了吧，雪莱？我们来找到她。"

雪莱看了他一下，它的耳朵竖了起来，一只脚也提了起来。随后，它尝试性嗅嗅地上。

"哪条路？"维克多问福斯特。

"很可能向西面。"格雷特工指了指。

维克多开始牵着雪莱走了，让它偶尔嗅嗅。它在一株仙人掌附近停下撒了尿，然后一直行走着。突然之间，它带着维克多走，而不是跟着他了，牵狗皮带被它拉紧了。它身体绷紧，鼻子贴近地面。它带着他离开铁轨 5 米的距离，到一个小丘后面，随后停了下来，专心地在四周嗅着。它又刨了好几下地面，发出了低低的呜呜声。

福斯特和格雷特工过了一会儿才赶到。

"这儿有东西。"维克多说。

"一具尸体？"福斯特问道。

维克多耸了耸肩，"死尸。可能是死掉的土狼或者山羊，也可能是你们要找的姑娘。"

福斯特沉重地叹息一声，"我们开始挖掘吧。"

维克多直到此时才明白，他们一直希望他失败。他们一直在希望那个姑娘还活着呢。

他蹲在雪莱身旁，挠挠它的脖子和后面的左耳，"好女孩。你真是个好女孩。"

雪莱朝他露出了犬齿笑笑，舌头耷拉着。要是有人偶尔挠挠维克多的耳朵，说他是个好警察，那该多好啊。

第四十六章

迪莉娅坐在警察局里的一张办公桌旁，眼盯着屏幕。她几乎要把一个警探的眼睛抠出来了，所以他们就不再让她离开了。他们反而给她找了个地方坐下来，还在桌子上放了一杯水。视频静音了，而迪莉娅也没有试图打开声音。她就只是看着女儿的脸。

他们告诉她，警方正在搜寻玛丽贝尔，但没告诉她其他的事。那个叫本特利的女人压低了嗓子和莱昂斯警探交谈，但她们谁也没对迪莉娅说什么。

她一生中从来没有见到她女儿如此恐惧不安，玛丽贝尔从来就是一个凶狠的孩子，甚至在她还是个蹒跚学步的婴儿时就是如此。迪莉娅和她的部分争吵是起源于玛丽贝尔从来就没为她的所作所为担心过什么，她从来就没在乎过惩罚或其他什么事。而对迪莉娅来说，这难以理解，因为她自己整个孩提时期都对她父亲的脾气怕得要命。

可现在玛丽贝尔害怕了。此景此情，把迪莉娅的心都撕碎了。

在她身后，她听到电话铃响了。

"嗨，泰腾，"佐伊·本特利说道，"有消息吗？"

迪莉娅转过身来，看着她。本特利的身体绷紧了，她的表情凝重。

迪莉娅试图看懂这女人脸上的表情，可就如同试图解释一个大理石雕像的表情一样。本特利听着，偶尔对着电话说出几个意思含混的词。"好吧""对""我明白""嗯嗯"，最后终于说了，"我会告诉她。"本特利的注视迎着迪莉娅的目光。她挂了手机，清了清嗓咙。

"豪太太，我很遗憾。他们刚发现了你女儿的尸体。"

迪莉娅目瞪口呆地看着她，困惑不已，随后又回头看了一眼屏幕。玛丽贝尔依然躺在黑暗之中，她的嘴唇轻微地嚅动着，眼睛眨着，"但是……这视频……"

"这视频不是今天拍的，"本特利的声音毫不柔和，"我们不知道它是什么时候拍摄的，但是，很有可能就在你女儿失踪后不久。"

迪莉娅把注意力转向了莱昂斯，仿佛是希望警探会让这女人说出个什么道理来似的，但警探只是看着本特利，嘴巴稍稍半开着。

"你肯定吗？"迪莉娅问道，"玛丽贝尔学校里有个女孩看上去几乎就像她。大概是她吧……你们不能停止搜索就因为——"

"尸体上的衣服和视频里的一样，并且她身上的衬衣就是她失踪那天穿的，"本特利说道，"我们也许以后需要你去辨认一下。但肯定是她。"

她弯腰越过迪莉娅，伸手关掉了屏幕。迪莉娅喘息着，伸手又打开了屏幕。可让她吃惊的是，本特利抓住了她的手臂，牢牢地拉着。别看她身材娇小，她很强壮。

迪莉娅挣脱了手腕，迸发出一阵绝望的哭泣。本特利后退几步，抱着双臂，看着迪莉娅。

"玛丽贝尔不在人世了，"本特利又说道，"看着这个视频里她的受难情形并不能让她活过来。这只能让你痛苦，就和你在煤气灶上烫你自己的手腕一样。"

"要是她没有离家……要是她听我的话，待在家里，这事就不会发生了。"迪莉娅喃喃自语，头转向了别处。

"她并不是因为离家才死的，也不是因为她没听你的话。她也不是因为你做的任何事才死的。"

迪莉娅退缩了，祈求这个女人别来理自己，就让她自己去吧。

"她之所以死了，那是因为有人杀害了她。那个杀手不会在乎你或者她。你明白这一点吗？"本特利在她身旁跪蹲下来说道，"如果你要看你女儿的脸，我建议你去看她的那些照片。而不是去看杀害她的杀手制作的视频。"

迪莉娅没理会她，闭上了眼睛。本特利又说了几句。接着莱昂斯也说了几句话。过了一会儿，她们搀扶着她站了起来。她没有挣扎。有人问她是否还有什么人和她一起来的，是否她需要有人开车送她回家。她咕哝着说她没事，她有车子，可以自己开车回去。他们就让她走了。

去她家厨房里的煤气灶，开车过去并不远。

第四十七章

1994 年 3 月 24 日，星期四，得克萨斯州圣安吉洛市

他在学校餐厅里喜欢坐的餐桌在最远的角落里，他在那里可以看到餐厅里的一切情景。

他一个人独自坐在那里，一如往常，手里拿着速写板，快速地涂鸦，全神贯注。他面前的托盘里放的炸土豆泥、牛奶、炸鸡块，还有吉露果冻都还没动过，被遗忘了。

德布拉·米勒是他眼中唯一看到的女孩。

她和朋友们坐在她们的老位置上，5 个令人过目不忘的女孩，但他不知道她们的名字。此刻，她正在大笑，以手掩口，两眼亮晶晶的，一头金黄色的鬈发在她的肩膀上迷人地卷曲着。她的衬衣宽大，一只肩膀微微露出了几分。他很熟悉那件衬衣，那个肩膀，还有她那漂亮的颈部。在数学课上，他就坐在她的后面，在整节课上都痴迷于她的每一个动作。

他的铅笔唰唰地涂鸦，画着她的秀发，画着那些连续不断的波浪鬈发，同时他想象着他的手指在抚摸着她的波浪鬈发。他甚至不用看她就能画出来。过后，回到家里，他就会逐页逐页地翻看速写本，做些修改，涂点颜色。从他早晨睁开眼睛直到晚上闭眼入睡，德布拉都在他心里。

并且，她时常出现在他的梦中。

他几乎没有注意到周围的噪声，3个男孩在餐桌间追逐嬉笑。有个叫艾伦的男孩，正巧绕到他的餐桌旁，撞到他了，把他手里的速写板撞掉了。

"对不起，"艾伦上气不接下气地道歉道，"我没看到你。"

他没有说话，他的眼睛紧盯着掉在艾伦脚旁的速写板。

艾伦蹲下来，捡起了速写板，瞄了一眼，"噢，太好了。是你画的？"

他清了清喉咙，伸出手去拿速写板。"是的。"他说，声音轻得像耳语。

"你在画女孩子？"艾伦好玩地问道，同时他的脏手翻看着速写本，"你……"

他的声音没了，他欣赏起这些画来。他翻了一页——又一页，又一页。渐渐地，他兴奋的笑容扭成了一个鬼脸；他眼中的闪光不见了。他脸上的表情变了，满脸的厌恶和恐怖表情，仿佛是翻看这些速写使得他面对的是他从来不能看的东西。

艾伦把速写板扔在地上，俯身靠近他。

"听着，你这怪人。"艾伦的嗓音颤抖着，"要是让我看到你接近这学校里哪个女孩子的话……要是你即使偶然碰到一个的话，我就踢得你屁股开花。听明白吗？"

他点点头，脉搏加快，屏住了呼吸。

"要是再让我看到你画什么东西，我就踢得你屁股开花。听明白吗？"

又一次点头。

艾伦转身走了，肩膀耸起，走开了，步子微微摇晃。

他捡起速写板，翻了一下。他画的速写片断映入他的眼帘。德布拉那双漂亮的眼睛惊恐地圆睁着，因为污渍塞进了她的嘴里。她的裸体囚禁在笼子里。在她想逃离快速倾倒下来的沙土时，她那只漂亮的裸肩从泥土中突出来了。

第四十八章

　　当莱昂斯开车接近案发现场时，佐伊从莱昂斯车子的乘客座车窗向外凝视着。这个地点并无第一个活埋地点的寂静和隐秘。此地靠近公路，各种汽车川流不息地通过。附近有一个拖车式活动房专区，一个加油站，以及一排仓库，所以就有了许多好奇的观众。更有甚者，媒体已获得了视频链接，一个颇有事业心的记者设法把据说是玛丽贝尔打给迪莉娅的电话和妮科尔·梅迪纳的谋杀案联系起来了。佐伊数了一下有5辆媒体车子，而在她们停车时，第6辆媒体车子也停下了。

　　那些警员已经搜寻玛丽贝尔一个上午了，此刻正在设法使用几米长的警戒带把人群隔离在案发现场之外。在墓穴周围撑起了一个大型的防水帐篷，遮挡住窥视的眼光和相机的镜头。但佐伊知道，这个现场的各种图片当晚就会被贴到网上，并且它们会被链接到杀手的网址。将会出现无休止的争辩，争论凶险不祥的"实验一号和实验二号"视频，以及各种有关"实验三号"的推测议论。人们会谈论两个薛丁格：一个是科学家；另一个是杀手。

　　他已经获得了他所追求的东西——名声。

　　哈里·巴里在过去的一小时里给她打了3次电话，她一概不理。他很可能为失去独家新闻而暴怒，但佐伊无法对此不以为意。她的妹妹正在受到另一个杀手的追踪，而在此地，这个杀手却在加速行动。她该即刻回到戴尔市吗？还是她该留在此地呢？这两个选择似乎都是不可能的。

她下了车，走进地狱般的正午酷热中。她努力不去理会，跟着莱昂斯走去。莱昂斯直冲着人群而去，朝那个拿着笔记板的警员走过去。她们两人在勘查日志上签了名，随后走进案发现场。

泰腾正在和一个牵着搜救警犬的警员说话。佐伊走上去，低着头避开灼热的阳光。

泰腾在她走近时转身面对着她，"那个母亲怎么样了？"

佐伊摇摇头，"不好。莱昂斯叫来了本地受害者援助单位的一个人。而她依然在说，她女儿昨天才给她打过电话。"

"杀手肯定是使用视频中部分音频，拼凑起她女儿哭叫母亲救命的声音。"泰腾沉重地说。

"在这个假定是玛丽贝尔呼救的地区，警方可以取消搜索了。因为这正是杀手的伎俩，他很可能远远地躲在家里用呼救电话来迷惑我们。"

"福斯特已经估计到这一点了。"

"我们目前已经获得了什么进展？那个视频还在进行着呢。"

"我去和谢尔顿谈谈，"泰腾说道，"他们想摧毁那个网站，但它很诡异。主服务器和域名都是通过一个捷克的服务商注册的。"

"那么，上传视频的手机呢？这手机是在这里的什么地方上传的，对吗？"

"我们已经让警员在整个区域里大范围地使用金属探测仪搜索过了，但不走运。眼下他们正在设法搜索附近的拖车式活动房专区，但一些居民在找麻烦。福斯特在申请搜查许可证，可这又是一个官僚式的噩梦。"

那条搜救警犬试着嗅了嗅佐伊的手。她把狗拉开了，有点生气。

"这位是维克多，搜救警犬训练员，是他确定了尸体的地点。"泰腾说。

"是雪莱确定尸体位置的，"维克多说道，"我只是紧跟其后。"

佐伊略向他点点头，然后转向泰腾，"我们有死亡时间了吗？"

"法医还在那里呢。"泰腾指指帐篷，"尽管去问问他吧。我已经看够了。"

佐伊走向帐篷，掀起帐篷的门帘。一股臭味袭来，她几乎要转身走开了。帐篷里闷热异常，臭气熏天。

在当中的地上，已经挖了一个长方形的洞穴，聚光灯照耀着洞穴下。佐伊向前走了3步，看到了法医的秃顶，他正蹲在尸体旁。

她努力想回忆起法医的名字，但她所能想到的却是他那个愚蠢的绰号。

"嗯……法医？柯里是吗？"她问道。

他抬起头来，口罩遮住了他的口鼻，"本特利特工。"

"你有她死亡时间了吗？"

"还很难说。液体已经被挤压出尸体了，还积集着气体，你也看到了——"

"我就信你的话。"

"尸体被深埋在非常干燥的土里，超出了蠕虫的活动范围，所以腐败程度尚可，否则更糟。等我检查过体内器官的腐烂程度后，我会给你一个比较确切一点的估计。但那就需要进行完全的验尸。就眼下来说，我可以估计，受害者死了至少两个星期了，不会超过 8 个星期。"

"谢谢了，法医。"她脱口而出说了一句，就冲出了帐篷。她蹒跚地走了几步，用鼻子浅浅地吸了几口气，直到胃部平息了。

她拿出手机，快速地写了一条短信给安德丽雅，"一切都好吗？"

她注视着安德丽雅写回复时 3 个跳动的亮点，"好多了。你的主管今天来过了。她很和蔼。马文在给我做他最出名的汉堡包呢。"

佐伊迟疑了一下，随后点击几下，"我错过了航班。但又发生了一起谋杀案。"

"啊，上帝啊。太可怕了。"

"我将坐下一个航班。他们没我也不碍事。"

那 3 个亮点跳动了许久。佐伊简直觉得她会写出一个宣言作为回复呢，可最后，安德丽雅只是简单地写道，"你可以再过一两天。"

佐伊能想象出她妹妹写了一条回复，删除了，又写了一条，又删除了，内心挣扎着决定她真实的感受。于是，她紧紧地抿着嘴唇，写道，"我们以后再聊吧。"

她把手机放进口袋里，仔细地观察着这个地区，努力想推测出究竟是什么原因使得杀手选择了这个地点。此地不像第一个地方那样偏僻——100米内就有大量的可能目击者。但是，又一次，这个墓穴相当隐蔽地处于一个小丘和一簇树丛的背后。虽然它靠近公路，但距离也足够远了，并且，有一条路从公路上分岔下来，这样他就可以开着厢式货车，到达附近。真是个好点子……但还不是足够好。她觉得还是缺少了某个重要的因素，这让她很受挫折。

她看到莱昂斯正在几米外和一个警员交谈，她脸上的神色变化活跃。那个警员手拿着证据袋，里面有个金属的东西。莱昂斯从他那里拿了过来。

佐伊匆忙赶来，"是什么东西？"

"他们找到了那部手机，还在流式传输上传视频。它没和其他设备连接——视频是保存在手机上的。该死，它还在上传呢。"

"在哪里找到的？"

"拖车式活动房专区，在一堆垃圾里。"

"拖车式活动房专区有围栏的，对吗？"佐伊问道，逐渐兴奋起来，"有人看到过陌生人开车进来——"

"没人开车进来干什么事。"莱昂斯说道，"有个老太太的拖车就在围栏门旁。她说，她能看到每个进进出出的人。我相信她。她列出了她邻居们上星期以来所有的活动情况，那情况的详细程度让我认为她记了日志。在过去的24小时里，她没有看到任何陌生人进入拖车式活动房专区。你觉得有没有可能是杀手就住在这里？”

佐伊摇摇头，“这个杀手很谨慎。他根本不会把我们引到他的家门口的。也许他交给了什么人，让那人放到垃圾堆里的。”

“或者也许他就隔着围栏扔进去的。垃圾堆离拖车式活动房专区边缘只有几英尺的距离。”

“这是他始终想这么做的。”佐伊说。

“什么意思？”

“他完全可以在任何地方流式传输上传这个视频。但他不光是放在这里了——他还使用了上次谋杀时用过的手机，虽说他谨慎地确保在这两个谋杀之间的整段时间里手机都是关机的。因为他知道我们会监控这部手机，而且一旦手机开机了，我们会立刻出现在这里。他把我们带到这里是为了让我们找到尸体。”

“为什么呢？”

“因为这就是实验二号的重点。实验的对象其实不是玛丽贝尔·豪。而是我们。他就想看到如果我们假定视频是现场直播的话，我们是如何做出反应的，就像第一次的谋杀那样。他在玩弄我们呢。”

第四十九章

　　泰腾看着福斯特盘问拖车式活动房专区的另一个目击证人。有几个人对福斯特的肤色很反感。有一个人喝醉了，含混不清地说着语无伦次的话，还有一个破烂不堪的拖车活动房油漆着极其丑陋的粉红色，里面住的女人同意回答问题，但只能隔着关闭的房门进行。效果不理想。

　　大家一致的意见是在过去的 24 小时里，这些居民没有看见任何陌生人进入拖车式活动房专区，也没人知道那部手机是从哪里来的。没人看见什么人在挖坑，或者在坑里放一个棺材大小的木箱。事实上，他们没人见到过特别有趣的事，更别提什么犯罪活动了，自打他们出生以来就是如此。还真幸运。

　　有两个居民倒是说有个可疑的人住在这个拖车停车场里，就在他们中间。这个男子很可能就是一个邪恶的杀手。

　　这两个居民一个叫霍华德，另一个叫汤米。而他们所指的可疑人物居然分别是汤米和霍华德。警察进一步询问才弄明白他们两人之间有宿怨，其中一人借了另一人的钻孔机从不归还，结果互相攻击逐步升级。这种争吵没人记得有过多少次了，甚至连他们自己也记不得了。

　　泰腾叹息着，手插在口袋里。这看起来就像是毫无意义的浪费时间。他考虑去加油站看看警员们和那里的服务员谈得怎样了。

"福斯特警探,"一个女警员叫道,用手示意,"你会想听听的。"

福斯特走近她,"什么事,威尔逊?"

泰腾走过去听听谈话。那个警员一直在和一个少年谈,他可能 16 岁了。他大多对着她的胸部说话,但她似乎不在乎。她的眼里有着某种强烈的注意力,泰腾对此很熟悉。她会紧追不舍有用的信息。

"好吧,保罗,把你刚才告诉我的话再对福斯特警探说一遍吧。"她对男孩说。

他转过身来,显然不太高兴他要对一个中年男警探说话了,这男警探身上没什么可吸引他的。"呃,就像我说过的,我和杰夫——他不住在这里,他和他母亲搬走了,因为他爸爸妈妈离婚了,所以他和他妈妈搬到更南边和他外公外婆住——我们一起闲逛过,我想是在一年半前吧,对,肯定是一年半前,因为杰夫是去年夏天搬走的,就在那时以前……我记得他在说他父母怎么会离婚的,因为他们一直打架,我们都看到了这个家伙。"

"哪个家伙?"福斯特问道。

"一个家伙在你们搭了帐篷的地方。他挖了个坑,他有一把铁铲,还有一大堆其他工具,他穿着某种维护工的衣服,但我们知道他维护个屁,那里没有管道或者电缆线,什么都没有,对吗?杰夫的爸爸是个管道工,为城里做事,因为他一直喝酒就被解雇了,所以他知道那里什么都没有——还有,那个家伙也不像个管道工。"

"他长什么样子的？"

"我不知道，男士。他肯定是白人，可是我们隔太远了，我们也不想靠近他，因为我们不想让他看到我们。"

"为什么呢？"

谈话的节奏慢吞吞的，福斯特直截了当的问题又快又短，而那孩子的回答又长又弯弯绕绕的，语句结构迷宫似的含混不清。泰腾几乎能想象这就像一个舞台动作，一个吉他独奏者在随意拨弹伴奏着。

"因为杰夫说他是黑手党的什么人，说他挖坑是为了藏毒品或者藏钱或者藏死人，我们不想让他看到我们——我们不是傻瓜——我们离远点，但我们小心看他究竟在干什么，这个家伙在那里挖了一整天，一直不停地挖。"

"你告诉过你父母吗？告诉过其他人吗？"

保罗似乎迟疑了一下，眼睛直看着自己的鞋子，咬着嘴唇。

"你不想告诉别人，"泰腾说道，"因为你希望他会在那里藏钱。"

"不说又不违法。"保罗咕哝着。

"那么这个家伙挖了个坑。"福斯特的声音里慢慢显出了失望，"然后呢？"

"然后他离开了。所以我们一直等到天黑了，就去了那里，因为我们猜想大概他在那里藏了点钱，那么我们就可以拿点钱——不会太多，你懂的。杰夫真的想要钱，因为他爸爸失业了，所以他想他大概能帮上点忙，我要钱是因为……"他停住了。他的动机很可能不像杰夫那样单纯。

"因为钱是个好东西,"泰腾说,"接着说吧。"

"所以我们去了那里,开始我们找不到那个坑,太奇怪了,男士,为什么挖了个坑又填掉了,对吗?但过了一会儿,我们听到了这个奇怪的声音,我们注意到地面在震动。结果是这个家伙用几块木板盖住了坑,然后他再铺上沙土,所以如果你不知道该去哪里看,这个坑就看不到了。我们搬走了木板,可我们什么也没找到,没有钱,没有毒品。所以我说,也许是杰夫说的——不,肯定是我——我说,'大概这个家伙挖了坑,他想以后派用场的,你知道吗?'就像是一个很好的隐藏点。所以我们想我们要注意这个坑,也许会再次看到这个家伙的,一旦他藏了东西,我们就去查一下,如果是钱,我们大概能拿点,如果是毒品,我们就嗯嗯嗯嗯……告诉警察。"

泰腾转动了一下眼睛。或者偷点卖了。

"可是这个家伙从没再来,我查了这个该死的坑,每天夜里……整整一年了。他从来就没在那里藏什么东西,所以我猜想他忘记了在哪里挖坑的,杰夫已经搬走了,我也有点厌倦了每天夜里去查看,有一次一只蝎子差点儿蜇我一口——夜里去那里逛没什么好玩的,你知道吗?"

"你再也没有看见那个家伙吗?"福斯特问道。

"没,再也没。我是说,大概是这样的,因为我从来就没有好好看清他,所以我可能在街上或者在停车场看到过他,或者看电影时他就坐在我背后,我都不知道。可我从没见那个家伙回到那个坑。没人去那个坑,直到你们这帮人出现了。"

"你碰巧看到他身旁的什么东西吗？不管是什么东西？"

"他开辆白色的厢式货车。没看清牌照什么的，但车子是白色的，看上去很蹩脚。"

泰腾和福斯特交换了一下眼神。最后，还有点事。

"你知道我怎么才能找到杰夫？"福斯特问道。

"不知道，男士。他搬到靠近圣安东尼奥市的地方，我想是的。"

"我们会找到他的。你能再告诉我们有关那辆车子的情况吗？什么牌子的车？有什么明显的地方？"

"车是白色的，"保罗很抱歉地说，"我主要是注意那个坑了。"

"谢谢你，保罗。你对我们帮助很大。"福斯特说。

男孩点点头，磨磨蹭蹭地没走，也许想再和威尔逊警员谈谈。但是，过了一会儿，他一定是意识到那不是他即刻必做的事，于是就拖着脚步走了。

"那个杀手居然策划此事一年半了？"福斯特低声地问泰腾。

泰腾朝身旁看了一下，看到佐伊走近了他们。

"有什么事了？"她问道。

"我们有个目击者，他看到我们要抓的人挖了这个坑，"泰腾说道，"一年半之前。"

她停下了，目瞪口呆，"居然在一年半之前？"

"他很明显地策划这事比你想的要早多了，"福斯特说道，"你们都错了。"

　　泰腾期待佐伊猛然反击。"你们都错了"可不是她喜欢听到的话，而且也不是这么说的。可是，相反的她只是注视着前方。他知道那个神色。她脑袋里正在形成一个想法。

第五十章

佐伊在警察局的会议室里来来回回地踱着步子，心烦意乱。泰腾坐在桌边，嚼着一块比萨饼。他们在路上买了一整块的比萨饼，代替午饭和晚餐。

"坐下吧，"他说道，"吃吧。我们不能饿着肚子来头脑风暴。"

她坐了下来，可又忘了自己为什么要坐下来，所以又站了起来。随后，她再次坐下，抓了一块比萨饼。上面有一层烤火腿和凤梨。凤梨可是佐伊和她妹妹的争论焦点，但她很高兴地发现泰腾不像安德丽雅那样反对凤梨。他们购买的是半个放凤梨和烤火腿，半个放意大利辣味香肠和胡椒粉。她咬了一口，确信比萨饼里既包含了火腿也有凤梨，随即她闭上了眼睛。

火腿烤得堪称完美，火腿的边缘酥脆，与凤梨的香甜形成对比，厚厚的一层马苏里拉奶酪，还有蒜味比萨调料，在那美妙的一瞬间，她的脑袋就驱散了一切。她处在比萨的快乐天堂，简直与比萨饼浑然一体了。她细嚼慢咽。当她睁开眼睛时，泰腾正看着她，嘴角微微地显出一丝微笑。

"怎么啦？"她说，感觉到防卫似的。

"看到一次你享受美味的样子真好。不常见到。"

她清了清喉咙,"我曾经常常是这样的,在……"在格洛弗再次进入我的生活之前。"在事情变得如此紧张忙碌之前。"

"对。"

她叹息了一声,查看了一下手机。半小时之前,她和安德丽雅谈过,她妹妹听上去很好。马文陪着她;警方在外监控着;她感到安全了。但佐伊还是想回到那里去,想拥抱着安德丽雅,告诉她不会有什么事发生到她头上的,她的姐姐就是来保护她的。

"我们来谈谈薛丁格的杀手吧。"泰腾说。

佐伊眼睛转动着。报刊给这个杀手起了这么个绰号,还大有坚持这么称下去的意味。佐伊不喜欢这个特别的绰号,因为这是杀手给他自己选择的。他给自己使用了薛丁格这个昵称,知道最终会成为他的绰号。

"我们最初的假设似乎错了,"泰腾说道,"我们假定他第一次是在幻想需求的压力之下,在几个月前开始策划的。但现在看起来他已经策划了几年,准备墓穴,规划他的网站,跟踪潜在的受害者——"

"不,"佐伊打断他的话,"我还是坚持我最初的推测。他是在几个月前开始策划整件事情的,包括用薛丁格的昵称和怪异的实验名称。这都是在他第一次行凶之后做的。"

"可他被人看到一年多前就已经在挖坑了。"

"这个家伙的性幻想是围绕着活埋女子的。但他没有那么做,多年如此。相反,他还是幻想着。他部分的幻想是挖这些坑。他很可能在挖掘时想象着有朝一日会派上用场。我打赌，他有时就在这些坑附近手淫。他留下这些坑时先把它们遮盖好，知道他能在某一天会用到它们。那个想法一定让他兴奋不已。"

"所以，你是说他在一年半之前挖那个坑时，他从来没有计划真的去使用它。"

"我是说，他只是在玩味这个念头，可它终究还只是个幻想而已。然后，在一年之后吧，他突然失去了自制力。于是就决定活埋第一个受害者，而且他已经有了遍布本地各处的坑。他所要做的仅仅是选个地点而已。"

泰腾咬了一口意大利辣味香肠比萨饼，"这情况为什么对我们有帮助？"

佐伊看着比萨饼。她还没吃完手里的那块饼，泰腾则显得专心只吃意大利辣味香肠比萨饼，可只剩下一块了。她咬了一大口手里的饼，知道时间最为重要。"起先，"她说道，嘴巴里塞满了饼，"我们认为他挖了个坑，绑架了一个受害者，然后活埋了她，是吗？但其实并非如此。他已经挖了许多坑。非常可能有数十个呢。我们所要做的是找到这些坑。"

泰腾停下了，那块饼一半塞进了他的嘴里，"然后我们等他来。监视。"

"对了。"

"可这些该死的坑可能分布在任何什么地方呢。"

"不是任何什么地方。"她站了起来，走近墙上的地图。在他们发现玛丽贝尔·豪的地点做了个小小的红色 X 记号。"这是玛丽贝尔被活埋的地点。而这"——她指了指之前已经标记的另一个 X 记号——"就是妮科尔被活埋的地点。这两个地点都距离圣安吉洛市 4—5 英里。我们这个罪犯有个强烈的欲望，他开车出城几英里，挖了个坑。所以这些坑在城外几英里的地方，靠近公路，但很隐蔽，这样他就不会受到干扰了。"

"那仍然覆盖了一大片地方。"

"也许有个方法能有效地确定这些坑的地点。我们需要找个专家谈谈。某个……土壤方面的专家吧。"

"你是说一个地质学家？"泰腾得意地笑笑。

"哪个都行。"佐伊吃完了她手里的饼，在泰腾抓到比萨饼之前，她就一把抓起了最后一块意大利辣味香肠比萨饼。他脸上的得意笑容消失了。

"好吧。"泰腾于是就拿了一块凤梨比萨饼，"加上福斯特今天上午开通的热线电话，这就是我们要提前采取的两个步骤。我赞成。"

"我们已经对这个杀手有所了解，"佐伊说着，她的舌头开始感到辣胡椒粉的刺痛了，"他跟踪受害者。这几乎是肯定的。妮科尔和玛丽贝尔都是在深夜回到家门口时遭到劫持的。杀手就在那里等待着她们。他非常可能埋伏监视她们的家好几天了，就等一个合适的机会动手。"

"所以，他会是某个不引人注目的家伙。穿着维修工的衣服，就像活动房专区那个孩子说的那样。"

"听上去是个最合理的结论。"佐伊同意。

"我们可以告诉福斯特。派警方巡逻队核查单独工作的维修人员，确认他们真的是在工作，并记下他们的姓名。核查他们开的货车类型。仔细检查符合我们罪犯行为特征分析的人。"

"好主意。第 4 点。"佐伊竖起了 4 个手指。她拼命地在嘴里哈气，设法用更多的空气流通来减缓辣痛的感觉，"我想和那个杀手建立起一个对话渠道。"

"就像是报纸上的公众信箱？他们对萨姆之子^①试过这个办法——没用。"

"那个萨姆之子已经在和警方交谈了，写下他那些怪异的诗体信件。而他也没有愚蠢到直接回答问题。他只是在享受他受到的关注。假如我们发表一封给这个杀手的公开信——"

"你可以称他为薛定格式的杀手。我不做评判。"

"我们会得到类似的结果。他会从不回复。实际上他极少交流。"

"他根本没有和我们交流过。"

"他自称是薛定格。他是在告诉我们，他的谋杀是实验，而且他还给我们发送了视频。这些都是交流的形式，但他已在视频里暴露了许

---

① 译注：戴维·伯科威茨（David Berkowitz），绰号"萨姆之子"，美国最为臭名昭著的连环杀手之一。自 1976 年至 1977 年，他在纽约市谋杀了 6 个人。他声称他是从一条恶魔附体的狗那里得到谋杀命令的。

多想法，所以他要确保把视频减少到最低限度。他非常谨慎。我们需要建立起一种交流模式，能够让他措手不及。那就会促使他冲动地回答了。"

泰腾皱起了眉头，"你心里已经有什么计划了？"

"我想让人刊登一篇贬损性的文章。"

"网络媒体已经称他是个疯狂的恶魔。"

"他一直期待着这一点，这不会激怒他。"佐伊摇摇头，"我想让他听上去就像一个笨拙的白痴。也许我们能够让他自己去对这篇文章发表评论。"

"这听上去……有点不太确定。你怎么知道他不会做出反应，再谋杀一个受害者呢？以此来对我们显示他有多么大的能力呢？"

"他正在策划很快就再谋杀一个女子——他已经用实验告诉我们很多了，"佐伊肯定地说道，"他的谋杀都是精心策划的。我相信当我们最终抓到他时，我们会看到他有一长串潜在的受害者名单。甚至还可能有具体日期呢。他不会因为我们而改变计划的。但是，如果有点运气的话，我们能够得到他一些本能的反应。"

"你在考虑利用那个哈里·巴里，是吗？"

佐伊点点头，从她的可乐罐里喝了一大口。如果要用什么来冲淡辛辣食品的话，那么可乐是最无效用的液体了。

泰腾倚靠在他的椅子上，"看起来你不像是明天早晨要飞回家去的样子。"

佐伊咬着嘴唇。她仍然未决定，但泰腾说得对。从她在思考和谈论的内容来看，仿佛她还是想留下来，至少再过一两天吧。她突然感到一阵内疚，本来她此时应该和她妹妹在一起了，不是吗？

"格洛弗露面了，但昨天没发生什么改变，"她说道，"在过去的一个月里，我一直感觉办公室里有一只黄蜂似的让我烦恼不安。我看不到它，可它一直在。"

泰腾看着她，没说什么。

"格洛弗就是那只黄蜂。"她澄清道。

"我理解。"

"现在我知道他在哪里了。每个人都知道了。我一直设法让曼卡索和考德威尔认真对待这个威胁。现在他们知道我是对的。他们在为安德丽雅监控。所以格洛弗现在不会袭击了。他知道我们在监控就不会动手。他会等待，他总是谨慎耐心。"

泰腾点点头，表示同意。

"我会尽快回去的，"她继续说道，"但是尚未决定。圣安吉洛市警方还没有准备好对付这个杀手。我会再待上一两天，确保调查沿着正确的方向进行，然后我就飞回去陪我妹妹。"

"那么，好吧。但还有一件事你没想到。"

佐伊紧张了，"什么事？"

"安德丽雅有马文陪着，那是个真正的危险。等到你回家时，他会把她逼疯了。"

第五十一章

只要朱丽叶·比奇去了她的父母家，她就看到他们在进行着不留活口的核轰炸式激烈争吵。她的弟弟汤米就躲在他的房间里，更确切地说是躲在毯子下面。她关上了身后弟弟房间的门，减弱了她母亲歇斯底里的独自咒骂的声音。

"哎呀，"她说道，"我原以为汤米在这里呢，估计他去什么地方了。"

毯子遮盖住的一团东西动了。

"太糟糕了。"朱丽叶叹息道，"我倒真想去买冰激凌吃呢。"

一阵急剧的吸气声从那团东西里传了出来。而在室外，妈妈正在骂爸爸是个没用的浑蛋。她父母的吵架是朱丽叶离开家的主要原因。可古怪的是，当他们没吵架时，他们又显然是恩爱的夫妻。

"也许我在离开之前先休息一会儿吧。"朱丽叶说。

从那团东西里传出来轻微的咯咯笑声。

她往床上一躺，她的背压在那团东西上，"哎呀，什么东西啊？"她抱怨说，"这床不舒服！"她移动着，用手戳戳那团东西，又引发了一阵咯咯笑声。

　　在门外，爸爸沉闷的声音在骂她妈妈是吸血虫。好极了。她需要离开这里了，但又没法把汤米一人留在这里。

　　"我想大概这床需要挠痒痒了。"她高声宣布，随后她的手指专挠那团东西柔软的地方。才一会儿，汤米尖声大笑起来，他的脑袋从床单里冒了出来，一团金黄色的鬈发，他快活得连眼睛也眯起来了。

　　"我一直在这里。我躲着！"他说，满脸的高兴，因为显得比他姐姐聪明。

　　"是吗？"朱丽叶说着，装作大吃一惊的样子，"我根本没看到你呢。"

　　他朝她笑着，塌鼻子蹭着她，让她吻吻。她一把抱住了他，"想去吃冰激凌吗？"她问道。

　　"这次我能吃三味的吗？"

　　"我得问问卖冰激凌的人是不是可以。"

　　"好吧。"他跳下床，已经在穿鞋子了，"我可以带特德一起去吗？"

　　特德是他的黑武士玩偶。朱丽叶曾经把这个玩偶叫作他的"特迪维达"，而汤米以为特迪是这个玩偶的名字，所以就简称它特德。

　　"好吧，但它没有冰激凌吃。"

　　"好。"

　　房门外，妈妈尖声叫骂着什么，听不清楚。汤米停下了脚步，身体僵硬了。

　　"等我们回来他们已经停止吵架了。"朱丽叶说。

"你怎么知道的？"

有 19 年的经验了，所以她知道。这些吵架快速激烈，总是以妈妈的哭泣和爸爸的道歉而结尾。"我真的道歉。"

"你许诺？"

"我许诺。现在拿着特德——我想去吃冰激凌了。"

他从床上一把抓起特德，正要去开门。

"等等。"朱丽叶拿出手机，跪蹲在他身旁，"说冰激凌。"她举起了手机，以便手机把他们一起拍进去。

"冰激激激激凌。"

第五十二章

哈里坐在吧台旁，喝着他的第二杯米勒红酒，越发感觉自己被玩耍了。

他已经变得太感情用事了：那就是问题所在。他对佐伊已形成了某种弱点，觉得她从来不会食言。他本该了解得更多点。说的话只是话语而已，话语，它们可是脆弱的东西，肯定会被折断的。毕竟，他自己也曾多次违背诺言，多得连他自己也数不清了。

可此刻，国内每个该死的记者都有了一个抢先报道的机会。报道圣安吉洛市的一个连环杀手。明天他们都会去写联邦调查局也插手这个案子了，而他哈里却什么消息都没得到。

半小时前佐伊给他发了短信，约他见面。他指定了这个地方，希望能把她灌醉，让她吐出点猛料来。可现在她迟迟不现身，所以他疑心她要失约了。

噢，对了，他已经写好一篇报道，提到了佐伊·本特利和泰腾特工，引用了那个殡葬人员绞杀案的情况，以及佐伊少女时代遭遇一个连环杀手的事。但他知道那是不够的，缺乏额外的调料，所以无法让那篇报道广泛传播。

他扫了一眼吧台。虽然已经是星期五夜里了，可显得仍旧空空荡荡的。有关连环杀手的消息传播得飞快，人们都吓坏了。

一个女人轻轻地坐上了他身旁一只空的高脚凳——佐伊——她抬手吸引了酒吧招待的注意，"请来一品脱的吉尼斯啤酒。"

酒吧招待对她笑笑，"这种啤酒对女士太强烈了一点。"

"是吗？"佐伊注视着酒吧招待好一会儿。

酒吧招待的笑容消退了，代之以一种茫然的，有点害怕的神色。他清了清喉咙，"没问题，马上就上酒。"

哈里喝干他的酒杯，"再来一杯米勒红酒。"

酒吧招待在倒酒时，他们都坐着默不作声。最后，哈里说话了，"你骗了我。"

"没有，没骗你。放心吧。"

"你告诉我说你会有消息提供给我的。可现在每个人都有了。"

"他们所有的只是一个愚蠢的绰号和一大堆的猜测。"

"明天他们会有更多的消息。这个城市里的记者在警方那儿都有消息来源。你知道我有什么？什么都没有。"

酒吧招待把酒分别放在他们面前，避开了佐伊的注视。哈里几乎觉得这很有趣。

佐伊喝了一大口，闭上眼睛，用鼻子深深地吸了口气。"上帝，我就需要它，"她咕哝着说，"真是漫长的一天啊。"

"你想要我为你感到遗憾？"

"首先，我想要你停止埋怨，"佐伊尖刻地说，"你搞得好像我是你的女友一样。我来提醒你一下吧，你是个不断来烦扰我的记者。"

哈里对她咧嘴一笑，被她恼怒的声调逗乐了，"我没来烦扰你。我只是……保持一个礼貌的距离跟着你。"

"你在我住的汽车旅馆里开了房间！"

"这是个很好的汽车旅馆。还有个很不错的游泳池呢。"

"噢，饶了我吧！"她朝他狠狠地瞪了一眼。

他嘲笑地举起酒杯要干杯，"现在谁在埋怨呢？"

她眨眨眼，随后又啜饮了一口啤酒，"听着，我想给你一个采访机会，但你必须在明天早晨刊登。"

"我已经写好了明天刊登的报道。我的编辑现在正编辑它呢。"

"让他扔了。我们需要一篇新的东西。"

"我们？"

"我愿意每天给你一个采访，更新案情。我不会对其他记者谈的。"

哈里有点怀疑地凝视着她，"为什么？"

"我想让杀手措手不及。"

"你是说那个叫薛丁格的杀手？"

"那是个愚蠢的绰号。"

"每个人都那么叫他，"哈里指出，同时开始感到兴奋起来了，"那么……确切地说，你来此究竟想干什么呢？"

她若有所思地看着他，"谁是你在行为分析部里的消息来源？"

哈里往后一靠，困惑不已，"什么来源？"

"有人告诉你说我飞来此地是为了一个案件。他是谁？"

哈里咧开嘴笑笑，"忘了吧。这种事情免谈为好。你应该知道的，一个泄露了消息来源的记者就一无所用了。"

"我们会发现他的。"

"我肯定你会的。你太聪明了。现在……我们来谈谈我每天的采访吧。"

佐伊喝了一大口啤酒，舔了舔上嘴唇上的泡沫，"我想要让这个杀手听上去很无能。刺激他，促使他猛烈地抨击。也许他会对报道评论的。你有人们评论你的报道的数据吗？IP地址，那类东西？"

哈里确切地知道他们的数据是多么的周密详尽，因为他曾不止一次地追踪过评论他报道的那些人。有一个记录详尽的黑名单是非常重要的，"没问题。我们可以从一条评论里获得很多信息。"

"太好了。"现在轮到佐伊兴奋起来。她的目光闪烁，哈里觉得非常妩媚动人，"如果他评论了，我们有可能追踪到他。"

"是什么让你认为他对报道会做出反应的？"

"他非常认真地看待自己。所以，你采访我时，我会掺入些他是如何不断地犯错的某些细节。我们立刻会吸引他的注意，就是诸如此类的做法。"

哈里转了一下眼睛，"那将会激怒他，促使他反应？"

"他不会喜欢我那么贬低他的。"

“别把这引到错误的方向，”哈里说道，“要说伤害人们的感情，你就像一个 6 岁的女孩子，朝着一个拉她辫子的男孩子大叫，骂他真讨厌。”

佐伊恼怒地聚起了眉头，“我擅长我干的事。”

“你擅长进入连环杀手的内心，理解他们作案的方式，这毫无疑问。”哈里咧嘴一笑，“但是，如果你需要惹恼什么人呢？那么我建议你就让我掌一会儿方向盘吧。”

“我想我没有什么异议。”

“你想做的就是把他和别人比较。人们都有竞争性的，男人更是如此。”

“连环杀手在谈论自己的行动时，常常把自己和其他连环杀手联系起来看待，”佐伊说道，“BTK 曾经就把他自己和萨姆之子还有格林河杀手[1] 做过比较。”

“看到吗？你对每个人说他恶心，他眼都不会眨一下。但告诉人们，和曼森相比，他只是个小丑而已，这家伙就会气得大发雷霆。”

“这……这个主意很好。那么，每当我们谈论此案时，我们就把他

___

[1]　译注：“格林河杀手”（Green River Killer，或译：绿河杀手）加里·里奇韦（Gary Leon Ridgway）是一名卡车喷漆工。知情者透露，“格林河杀手”的作案对象多是妓女、吸毒者、年轻的离家出走者和流落街头的其他妇女，在 40 多名被害女性中，有 18 人不到 18 岁，12 人在 18—20 岁。作案手法是先与受害者发生关系，然后将其勒死。大部分案件发生在 1982 年 7 月至 1984 年 2 月。西雅图警方因发现第一批尸体的地方是城市南郊的格林河流域，因此将此案命名为“格林河连环杀人案”。据此拍摄的一部电影名为《绿河杀手》（或《格林河杀手》）。

和其他的连环杀手做比较。他差得太远了，那就会激怒他了。"

"但那是文字里的深层含义，对吗？我们需要一个标题。用这个标题为这篇报道定个调。标题可不能是'圣安吉洛市杀手还不如泰德·邦迪'之类的。"

"哦……对。但我不认为我们只用标题就能让他恼怒。"

"我们不能吗？"哈里抬起眉毛，"他自称的，对吗？称自己为薛丁格，不是吗？"

"是的。可报刊也称他薛丁格式的杀手。"

哈里抱起双臂，得意地笑笑，"《芝加哥每日新闻》或许能给他起个不同的称呼。"

第五十三章

2016 年 9 月 10 日星期六，得克萨斯州圣安吉洛市

"挖坑杀手在圣安吉洛市两次谋杀。"

他有点不相信似的瞪眼看着报道，他的拳头一阵痉挛。他快速浏览了一下该报道，感到心脏在"怦怦"直跳。这可是他上午读到的最为详尽的报道之一，并且，报道把他和两个受害者联系起来，甚至还提供了从视频里截下的清晰图片，报道里有些句子简直灼伤了他的视网膜。

"罪犯行为特征分析员佐伊·本特利博士说这个挖坑杀手无能……"

"尽管他自诩为薛丁格，他似乎拼写错了那个名字，遗漏了原来名字 Schrödinger 中的元音变音 ①……"

"当被问及这个'挖坑杀手'是否会是下一个泰德·邦迪时，本特利博士回答说，'差距实在太远了'。"

这太糟糕了。这是佐伊·本特利唯一同意接受采访的记者。结果，各种其他的报道纷纷引用这篇报道，于是他不断地读到诸如"挖坑杀

---

① 译注：薛丁格的英文拼写为"Schrodinger"。而这篇报道中佐伊故意说应该拼写为"Schrödinger"，把其中的元音"o"改为"ö"，以此嘲讽刺激这个严谨的杀手。

手，又叫薛丁格式杀手"之类的句子。新的绰号似乎会一直这么叫下去
了。那真是让人困惑。

他的眼睛湿润了。他咬着嘴角，舌头尝到了血的味道。在他还没
明白自己在干什么之前，他已经在怒气冲冲地打字输入了，报道下方的
评论窗里填满了，一个上下滚动条出现了，而他还是在不断输入文字，
纠正不准确的细节，解释说薛丁格这个名字的拼写法完全正确，还警告
说，等他干完了，泰德·邦迪的杀人数字根本不算什么……

他暂停了一下，把椅子推离电脑。他仔细地看了看评论留言区和
里面大块的文字，他摇了摇头。

究竟他在哪里出错了？

他长长地吸了口气，随后返回去浏览照片分享社交平台上朱丽
叶·比奇的网页。他滚动翻阅着已经非常熟悉的照片，仔细地审视着朱
丽叶和她弟弟合拍的那张新照片。他随后又在评论区里读到了几句生日
快乐之类的话。他想象着即将来临的夜晚，一股激动之情在心中升腾而
起。慢慢地，他的失望和愤怒烟消云散了。

他看了一眼时间，还足够给写这篇报道的记者发个短邮件。记者
的名字叫哈里·巴里。报道写得不错。这人做过研究，获得的所有事实
都对，还设法抓住机会搞了很好的采访。这是一个很为自己工作感到自
豪的人。

他可以联系报道来谈。

他找到哈里·巴里的邮件地址后，就写下了对那篇报道的回复。他

不断提醒自己要写得简短一些。这点很重要。有可能，甚至非常可能，
这个记者会把这个邮件刊登出来。他必须写得他就像那样的男人。

　　就像泰德·邦迪？

　　等他干完了，人们甚至都不会记得泰德·邦迪是谁了。

第五十四章

佐伊颇感宽慰地发现星期六都没有晨会。事实上，警督还没露面呢，而他们都工作得很有效率，无须对那个让人讨厌的家伙解释每一个行动。

福斯特告诉她说自从公众发现了有关连环杀手的事之后，热线已经开始接收到无穷无尽的信息轰炸。莱昂斯和他正在筛选来电记录，判定哪些是有关联的信息。福斯特还有一长串的人需要问询——玛丽贝尔·豪的朋友和亲戚们。他答应尽快去找个地质学家来和他们谈谈。

此人是佐伊所见过的最为精力充沛的警探之一，但他显然也是依靠香烟支撑的。他的眼睛里布满了血丝，衬衣皱巴巴的。她在猜测他是否还记得吃饭睡觉？

佐伊在她的笔记本电脑上又一次打开了哈里的报道。那里已经有了大约 20 条评论了，她迅速地看了一下。没有一条显得有关。

该工作了。她关上房间门，随后浏览一下她的音乐收藏夹，最后选定了流行女歌手凯蒂·佩里的专辑《一个男孩》作为她工作时的背景音乐。她需要一个快速的提神物。不需要专辑开始前缓慢的器乐伴奏。凯蒂有时候能理解，你就是需要不断地进行下去。

她已经打印出整个的案发现场报告，就把每一页都摊在桌子上，她的头随着音乐节奏而点动着，同时嘴里和着合唱轻轻地哼着。

"吐—嘟—嘟—木箱—外面没有指纹没有 DNA。

"吐—哆—哆—哆—哆—哆木箱—里面—有红外线—摄像头，和—第——次—相同的—设置。

"吐—嘟—嘟木箱—尺寸和—第——个—相同。

"吐—哆—哆—哆—哆—哆用过的手机—擦干净了—指纹，屏幕—有裂缝—很可能—摔过。"

她把照片分了类，而此时凯蒂吻了一个女孩，她喜欢这个场景。

她用拇指和食指夹着案发现场的全景照片，皱起了眉头，"为什么你在这里挖坑？"她喃喃自语道，"这地方有什么让你兴奋的？"

她瞥了一眼第一次的案发现场照片。看起来显得相似。有许多石块、干枯的植物、高低不平的地面。

会议室的门打开了。福斯特站在门口，当他听到音乐时皱起了眉头。她瞪眼看着他，看他敢对音乐说什么话。

"地质学家告诉我们去他家，"他说道，"我们过半小时就出发，如果你想一起去的话。"

"好极了。谢谢。"

他开始关门了。

"福斯特，"她叫道。"等一下。"

"什么事？"

"来看看这个。"她举起了几张照片,"你看到了什么?"

他走进房间,看了看,"案发现场。"

她转了一下眼睛,"想象一下,在这个地区开车经过。假如不知道这是个案发现场,你会怎么想?"

他耸了耸肩,"什么都不想。它看上去就和周围任何地方一样干燥、炎热。"

"但不是完全相同。"她打开了谷歌地图,"看这里。"

她点击了地图上的某个点。这个地区的图像出现在电脑屏幕上。一片平坦的沙土覆盖的景象,几乎谈不上有什么植物,也没有岩石。

"好吧,"他说道,"我不太明白你的意思。可这不是案发现场。"

"当你看到这些地方,当你开车在圣安吉洛市附近经过时,你会怎么想?"

"我不知道。我没去注意。我就在这附近长大的。"

"但是,杀手确实注意了。你知道当他朝四周望时他会怎么想吗?"

"不知道。"

"他会想,'这看上去是活埋下一个受害者的好地方'。或者,他也许会想,'这地方根本不合我的需要。这地方要避开'。对他来说,选定一个地方挖坑是件兴奋的事情。这就是他的色情幻想。"

福斯特显得极不自在。佐伊已经习惯了这种反应。

"为什么这个地方"——她对多石块并有植物的地带做了个手势——"是个比那个地方更好的选择呢?"她指指那片沙土地带,"在沙土地上挖坑不是更有乐趣吗？"

"我不知道，本特利。"他叹息道，"你看到我们已经获得了确切的死亡时间吗？"

"真的吗？"佐伊的兴趣立刻被激发起来。

"真的。柯里估计是在 7 月 30—31 日。"

"这可是相当的精确了。"

"很显然，这是杀手活埋受害者的方式带来的有利条件。他深埋了她们，没有蠕虫，没有酷热。所以柯里能够把死亡时间准确地定下来了，他只要看看体内器官的腐败程度就行了。这次他还真的超越了自己。"

"所以，她在失踪后一两天之内就死了。这符合谋杀梅迪纳的相同手法。杀手不浪费任何时间。劫持了这姑娘，随即几乎是立刻就把她活埋了。"

福斯特点点头，"还有什么情况？"

"我们知道他具有这种活埋女子的幻想已经很久了。他非常迷恋自己的名声。他谋杀了至少 3 个受害者了——"

"3 个？"福斯特眼睛直盯着她，"我们只知道两个。他甚至编制了'实验一号'和'实验二号'。"

"不。我告诉你——这整个事情包括红外线摄像头和把视频上传到网上，好吗？这其实是他在谋杀了第一个受害者之后才策划的。原先的幻想仅仅是活埋受害者。长久以来，这只是个幻想而已。他很可能从未想到过他会真的从头到尾地这么干。他挖了许多坑也只是出于某种自欺欺人的假想。大概他活埋了一些动物。然后，一些压力源使得他难以承受。他就谋杀了第一个受害者，满足他的强烈欲望。只是到了那个时候，他才想到他可以把受害者在木箱里的情景拍摄下来，看看她们是如何挣扎到死的。"

"你怎么知道的？"

"因为这就是我所要做的事。这是所有那些罪犯一样的地方。原本的幻想从来不会那么详尽。它绝对无法迎合外部因素的需要，比如名声。一定还有一个受害者，福斯特。如果需要的话，不妨称她为零号受害者吧。她被活埋的情形没有被拍摄下来。所以，如果我们能找到她，我们甚至还可能获得指纹或者 DNA。他极有可能不会像对待一号受害者那样谨慎。"

福斯特颇为怀疑地看着她，"你说得好像你已经对这个家伙的一切了如指掌似的。"

"并非一切。我仍然还没有弄明白为什么他要选择这些地点。"

第五十五章

安德烈·叶尔米洛夫博士的居家办公室里东西很少，缺少椅子，书桌上干净整洁，墙上贴满了地图或者各类土壤层的图表。佐伊坐在一张从厨房里搬来的椅子上，在福斯特和泰腾的左边。当福斯特解释说他们在寻找什么的时候，安德烈有点遗憾地一直朝四周看看，仿佛他在不断地猜想福斯特怎么会想到来他那里的。

"那么，"他说道，口音很重，"你们要寻找那些暗藏的坑。"

"很可能上面用木板和沙土掩盖着。"福斯特重复。

安德烈叹了口气，又四下看了看。随后他注视着墙上某一张图表，神情尤其沮丧。

"为什么你们不使用"——他茫然地挥舞着手——"雷达？"

"我们试过了，雷达不起作用，"福斯特说，"技术人员说地下有太多的黏土层。"

"太多的黏土层？"安德烈似乎很感困惑，"在坑里没有黏土层。只有一个坑。"

他们都马上思考了一下这句富有哲理的话语。

"所以，你是说，"泰腾说道，"如果我们要寻找真正的坑穴，雷达将会很有效用的。"

"当然啦。"

"上次我们就在搜寻那个深埋在地下的木箱,"泰腾对佐伊说道,"那么,可以假定,泥土里有许多黏土。但是,如果这个坑只是用几英寸厚的沙土掩盖的话——"

"我明白了,谢谢,"她说,有点恼怒,"没必要说教。"

"尽管如此,那也太慢了,"福斯特说道,"我是说,那个小伙子推着雷达,不能放手休息了。"

"人工推?"安德烈睁大了眼睛,"为什么不用车子?"

"啊……你什么意思?"

"你把雷达用挂钩挂在车子上。开车走。"他用两手模仿开车的样子,说道,"雷达会发现坑穴的,很容易。我们每天都这么做的。"

"你能不能确切地演示给我们看?"泰腾问道。

安德烈又是一声叹息,随后就在他电脑键盘上噼噼啪啪地敲击几下,吐出短促不耐烦的话来解释。佐伊半是听着,已经在思考处理这个任务的最佳方式。他们必须集中于这个杀手最有可能挖坑的地区。那个地区必须是在城外而又不能太远。但是,即使只搜索围绕圣安吉洛市城区某种周长的区域也要花费几个星期的时间了。他们必须得找到缩小区域的办法才行。

她的注意又被安德烈吸引过去了,他似乎已经谈完了雷达问题,现在开始解释某种一般性的事了。

"非常艰难，工具每天都在毁坏。太令人沮丧了。研究暂缓，资金几乎用完了。"他瞪眼看看一张地形图，抱怨说，"下星期我要过生日了。"

"生日快乐。"泰腾好心说了一句。

"一点也不快乐。"

"对。"福斯特把椅子挪到更靠近门口的地方，似乎他有意要打断别人说话，"我很遗憾，你有关安吉洛基岩层的研究遭遇困难——"

"困难？呸！是灾难性的。取样很糟糕。上星期就断了3个钻头。"

"为什么？"佐伊问道。

福斯特设法想抓住她的眼神，好着重示意她别说了，可佐伊没理会他。

"你说你在研究安吉洛岩石？是因为圣安吉洛才这么命名的吗？"

"当然了。你在这里还看到过其他的安吉洛岩石吗？"

"土质是……什么？坚硬？"

"坚硬？就像钢铁一样！我需要非常昂贵的钻探技术——我不能用廉价的钻头。可惜没有《我的世界》？"

"什么是《我的世界》？"佐伊问道。

每个人都惊讶地注视着她。

"甚至连我也知道《我的世界》是什么，"泰腾说道，"虽然我没有孩子。"

"究竟什么是《我的世界》？"佐伊又问道，有点为自己的无知而羞怒。

　　"那是个愚蠢的电子游戏！"安德烈大吼了一声，"真讨厌！我儿子整天玩，结果他就认为世界上只有 10 种岩石。10 种！我告诉他，错了，那是非常复杂的，但他却告诉我说只有沙土、只有岩石、只有沙砾，还有煤。要挖的话，他就用凿子凿地上！"

　　"他事实上需要铁镐，"福斯特说道，"有各种各样的铁镐——"

　　"用铁镐不可能挖那么快！"安德烈容易发怒，"他一直挖到了火山岩浆。荒唐可笑！现在他想要我帮他挖到幽冥世界去，说我知道该怎么挖掘。他还说我不尊重他的爱好。《我的世界》根本就不是爱好！集邮是爱好，弹钢琴是爱好。昨天我们争辩了一个晚上呢。"他改用俄语了，继续他激烈的长篇大论，说得唾沫飞扬。

　　这都是你的错，泰腾对佐伊努努嘴。

　　一等到安德烈停下来吸口气时，佐伊立即插嘴说话了，"所以，这儿周围的地质都是难以挖掘的。对吗？"

　　"安吉洛地质段是的。"

　　"但我们这个罪犯却挖了坑穴呢。"佐伊说。

　　"那不在安吉洛地质段土壤上。"安德烈发出了小声的绝望笑声，"相信我吧。"

　　"可他却做到了。"

　　"在哪里？在地图上指给我看。"他指指墙上的地质图。

　　佐伊站起来，指着案发现场的地点，"这里，还有这里。"

　　"那里不是安吉洛地质段土壤。那里是图里亚土质，更适合挖掘。

瞧。"他转向电脑，打开了一个浏览器。屏幕上满屏显示了一张几个地质层的图表，各地质层用不同的颜色表示。"这是图里亚土质。5个地质层，是吗？有些坚硬，但还不是太厉害。许多黏土。很讨厌，但你可以挖掘。来看看。"他打开另一个窗口，"这就是安吉洛土系。你只要挖12英寸，就挖到这个地质层了。"他用手指激烈地戳戳屏幕，"我一生的祸根。真该死！又厚又硬。工具不断在折断。"

"那就是他选择地点的方式，"佐伊激动地低声咕哝，"哪里能挖，他就在哪里挖！"

安德烈又发出一声短促恼怒的笑声，"要是我有那么幸运就好了。"

"这是安吉洛土质段……在哪里呢？"

"到处都是。几乎那边这张地图上到处都是。"他指了指圣安吉洛市以东的区域。

"那么其余的区域呢？都是图里亚土质？"

"有很多种土质。有些坚硬，有些不是。"

"但这两处是图里亚土质，对吗？"她指着两个案发现场的地点。

"是的，绝对是图里亚土质。"

"你能告诉我们哪些区域是图里亚土质吗？也许其他的土质更适合挖掘？"泰腾问道。

"那得花几小时了。不。"

"叶尔米洛夫博士，"福斯特说道，"这会有助于我们解救那些无辜的生命。"

安德烈叹了口气，"很好。不管怎么说吧，研究也是废话连篇。我去拿点咖啡来。这谈起来要很长时间而且……美国人怎么说的？无聊透顶。"

还真是的。博士煞费苦心地谈论地图上的每个区域，解释各种地质层，所需要的工具，而福斯特混合成了一个单子。佐伊听着，想努力全部吸收下去。尽管这搞得她心智有点麻木了，但她肯定，那个杀手痴迷于这些细节情况。对他来说，研究最佳区域去挖坑就像是性交前的调情一样。

她的手机发出了"哔哔"声，她瞥了一眼。是来自哈里的一个邮件。她快速地浏览了一下，心跳得很沉重。

你是对的。这个"挖坑杀手"对我们这篇贬损他的报道不太喜欢。但他没有在网上评论。他给我发了一个邮件，转发如下。

亲爱的哈里·巴里

我依然记得我父母谈论过亨利·李·卢卡斯的招供。[①]当时每

---

① 译注：亨利·李·卢卡斯（Henry Lee Lucas，1936 年 8 月 23 日—2001 年 3 月 13 日）美国著名的连环杀手，被称为"嗜好杀人的史上第一杀人王"，出生于弗吉尼亚州黑堡镇，被该州高等法庭裁定曾犯下多起杀人罪行之凶犯。卢卡斯曾向弗吉尼亚州警方供称他自 1975 年中期至 1983 年杀害了 300 多人。之后经卢卡斯重案组复核，认为比较可信的数字可能是 150 人。1998 年，当时的弗吉尼亚州州长乔治·沃克·布什批准卢卡斯的死刑，虽然卢卡斯被法庭指控非一人犯案，尚有同党帮凶奥蒂斯·图尔（Ottis Toole），但就某些已定罪的案件来看，若说卢卡斯是美国史上杀人最多、手段最残忍并且最猖狂的"连环杀手"，也是名副其实的。

个人都有个朋友或者家庭成员在陪审团里。当时我们有个客人在城里，就是我们的那个连环杀手。但他只是路过。可这次，是真实的事情。

当时，他声称他杀了几千人，那些记者就照单全收，就为了获得一点轰动感而放弃了职业精神。我和卢卡斯不同，我将不会提出虚假的声称。但我也不会接受误差。

1. 在我的方法里，没有无能低效的情况。你被误导了。我采取的每个步骤都是必要的、无可避免的。

2. 我并非享受我的那些对象的受难。我只是在做我必须做的事。对这一切都有个理由的。

3. 任何把我干的事和其他人比较是愚蠢的。如果你有一页爱因斯坦的《奇迹之年论文》，你无法把它和另一个科学家的工作相比较，对吗？等着吧，直到你获得了完整的故事。

还有一件事。"挖坑杀手"？我觉得你可以写得更好点。

薛丁格

仅仅几句话，这个杀手即已设法无以复加地辩解他的心智。但是，尽管他试图显得友好热情，他的话语中仍然怒火中烧。他们设法让他喋喋不休地多说几句。现在他们已经有了一条交流渠道。

第五十六章

1999 年 9 月 15 日星期五，马里兰州巴尔的摩

"当她扔了他的结婚戒指，我想我要尖叫的。"爱丽丝在他陪她回宿舍的路上说。

那样的话就是她看电影中第四次尖叫了。他已经替她数过了。她的尖叫让他回想起他母亲看见一只大蟑螂时的情景。她们都刺激着他的神经。也许《第六感官》不是约会时看电影的最好选择。

然后又是如此，每次尖叫之后，她就把她的脸埋在他的怀里，拒绝再看那个小男孩想要对着一个死人说话的情景。她在他的手臂上颤抖着。这让他感觉很好。让他觉得自己就像个男子汉。

那是第二次约会了，不像第一次那样，出现了多次尴尬的沉默，只好说些无关紧要的话打发过去。这第二次进行得或多或少也算不错了。他已经按照室友的建议，带她去看了电影，因为电影可以取代你说话。他是对的，似乎电影也为谈话沟通提供了话题。在去看电影之前，只有组织安排问题：我们去看什么电影；你要吃爆米花吗；你要坐在前排还是后排；等等。而看完电影之后，他们可以谈谈电影，谈谈电影里

出乎意料的转折。可其实他早就看出来了。在过去的一星期里，因为所有的人都在谈论"有趣的突然转折"，这差不多就确保这个转折不再有趣了，也不再突然了。

"你最喜欢的是哪个部分？"爱丽丝问他。

他想了一会儿才回答，倒不是他不知道哪个部分绝对是他喜欢的，而是他想另找一个选择。"结尾部分，"他附和着回答，"那个转折。"

最好的部分是他们把小男孩锁在窄小的黑房间里的情形。这让他的心"怦怦"地直跳。但她不一定会理解。

他们走到了她的宿舍前，她邀请他进去喝点饮料。他跟在她身后进了她的房间，感到很紧张。与他不同的是，整个房间都是她一人的。她的宿舍是个公寓，有 5 个房间，一间公共浴室和公共厨房。在他足足闻了室友的袜子臭味一星期之后，她的房间简直就是天堂乐园了。

她拿来两个杯子，一瓶廉价葡萄酒，把每个杯子倒得满满的。葡萄酒在他嘴里留下了不太舒适的味道，他在几分钟之后就有点头晕了。他几乎从不喝酒，不喜欢喝酒之后的感觉。但他的室友好为人师，有着滔滔不绝的建议劝告。他告诉他说，喝酒可以帮助他放开点。

然而，倒是爱丽丝首先放开了，吻了他。她扑在他身上，一副饥渴主动的样子，她的手指在他背后抓着，脱下了他的衬衫。他也努力想主动点，吻她，抚摸她，引导她。可当他刚碰到她的腰部时，她却抓住他的手放到她的大腿上了。当他吻她的颈部时，她却轻声说他应该轻轻地咬咬她的颈部。当他费劲地想解开她的乳罩时，她却失去了耐心，干脆自己脱掉了。

　　无穷无尽的指示和纠正，她控制着一切。在看电影时他心里孕育起来的良好感觉，觉得他就像个男子汉的那种感觉，现在消失了。他又成了个孩子，接受着各种教训，如何吃饭时显得彬彬有礼，如何穿着，如何和同伴交谈，如何成为一个好男孩，等等。

　　尽管他平时不出一小时就会出现一次既让他讨厌，又让他可能尴尬的性兴奋，可此刻却毫无反应。他口袋里有个避孕套，而爱丽丝也从她的钱包里拿出来一个避孕套，但这两个都没用上。

　　她试图帮助他，但结果却适得其反。他感到愤怒在积聚。这是她的过错，不是他的。她抓挠他的方式，她的行事方式，似乎他什么都做错了。要是她闭嘴不再唠叨的话，不再打断他集中心思的话，他还有可能和她玩个通宵呢。

　　他揪住她的手腕，用劲捏住，把她的手拉开了。

　　"嗨，你弄痛我了！"她唏嘘地说。

　　他没松手，咬紧了牙关，心里悸动着，猛拽她的手，扭动着，直到她从床上掉下去。

　　"你究竟是什么问题？"她对他半尖叫着。他知道那种声调的语气。他母亲经常这么对他。当她想对他尖叫，但又怕别人也许会听到时，她就是这么做的。当然，现在这里只是宿舍，还有另外 4 个房间，并且墙壁薄如纸张。

　　他没回答，只是注视着她。

她的眼里泪水盈眶。她用毛巾把自己裹起来，"我要去洗澡了。你最好还是离开这里吧。"

她蹒跚而出，让房门开着，虽然他还是赤身裸体。他听到了浴室的门关上了。

他穿上衣服，耳朵里嗡嗡作响。他的脑袋里满是凶暴的想象。他真想跟着她进入浴室，抓住她的脑袋，往墙上猛撞几下，然后向她显示他的性功能没问题。他会用掉两个避孕套。

但他也知道他不会这么做的。不会。他会离开，回家去。如果他的室友问他约会得如何，他就说绅士不言，哈哈。或许，如果他足够谨慎的话，他能完成他其余的大学学习，不会再碰到爱丽丝或者她任何朋友了。

他走出房间，关上身后的房门。他正要走出宿舍时，瞥了一眼那个浴室的门。他听到了里面的水流声。

公共厨房里有许多椅子，他拿起了其中的一把椅子。他用椅子顶在浴室门上的球形门把手的下面。他轻轻地试了试转动球形门把手，确保它不能转动。

然后他"啪"的一声关掉了浴室灯光。

"嗨，"爱丽丝在里面叫道，"我在里面。喂？"

水声停止了。他把耳朵贴在门上，听着。他听到她"砰"的一声碰到什么东西，发出了疼痛的呻吟。随后她试图转动球形门把手时发出轻微的"咔嗒、咔嗒"声。

"喂？门卡住了。喂？"

她低声说话。有 4 个房间呢，她不想惊醒她们，让她们发现她赤身裸体地被卡在浴室里。那太丢人了。

随着她又一次试着开门，他的怒气渐消。关在一个黑暗的地方，那可是一个好好想想的好地方。一个反思她行为的好地方。

"喂？让我出去！"此刻，她的声音里充满了惊慌。

她猛烈地撞击着门，抬高了声音，大声求助了。很快，她又尖叫起来。可她的尖叫声一点也没有刺激他的神经。

他居然获得了性兴奋。

第五十七章

　　他们一回到警察局，就直接去了警情室。福斯特看着墙上的地图。这是一张圣安吉洛市和周围地区的高比例地图，在每个方向都延伸出去10英里左右。

　　"好吧。"福斯特、佐伊和泰腾每人一支蓝色记号笔，"我们来标注那些叶尔米洛夫说容易挖掘的区域吧。"

　　"我们应该用不同的颜色来标注图里亚土质，"佐伊说道，"直到现在，这个杀手总是集中注意力在图里亚土质上。"

　　"不同的颜色。"福斯特咕哝着，"你们这些联邦调查局的人肯定都会有各种复杂的想法。"他离开房间，一会儿回来了，手里抓着一大把记号笔，"来。"他向佐伊扔去一支绿色记号笔。

　　她用左手接住，感到有点可笑地自豪，想做得仿佛她总能接住扔向她的东西似的，幸好那不是个大东西。

　　"好吧，"福斯特说道，"你有清单了吗？"

　　"我有了。"泰腾展开一张纸。那是他们根据叶尔米洛夫博士的说明所确定的区域清单。

　　他拿到附近的复印机上，复印了两份，一份交给佐伊，另一份交给福斯特。佐伊找出图里亚土质区域群的精确定位。每个区域都标上了坐标和半径范围。她在地图上用绿色记号笔逐个做了标注。一个区域围绕着妮科尔·梅迪纳被活埋的地点，另一个则围绕着玛丽贝尔·豪被活埋的地点。其余的区域都分布在地图的西部。

福斯特和泰腾站在她身旁，拥挤着她，在地图上标出了他们自己的圈子。很快，整个地图都被标上了绿色和蓝色的圈子。

"我们可以进一步缩小范围，至少目前暂时如此，"佐伊说道，"两个受害者都被活埋在离城区不到 6 英里的地方。我认为我们首次搜寻可以集中在 6 英里半径的范围里。以后我们可以再扩大一点范围。"

福斯特就在地图上画了一个弯弯曲曲的圈子，使用了一条案发现场专用的警戒带凑合着作为画草图的圆规。这样就划定了圣安吉洛市周围约 6 英里半径的范围。

"杀手会把坑挖在公路附近，但这些路都是几条岔道支线，"泰腾说道，"还有，他会避开人口多的地区，所以我们可以忽略葡萄溪附近区域。我们只消在易挖掘土质地区中标出公路即可。"

他们费力地标注那些相关的公路，一个接着一个地标注出来。依然还剩下许多区域需要标注，比起佐伊原先期望的要多得多。但使用探地雷达搜寻那个地区听起来还是可行的。几天的工作而已。

终于，所有的公路都标注好了。他们后退几步，看着地图。

"我去和詹森谈谈，"福斯特说，"从他的预算经费里至少要争夺出一台雷达来。我们需要尽快开工搜寻。"

"或许联邦调查局分部可以给你帮个忙，"泰腾说道，"我会查一下。"

"我需要和哈里谈谈，"佐伊告诉他们。她在车上时已经向他们通报了杀手的邮件内容，"让他再准备好一篇报道。"

"我会问问谢尔顿，我们是否能从那个邮件地址上获得点什么信息。"泰腾说。

佐伊心不在焉地点点头，"那是个临时邮箱地址。我怀疑他是否会再次使用，但还是值得一试。"

福斯特和泰腾离开去各自打电话了，房间里只有佐伊一人——她精疲力竭。她打开笔记本电脑，又阅读了几遍杀手发来的邮件。然后，站起来，在白板上写下 3 句话。

> 我采取的每个步骤都是必要的、无可避免的。
>
> 对这一切都有个理由的。
>
> 等着吧，直到你获得了完整的故事。

她看着这些句子，舔舔嘴唇，然后拨了哈里的电话号码。

"我正要给你打电话呢，"哈里说道，"你读过了吗？"

"读过了，"佐伊说道，"我有几个想法。"

"我查阅了他提到的亨利·李·卢卡斯。我估计你已经知道他是谁了。"

"他是个连环杀手。没人知道他究竟谋杀了多少人，反正他杀人如麻。在某个时间他声称谋杀了 3000 人，这就是他还是不明嫌疑犯时提到的。"

"是啊，但你知道他是在哪里受审的？"

佐伊皱了一下眉头，"在得克萨斯州的某个地方。他是被一个得克萨斯州的骑警抓获的，如果我没记错的话。"

"他本该在奥斯汀受审，但出于预审宣传需要，他们就移到圣安吉洛市来审讯了。"

佐伊呼出了一口气，又读了一遍邮件，"当时每个人都有个朋友或者家庭成员在陪审团里。"她说。

"你们的这个杀手是在圣安吉洛市长大的。"哈里的话听上去有点自得，"他是个本地男孩。"

"他提到他的父母在谈论此事，"佐伊说道，"审讯是在哪一年？"

"是……1984 年。"

"那么假定他当时年龄在 5—10 岁，那就意味着他现在已经是 40 岁左右了，也许再大一点。"

"为什么假定他当时才 5—10 岁呢？如果他是 13 岁呢？"

"那么他很可能不会说他还记得他父母在谈论此事了。他会说他记得班里的孩子们都在谈论此事。"她回忆起自己少女时代的经历，那时学校里的孩子们只谈论梅纳德的连环杀手，不谈别的。

"有道理。"

　　"我现在知道该如何对他谈了，"佐伊说道，"这个家伙杜撰了有关他的使命的整个故事。这就是和爱因斯坦《奇迹之年论文》的比较，对吗？这就是他在告诉我们，他有个宏大的计划——一个神召。他的邮件里充满了这个神召。这就是他想分享的东西。"

　　"那么，他的这个神召将告诉你什么呢？"哈里问道，"它又会怎样帮助你的罪犯行为特征分析呢？"

　　佐伊轻蔑地哼了一声，"我才不在乎他的神召呢。那只是他自欺欺人的故事而已。但谈谈这一点或许会让他不经意间透露给我们一点暗示，某种我们可以利用的信息。"

　　"你是什么意思，他自欺欺人的故事？"

　　"人们往往一直在对自己撒谎，哈里。你应该比大多数人明白这一点。而这个家伙在对自己撒了个精心构造的弥天大谎，以回避一个非常简单的真相。"

　　"什么真相？"

　　"他以活埋女子为乐趣。"

第五十八章

佐伊正在阅读《美国司法精神病学杂志》上一篇有关亨利·李·卢卡斯的报告，此时警情室的门被猛地推开了。莱昂斯站在门口，她的脸通红。

"我发现了一个嫌疑犯，"她说，上气不接下气地喘息着。

佐伊感到一阵强烈的兴奋，好像是接触了空气传播的病毒，高度感染了一般。"谁？"她问。

"他的姓名叫阿尔弗雷德·谢泼德。他打了热线电话。"

"什么时候？"

"今天上午。"莱昂斯在房间里来来回回地走动着，她的脸色激动，"这个家伙在一个半小时前打来电话，说他记得他看到过有个像玛丽贝尔·豪的女子和一个男子在本地酒吧里。"

佐伊点点头，她听得入迷了。

"他们就从他那里了解了一些细节情况。结果发现他的货车就是昨天驾车通过 67 号公路路障的车子之一。那是一辆白色的福特全顺。我们估计它会受到仔细检查的。你猜结果怎样？"

"我不猜。"

"他在梅迪纳悼念仪式地点出现过两次。他的面容匹配我们在那里拍摄到的人之一。"

那就是了。巧合太多不容忽视。佐伊站了起来，无法保持平静，"妮科尔的父母知道他是谁吗？"

"光听名字，他们不知道。我已派了个人过去，拿着照片让他们辨认是不是此人看上去面熟。"

"他说的事去证实过了吗？"

"玛丽贝尔·豪在那个酒吧和一个朋友一起拍了张自拍照，标注了地点，贴在她照片分享社交平台上的个人账户里。照片是在她失踪前3天贴的。已经删了，但许多人可能都已经看到过了。"

佐伊点点头，"你有足够的证据申请搜查证吗？"

"正在调查中。"

"或许我的专业意见会影响一个法官的想法。"

"反正没什么坏处。"

"他现在何处？"

"我们请他过来，告诉我们更多有关玛丽贝尔·豪和那个跟她在一起的男子的情况。现在他在一号讯问室里。就他所知，他来此是来给我们提供帮助的。"

"有什么人和他在一起？"

"没有。我快速为他做了笔录，告诉他等一下。他在那里已经有大约15分钟了。福斯特正要进去，但我们想先和你谈谈怎样进行下去。

你可以在监控室里观看问讯情况。来吧。"

佐伊跟着莱昂斯沿着走廊走下去，深入警察局里。讯问室几乎是在警察局的最里面，这个排列绝非偶然。任何被带到那里去的人都会步行经过不同的部门，与身穿制服的警察、警探，还有被扣押者擦身而过。那些关闭的门上都贴着牌子如"谋杀案""证据储存"还有"武器库"等。不熟悉警察局氛围的平民立刻就会感到紧张不安起来。而紧张不安的人会犯错误。

监控室又小又暗。左右边的墙都安装了大块的单向暗镜，可以看到邻近讯问室里的情况。福斯特警探、詹森警督，还有泰腾已经在那里了，通过左边的镜子观察着那个坐在一号讯问室里的男子。

他秃顶，身穿一件白色 T 恤衫和一条旧的污渍斑斑的牛仔裤。他的右脚快速地在地上轻轻敲击着，他两手臂抱着。他瞥了一眼镜子，随即又转头看向别处。

"他怎么来此地的？"佐伊直接问道，"是有人把他带过来的，还是他自己开车来的？"

"他自己开车来的。他的货车在停车场里，"福斯特说道，"现在有人正在检查。"

"我希望只是从外表检查，"詹森说道，"我们没有理由——"

"就是从货车的车窗往里面看看，拍几张照片而已，"福斯特迅速回答。他有点不耐烦，似乎没心情像他平时那样对詹森恭敬有加。

"好吧，"詹森说道，他的声音清脆快速，"对他宣告过他的权利了吗？"

"没有。他不是被捕。"福斯特说。

"我不想再出现一次混乱，就像惠特菲尔德案件一样，警探。我要你去对他宣告他的权利。"

"如果你对他宣告权利，他就不会再说一个字了，"佐伊说道，"我们不能让他知道他是我们的怀疑对象。开始时不能这么做。而且如果他不是被逮捕的话，没有人要求你对他宣告权利。"

詹森固执地摇摇头，"他被带进了警察局，去了讯问室，待在那里时门关了很长时间。一个老到的律师会争辩说，他会感到似乎他被拘捕了。"

"他开自己的车子来的。"福斯特抬高了声音，"他随时可以离开，只要他愿意！如果他说了什么，那属于自发坦白！"

"他知道他可以离开吗？不，他不知道。别再小题大做了。就告诉这是你开始和他谈话时必须要办的事。让莱昂斯警探去说，就说得好像是官僚程序的麻烦似的。"

"告诉你吧。"莱昂斯把手放在福斯特的肩上，几乎显得是她拉住了他，免得他挥拳揍警督。"我们先不向他宣告他的权利，直到我们的讯问深入进去了，然后我们再做决定。在向他宣告他的权利之前，我们不会直接指控他，好吗？"

詹森似乎迟疑了一下，然后咕哝说，"可以接受。"

佐伊透过单向镜看着谢泼德说："我们必须得谨慎从事。如果他是我们要找的嫌疑犯，他会准备应付任何显而易见的问题。我们需要给他来个措手不及。"

第五十九章

"对不起，让您久等了，谢泼德先生。我们有点事需要先证实一下。"福斯特的声音在控制台的喇叭里嗡嗡作响。音响系统造成了一点轻微的回声，泰腾觉得很心烦。他看着福斯特和莱昂斯坐在阿尔弗雷德·谢泼德面前。莱昂斯肩上挎着一只笔记本电脑包。他们两人手上都拿着厚厚的档案夹。福斯特的档案夹是真实罪犯案情文件，还夹着一些纸，显得更厚了。而莱昂斯的档案夹是假的。

"没问题。我敢肯定你们都非常忙。"谢泼德说。他的声音有点低沉沙哑，这让泰腾想起了吸烟的男人。

"我们真的非常赞赏您这么做，谢泼德先生，"莱昂斯说道，"正如您或许已经从新闻里听说了，调查有了几个具体的线索，而您的证词确实能帮助我们缩小嫌疑犯的范围。"

佐伊俯身对着话筒，"别提新闻。我们要让他感到你对他说的任何话都是机密的。他也不想知道新闻里已经有了什么东西。"

莱昂斯眨了一下眼，也许算是肯定。或者只是个正常的眨眼。然后她开始概要地谈了一些案件的细节。她没说公众还不知道的内容，但她说得很好，仿佛是她在第一次透露这些内容似的。

"她做得不错。"泰腾说。

"您能对我们谈谈您那个夜晚见到玛丽贝尔·豪的情形吗？"福斯特把他的档案夹往桌子上一放，有点轻微的声响，随后从衬衣口袋里抽出一个笔记本和一支钢笔。

"嗯，当然啦。那是……几个星期前了，在 7 月 26 日。我和几个朋友一起出去。有个朋友正好过生日。我看到了那个女子——"

"玛丽贝尔·豪。"福斯特从档案夹里取出了一张大照片，放在桌子上。那是玛丽贝尔·豪在一个公园里的照片，背景是一条河。她正对着镜头微笑着，风吹拂着她的一缕头发。那是一张漂亮的照片，也是她在照片分享社交平台账户里最为甜美可爱的照片之一。

"呃，是她。我看到她和一个男孩在一起。他大约 6 英尺高，黑头发，留胡须。因为他们正在为什么事争吵，所以我注意到了他们，她看上去很心烦。我想过去干预一下，但我的朋友让我别去。"

"这真的很有帮助，谢泼德先生，"莱昂斯说道，"我们正在设法列出可能的嫌疑犯，目前我们正在集中关注几个嫌疑犯。您的描述明确地匹配我们主要的嫌疑犯之一，这或许在立案时非常重要。"

这纯粹是杜撰出来的，但它却即刻产生了明显效果，那男子放松了，对着警探微笑着。"我真的很高兴能有所帮助。"

"那么，请您用自己的话说一下您看到的情况。"福斯特说。

"唔，他们坐在一个卡座里，但那个男孩行为有点咄咄逼人。我无法听清他说的话，但那个女子……玛丽贝尔显得很心烦。"

"心烦到什么程度？"

"我不知道。她似乎很不高兴。"

"还有其他迹象表明他们在争吵吗？除了那个男孩说话的方式？"

"没有。就像我刚才说的，我听不清他们的谈话内容，而且他们不久就离开了。"

"设法再启发他一下，"佐伊对着话筒说，"看看能不能让他改变他的故事。"

"不管怎样，他很凶狠吗？"福斯特问道。

"不。我是说，假如他动手揍她的话，我会上去干预的。"

"但他没有做出任何肢体威胁的举动，是吗？"

"嗯……没有，我觉得他没有。"

"也许他挤压她呢？侵占了她的私人空间呢？"莱昂斯启发他，听上去很有希望。

谢泼德显得停顿了一下，"既然你这么说的话，是的，他俯身过去的样子有点威胁的意味。这也是我想去干预的理由之一。"

"她只是心烦吗？或者她哭了吗？"莱昂斯问道。

"我不知道。我认为当他们离开时她也许会哭的。"

"这明白无误地显得他在提供他们想听的东西。"泰腾说。

"是啊，"佐伊同意，"他不会说些其他人以后会反驳的东西，但他很乐意改变他的故事来适合需要。"

莱昂斯再次告诉谢泼德说他所说的一切都是多么的有用。在她说话时，她偶尔透露一点这个案件的机密情况，那是他们事先都同意让他知道的。这个男子的注意力到了入迷的程度。

"我得说，有了您的帮助，我们抓住那个挖坑杀手就更有胜算了。"莱昂斯说。

"很好。我真的很高兴。"谢泼德说。

"他对这个绰号没有畏缩。"泰腾说。

"也许他已经对此习惯了。"詹森启发说。

"也许吧，"佐伊咕哝了一句。随着福斯特在桌子上摊满了照片，她专注地观察着这个男子，"这个家伙看到案发现场的照片一点都不慌乱。"

"那意味着什么呢？"詹森问。

"这意味着他已对此麻木不仁了，但是如今已经有许多暴力情况在网上随处可见。任何对暴力感兴趣的人都能大量收集到。当然，随意看到一张血淋淋的照片是一回事，而看着一个你见过的活人变得腐烂的照片又完全是另一回事了。"

"他是杀手吗？"

"他只是某个对案子着迷的人而已，但那并未让他成为杀手。"

他们又谈了一会儿。福斯特又故意提了几次挖坑杀手这个绰号。

"现在拿衣服出来吧。"佐伊说。

詹森点点头，从桌子上抓起了证据袋。他离开了房间，一会儿讯问室的门打开了，他大步走了进去。

"福斯特警探。"他的声音呆板到可笑的程度，就像一个反复背诵台词几个小时的人那样，"衣服。"

"一个5岁的孩子都能看穿那个演戏动作。"泰腾嘀咕了一句，很沮丧。

"没关系，"佐伊说道，"看看谢泼德——他甚至都没注意到呢。"

她说得对。谢泼德直盯着透明袋子专注地看着。里面都是他们找到玛丽贝尔·豪时她穿的衣服。

"这些衣服看起来熟悉吗？"福斯特问道，把袋了摊在讯问室的桌子上，"您看到她时，她穿了其中的哪一件吗？"

"那……那双鞋子，我想是的。"

詹森犹豫了，难以确定。福斯特朝他意味深长地看了一眼，警督眨了一下眼，随后就离开了房间。

讯问室里的桌子上现在摊放着精心安排的照片和证据，对谢泼德似乎产生了效果。他的右膝颤抖得更为紧张了。福斯特和莱昂斯又让他重复了一遍证词，再进一步问了几个有关玛丽贝尔·豪的问题。还有其他朋友和她在一起吗？她失踪的那天夜里她曾和几个朋友在一起——他见到过她其他的朋友吗？

他们在问问题时，福斯特站了起来，在房间里走动着。当他坐下后，他拖了拖椅子，坐到谢泼德的右边。由于桌子是靠着最里面的墙放的，这么一来就把谢泼德围住了。如果他现在想离开的话，他必须得请福斯特挪动一下才行。

"我不喜欢这么做，"詹森咕哝着，"嫌疑犯看上去陷入了困境。一个好的律师就会声称，到了这个程度，这个嫌疑犯会感到他是被拘禁了。"

"这完全是标准的讯问技术，"泰腾不以为然地说道，"我们在联邦调查局一直是这么做的。你瞧，看看他是怎么指那些照片的？我们可以说他坐那里只是为了靠近目击证人。"

詹森没回答，但他显得至少是暂时放心了。

"我想给您看看挖坑杀手的视频中的一些片段。"莱昂斯拉开了她那只笔记本电脑包。

"好吧。"谢泼德说。

莱昂斯打开笔记本电脑，开始播放第一个视频时，泰腾专注地观察着这个男子的反应。妮科尔·梅迪纳尖声大叫救命。谢泼德显然看得入迷。他直盯着屏幕，嘴巴微微张开了。

"这个片段使他看上去很兴奋，确定无疑。"詹森说。

他们让视频播放了几分钟。谢泼德的眼睛没有离开屏幕。

"您知道这是谁吗？"莱昂斯问道。

他看了她一眼，随即又去看着屏幕，"另一个受害者。"

"你以前看过这个视频吗？"

"没有。只是看到报道里的照片。"

她不断地问他有关妮科尔·梅迪纳的问题。他有点含混不清，回答简短。他没有装聋作哑，也没有表现得仿佛根本不知道那是谁。他的目光不断地回到屏幕上去。

"我觉得这就是我们要找的家伙。"泰腾说。

"我不知道，"佐伊咕哝着，"我觉得他的反应不太符合。"

"为什么不符合？"泰腾问道，"他看上去几乎对此很兴奋。那不正是你所期待的吗？"

"杀手自己家里就有那两个视频。非常可能是完整的视频。我愿意打赌，他看这些视频好几十次了。他很可能还有他特别喜欢的部分。但这个家伙看上去像是看了这个视频几十次了吗？看看他。他看得完全入迷了。"

"也许对他来说这真是好东西。所以他每次看到视频时，他都会像第一次看到那样的兴奋。"

佐伊看了他一眼，抬起了眉毛，"如果真是如此，那他不需要再去谋杀更多的姑娘了。这可是我本来最没期待杀手做出的反应。我觉得他会表现得好像他很厌恶这个视频似的。或者，他也许会看上几秒钟，冷静漠然。可是这个人呢？"她摇摇头，"我不知道。"

几分钟过去了。莱昂斯就让视频播放着。视频里发出的声音，伴随着监控室里音响系统里的轻微回声，让泰腾心烦不已。

"好吧，我想该轮到我了。"他抓起一个耳机，塞进了耳朵。

他走出监控室，面对外面突如其来的强光眨着眼睛。他过了好一会儿才适应。如果他闯进讯问室，眼睛眨巴得就像个被冰雹砸晕了的青蛙似的，那就没什么气势可言了。一会儿之后，他一把推开讯问室的门。

房间里弥漫着一股汗臭味。这可是他们在监控室里无法闻到的。谢泼德汗如雨下。房间里所有人的眼睛都看向泰腾。

"谢泼德先生，"他说道，"我是格雷特工，来自联邦调查局。我也来参加其余的谈话。"

"嗯啊……好。当然。"

泰腾靠在墙上，抱着双臂。这是他在那里的工作范围。站在门旁，堵住了出路，一个联邦调查局的特工。

为了更多地增加压力。

福斯特和莱昂斯回到原先的问题。谢泼德过去见过妮科尔·梅迪纳吗？他见过她和那个男子在一起吗，就是那个和玛丽贝尔·豪一起的男子？"他能肯定吗？"桌子上又摊上了更多的照片，几乎把桌子都盖满了。福斯特和莱昂斯干得非常漂亮。

"谢泼德先生，"福斯特突然说道，"请告诉我们，您 8 月 12 日晚上 8 点的时候在哪里？"

这是佐伊另一个主意。那个日子无关紧要。在那天没有女孩子失踪。据他们所知，那天什么都没发生。佐伊推理杀手肯定会准备好发生绑架劫持之夜的不在场证明，但如果问起不同的日子，他就会措手不及。这会让他猜测他们掌握了什么，也会让他精神紊乱。

的确如此。

"嗯啊……什么？什么时候？我不明白这有什么联系，与那个——"

"这和您的证词有联系，"莱昂斯平静地说道，"和您看到的这个家伙有关。所以，您在哪里？"

"我……我得核查一下。我……我是嫌疑犯吗？"他的目光转动着，先是看了看泰腾，接着又转向了莱昂斯。

"当然不是，"莱昂斯说道，"您是来此地提供帮助的。"

"那就对了。"

"您还记得那天夜里您干了什么吗？"

他疯狂地四下扫了一眼。

"我不喜欢这么做，"詹森的声音在泰腾耳朵里嗡嗡作响，"你在向他直截了当地问问题，福斯特。我要对他宣告权利。我不想再出现一个惠特菲尔德事件。"

"没必要，"背景里响起了佐伊的声音，"他们在问一个毫不相干的日子。我们事先商量好的。"

"我……想我在家里吧。"谢泼德回答说。

"有谁能证明吗？"福斯特问道。

"一个有经验的律师可以让这场讯问的整个录像不能被法庭接受！"詹森的声音听上去歇斯底里了，"福斯特，向他宣告权利，马上！"

"你简直就像个傻瓜！"佐伊厉声说道，"绝对没必要表现得像一个——"

声音被切断了，大概詹森放开了话筒的按钮。泰腾心里骂了一句，意识到了他们的错误。当泰腾走进讯问室里，他已经对嫌疑犯施加了压力。但他让詹森单独和佐伊留在那里了。所以，假如有什么她绝对无法做到的事，那就是对付像警督这样的人。

"嗯啊……我想也许我就一个人……不，等等。"谢泼德舔舔他的嘴唇。在背景音里，妮科尔·梅迪纳发出了长长的绝望呻吟声。他的眼睛转向了屏幕，然后又转向了泰腾。他显得就像一个被逼入困境的动物一般。一只正要犯错的困兽。

讯问室的门"砰"的一声被撞开了，詹森大步走了进来，挥舞着一张印有米兰达原则的纸片。

"谢泼德先生，"他尖声叫道，"在进一步进行之前，请您在这张纸上签个名，好吗？这只是个官僚程序。纸上说明您知道您的权利了。您有权找个律师，您所说的任何话都可能在法庭上被用作对您不利的呈堂证供。您知道，那套从电影里来的东西。"

他把纸放在桌子上，放在玛丽贝尔·豪的照片上面，然后微笑了。

谢泼德的眼睛看向那张印有米兰达原则的纸。他皱起了眉头。

"我为什么需要签这张纸？"他问道，"我只是来提供帮助的。"

"真的只是个程序而已。"詹森咕哝着。

在这个讯问室的每时每刻都是一条谨慎编织的绳索，编织起一张越来越紧地缠绕着阿尔弗雷德·谢泼德的网。每个微妙的举动都在收紧着网，使得他难以安然脱身。但此刻詹森却用装模作样、笨手笨脚的举动毁掉了这张精心构筑的网。

"我被逮捕了吗？"谢泼德问道。

福斯特叹了口气，"不，谢泼德先生。您就是来此地提供帮助的。"

"唔，那么，我想我已经向你们提供了我所知道的一切。时间不早了。现在我真的该回家了。"

第六十章

"接到你的电话可真让我吃惊，"在他们点了菜以后，约瑟夫对佐伊说，"我以为你现在已经回家和你妹妹在一起了。"

他们坐在一家餐馆里，那是他们第一次邂逅之地。佐伊点相同的肉排，她一想到肉排肚子就不由得咕咕响了一会儿，"我误机了。我很可能将在星期四飞回去。"

"她好吗？"

"安德丽雅很好。"佐伊微笑着，想起了她妹妹一小时之前发给她的短信。自从马文暂时陪她住在公寓房间里，安德丽雅开始无穷无尽地给她发送那些木偶剧里两个乖僻老头儿的 GIF 格式的动画。尽管她不确定，但她感到安德丽雅有点受不了马文的陪伴了。

酒吧招待员把饮料放在他们面前。佐伊要了吉尼斯黑啤酒，而约瑟夫则要了一品脱的夏拿酒。

佐伊喝了一大口啤酒，舔了舔上嘴唇的泡沫，很享受醇厚的奶油味。她很高兴约瑟夫来了。虽然泰腾曾想买点外卖食品，继续谈论这个案子，但佐伊需要休息。在詹森破坏了他们的讯问之后，她涌起了一股心酸的滋味，而在他们一直不断地推测杀手的种种动机之后，她也感到疲倦了。辛酸的滋味混合着疲惫难以抗拒。所以她就想和某个与案子无关的人聊聊。

"那么，星期五晚上你是怎么度过的？"她问道。

"和几个朋友去看电影了。"他耸了耸肩，"我们都大笑了好几次呢。"

他告诉她，有个女孩坐在他前面一排。她显然总是对电影场景反应过度，以至于他对她的反应饶有兴趣，超过了对电影本身的兴趣。佐伊微笑着听他说，但她时而心不在焉，时而专心致志，一直在想着安德丽雅，想着薛丁格，想着阿尔弗雷德·谢泼德。她几乎肯定谢泼德不是他们要找的人。假如她必须猜测的话，她会把谢泼德归到对连环杀手着迷的一类人里去。此人对他所在城市要缉捕真实的杀手很感兴趣。假如莱昂斯得到了搜查许可证的话，佐伊很愿意打赌他们会在他家里发现无数的连环杀手随身用具。

但是，她不认为他就是那个杀手。

他们现在已经对他监控了，以防万一。她又一次感到一阵愤怒，詹森可是多么有效地破坏了他们所做的各种努力。

"你在想什么呢？"约瑟夫问她。

她朝四周看了看，一半的餐桌空了，气氛有点压抑，"今晚这地方空了许多。星期六都是这样的吗？"

约瑟夫抬起眉毛，"我不知道你是不是也听到了，但有个连环杀手依然在逃。"

"噢，对。"

"有进展了吗？"

"我们已经有一些很好的线索。看起来很有希望。"

"我读到了你接受的一次采访，"约瑟夫说道，"听上去你很有把握。"

"我们在发现这些罪犯方面很有经验，尤其对这个案件，我们有点有利条件。"

"什么有利条件？"

"我不想多说——"

她的手机响了。她朝约瑟夫歉意地看看，接了电话。是泰腾打来的。

"我不想打扰你的约会，"他说"约会"那个词时有点奇怪的音调变化，佐伊却没听懂，"但我有点事告诉你。"

"什么事？"

"谢尔顿找到人驾车开着GPR——"

"GPR？"

"就是探地雷达。他们已经发现了这家伙挖的一个坑。"

她猛地在吧台上拍了一掌，引起了周围的几个人对她直皱眉头。"在哪里？"

"在北部，离葡萄溪以北大约半英里的地方。在一个图里亚土质区域。"

"葡萄溪以北？"她站了起来，对约瑟夫不出声地做了"马上回来"的口型，"离圣安吉洛市有多远？"

"5英里半。"

"几乎在我们搜索范围的边缘了。"她一把推开门，走了出去。尽管夜晚漆黑，空气还是又干燥又炎热。她正在慢慢地适应这里的气候，不像第一天刚到时那样觉得无法忍受，"你认为我们还应该扩大搜索半径吗？"

"我们仍然还有很多地方需要覆盖到，"泰腾说道，"夜晚了，所以他们停了下来，而且这是周末，所以我怀疑我们能不能在星期一之前获得另一架探地雷达。我们觉得目前还不错。"

"那个坑看上去怎样？"

"6英尺深，长方形的，用两块大木板盖着，上面铺了约15英寸厚的土壤。离开公路才几英尺，不易察觉。与你估计的大致相同。"

"福斯特对那里监控了吗？"

"他正在忙此事。詹森在发脾气，因为我们今晚已经增加了一个监控，而且是在周末。要有更多人加班了，我估计。无论如何，莱昂斯告诉我说会安排好的。他们会让监控设备运转起来，即使需要他们亲自过去也可以。"

"这个消息太好了，泰腾。"

"我知道。"她能从他的声音里听出他的微笑，"你现在可以回去继续你的晚餐了。如果还有其他事发生的话，我会让你知道的。"

"谢谢。"

她挂了电话，走回去，经过那些空荡荡的座位，直到她抵达吧台。他们点的菜已经上了，约瑟夫在等她。

"好消息吗？"约瑟夫问道。

"案件有点进展了，"她回答说，"天哪，这闻起来太好了——我饿坏了。"

她切割了一大块肉排，放进嘴里，闭上眼睛，纯粹是享受。她咀嚼着，咽了下去，然后对约瑟夫嫣然一笑，"我永远不会对安德丽雅说的，可这里的肉排比她烹调的味道好了不知多少呢。"

"欢迎来得克萨斯州。"约瑟夫对她微笑着，"我得说我不记得哪个女人像你这样享受美食的样子。"

"也许你约错了女人。"

"假如我约对了，我早就戴上结婚戒指了。"

"你想结婚？"

"当然啦。"他朝她看了一眼，"但没必要惊慌。我没打算突然提出这个问题。"

她哼了一声，"唔，我过两天就走了，所以我怀疑你不会，不管怎么说。"

"别低估我。我来提醒你，我过去曾经在全国各处追过女人呢。"他爆发出一阵大笑，"别那么担心。我没打算跟踪你到你家。"

片刻之后，他似乎意识到他的话有点趣味太低级，因为他变得非常严肃起来，"对不起，我的意思不是……"

"别担心。"佐伊摇摇头，微笑着。

他们就静静地吃着东西。这地方的座位大都空着。那也会阻碍杀手的。她现在试图想象起他来了。他是否又潜伏在选定目标的房子外面，就像他对付玛丽贝尔和妮科尔一样，希望她快点离家出门？或许要等上几个星期才能发生。也许他们应该设法在他监视目标的住宅外再次动手劫持之前就把他抓住。或者，他也许会去看看他挖的某个坑时，被监视人员抓住。

突如其来的一阵亮光打断了她的冥想。一群青年男女脑袋凑在一起，正在拍摄他们的夜晚自拍照。

佐伊凝视着他们，咬着她的下嘴唇。如果她错了呢？如果那个杀手没有埋伏在受害者的家门口，等待她出门离开呢？

"噢，呸。"她咕哝着。

"怎么啦？"约瑟夫问道。

莱昂斯说过玛丽贝尔·豪有个照片分享社交平台账户，她一直更新的。妮科尔·梅迪纳的母亲也说过她女儿一直在手机上和朋友们聊天。这两个受害者都有大量的社交媒体生活。她怎么忽视了这一点？

她在包里乱翻了一阵，再次拿出手机。她打开玛丽贝尔·豪的照片分享社交平台账户。那里充斥着她朋友们的悼念之词。账户是公开的。她随后搜寻了妮科尔的账户，找起来很容易。也是公开的。

"在我的分析里，我错失了某种重要的东西。"她说。

　　在妮科尔·梅迪纳的照片分享社交平台账户里，她就在那个去参加派对的夜晚发了帖。她甚至还标记定位了她的地点。任何进去查看的人都会知道她和朋友们出去了。他所需做的一切就是开车到她家门口，等待她回家。

　　"你错失了什么？"约瑟夫问道。

　　佐伊没理会他，返回到玛丽贝尔·豪的账户。还真是的，她居然也是这么做了，标记定位她在电影院外面。

　　这个杀手是通过她们的社交媒体账户跟踪她们的，等待她们出来。一旦她们出去了，他就会开车去她们家，等待她们回家。时间很晚，邻近人家都已入睡了。当她们离家门只有几步路时，她们的警惕放松了。作案良机。

　　这个暗示让她印象深刻。那意味着这个杀手不止有一个受害者目标。他可能查看了几十个账户，几百个。他有时间就可以轻松地查出她们的住址，为他选定的时机事先策划好埋伏地点。

　　即使现在，尽管人人都吓坏了，肯定还有几个他确定的受害者可能会出门。

　　顷刻之间，她就有了一大堆主意。他们可以采取钓鱼行动，杜撰出一个简况，符合他定位目标要求的那类女孩——她就像其他女孩一样做些什么事。他们也可以发现那些存在危险的女孩子的账户，警告她们、监视她们。他们或许还可以弄到一个经常访问玛丽贝尔和妮科尔网页的账户清单，然后看看是否其中有人访问许多其他女孩们的简况。

"我得走了，"她说道，"抱歉了。"

"可你还没有吃完你的肉排呢。"约瑟夫显得很失望。

"我……对啊。"她向酒吧招待员招招手，"请问我可以带走吗？"

"今天晚上晚些时候我能见见你吗？我打算很晚睡觉。无论什么时候，你都可以给我打电话。"

她长久地看着他，这个前景很诱惑啊。"好的，"她最终说，"我会给你电话的。"

第六十一章

这只能是朱丽叶有生以来最糟糕的生日了。那还得包括她 17 岁生日时那只令人惊骇的派对熊带给她几个星期的噩梦，还有她 14 岁生日时，罗杰·阿斯哈特·哈里斯和她分手的事。她总是告诫自己对生日的期望要低一点，低期望会减缓失望的痛苦。如此一来，即使是她最低的期望也不那么令人沮丧了。

昨天，她所期待的是一个欢乐派对。她朋友群里有 9 人标注这个派对为"将去参加"，另有 5 人标注为"也许去"。她事先打电话在尤尼餐馆预订了一张长桌，她已经想象自己坐在中间，大家都在高唱"生日快乐"，一个巧克力蛋糕插着一根小烟花棒放在她面前。

低期望，朱丽叶。低期望。

因为，显然有个连环杀手在圣安吉洛市活动，而他没有和朱丽叶商量安排过，就在"她糟糕的生日"这天声名大噪了。所以那 5 个"也许去"马上就改变为"不参加"，而那 9 个"将去参加"也突然变成"也许"，后面跟着一连串的致歉短信和取消。

最终来参加的朋友有几个呢？

两个。

蒂凡尼和路易斯——蒂凡尼的男朋友。值得一提的是,路易斯根本不是朱丽叶的朋友。她觉得他是个小混混。但是,嘿,他可不是个懦夫。

至少她免除了没有朋友陪伴,独自坐在大餐桌旁的尴尬羞辱。尤尼餐馆里几乎空无一人,所以他们可以选择任何他们喜欢的餐桌。她每隔几分钟就不免看上一眼那张大餐桌,心想着要是那个讨厌鬼再晚几天谋杀那两个女孩的话,她就会坐在那张大餐桌旁,周围都是她那帮怯懦的朋友了。

她拒绝了那个插着小烟花棒的巧克力蛋糕。

蒂凡尼倒是竭尽全力营造欢乐气氛,但是持续不断的情绪波动所带来的心痛还是让她的嗓音嘶哑了,所以她不断地看时间,提起他们可能应该早点回家。仿佛连环杀手都是严格按照某种时间表作案谋杀似的。我的天哪,看看时间——已经过了谋杀时间半小时了。

倒不是朱丽叶在意。整个餐馆都紧张不安。女侍者已经提醒过他们,餐馆要提早打烊。仅有的几个食客不断地朝四周张望一下,仿佛是证实他们不是最后离开的顾客。安全重要被大量地提及,似乎成了那天的口头语,这也是朱丽叶对她那些临时取消前来的朋友们不断重复的话。

唯一显得快乐的却是路易斯。而对路易斯来说,快乐就意味着他完全成了令人讨厌的卑鄙家伙。他在桌面上对蒂凡尼动手动脚,并且,朱丽叶很快就发现,他在餐桌底下也是如此。有两次他用脚去碰触蒂凡尼的大腿时却偶然碰触到了她的大腿。或者，那根本不是无意的偶然行为。谁知道呢。当蒂凡尼突然喘息起来，对桌子底下的某种行为做了反应时，朱丽叶就要求结账了。

他们都坐着路易斯的车子回去，而他的右手一次又一次地悄悄伸进了蒂凡尼的裙底。这既有诱惑性，又让人反感，所以，朱丽叶所盼望的是赶快到家，倒头入睡。

离她家还有一半路程时，路易斯开玩笑地提议来个生日三人玩性爱。那只是一种哈哈一笑的玩笑，你知道完全不能当真的。

恶心，恶心，真恶心。这车子开得再快点就好了。

他在她家外面停了车，她就打开了乘客座车门。

"嗨，要我们陪你走到你家门口去吗？"路易斯问道，他的语气突然严肃起来了。

她几乎想说好的，因为连环杀手的新闻她确实也知道了，可他问的时候，他的手还在蒂凡尼的裙底呢，所以朱丽叶突然猜测当他们走到她家门口时他是不是会真的又提议来个三人玩性爱。

"不要了，真的没必要。"她朝他们微笑着，尽量显得和善，因为至少他们露面了，"谢谢来为我庆生。"

"生日快乐，小可爱，"蒂凡尼说道，"我明天给你打电话。"

"我们就在这里等着，直到你进屋。"路易斯说。

或许，他终究不是个小混混。他是有点好色。那又怎样呢？

她下了车，关上身后的车门。夜色漆黑得令人窒息。她突然想起她母亲一再问过她能不能让房东在外面装几盏灯的事。她都置之不理，把这看作她妈妈喜欢唠叨的事情之一，可现在她倒真希望有一两盏灯沿路照着了。

家门离她不到 20 米，不是个大事情。

她沿着沙土小径走着，右脚高跟鞋钩到了树根什么的东西，绊了一下。在这种小径上走路高跟鞋最不合适。走了几米之后，她听到了灌木丛里有窸窸窣窣的声音。她僵住了。路易斯的车子还在她的背后——她能听到引擎声——但他们能看到她在这一片黑暗中吗？假如有人此刻扑向她，把她拖进暗影里怎么办？路易斯和蒂凡尼又会怎么做呢？

随即，她就撒腿奔跑了，惊恐攫获住她的全身，脉搏跳得快到极点，上气不接下气地喘息着。她几乎又要摔倒了，平衡了一下身体，奔到门口。她伸手在包里乱翻着钥匙，手指颤抖着。钥匙呢？在哪里？

她摸索到了熟悉的海豚形状钥匙圈，拿了出来，钥匙叮叮当当地响着。终于找对了钥匙，插进了门锁，听到咔嗒一声。

她快喘不过气来了，"啪"地敲击了进门处的几个按钮。起居室和前门上方的灯光都亮了。她大口地喘着气，努力让自己颤抖的呼吸平静下来。她真想哭了。

她走进屋子，转过身来。路易斯和蒂凡尼在车子里向她挥着手。她也向他们挥挥手，努力微笑着。

车子开走了。

上帝啊，多么糟糕的夜晚。她等不及要上厕所和上床了。她转过身来，踢了一下门。

她期待的是门"砰"的一声关上了。但却毫无动静，没有"砰"的一声，甚至连轻微的"咔嗒"一声都没有。

她正想回头看一眼时，有个什么东西顶住了她的喉咙，同时一只手攥紧了她的右胳膊。

"别叫，否则我就用刀子刺你。明白了吗？"那声音低沉沙哑，狂暴不已。

她吓呆了，无法移动、无法呼吸。

"只消轻轻地点一下头就可以了，我就知道你明白了。"

她稍稍点了点头。

"走。直接去厨房。动作别太突然。"

她走了一步，又走了一步，身体感觉就像是吉露牌果冻似的。即使她敢于搏斗，用肘部猛顶他的腹部，然后奔逃或者抓住那只拿着刀子的手，狠狠地咬一下，可她办不到，她的脚软得都站立不稳了。

他一定是在阴暗处等待着，耐心地等到路易斯开车走了。然后他行动了，就在大门关上之前冲进来了。

"我男朋友就在卧室里，"她说道，声音嘶哑，"他一会儿就会惊醒了。"

"你没有男朋友。你4个月之前就和他分手了，还记得吗？你还发了一个非常动情的帖子呢。"

"你要对我干什么？"随着他们走进厨房，她的泪水迷蒙了眼睛。

厨房窗子就在他们前面，她从反光中看到了自己和那个在她身后的男子。她迅速地看向别处，恐惧地呜咽着。

"别哭。今天是你的生日，对吗？"他强迫她走到餐桌前，"坐下。"

厨房椅子在黑暗处。如果她坐下，她知道她再也无法站起来了。只要她还站着，她就还有机会。她可以跳出去逃跑。她可以搏斗。她可以抓起什么东西砸他，并且——

头颈部一阵突如其来的剧痛让她喘息不已。

"这一刀刺得浅一点，"他轻声说着，"你不想让我刺得更深一点吧。"

她坐下了，每个动作都是缓慢而又准确。她发出了一个打嗝般的抽泣，接着又一个。她无法停止。她感觉到黏糊糊的血从颈部淌下。

"快镇静下来。来，喝这个。"他放开了她的胳膊，把一瓶矿泉水放到餐桌上，就在她面前。

"我……我不渴——"

"喝。"他的手又攥住了她，拧了一下。

她拧开了瓶盖，喝了几口。接着又喝了几口。她把瓶子放回到餐桌上。

"感觉好点了吗？"他问道。

"请别伤害我。"

他没回答。她在等着他做点什么事。任何事。但他什么都没做。刀刃一直搁在她喉部。他的手依然紧抓着她的胳膊。他睡觉了？她考虑着从椅子上猛扑过去，猛踢他的下身，逃出去。

她的头稍微动了一下。

"别动。"

她僵住了。

时间一秒一秒地过去了。她不知道将要发生什么事。血湿透了她的衬衣，从她的衣领上往下淌着。真的只是浅浅的刺一刀吗？或者，她快要死了吗？

她感到有点恶心、有点眩晕。她的肢体沉重，无法移动。失血了，很可能。只是又不像流了那么多的血。

不，不是失血。他在水里放了什么东西。

"是什么？"她的舌头麻木了，"是什么？"

他俯身上前，在她耳朵边轻柔地唱着，"祝你生日快乐，祝你生日快乐，生日快乐，亲爱的朱丽叶。快乐……"

第六十二章

2016 年 9 月 11 日星期天，得克萨斯州圣安吉洛市

他睡了不到 3 个小时，天亮前就醒了。他真想再睡几个小时，但那姑娘很快就会醒。就在天色开始放亮时，趁城里其他居民还没醒来以前就把这事干了更保险一点。

这么做差不多是值得的，就听听寂静吧。星期天的清晨，每个人都在睡觉。这让他几乎感到仿佛只有他一人独自在这世界上。

装土的容器和关着这姑娘的木箱已经装上了厢式货车。昨夜睡觉前他就准备好了这一切。此刻他所要做的就是轻轻地坐进驾驶座里，打开车库门，开出去。

在街上开了一半时，他突然不敢肯定自己是否带上了所有他需要的东西。他在路旁停了车子，检查起包来。笔记本电脑、一次性手机、电缆线、手套。挖掘工具就在车后的手提包里。

他忘了戴墨镜。那会让他开车回来时难受得要命。他想要回去拿，但最后还是决定算了。他将不戴墨镜开车，而那种难受会有助于他下次记得戴好。

天空是深蓝色的，太阳升起之前你才能看到这种天色，几颗特别明亮的星星仍然依稀可见。他边哼着曲子，边开着车子，感觉到一阵阵的兴奋感在积聚着。

最后一段路是颠簸着行车，他的货车在岩石地上一路碰撞着驶过去。这个坑的位置比起以前的坑更难进入。他的车轮撞到了一块石头，一时间他很担心他的车胎也许会撞坏漏气。但幸好似乎没问题。

在车子后部，他听到了沉闷的声音。那姑娘已经醒了。

他停下车子，打开车门，抓起包，跳下了车。坑穴完全看不到，那是自然。但他心里记得在哪里。他从包里取出铁铲，清除了掩盖着坑穴的木板上的泥土。只花了他不到 5 分钟的时间。要说他有什么特别擅长的能力，那就是挖掘了。

他把铁铲插在地上，抬起了左边的木板……

他的心一沉。

部分坑壁塌落了，崩溃的土塌落到了坑底，把坑填埋了将近一半。他恶狠狠地骂了一声。这是什么时候发生的？他两星期前才检查过这个地方，当时状况良好。要把这些泥土铲出去会花上大约 2 个小时呢。

姑娘在车后部尖叫着。

他犹豫不决了。要是他开车去另一个地点呢？他有几个选择，但他不喜欢最后一分钟的改变。而且警方已经发现了最靠近的那个地点。

不。他觉得没理由对此小题大做。这个坑依然可用，他只要再挖一下，把她活埋在 3 英尺深就够了。毕竟，活埋了就是活埋了。只有他自己才在乎埋得多深。

作了决定之后他感觉好点了，兴奋感又在积聚。他打开货车后部，就像他之前已经练习过无数次的那样，拖下木箱。这很可能是最需要技巧的地方，把木箱对准坑穴的直线，笔直地放进去，而又不太过多地碰撞装在里面的姑娘。

木箱放进坑里时几乎没什么声音，但那姑娘仍然发出沉闷的尖叫。他毫不理会，他从车上逐个地卸下装着泥土的容器。他把电缆线插进笔记本电脑，打开电脑。屏幕上显示出关在木箱里的那个姑娘。他发出了一声迫不及待的叹息，完美。

他又拿起铁铲，把第一铲泥土抛向木箱。那姑娘沉闷的尖叫声更响了。

第六十三章

佐伊很清楚，他们都没有足够的睡眠。泰腾、莱昂斯，还有福斯特他们眼睛下的黑圈和她自己醒来后在镜子里看到眼睛下的黑圈一样。尽管那是星期天的上午，他们4人都在9点之前出现在警情会议室里。福斯特给他们煮了一壶非常浓的咖啡，接着就开始了。

她在凌晨2点之后才睡觉……独自一人。当她和泰腾讨论案情结束后，给约瑟夫发了短信，但他未回复。他很可能终究还是去睡了。

他们坐在薛丁格专案警情会议室里。墙上的地图上已经有了个新的X标注，在葡萄溪的西北——他们发现了一个坑。

"好吧。"福斯特按摩了一下前额，"我凌晨2点从格雷特工的几个邮件里获知你们又有了几个新的主意。"

"是的，"佐伊说道，"我们原先假定，这个杀手选定一个目标，然后跟踪到她家，等待她出门。以那种方式，他就在她深夜回家时劫持她，而且没有目击证人。"

"嗯—哼。"

"但如果他不是跟踪一个目标呢？如果他通过社交媒体选定许多目标呢？非常可能是通过照片分享社交平台。他查看那些女孩的个人档案，当她们在网上发帖说她们打算出门，或者标记她们出门了，他就知道他有一个机会窗口打开了，那就是他去她们家附近等待她们的时候。"

"那检查过玛丽贝尔·豪和妮科尔·梅迪纳的个人档案了吗？"

"是的，"莱昂斯在佐伊开口之前即刻回答了，"玛丽贝尔发帖说她要去看一部电影，而妮科尔则标注自己在派对上。"

"而且，这两个个人档案都是公开的。"佐伊说。

"嗯。根据原先的假设，我假定他是跟踪这些女孩子到她们家的，所以他就获得了她们的地址。可是，假如他只是在网上发现她们的话，他又是如何知道她们住在哪里的呢？"

"有许许多多的方式可以找到地址，"泰腾回答说，"在妮科尔的案子里，她总是在上传照片时标注她的定点位置，所以，他所要做的就是跟踪她在家里拍摄照片的定点位置就行了。"

"玛丽贝尔·豪稍微谨慎一点，"佐伊说道，"她从不积极地发送她的定点位置。但她确实使用 Musical.ly 应用软件。"

"谈到社交媒体网络时，我有点不太懂，"福斯特说道，"Musical.ly 确切地说那是什么东西？"

"是一个社交应用软件，可以让人们上传他们唱的歌，"泰腾回答说，"大多数是青少年，但也有一些年龄大一点的使用者。而且，Musical.ly 以默认的方式在上传中留下定点位置。大多数使用者甚至根本就没有意识到它的存在。"

福斯特沉重地叹息一声，"这肯定听起来很有道理。我们对此要做什么呢？”

佐伊的手机响了。是哈里。他很可能要和她谈谈报道的事。她拒绝接听，决定过 5 分钟再打给他。

“我们可以细查本地的社交媒体使用者，对潜在的可能受害者提出告诫，作为其中的一种办法。”泰腾说。

“我们还可以制造诱饵。”佐伊说。

“佐伊和我昨夜对此进行了讨论。我不是诱饵想法的热心支持者，”泰腾说。

“我以前做过。”

“你说那个姑娘差点儿被杀掉。”

“因为监视她的那些人行动笨拙。但在这个案件里，它会起作用。”

福斯特打断了他们，“有关诱饵的主意再说得详细点。”

佐伊点点头，“唔，我们需要杜撰——”她的手机又响了。哈里。她叹了口气，“等等——这个也许很重要。”

她接听了电话，“哈里吗？你醒得很早啊，现在是星期天上——”

“我又收到一个邮件。”哈里的声音尖锐紧张。完全不像她认识的那个讨厌家伙了。

她皱起了眉头，“它说——”

“它就说，‘或许这会让你好好想想了。’然后就是一条链接。是第三个视频。”

福斯特的手机响了，佐伊惊得一跳。他接听了，“福斯特，声音轻点，是什么？”

“什么视频？”佐伊紧迫地问哈里。

“第三个姑娘。我现在发链接给你吧。”他挂了。

她的手机"哔哔"一响，一条视频链接。她点击了一下，屏幕上出现了熟悉的网站布局。薛丁格。"实验三号"。

随后，视频就开始播放了。一个姑娘在一个狭窄的空间里，嘴被堵上了，歇斯底里地叫着。

"调度刚接到一个电话，来自某个姑娘的母亲，姑娘名叫朱丽叶·比奇，"福斯特说道，"她今天上午无法接通朱丽叶的电话，所以她去了朱丽叶的住宅，看到溅出的血迹，在——"他停住了，直盯着佐伊，她的手机在手上。

她向他显示了手机屏幕，"刚从那个记者哈里那里获得。"

莱昂斯已经在敲击她自己的手机了。一会儿，她让他们看了屏幕——朱丽叶·比奇的照片分享社交平台网页，"就是她。最后是在昨晚发帖的。她出去庆祝她的生日了。"

"那么这是最近发生的，"福斯特说道，"也许她还活着。"

他们都围拢在佐伊的手机旁，注视了几秒钟。

"为什么她被堵上了嘴？"莱昂斯说，"前面的两个姑娘都没被堵上嘴。"

"因为现在那个杀手的手法被公开了，受害者们知道她们正在被拍摄。他不想让受害者说什么话，那或许会对我们有帮助的。"佐伊说。

"那个角落里是什么东西？"福斯特问道，"看起来像一个小盒子。"

佐伊看到了他指的东西。一个小小的金属盒子，上面有绿色的刻字和一个非常熟悉的图标。

骷髅头和交叉的骨头表示剧毒。

第六十四章

　　警情室里地图显得巨大，上面标注了受害者可能身处的无数个定点位置。佐伊看着地图，深感无助。

　　"我需要那个探地雷达出动，越快越好，"福斯特对着他的手机大叫道，"每一分钟都至关重要！"

　　探地雷达很可能无用；他们都知道。如果受害者是被活埋在图里亚土质区域，黏土太多，雷达难以工作。

　　福斯特指示调度调动该地区所有的搜救警犬，还请求阿比林和米德兰地区的警方支援。

　　"还有州警方！"福斯特告诉她，手机依然贴在他耳边，"我需要每一条该死的搜救警犬都来搜寻那个姑娘。"

　　泰腾和谢尔顿在通话，他概要地转告了哈里收到的邮件内容，网站，移动电话上传视频，朱丽叶的照片分享社交平台的浏览者。一大堆的数码痕迹可能会引导他们找到那个姑娘，或者不能。

　　3部手机的谈话声彼此混合着，简直形成了一场叫喊竞赛，所以佐伊发现难以集中精力。那个姑娘在哪里？

　　"那个和姑娘在一起的小盒子。"福斯特在她身旁，平静地说着，

"那是酸性物质，对吗？就像那个物理学家说的。这个浑蛋的第三次实验用了酸性物质。"

佐伊咬了一下嘴唇，"有……可能。但我又觉得不太可能。"

"为什么？"

"因为这不是刺激他性兴奋的东西。他很明显喜欢活埋女子，让她们窒息而死。让她面对酸性物质可远远不是他的嗜好。比起他到现在为止所展现的能力，那需要更高级一点的技术能力才行。"

"那么……那是什么呢？"

"那是个道具，"佐伊说着，试图感到肯定一些，"就这么回事。"

"你——"

"上传停止了，"泰腾突然说道，"那姑娘没了。"

"已经死了？"福斯特冲向屏幕，"才 15 分钟的时间。"

但泰腾说对了。那姑娘没了，代之以一片黑屏。

他坐在地下室里，微笑挂在他的嘴唇上，看着那姑娘挣扎着，泪水在她脸上流淌着。到目前为止，她是最好的。他选对了人。在选择他的受害者时有一件事他无法事先知道，那就是她们会在木箱里如何反应。

嘴里堵塞物和捆绑双手的做法结果是个改进。之前，他从未想到过这么做，但这个做法确确实实地让挣扎显得更加……绝望了。

"你真的需要点时间去想想了。"他轻声地对屏幕上的姑娘说。

视频下方的切换开关按钮显示离线。他迟疑了一下。足够长了吗？

再给他们几秒钟吧。

他喝着杯子里的水，哼着前几天才从收音机里听到的一个悦耳易记的曲调。

好了。足够长了。

他点击了一下开关按钮。在线。

"回来了！"莱昂斯叫道。

那姑娘又回到了屏幕上。

"他好像碰到了技术问题，"福斯特说。他又在手机上与调度联系了，协调着几辆巡逻车辆开往朱丽叶住处，开往她母亲家，以及去找她昨夜一起的朋友询问情况。

"我认为这不是技术问题，"佐伊说道，"看到视频的播放运行时间了吗？视频从未停止过。这是故意的。杀手在打开或关闭公开的视频流。"

"为什么？"

"那是'实验三号'，"她说道，"不是酸性物质。他又在戏弄我们了。还记得那个物理学家对我们说的话吗？叠加状态。每次他停止了公开播放，我们就不知道朱丽叶·比奇是死是活。她就同时处于这两种状态里。那个装酸性物质的容器是让我们认为它可能随时会打开。这就增加了我们的不确定性。让我们猜测她还活着或者死去了。"

"或者，酸性物质是真的吗？"

"不是真的。"

"很好，"福斯特吐了口口水，"告诉我一些有用的东西。这张地图巨大，现在我只有两条搜救警犬和一台刚抛锚的笨重探地雷达。他们应该先搜索哪里？"

佐伊迟疑了一下，"有一个地理分析研究公式。该公式计算一个罪犯下次可能出手作案的距离范围，其依据的是，按照统计学，罪犯作案会每次离他们的家更远一点。这……极其不精确，并且需要我估计某些表示他精神状态的变量。"

"听上去太复杂。我们没有时间了，佐伊。"

"并不复杂。只是个估算。"她坐了下来，在她的笔记本上涂写着什么，回忆那个公式。她从未完全相信那个公式；因为她见过太多的罪犯在公式预计的缓冲区外作案。而她也讨厌不精确。

但他们必须得从哪个地方开始。

"唔？"福斯特不耐烦了。

"等一下，"她恼火地说着，再次看了一下那些变量，努力想弄明白这些变量是否与早几次的作案地理位置相符。或多或少。她能在半小时后给出一个更好的估计，但是眼下……

"离他家6—8英里，"她说道，"我是说，眼下我们可以把他的家看作圣安吉洛市的中心。这就显得与前两次案发现场的地点相符了。"

莱昂斯已经在看地图了，对福斯特报出地点位置，福斯特则连续短促地报给调度，命令他们派遣搜救警犬搜索队去那里。

朱丽叶无法呼吸。那是她第一个感觉，这个感觉一直陪伴着她。一团漆黑自有其某种质地，就像某种无重量的物质覆盖着她的全身，紧贴着她，不会离开。

她尖叫了那么长时间，几乎要呕吐了，所以她设法及时停住了。她嘴里堵塞着东西，肯定会窒息而死的。

无论如何，她非常可能要死了。

如果她就完全不动地仰面躺着，她几乎可以想象自己躺在一个巨大的黑房间里。但每一个单独的动作就驱散了这个想法。

她的喉咙嘶哑了。从昨夜以来，她的回忆都是碎片化的。她和蒂凡尼还有路易斯出去了……记得乘坐了小汽车，然后……？

各种感受和片段的图像，一闪一闪地就像萤火虫似的忽现忽灭。一把刀顶住她的喉咙，她的胳膊被紧紧抓住，一个陌生人身上散发的汗臭味。

她又尖叫了，随后哭泣着。然后又是一片寂静。

然后……另一种声音。那是什么？锤击声吗？一阵稳定的锤击声，如此熟悉，但在这囚笼里难以精确描述。

低音。这是音乐的节奏。在什么地方，不太远，有人在听响亮的音乐。

她又尖叫起来，竭尽全力，感觉喉咙要喊破了。

音乐声渐渐减弱。

"那是什么声音？"泰腾问道。

"什么声音？"佐伊问道，皱起了眉头。周围有许许多多的各种声音，其中有福斯特和莱昂斯分别在手机上和手提式警用无线广播系统上说着话，福斯特把这个手提式警用无线广播系统拖进了警情会议室里，那个专用于搜索的频道"噼噼啪啪"地响着。视频已经忽有忽无4次了，而每一次都在这个房间里增加了紧张气氛，他们都在猜测视频图像是否会恢复，或者这次那个杀手是否会断开视频。

"视频里有个声音。"泰腾朝四周看了一下，"福斯特！莱昂斯！闭嘴等上该死的一秒钟吧。"

他们都停止说话了，福斯特关了警用无线广播系统。只剩下视频里的声音。朱丽叶的幽咽声。还有稳定的低声部。

"音乐声。"泰腾说。

"有人在附近听音乐？"福斯特难以置信地问道，"你觉得可能她还没有被活埋？"

"不是，听——音乐声低下去了。"佐伊说。

就在此刻，朱丽叶开始透过被堵塞的嘴绝望地尖叫起来，那低声部不可能听到了。

"我认为那是附近经过的汽车里播放的高音量音乐，"佐伊说，"这个受害者被活埋得比前两个浅得多了。"

"好啊，那可帮了搜救警犬的大忙了。"莱昂斯说。

"出问题了。"泰腾紧张了，蹲在屏幕前面。看看她。

只见朱丽叶控制不住地剧烈震动挣扎着。嘴里的堵塞物旁流出了泡沫。佐伊看一眼那个金属装置，心想是否她弄错了，如果它到底还是毒物的话，它仍然关闭着。随后她意识到发生了什么。

"她呕吐了。"福斯特的声音紧张，"她透不过气了。该死！"

无助的感觉令人绝望。他们眼睁睁地看着这个姑娘挣扎着。佐伊屏住呼吸，仿佛是感同身受那姑娘令人毛骨悚然的困境。

泰腾缓缓地呼出了一口气，"那很近啊。"

"太近了。"莱昂斯嘶哑着说。

"音乐，"泰腾说道，"或许我们可以以某种方法确定高放音乐的车子。倒追他的开车线路，找到朱丽叶在哪里。"

福斯特凝视着空间。

"福斯特，你同意我的看法吗？我们可以让巡逻车寻找到某个开车时播放高音——"

"见鬼去吧。"福斯特已经在拨手机了，"我们可以做得更好。"他把手机放在耳边，"听着。我要你通知所有的巡逻车开始高音播放音乐，用他们的警报器喇叭播放。越响越好，明白吗？我们能够听到的，如果他们经过她被活埋的地方。对。告诉他们选那些有低声部的歌曲。低声部越多越好。你需要协调一下，别让他们都放同一首歌。"

他"啪"地打开了警用无线广播系统。它已经"噼噼啪啪"地响着调度员的声音，她在重复福斯特的指示。他朝其他人咧嘴一笑。

"我们可能真的能找到她。"

第六十五章

　　她躺在那里有多久了？肯定有好几天了吧。沉重的低声部音乐记不清了，也许是她自己的想象吧。

　　几乎好像是音乐在她心里变魔术似的，她又开始听到音乐声。这次听起来不一样了。声音尖锐，静止不变，令人不适。朱丽叶闭上眼睛。她没有力气尖叫救命了，并且她害怕再次呕吐。

　　音乐声渐渐减弱了。朱丽叶的生命力也在渐渐减弱。

　　"每隔一会儿视频就离线，我们也许错过了我们巡逻车的警笛声了。"福斯特沉思着说道。

　　视频离线已经3分半钟了——到目前为止是最长的间隔了。如果杀手决定让它离线，朱丽叶非常可能在劫难逃。并且，正如福斯特指出的，即使杀手恢复了视频，有可能他们错过了刚经过的某一辆巡逻车。福斯特尽了最大努力协调搜索，每当视频传送停止了，就让巡逻车停下来，但是到目前为止，他们有14辆巡逻车在路上尖叫着通过，要控制还真是难上加难。

　　更为糟糕的是，调度那里潮水般涌来的电话铃响个不停。圣安吉洛市民很不高兴，他们星期天上午的平静安宁被巡逻车经过时播放的高音量音乐所吵扰。人们不停地拨打 911，调度员既要接听这类电话，又要接听碰巧看到朱丽叶视频的人们的电话，他们都心急如焚，还要调度着搜寻工作，他们的反应时间明显减缓了。詹森警督一小时前已来到警情室了，正在设法解决这个问题，但佐伊怀疑他能否改善情况。

"又回来了。"佐伊说着，松了一口气，视频里朱丽叶的图面又闪现在屏幕上。她的眼睛闭着，但她的胸部上下起伏——仅此而已。

"有音乐，"福斯特说道，"听到吗？"

音乐声渐弱，但他说对了。有轻微的低声部音乐，稳定缓慢，明确无误。

"那是什么歌？"泰腾问道。

佐伊竖起耳朵，倾听着，努力想匹配她熟悉的歌，"那是……是说唱乐吧？"

"等等，"福斯特说，"我来问调度要这些巡逻车播放的歌曲清单。"

"是《推开我的门》！"莱昂斯叫道。

他们都呆呆地看着她。

"古琦演唱的。"她对着他们困惑的眼神转动了一下眼睛，"认真点好吗？你们都与世隔绝啦？"

福斯特一把抓起手提式警用扩音系统的话筒，"调度，这是 5—13。我们有谁在播放古琦的歌曲吗？"

一阵沉默。"5—13，调度。确定。巡逻车 9—0—2 号。"

"收到。他的定点位置？"

警用扩音系统"噼噼啪啪"地响着，另一个男子的声音回答，轻微的静电声伴着他的声音。"5—13，这是9—0—2。我在伯马南路，大约一分钟后到达阿登路。"

"收到，9—0—2。停车。你在播放，嗯……《推开我的门》吗？"

"5—13，是的。"

"9—0—2，这是5—13——我要你掉头往回开。我会告诉你在哪里停车。"

"收到，5—13，上路了。"

福斯特长长地呼出了一口气，"调度，这是5—13。"

"请说。"

"把探地雷达和搜救警犬队派往9—02的定点位置。"

"5—13，收到。"

福斯特在调度与搜救警犬队通话时降低了音量。

"好，"他说道，"他在哪里？"

"这就是那条路。"莱昂斯指着地图，"附近有一块图里亚土质。要我说这地方最有希望。"

"太好了，"福斯特说道，"我们来看看我们的人在哪里，当我们听到音乐——"

"视频播放又停了。"佐伊说。

屏幕暗了。

他的心狂跳着，直盯着"离线"按钮，他心里翻腾着一个突如其来的可怕主意，他刚想到。

他第一次听到经过车辆播放的音乐时，他有点恼怒，意识到那是因为墓穴太浅的缘故。假如他把那姑娘活埋得足够深的话，就没什么会干扰他的实验了，唯一的声音就是那姑娘的哭声。

第二次，音乐声更响了，声音里有某种刺痒感让他浑身难受。有些人把他们的音乐开得真响，他们的音响系统太厉害了。

过了5分钟，他才意识到，这种音响让他想起了什么。

那是警方巡逻车上的音响系统发出的声音。通常用于要求司机停在路边。这听上去仿佛是有人在播放音乐似的。但为什么他们会——

然后，他突然明白了。警方在使用音响搜寻那个姑娘。他们正设法从他自己那该死的视频里获得她定点位置的反馈。

他关闭了播放视频，浑身颤抖着，努力告诉自己，他只是在想象而已。那是一些青少年开车经过，使用的是劣质音响系统，他们的欣赏音乐品位也太差了。

但他无法摆脱那种感觉，或许并不如他想象的那样。

他在手机上搜索了联系人，找到迪克·拉索警员。迪克·拉索是他的朋友，他们有时一起去喝啤酒。他拨了此人的号码。

三声铃响之后，迪克接了电话。背景里是极度响亮的噪声。响亮的音乐。

"迪克！"他说。"你好吗？"

"嗨，兄弟，"迪克回答说，"我会再给你打过去——"

"听着，"他打断了迪克，"我昨天买了两块牛排，还有一个 6 瓶装的啤酒。我想知道你中午可以过来一起吃午餐吗？"

"不行。"迪克几乎是在高音量音乐下高喊了，"我在执勤。他们把我们都叫来了。那个连环杀手又活埋了一个，我们正在搜寻她。"

"噢，太糟糕了，太可怕了。那是什么音乐？你在夜总会里找她吗？"

"不是，兄弟。调度叫我们播放音乐。他们希望这会帮助搜索。"

"哦。"他还想说什么，但他的喉咙一紧，所有的话都忘了。

"吃牛排的事下次再说吧，好吗，兄弟？"

"没问题。祝你好运，迪克。"他挂了。

他全搞砸了。他们已经通过视频听到了某一辆巡逻车的音乐广播。他们发现了定点位置。他试图回想昨晚的事？那个姑娘看到他的脸了吗？也许吧。也许没有。他希望她没看到。她当时惊慌失措，所以——

笔记本电脑。

笔记本电脑仍在案发现场，连接着摄像头信号。他们在笔记本电脑里找不到任何犯罪证据——他只是用它上传视频的。但键盘上可能会留下指纹。而且他知道得该死的太清楚了，任何键盘上都会积聚无数的皮肤细胞，指纹，吃东西掉下的屑粒。所有这一切都有他的 DNA 在上面。

　　他第一个本能的反应就是抓起一个包，开车南下。他将在 3 小时后抵达边境，再越境去墨西哥。

　　不。别慌。仔细想想。在警方找到那个姑娘之前他还有点时间呢。视频传输有个延迟，而他们还得花费时间才能精确定位地点。他可以赶在他们之前到达那里，拔掉笔记本电脑的连接，把它拿走了事。

　　他冲出门外。每分钟都不容耽搁。如果他赶到了那里，他干脆挖一下那个浅浅的墓穴，把那个姑娘掐死算了。等到警方找到她时，那里就没有联系到他的证据了。

第六十六章

　　每一秒的逝去都让佐伊的心沉重一分。视频开始以来已经过去了 6 个多小时。而且自从视频停止以来也已经过去 37 分钟了。两个搜救警犬队已经到达该区域搜索着，到目前为止尚无好运。视频恢复播放的希望已经完全消失了。这个杀手觉得他们已经看够了视频，所以把朱丽叶的生死问题留在他们的心里了。

　　"让我们来假设这个视频不是现场直播的。"福斯特说出了折磨佐伊的担心，"有个小小的延迟。希望不会超过几分钟。所以，我们应该确定 9—0—2 巡逻车路线旁最有可能的区域。"

　　他拿一支记号笔，在他们叫停巡逻车的那个交叉路口附近画了圈。"这是 9—0—2 车到达的地点。他沿着伯马路开，从 87 号公路一直开下去。在那之前，他从费舍尔湖一直开到 87 号公路。"福斯特画出了线路。这线路穿过了几个他们已经标注为可能的挖坑区域了。

　　"你可以忽略所有这一块，我认为。"泰腾指了指这条线路的北部，"那里太靠近葡萄溪了。他不会在那么靠近大量人口居住的地方挖坑。"

　　"这也正是我所想到的，"福斯特说，"那么其余的区域呢？"

　　佐伊看了一下她在纸上涂涂画画的内容。在过去的 4 小时里，她一直在试用罗斯姆公式里的那些变量——这个公式用于犯罪地理分析。她设法确定了一套变量，结果与妮科尔和玛丽贝尔案件的情况非常相符。依据她对杀手精神状态的估计，她可以稍稍改变一点数值。

这杀手对他第三个受害者有多大信心？

她想到了哈里的邮件。信息短，没有之前那个邮件的愤怒情绪。语调几乎是自鸣得意。他非常自信。她摘记了几个数字。

"我们有一个离他家8—10英里的区域吗？"她问道。

"早些时候你说是6—8英里。"福斯特指出说。

"我告诉过你，那不是精确的距离。"她愤愤然地说。

"唔……那就把靠近湖边的公路都完全剔除了。还有伯马南路。"

他们都仔细地看着地图。

"那么，不是这里……就是那里。"莱昂斯指出了在伯马南路旁的两处挖掘区域。

"有什么估计吗？"福斯特问道。

"南部的这块，"佐伊说道，"它不是图里亚土质——而是不同的土质，叶尔米洛夫博士说过可以挖掘，但不太理想。"

"所以呢？"

"他把她活埋在一个浅一点的墓穴里。那一定有一个恰当的原因。"

福斯特抓起了手提式扩音系统的话筒。佐伊听他口述着坐标，感到麻木了。她祈求她估计对了。

他开车一路上经过了 3 辆巡逻车，当他到达了那个地点时，心"怦怦"响着，像只蜂鸟似的。他紧张地环顾一下四周，下了车。如果被发现，一切都完了。

他太紧张、太眩晕了，所以他花了好几分钟才找到他活埋那姑娘的确切地点。当他最终注意到了这个地点，他失望地啜泣了。那是最为糟糕的讽刺——他嘲笑警方无法找到受害者，却连自己也被同样的问题所阻碍。但还是找到了——他看到了难以察觉的标志。沙土上碎石块的分布方式。土壤斜坡上轻微的反常状态。只有他才有可能发现。

笔记本电脑和一次性手机都在一个包里，上面覆盖着沙土，靠近墓坑。他把连接电缆线从笔记本电脑上拔下，关闭了手机，把它们都扔进了他的货车后部。这么做了之后，他的担心减轻了。

现在来对付那个姑娘了。

在来此地的途中，他设法让自己相信，她肯定见到过他了。他必须得在警方找到她之前除掉她。

他从货车后部抓出了铁铲，插入土中。这个墓不深，他知道的，所以他只要几分钟就能挖到木箱。

他无意完全挖开来。他所需要的是一个狭窄的洞口直通木箱。

一铲接着一铲，地上的洞穴逐渐加深了。太阳高照，地狱般的酷热炙烤着他。他大汗淋漓，头颈背部被太阳晒得刺痛。他的动作急促，因为恐惧和愤怒。

铁铲"砰"地铲到了木箱。他铲掉了更多的沙土，扩大了洞口，现出了木箱褐色的表面。

当那姑娘开始透过嘴里的堵塞物尖叫起来时，他原先估计那姑娘已经死去的希望破灭了。

他奔向货车，放回了铁铲，拿起一个长柄大锤。他拖着大锤回到洞口，他的浑身肌肉酸疼。

对着木箱顶部只要砸两三下就行了。那姑娘的脑袋就在木板下面。

当他又挥起长柄大锤，却砸在沙土上时，那姑娘疯狂地尖叫了！

他移动了一下大锤，想试试另一种办法。用尽全力垂直地把大锤砸下去。

"砰"的一声。

一大块木头飞了起来，在空中翻滚着。这次好多了。这次会解决问题了。

"砰"。

又出现一个凹坑。

"砰"。

他汗如雨下，手臂发抖。只消再来几下，他就可以——

随后他就听到了。警笛声。

他疯狂地一次又一次地砸着大锤。

"砰、砰、砰"。

木头太坚实了。假如他再有几分钟，就可以干完了。但警车越来越近了。他得快逃。

他又抽噎了一声，奔回厢式货车，拉开车门，跳了进去。大锤的长柄顶住了他的胸部，让他感到生疼，他低声抱怨着，在发动引擎时极力挣扎着把长柄挪开了。

他不能从来路返回了。他听到了那个方向传来的警笛声，知道他们此刻正沿着那条土径朝自己的方向飞驰而来。所以他就朝前开去，货车在碎石上剧烈地颤动着，随着他的加速，车身嘎吱嘎吱地响着，他就这么开走了。

"5—13，这是9—0—2——收到了吗？"

巡警的声音颤抖，仿佛他在奔跑似的。他直接和福斯特联系了，不再理会调度，在每个人都本能地感受到的压力之下，只能打破繁文缛节了。警情会议室里每个人都静默着。佐伊的眼睛紧盯着福斯特，他在回应。

"这是5—13，请说。"

"我和K22在一起，"巡警说道。那是他们派去伯马路北部区域的搜救警犬组，"搜救警犬猛拉牵犬绳，并且地上又有新鲜的轮胎印，完毕。"

"9—0—2，这是5—13。你在朝哪条路走？"

"5—13，这是9—0—2。我们朝西开。我……"暂停了，"前面有个坑。有人在挖掘。"

佐伊和泰腾交换了一下眼神。

"为什么没有覆盖呢？"佐伊咕哝着，"搞不懂了。"

"9—0—2，谨慎进行，"福斯特说道，"犯罪嫌疑人可能就在附近。"

"收到，5—13。我们正在靠近那个洞穴。搜救警犬直接朝着它去了。"

他们等待着，时间嘀嗒嘀嗒地过去了，真折磨人啊。其余频道都静默无声，所有的无线通信都没了，调度和其余的巡逻车都在监听着。

"5—13，这是9—0—2。我们到达那个坑了。有某个木头东西埋在这里，明确无误。"

"9—0—2，这是5—13。你能听到那姑娘吗？"

"听不到。正在挖掘。"

"她也许耗尽空气了。"泰腾说。

"或者，大概那东西里真有酸性物质。"莱昂斯说。

"根本就没有酸性物质。"佐伊咬紧了牙齿，希望自己是对的。面对一个死去的被酸性物质烧灼过的尸体那真是太可怕了。她试图让自己确信她是对的，但她做不到。她无法获知那个杀手的真实想法。

"9—0—2，这是5—13。"福斯特说，但欲言又止。

当然。他还能说什么呢？难道就说"挖快点好吗？让我们知道进行得如何了"？

他们所能做的就是等待。

整个世界都朦胧不清。朱丽叶眩晕着，筋疲力尽，到了无意识状态的边缘。她浑身疼痛。她能听到头顶上方模模糊糊的声音，知道她应该注意了。那事关重大。但她无法发声，无法挪动。她的思绪又回到了昨夜，回到了她的生日派对。

她应该同意上蛋糕和小烟火棒。此刻，让服务员别上了的决定似乎是个悲哀的错误。本来还可以更好一些。甜蜜的巧克力，闪亮的灯光，她的朋友们对她唱歌祝福。她真想自己还能及时返回去，让这一切发生。她想告诉蒂凡尼自己是多么地感激他们来为自己庆生。

她真想拥抱汤米，吻他的鼻子，听他的笑声。

有什么东西在她上方的木头上刮着。是什么？

接着，亮光，耀眼的亮光。她闭上了眼睛，脸移向一侧，感觉到了令人惊奇的东西。一阵风。新鲜的空气。她深深地吸着空气，感觉到……什么东西。那东西太空旷了，她甚至无法分辨。

"嗨，你还好吗？你还能动吗？噢，天哪。"

有手触摸了她的脸，把那个难受的堵塞物从她嘴里拿掉了。她无法说什么话，但她用嘴深深地吸了大大的一口气。

她身旁的一个声音在说话，"5—13，这是9—0—2。我们已经找到了那姑娘。她还活着。"

第六十七章

　　朱丽叶躺在医院里白色的床上，感觉还有点模糊，她的肢体太沉重了，无法移动。她还无法对任何东西长久地集中注意力。在她被幽禁在完全的黑暗中之后，现在房间里大量的色彩和亮光扑面而来，有点难以抗拒。她一直闭着眼睛休息，然后，当她突然担心这一切又会消失，把她再次"砰"地关进那个木箱里去时，她这才睁开了眼睛。

　　警察告诉她，她在木箱里被关了8—14小时，但她觉得他们错了。她在那里面好几天了。她好几次都坚持这么认为，事实上，她还紧紧抓住那个女警探的手腕，让她相信。然后，他们给她什么东西。现在，没什么特别重要或者紧迫的事了。她飘浮着，时而进入意识，时而又离开了意识，仿佛她偶尔在一个冷水池边湿湿脚尖似的。唯一让她警觉的时候是护士关掉灯光。可当她抑制不住地叫唤时，他们又会开灯。

　　她妈妈和她一起待了几个小时，答应第二天带汤米来看她。朱丽叶看到她离开就松了口气。她妈妈的习惯就是一遇到压力就会喋喋不休地说，把朱丽叶烦得要命。

　　此刻，又有什么人进她病房了。那个之前和她谈过话的女警探，还有两个陌生人。他们自我介绍说是格雷特工和佐伊·本特利。朱丽叶不敢肯定佐伊是联邦调查局特工还是警探，或者其他什么的，但也许要问的话有点冒犯了。

"朱丽叶，"佐伊说道，"我们一直希望你能够设法回忆更多点那次遭遇。那会帮助我们逮住那个对你干了这一切的家伙。"

回忆。可此刻，她不想做这件事，"我告诉过警探……都过去了。我记得回到了家里，但然后……"她轻轻地摇了摇头。

"你被麻醉了，"格雷特工说道，"他骗你吃了洛希普诺安眠药。短期记忆缺失症是这种药的常见副作用。"

朱丽叶眨了眨眼，"安眠药？那不就是迷奸药吗？难道他——"

"他没有。"佐伊赶紧说。

她怎么知道的？难道他们在她昏睡时已经对她做了各种身体检查了吗？一想到那个家伙碰触过她，她的皮肤就起了疙瘩。她的眼里泪水迷蒙。

"我什么都不记得了。我不知道该告诉你什么。"她的舌头在嘴里僵硬了，说话太难了。她只希望他们快点离开。

"即使是非常细微的细节也会帮我们大忙，"佐伊说道，"你还记得乘车回家，对吗？"

路易斯和蒂凡尼坐在前座，路易斯的手伸进了蒂凡尼的裙子下面，"是的。"

"你到家了。然后呢？"

"我……走向门口。"

"你还记得打开门锁吗？"

她还记得吗？她攥起了拳头，"不……我不记得了。但我记得门开了。我向蒂凡尼挥手告别。"

"然后你干了什么呢？"

"我去了厨房。"

"为什么？"

"我想我渴了。"不，不是那样的。她需要去洗手间上厕所。因为她在酒吧里喝了好多，"我不记得了。大概我去了浴室。"

"你没有。"佐伊的声音很坚决，"你去了厨房。为什么？"

"我……我不记得了。"眼泪在她的脸颊上流下来。她的嘴唇在颤抖着。

"佐伊，"格雷特工轻轻地对这个女人说道，"她不记得了。洛希普诺安眠药——"

"别用你的眼睛去想，"佐伊告诉朱丽叶，俯身靠近她。佐伊的眼神如此强烈，朱丽叶真想逃走了，"用你所有的感官去想。你闻到了什么？你感觉到了什么？你听到了什么？"

"我不知道。"朱丽叶的声音变了，"什么都不知道！"

"当警察去你家时，门是开着的。你记得关上门了吗？"

"我一定关上了吧。"

"你记得关门了吗？"

"我……"

"佐伊，"莱昂斯警探坚决地说道，"朱丽叶经受了那么多的痛苦，而且——"

"你的胳膊有瘀紫，"佐伊说道，"有人攥住了你。"

自从她获救以来，朱丽叶见过的所有人都对她那么和善，满怀同情。但这个女人似乎极大地惹恼了她。

"汗水，"朱丽叶脱口而出，"我记得汗水的臭味。一个陌生人的汗水。"

佐伊往后仰了一点。

"还有一把刀顶在我的脖子上，我想是一把刀。他……强迫我去厨房。"

"你看到了他的脸吗？"

"没有。他在我的背后。"

"当你走进厨房时，窗户就在你的前面。在夜里，开着灯，你应该能看到他的映像。你还记得看到他了吗？"

朱丽叶努力想回忆那个夜晚的情景，但她的记忆一闪而过，模糊不清。"记不得了。我只记得那把刀。还有他的声音。听上去好像他在嘲弄我。我不知道怎么解释——他是……"她费劲努力，想找个词来描述。

"自鸣得意？"佐伊问道。

"对。"朱丽叶呼出了一口气，"他很得意。"

佐伊露出一个浅浅的微笑，"谢谢你。"她用力握了一下朱丽叶的手。

朱丽叶抽出了她的手，憎恨起这个女人，憎恨她逼迫自己去回忆。她什么都没说，只是愤愤地注视着。但佐伊显得不在意。

第六十八章

晚上9点半了，佐伊这才意识到自己吃了早餐以后，还没有吃过像样的饭呢。在朱丽叶被发现还活着后，莱昂斯给每个人买了欢庆的甜甜圈面包，佐伊也得到了一个。出了医院的路上，她从一个糖果巧克力自动售货机里买了士力架巧克力棒。

她坐在汽车旅馆的房间里，案发现场照片摊在床上，笔记本拿在手里，纸上潦草地写满了许许多多的想法，都需要一个彻底的调查才行。

她的肚子咕咕叫唤着。

她叹了口气，把笔记本放在床单上。她拿出手机，点开最近呼进呼出的电话，翻找出约瑟夫的号码，正要拨打时，她的手指停住了，犹豫不决地停在号码上方。

约瑟夫是个很好的小伙子，她喜欢和他一起出去。再和他共度良宵的预期确实诱人。但她也清楚，那样做不会有任何结果的。

在那时，她需要一点消遣。她一直在为安德丽雅担心得要命，需要某种事，任何事都行，来帮她暂时摆脱罗德·格洛弗跟踪她妹妹的事。而泰腾不行，他还在生她的气，就为了……不管什么理由吧。但是此时此刻，和约瑟夫见面也只是一种度过时间的方式而已。

　　而和泰腾一起吃饭就不同了。要她说出个确切的理由来还真是难上加难。也许是因为他们一起共事的缘故吧。尽管她过去也和别人搭档过，但她不能肯定这感觉是相同的。当他对她大发脾气时，她觉得他讨厌，而她通常根本就不在乎别人怎么看待她。

　　他们还真的从没好好谈论过他们之间的争论呢。薛丁格案件和安德丽雅的紧急情况早就把此事扫到时间的流逝中去了。那样最好不过了。

　　或者，也许还不是呢？

　　也许应该给此事做个了结，这比较好。她曾有一次试图为此道歉，但当时泰腾还是怒气冲冲的，大概她的努力反而坏了整个事情。该是她再次道歉了。然后他们一起去吃饭，因为她真的饿坏了。

　　她离开自己的房间，走到泰腾的房间门前。她敲了敲门，过了一会儿，她听到他困倦地说，"等一会儿。"

　　她在等待时，思绪又回到最近的案发现场上去了。这次比起过去的两次不同了，毫无疑问。出于某种原因，关着那姑娘的木箱没有被完全埋起来。而且，网线并不是切断——它只是拔下来了。为什么这个杀手改变了他的作案手法呢？

　　当然，连环杀手一直在改变他们的作案特征和手法。那是部分地由于他们的幻想在演化。在每次谋杀，每次重复恶行之后，他们会微调他们的作案方法，以符合他们的经验和需要。那么，为什么他留下部分掩埋的棺材呢？她皱起了眉头。

门开了，泰腾站在门口，困倦地朝她眨着眼睛。他的衬衣有点皱了，头发乱蓬蓬的。

"我刚才没脱衣服就睡着了，"他说道，"估计我太累了。"

"我知道你的感受，"佐伊低声说着，"听着……我想……"

为什么那个摄像头拔下了？可以肯定的是，杀手本来要的是活埋姑娘的整个视频，并不是部分视频。

"你想要什么东西吧？"泰腾问道。

她看着他，头脑却在快速转动着。

"杀手，"她说道，"他断定我们快要找到她了，所以他就拔下了摄像头。那就是为什么……哎呀！他想把她再挖出来杀了她。这样她就无法给我们提供任何情况了！"

"我估计有这可能。"

"我敢肯定是这样的！"她从他身旁擦身而过，走进了他的房间里，激动地走来走去。

"就是，为什么不进来说呢？"泰腾抬起眉毛。他关上了房门。

"他没有枪，就像你说的，"佐伊说道，"否则他就会透过木箱盖子向朱丽叶开枪射击了。"她的心在胸腔里乱跳着。

"那么……为什么他不干完此事呢？"

"他肯定是听到警察快来了。他惊慌了，就溜之大吉。他们一定差几分钟就错过了他。"

"想去吃点东西吗？"泰腾建议说，"我有点饿了。"

她瞥了他一眼。对啊，这就是她来的原因。去吃饭，"好主意。我们买个比萨饼什么的。我就想把这个问题想个明白"。

第六十九章

他在地下室里坐了几个小时，等待着。想到了无数个计划和行动方案，还有各种惊慌的想法，都在他的脑袋里翻腾着，而他自己则坐着没动一下身子。每一秒钟，警察也许会冲进他的房间。也许有人看到他的厢式货车驶离活埋现场，在警察出现前就差几分钟。也许那姑娘看到他的脸了，详详细细地描述了一番，足以让最蹩脚的素描艺术家也能得出一个合情合理的印象来。

他总是知道厄运会来临的。毕竟，他难得保持低调。最终，他会弄错了或者错过了什么，因而被逮住。

但是会那么快吗？

在地下室他的书桌里他保存着一张清单，一张给他计划中的各个实验编了号的清单，难度逐渐上升。他划掉了每个他已经完成的实验。共有 20 个实验。

他已经设法做了两个。弄砸了第三个。

他一把抓起那张清单，撕了个粉碎，攥在拳头里。

然后，他继续等待着。

他想过查看一下未拍完的那个姑娘的视频，但他的心思不在这上面。他不断地想象着他听到了上楼梯的脚步声，特警队就守在地下室的门口。他们很快就会破门而入，大叫，"快，快，快，"也许还会扔一个闪光弹镇住他，在闪光弹烟雾充斥房间之前就把他击倒在地，把他两手反铐在背后了。

最后，他实在忍受不了这种紧张，就给他的警察朋友迪克拨了电话。

电话铃响了。此刻迪克还在警察局吗？他是不是正在朝周围的警察努努嘴，是他？或许他们正拼命地做手势让某人追踪这个电话，告诉迪克要表现得自然点。他能感到心提到嗓子眼了，差点儿就要挂掉电话。

"嗨！"迪克接听时声音很快乐。太快乐点了吧。很可能是个陷阱。他们知道的。

"嗨，你好，"他说，尽量保持声音平稳，"今天的进展怎么样了？"

"我们找到了那个姑娘。还活着！她休克了，但安然无恙。"

"真是奇迹。"

"还用你说嘛！我敢肯定此案会以另一具尸体来结束。这可是难得的日子中的一天，当个警察真好。"

"想来用牛排庆祝一下吗？"他问道，阻止了自己本想打听的问题："她看到了他的脸吗？"

"不了，抱歉。我太累了。我花了该死的一整天在那里警戒现场。下星期吧？"

"没问题。那么，那个姑娘没事了？"

"没事了。什么都记不得了。我估计那是震惊过度了。医生说有可能以后记忆会恢复。"

他闭上了眼睛。迪克可能在骗他呢……但他却是个糟糕的撒谎者。他记得那次他们给迪克的妻子搞个惊喜庆生派对的事。他居然一整天都坐立不安。

"还有希望的。"他说着，意识到他沉默不语的时间长了一点。

"我记住了你答应的牛排，好吗？"

"如果你带啤酒来的话。"

"我不总是带的吗？"迪克笑道，"再见，兄弟。"

"再见。"

当他把手机放到桌子上时，他的手掌都汗津津的。他真的脱离困境了吗？

就目前来说，表面上他是的。

但那只是个时间问题。那个姑娘也许会记得。或者，他们会把活埋现场的轮胎痕迹和他的厢式货车进行比对。或者，他们会猜测到他得到了有关搜索的泄露消息，而后就开始询问每个警察，问他们和谁通过电话了。迪克就会说，"没和谁说过。我会告诉谁？噢，对了，我想起来了——很可能没什么，但是……"

他展开左拳，实验清单被撕碎了，捏成一团，依然在手掌里。他想进行下去。在他们抓到他之前，他还能做几次这样的实验呢？两次？

三次？五次？

还是一次？

他得争分夺秒。

清单上的"实验二十号"是他的杰作。那会让他在史上留名。他可以忽略几个不做。他还必须买个信号增强器派用场，他已经做过研究了。他知道在哪里购买，这样第二天就会送货上门。

或许，这次他能劫持到一个受害者，而她会真正地把他转变为一个传奇。

第七十章

2016 年 9 月 12 日，星期一，得克萨斯州圣安吉洛市

星期一上午警察局里萦绕不断的噪声让泰腾想起了一群愤怒的蜜蜂，假如蜜蜂不断地喝咖啡的话。现在到处都是在电话上叫喊着发号施令，步履匆匆地在走廊里行走，相互之间低声地嘟哝。有个确定无误的感觉就是，事情必须得完成，而如果你还没有完成某件事，你最好该死地肯定你要找到某件事去完成，或者至少看上去你正在完成某件事。

就泰腾所能看到的事实而言，目前整个警察局都以找到薛丁格式的杀手为首要任务。小偷小摸啦，行使家暴的丈夫啦，毒品贩子啦，醉驾的司机等，都从警方那里获得了一天休假，听任其随意犯法。因为，除非是你碰巧活埋了女子，否则圣安吉洛市警方根本就不在乎了。

从职务上来说，詹森负责这个行动，但是，一个结构性变化正在发生。得州公共安全部插手了此事。于是得克萨斯州骑警就来光顾此警方部门，其中一个头发灰白的矮壮结实的男子逐渐地掌握了警方调查部门。詹森无助地呼吁反对这个突然变动。泰腾则估计在得克萨斯州公共安全部门正式接管之前，他们最多只有一两天时间了。

同时，福斯特是真正发号施令的人。他派遣人手去检查安全监控摄像头的录像，询问那天夜里在派对见过朱丽叶的人，查看可能成为未来受害者的社交媒体档案，总之，做着任何他能想到的事。

他们没有晨会了，没有时间讨论了。是做事的时候了，讨论可以放到以后再说。此外，詹森心烦意乱，因为那天上午 9 点就有一个新闻发布会，得克萨斯州公共安全部门的警长有意和他一起出席。圣安吉洛市的市民们——而且，事实上还有得克萨斯州其他地区的居民们——都想听听这次警方的杰出行动是如何解救了英勇漂亮的朱丽叶·比奇的。那些字眼是泰腾在那天早晨从收音机里听到的。英勇漂亮。

泰腾觉得难以集中心思。他的办公桌就在福斯特的对面，每隔几分钟就有人走近福斯特，常常俯身靠在福斯特的办公桌上。于是，就在汇报他们的发现，或者问个问题时，他们的屁股直冲着泰腾。办公桌之间的过道太窄了，这就难免让他们的屁股常常离泰腾的脑袋仅几英寸之遥。那天上午他已经见到太多的屁股了，各式各样的。他这个座位还真让他讨厌不已。

又有一个屁股对着他了，他只得咬紧牙关忍受着，这个屁股属于一个穿制服的警察，他也只好继续阅读着案发现场的报告。这段时间里，他们还有好多事情要一起工作解决呢。

朱丽叶·比奇被活埋时关进去的那个木箱几乎与之前的木箱完全一样。一个金属装置放在木箱的一角上，上面画着骷髅头和骨头交叉的图案——应该是装有酸性物质的容器。但里面空无一物，也未用电缆线与任何东西连接——只是一个道具罢了，正如佐伊凭直觉所说的那样。泰腾却从中看到了某种扭曲的意味。这个所谓的"实验"包括时断时续的视频传播，当视频离线时就让浏览者处于悬念之中。但如果没有迫近的威胁，就没有足够的悬念了。

好几处凹陷和刮痕损伤了木箱盖子的表面。有一个凹陷深达 0.6 英寸，凹陷的形状显示出是由某种沉重工具所致，其边缘呈直角状但不锋利，这与警方用于挖掘木箱的铁铲完全不符。这个工具差点儿砸破仅一英寸多厚的盖子。

泰腾想象着这个凶手，一个朦胧无脸的男子想赶在警方拯救朱丽叶·比奇之前，用沉重的工具猛砸盖子，砸碎之后杀了她。

一如之前的几个案件，他们没有在木箱的外面发现指纹、发丝、纤维之类的证据。木箱内部布满了指纹、折断的指甲、血迹，还有皮肤细胞，非常可能都是受害者的。所有这些都已送交实验室了。

他们在沙土上发现了轮胎痕迹，有一些是非常新的。他们把一段轮胎痕迹和妮科尔·梅迪纳的作案现场发现的相似痕迹做了比对，完全匹配。

从木箱里的红外线摄像头延伸出来的电缆线这次倒没有剪断，从沙土里伸了出来。他们在电缆线的塑料插头上发现了一枚指纹。它被送去用自动指纹识别系统检查了，但由于指纹只是部分的，且已弄脏了，所以他们没有找到与之匹配的指纹记录。

与公众的信念不同的是，指纹并非识别身份的神奇方法。即使是一两枚清晰的指纹，该系统也会在几个小时之后吐出一张长长的清单，上面列出许许多多可能的匹配。可是，仅仅处理一个污点就要系统花费许多时间。这个数据库太庞大了。

但泰腾依然在心里记下了此事。他有个主意，想放到以后再去核对。

这个木箱被埋在离地面 3 英尺的深度。在木箱底下却是一个土壤塌落后形成的空洞空间。这就是杀手没能把朱丽叶像之前作案时那样深埋的原因，而这个幸运的偶然事件也是朱丽叶依然活着的唯一原因。

有几张作案现场的照片。泰腾真希望有人在他们开始挖掘之前先拍摄了一张照片。可是，当然了，他们当时的注意力放在其他方面。这次甚至连佐伊都没有抱怨呢。定点位置比起之前的稍微偏远了一点，在一大片有围栏的私人土地上。大概杀手打开了不上锁的围栏门之后开车进入的。可是，围栏门上虽有无数的指纹，却仅仅与开门的警员还有土地主人相符。而杀手的轮胎痕迹却引向了围栏的另一个部分，那里的围栏被钢丝钳剪断了。根本没留下任何指纹。

他们相距多么近啊，差点儿就抓住他了。

泰腾没法排除"原本可以""应该可以"，还有"只要"之类的说法，这些说法总是尾随着这类时刻而来。他让自己飘浮在白日梦里，在梦里他们想到过在伯马路上设置路障，连环杀手束手就擒，圣安吉洛市的市民举行游行庆祝他们——

一对屁股擦着他的肩膀了。

"哎哟，对不起，"那个年轻的警探道了歉，向福斯特的办公桌靠紧了一点。

泰腾站起来，大步走出去了。不知怎么的，炙热的阳光比起警察局空调里的混乱要好得多。

他拿出手机，打给了独一无二的萨拉·李，他的私人分析员。

"泰腾，我不是你的私人分析员，"她接听时就说了，"我这里真有重要的事要做。"

"那就是我羡慕你的地方——你应付所有那些不同事情时能一心多用。而且，最优先考虑的是照顾一条狗。顺便问一句，格蕾丝好吗？"

"格蕾丝很好，泰腾。"她努力想掩饰声音里的微笑，但未成功，"你又想干什么？"

"我有一枚指纹。"

"我得说你有 10 枚指纹。那才是手指通常工作的方式。"

"那是从一个案发现场采集到的。"

"拿去和自动指纹识别系统比对吧，你马上就能得到结果了。"

"那是个废掉的指纹，自动指纹识别系统无法比对。"

"那你想要我干什么呢？"

"你还记得洛杉矶的那个克劳斯案件吗？那是……大约 3 年前吧。"

她很快就回想起来了，"噢，是的，银行抢劫案，对吗？"

"对。我们只有两枚不完整指纹，而你却施行了某种魔法咒语，结果比对匹配了一个类似的犯罪案件。"

"那不是什么魔法咒语。"

"你把它们混合在你那个女巫的大锅里——"

"泰腾。"

"你加进一只蝾螈眼，还有一些仙尘，然后你打开了你的符咒书——"

"不是那么干的。"

"随后就口念魔法咒语——"

"我只是运行一个小得多的数据库进行比对。"

"唔。"泰腾咧嘴一笑，"对我来说就像是魔法。你能用我给的指纹再做一次吗？"

她叹了口气，"我当时只是运行比对了之前 3 个月里在该地区其他几个抢劫案发现场发现的指纹。即便如此，你也许还记得，我得到了一大堆的虚假匹配呢。"

"还有一个真实匹配。"泰腾指出。

"行，好吧。"

"你能用我给的指纹比对最近 10 年里得克萨斯州的犯罪吗？"

"那是你给'小'下的定义吗？"她问道，"我还从来没有那样得到过匹配呢。"

"好吧。"他犹豫了一下，"那就过去 3 年的吧，就限圣安吉洛市地区。"

"嗯。"她听上去不那么兴奋，"那得花点精力了，而你知道确实有些人真的需要我帮——"

"但他们都没有我那么有魅力呀。"

"你会吃惊的。让我看看我能做的。"

"谢谢，萨拉。你最能干了。"

"是，是。"她挂了。

泰腾微笑着把手机放入口袋里。他赶紧回去，给萨拉发了包含那个玷污指纹的图片文档。然后，他再也不想忍受接连不断的屁股骚扰，于是决定去附近哪个地方买杯咖啡和一个三明治。

就在他回到警察局的停车场时，萨拉的邮件进入他的收件箱。他就在手机上打开阅读，让引擎运转着开空调。可能的匹配有 7 个犯罪报告。其中 3 个是帮派枪击案，两个非法闯入盗窃案，一个汽车盗窃案，还有一个强奸案。文档夹里没有犯罪细节，只是姓名和本地档案号码。

他就又走进部门里，蹲伏在福斯特的办公桌旁，自己的屁股也冲着自己的空椅子。

"我有了几个可能的指纹匹配，"他说道，"有一个是强奸案。"

"严重吗？"福斯特紧张了，"你有他的姓名吗？"

"德里克·乌达德。"

福斯特的肩膀垂下了，"那个浑蛋。他还在监牢里呢。我们抓他是因为一连串的性侵犯。他把目标定位在领养老金的老年人身上。"

"该死的。"泰腾顾不上心里失望的痛苦了，"唔，我这里还有 6 个其他的匹配呢。"

"让我们来看看吧。"

他们一起查看了清单，核查了案件档案号码。3个人已被监禁，一个已经死亡，还有一个背部挨了一枪，现在坐在轮椅上。

剩下的两个案件分别是一个汽车盗窃案和一个入室盗窃案。尽管在汽车盗窃犯罪案里无人被抓，但那个案子牵涉到3个犯罪者，他们打碎了汽车玻璃窗，开车出去兜风，最后再把车子扔了，车子所有的轮胎都瘪了，在圣安吉洛市郊外。那是发生在9个月之前的事，泰腾再也想不出比这种罪恶更不太可能牵涉到他们要追踪的杀手了。

至于那个泰腾认为是入室盗窃的案子，其实只是企图闯入本地的一个加油站，4个月之前的事了。一个玻璃窗被砸碎，可一旦警报声响起，那个犯罪者就溜之大吉了。这也不太可能与他们的追踪杀手相关，但犯罪档案里确实记录着安全监控摄像头拍到了一个不知姓名的人企图闯入加油站。真正的录像部分已经遗失了。在自动指纹识别系统里，这枚指纹也没有相关的匹配。

"我去看看吧。"泰腾说。

"我可以派人去，"福斯特回答说，"你就不必麻烦了。"

泰腾朝四周瞥了一眼，那种忙碌之中的愤怒的感觉几乎难以忍受，"没事。我就当作休息一下吧。"

第七十一章

那个加油站坐落在圣安吉洛市的郊区。当泰腾停下他的车子时，那里只有一辆车子。一个妇女站在加油泵前给她的车子加油，3个孩子坐在车子的后排。她显得疲惫不堪，顾不上她的孩子了，而这几个孩子隔着后座玻璃窗正在对她扮鬼脸呢。泰腾对她笑笑，设法表示一下同情，随后就走进加油站的小店里去了。

一个瘦瘦的男子站在柜台后面，泰腾走近他时，他打了个嗝。

泰腾拿出了自己的证章，"格雷特工，联邦调查局。我想问问你有关——"

"嗨呃。"

泰腾眨了眨眼。这个嗝有点猛烈，打断了他的思路，"嗯……我想问问你有关企图——"

"嗨呃。"

"对不起。嗯。你要喝口水吗？"

"不，"那男子说着，"嗨呃。"

"喝水对你打嗝有点帮助。"

"没用。"

"好吧。"泰腾两手的大拇指插进腰带里,"我想问问你有关 4 个月前那次企图闯入盗窃的事。那时你在此工作吗?"

"嗨呃。是的。"

"我知道那个试图闯入的男子被摄像头拍到了。"

"是的。"男子朝一个屏幕示意了一下。那个屏幕分为 4 个部分,显示着加油站几个摄像头的监控视像。两个显示商店内部。一个显示前门。第四个对着几个加油泵。泰腾在屏幕上看到了那个在外面的妇女。她已经加满了油箱,注视着空间发呆,而她的孩子们则轮流把脸紧贴在车窗玻璃上看着。

"我能看看视频录像吗?"

那男子抬了眉毛,"嗨呃。那是很长时间前的了。电脑只保存一个月的视频录像。嗨呃。"

"你没有保留那段视频的拷贝吗?"泰腾不太相信地问道。

"没有。为什么——嗨呃——我要保留?那人蒙了面罩。"

"什么样的面罩?"

"一种滑雪面罩。几乎把他的脸完全罩住了。他就是砸碎那边的窗户的。"男子指指店门附近的一个玻璃窗,"然后警报响了,他就逃走了。不像电影里那样的。"

泰腾一直在等待着他下一个嗝,感到有某种奇怪的紧张在他体内缠绕着他。那男子的眼睛镇静地看着他的眼光。显然,嗝消失了。

"你能告诉我——"

"嗨呃。"

"你肯定不想喝点水吗？喝水真的能帮助止嗝。"

"对我没用。"

"为什么没用？"

"我一直——嗨呃——打嗝了好一会儿了。"

"也许喝水能治打嗝。"

"嗨呃。在过去的 4 年里它都治不了打嗝。"

"你一直打嗝……打了 4 年了？"

"嗨呃。是的。而且喝水没用。你知道还有什么没用的吗？屏住呼吸。并且——嗨呃——把杯子完全倒过来把水喝进去。令人吃惊吧，或者——嗨呃——害怕吧。还有就是咬一个柠檬。这些都是有用的建议——嗨呃——联邦调查局特工们提供的。"

"对不起。"

"我不喜欢打嗝。打嗝帮不了我的性生活。打嗝时常惊醒我——嗨呃——在夜里。所以我累了，就会打嗝更多。也有些人觉得很有趣。嗨呃。"那男子眼神怀疑地注视着泰腾。

"我倒不觉得这有什么有趣。"泰腾说，感到有点内疚。

"不管怎么说，没有视频录像了。嗨呃。但我曾经看了几次。就是一个家伙戴着面罩和手套。他用榔头打碎了玻璃窗，然后就逃走了。嗨呃。"

"手套？"泰腾问道，吃了一惊，"我想还留下了指纹呢。"

"有的。"他指指窗户，"他戴着乳胶手套，手套——嗨呃——在玻璃窗打碎时崩裂了。所以在玻璃上就有了他的指纹。"

泰腾点点头，有点分心了。听上去不像是他们要找的家伙，"谢谢。祝你好运，对付——"

"嗨呃。"

"是啊。"

他离开了小店，灼热的阳光直晒到他脸上。过了好一会儿，他的眼睛才适应了外面的强烈光线，他快要想象自己走进了沙漠中部地带。公路对面，他只能看到一片平坦无际的沙土，点缀着几棵仙人掌，还有无数的石块。

他皱起眉头，随后回头看了看。安全监控摄像头就在自动玻璃门上方，很容易看到。而从他站立的地方，根本不可能看出它对准的角度。他转身走到大片的空旷地里，然后再看了看那个摄像头。

他有了一个疯狂的主意。他拿出手机，拨了佐伊的电话。

"你在地图旁边吗？"

"是的。"

"你能帮我查个东西吗？我在67号公路旁的一个加油站，在圣安吉洛市以南约一英里的地方。你能不能看看那里是否属于我们确定的容易挖坑区域？"

"等一下。"

他等待着，感觉仿佛他在浪费自己的时间，也拖着她一起浪费时间了。

"是的，那是这类区域之一，"她最后问道，"怎么啦？"

"唔……这里有一个加油站，在 4 个月之前曾发生过一起入室抢劫未遂案。昨天他们在作案现场发现的那枚指纹也许和这里留下的指纹匹配。加油站小店前门上方的安全监控摄像头看上去像是直接瞄准了公路对面的地区。"

佐伊思考了一会儿这番话才说："你认为那个不明嫌疑犯想闯进加油站小店去毁掉安全监控录像？"

"那正是我所想到的。我的意思是……如果他怀疑摄像头拍到他在谋害某人。你会怎么想？"

"他非常谨慎。但如果那是一次早些时间的谋杀，他就会非常焦虑不安。这可能刺激他更快地做出反应……就像他昨天做的那样，想把朱丽叶挖出来再杀了她。这是出于同一类反应，某种突然的直觉恐惧刺激他采取铤而走险的行动。我能看到它正在发生。"

"对，"泰腾说道，深感鼓舞，"我希望那个带着寻尸犬的小伙子有空。我有事情让他干了。"

第七十二章

雪莱，那条寻尸犬，只花了不到 10 分钟就引导到了处于那片地区深处的一个地点，一些干枯的灌木丛和几棵仙人掌将此地半掩藏了起来，在公路上难以发现。一到达此地，那搜救警犬就停住了，刨抓起泥土，呜呜叫着。维克多看看它说，"它肯定发现了什么东西。"

这一次，绝对没有紧急可言，他们做对了。作案现场技术员也来了，设置了作案现场警戒带，还有一个三面围拢的挡板，使得在公路上看不到发掘情况。几个警察被派去阻止任何好奇的旁观者或记者靠近。那个墓被仔细地挖掘着，而泰腾和维克多在一旁看着。不久，佐伊和福斯特也来了。整个作案现场到处都是警察和骑警，柯里也已经露面了，就站在泰腾身旁，等待着遗骸。

"5 天之内的第二具尸体。"维克多伤感地说。

"对我来说已经是第三具了。"柯里说。

"这个城市还从未有过如此残暴的罪恶。"维克多咕哝着。

"是啊，这真是件可怕的事。"

泰腾低头看了看搜救警犬，它正在嗅闻他的鞋子，"你的搜救警犬……也对它的发现感到吃惊了。"

"它确实是。"维克多吸了口气。"看看琼斯和伯斯特登上了《圣安吉洛市权威时报》头版，和那个姑娘朱丽叶在一起。"

"琼斯和伯斯特？"泰腾困惑地问道，"噢，那个小伙子带着他的搜救警犬发现了她？是的。那张照片拍得很好。"

"是很好。"

警员们一个接着一个地爬出墓穴，然后他们中的一人俯身在洞穴口，伸手猛地一拉盖子。在场的人都转向了别处，厌恶地哼了几声。

维克多又叹息了一声，摇摇头，"走吧，雪莱——我们去写报告吧。"

搜救警犬和警员离开了，泰腾走近了墓穴，佐伊已经先他两步，走在他的前面。

这具尸体的状况完全不同了。

这遗骸时间更久了。尸体受到了蠕虫的侵蚀，腐败得更厉害了。

泰腾转身走开了，感到恶心。在现场他听到了周围的人群里的低声咕哝。

"没发现摄像头。"佐伊冷淡地说了一句。

泰腾感到一阵怒火，他自己也说不清究竟是为自己没看到摄像头发火呢，还是为佐伊面对如此恐怖的场景居然还能注意到这个细节发火。他迫使自己又去看了一眼，发现她说得对。这个木箱简单得不能再简单了。大概原先是用于装水果或者蔬菜的。里面没安置红外线摄像头，也没有一个可以伸出电缆线的孔。

"对不起，让一下。"柯里用肩膀挤进人群。

"我们需要把木箱抬出来，"福斯特告诉他，"坑里没地方让你站了。"

"在挖掘时请注意别把泥土撒进木箱里去。"

他们最后把木箱盖上，然后再开始挖掘，以便把木箱从坑里取出。泰腾向一侧让开了几步，看着他们。他追踪到了蛛丝马迹般的线索，结果却以他们发现了另一个死去的姑娘而告终。但他根本没有得胜的感觉。

"这是他杀的第一个受害者。"佐伊说着，走到了他的身旁。

"你肯定？"

她耸了耸肩，"什么都肯定不了。但这个看上去像。只是一个基本的幻想，想要活埋一个姑娘。他甚至还没有一个合适尺寸的木箱呢。这个定点位置也远非理想，离城太近。没有完全的遮挡。当时居然没人看到他。"

"他很可能是在夜里活埋她的。那一定是个漆黑的夜晚。"

"是啊。但是，到处都是缺乏经验的痕迹。然后，一旦他干完了，获得了性发泄之后，他就集中精力注意到了加油站。他就开始猜测了。"

"是否有安全监控摄像头。"

"他担心摄像头也许会拍到他。所以，他就戴上滑雪面罩和手套……我估计他手头这两样东西都有现成的。然后他想闯进去毁坏视频录像。"

"那摄像头根本就没有瞄准这个地方，"泰腾说道，"多傻的一个蠢货。"

"对。"佐伊抬起了她的眉毛，明显地对他的愤怒语气感到吃惊，"他不再是个蠢货了。他有足够的时间去反省他的错误，并且避免再次犯错。"

泰腾点点头，不想争论此事了。他厌倦了对杀手的分析，还要设法进入杀手的脑袋想想他会怎么干。这一次，他只想把杀手看作是个魔鬼，是个无法解释的邪恶卑鄙的家伙，对这种魔鬼应该拿着甘草叉子，举着火把，追猎他，直至把他消灭掉。

"他也许和这个受害者有点关系，"佐伊补充了一句，"也许他住在她附近，也许她是他的相识。假如我们能发现那个关系，我们也许就能抓到他。"

"也许吧。"泰腾咕哝道。

大概是感觉到了他的心情，佐伊走开了，很可能在试图想象一下杀手在那个夜晚看到了什么。到了明天她心里就会有一个那夜发生事件的完整画面了。

警员们设法把那个木箱撬出了墓穴，柯里走近了，关照他们要小心点。他打开盖子，他的手上戴上了手套，探身向着木箱内，查看着尸体。

柯里拉出一个小小的钱包，交给了福斯特，一言不发。泰腾走上几步，感到有点好奇。

福斯特打开钱包，粗略地看了一眼，"里面有点钱，40美元，还有一些零钱。一张皱巴巴的公共汽车票子……啊。还有驾照——"他的嘴巴松弛了，眼睛却睁大了，满是惊异和痛苦。

"是什么？"泰腾问道。

"我认识这个女子，"福斯特声音嘶哑了，"她……我们一起上学的。德布拉·米勒。噢，他妈的。"

"我很遗憾。"

"她是那么的可爱，"福斯特说道，"大家都喜欢她。但她毕业后就离开这城市了。很肯定，我听说她搬到加利福尼亚去了。"

泰腾没再说什么，看着柯里检查尸体。尽管她被认为搬到加利福尼亚去了，但她的生命却终止在这个木箱里。

第七十三章

佐伊陪莱昂斯一起去通知德布拉的父母。

"你为什么也跟来了？"路上莱昂斯问她，"实际上这工作里最艰难的就是通知家属了。你喜欢痛苦吗？"

佐伊不确定莱昂斯的意思是问她是否喜欢去经受痛苦呢，还是问她是否喜欢看到别人痛苦，但回答无论如何都是一样的，"不，不喜欢。但是，当人们放下防御心理时会显示出许多情况。"

"这可是最糟糕的通知了。"莱昂斯咕哝着。

"我们不需要告诉他们血淋淋的细节，"佐伊指出说，"尤其是连我们自己也不清楚。"

"我不是这个意思。是的，可以肯定的是，通知她父母有关暴力死亡的事太可怕了，但更糟糕的是我们还不能肯定是她。"

"噢，说得对。"佐伊明白莱昂斯的意思了。她们会告诉德布拉的父母，警方发现了她的尸体……但是，随后她们会问问是不是有什么办法可以帮助辨认她，因为尸体已经处于腐败状态。然后，正如我们可以预料太阳会在早晨出现一样，希望也会露出其丑陋的一面来。或许那不是她，她父母会指出。你们也可能弄错了。在这个可怕的哀痛生命失去的风暴中，他们突然看到了一个他们可以依靠的救生员。然后他们就会拒绝接受那个几乎肯定的结果，会说不，因为那可不是某个偷窃了他们女儿钱包后遇害的窃贼，那就是他们的女儿啊。

这就意味着最后的结果是他们会被通知两次。第一次是尸体被发现了，而第二次是尸体的身份得到证实了。

她们在一幢房子旁停了车。房子漆着一层欢乐的黄白色，一道好看的绿色木桩栅栏围着庭院。但是，当她们下了车，走向前门时，佐伊就注意到疏于照料的迹象随处可见。院子里姜蔫的花朵被包围在杂草丛中，窗户是脏兮兮的，墙漆已经斑驳脱落。她还能听到周围一片苍蝇的轻微嗡嗡声。

莱昂斯敲了一下门，然后又敲了一下。

"等一会儿。"里面一个男子说。

她们等了似乎不止一分钟，就在莱昂斯再想敲门时，那门打开了。开门的男子秃顶，脸上满是皱纹，显得疲倦不堪。他身穿一件满是污渍的衬衣。第一眼看上去，佐伊估计他大约 80 岁了，随即她又意识到他还要年轻一点，很可能还不到 60 岁呢。但他显得就像是一个被生活所拖累的人。

"您是米勒先生吧？"莱昂斯说道。

"是的。"

"我是莱昂斯警探。我们能进去谈吗？"

他的肩膀耷拉了，"是有关德布拉的事吗？"

"最好我们还是进去谈吧。"

他抱起了双臂，"她陷入了多大的麻烦事？"

莱昂斯略一迟疑，"先生……最好还是您坐下来说吧。"

他的眼睛睁大了，"她……受伤了？"

莱昂斯叹了口气，显然觉得她们不会被邀请进门谈了，"米勒先生，恐怕您的女儿死了。"

"死了？"问的声音很轻。

"我们相信如此。是的，先生。"

"你们……相信？"那就是了。还有希望，"你们还不肯定？"

"我们有理由肯定。我们发现了一具尸体，尸体身上的钱包里有您女儿的驾照。"

"她看上去像我女儿吗？"

莱昂斯咽了口水，"尸体状况很糟糕。我们相信她是在 4 个月前被谋杀的。"

"4 个月前？"希望似乎消散了，"那么准确。"

"您最后见到您女儿是什么时候？"莱昂斯问道。

米勒先生战栗着吸了口气，"唔……最后一次大约在 5 月初吧。"

佐伊和莱昂斯交换了一下眼神。加油站就在 5 月 6 日发生了闯入事件。

米勒先生转过身，拖着脚步向里走去，就让门开着。佐伊和莱昂斯就跟着他进去了。

　　房子里有某种冰冷废弃的感觉。到处都是灰尘和污渍，电灯大都关着，窗帘拉着，仅留出一点点的光线，以便走路时不会碰撞到什么东西。米勒拖着脚步走进厨房，打开了一只嗡嗡作响的氖光灯，发出刺眼的白色灯光来。他颓然跌坐在一把椅子上，靠在一张油漆脱落的小木桌旁。还有两个椅子，佐伊在其中一把椅子上坐下了，让莱昂斯坐在另一把椅子上。

　　"你说她被谋杀了。谁干的？怎么干的？"他问道，声音沙哑。两眼泪光闪烁。

　　"我们还不清楚确切的细节。"莱昂斯说道。

　　"那你们知道了什么？"

　　"4个月前，您见到过您的女儿，自那以后您没有和她交谈过吧，"佐伊温和地说着，不去理会他那个问题，"您为什么没有报警说她失踪了呢？"

　　"我们以为她只是离开了。"他摇摇头，"她总是一下子就消失几个月。不说一声又出现了，看上去疲劳不堪。我们知道她在吸毒。有时候她眼眶青肿或者嘴唇青肿，但她总是说她很好，不告诉我们详细情况。有时候她会在监狱里给我们打电话。我去把她保释出来3次了。"

　　他发出了一声长长的叹息，那么的无助。一颗泪珠出现了，沿着他的脸颊流下。

　　"她在学校时是个最可爱快乐的孩子。那么受欢迎，身边围着一群朋友。学校毕业后，她就……迷失方向了。她开始是在附近一家电影院工作的，拿着最低工资，不想上大学，开始抽烟。我们也不知道该怎么办。然后她宣称要去加利福尼亚，因为她在那里找到了一个极好的工作机会。我们都感到宽慰了。但她过了一阵子就不给我们打电话了，等她下一次回来时，我们很容易就看出来了，找个好工作在她的生活里还远着呢。"

他看着墙壁，眼睛茫然，空虚，泪水从眼中滚滚而下，一颗泪珠紧接着一颗泪珠，流淌在他脸颊上的凹陷处。"她生活中的那些男人们就是毁灭了她的人——我敢肯定。人们说一个姑娘从她父亲那里会学到一个人该如何行为举止，可我从来没舍得打她一下，我发誓。"

"有些女子找到了坏男人，这和她们的父母无关。"佐伊说。她倒不是试图安慰他，仅仅是指出他理由中的漏洞，但他难过地对她微笑了一下。

"是不是他们其中的某个人干的？"他问道。

"我们还不清楚，"莱昂斯说道，"你有他们哪个人的姓名吗？"

"一个也没有。她总是说她跟他们玩完了。我问过她是谁把她揍得满面瘀伤，或者折断了她的手指，可她会说没关系的，她已经永远不跟他往来了。我不知道她究竟是不是回到同一个家伙的身边，还是她每次抛弃了他们，可又遇到另外一些同样的坏家伙。"

"你最后一次见到她时发生了什么事？"莱昂斯问道。

"她在前一天露面了。看上去从来没有那么糟糕过，又是瘦弱，又是伤痕。你们两位女士都有孩子了吗？"

她们都摇了摇头。

"你们体会不到当你们的孩子那副模样出现时你们会有怎样的感受。所以，玛莎和我就决定这次再也不能让她拿着钱消失了。不能，我们要救她。"他哼了一声，随后就两手遮住了脸，浑身颤抖着。

厨房的墙上挂着一只钟，在嘀嗒嘀嗒地走着。佐伊几乎能发誓说那秒针走得太慢了，每次都比上一次走得要慢一点点。

最后，他放下了手。脸上老泪纵横，"我们告诉她，她必须得待在家里。我们要带她去戒毒治疗。我们要帮她过得更好一点。可她说她不需要。她对我们大喊大叫，说她不需要我们的帮助，说她这次要永远离开了。我……我当时就说了几句不该说的话。噢，天哪，我对她说过的那些话。如果你们有了孩子，不管他们变成什么样子，永远不要对他们表示出你的失望。"

佐伊真希望泰腾也在。他似乎总是知道该怎么说才能让人们感觉好点。

"她离开了。我们再也没听到她任何消息。我们以为她会回来的，就像过去那样，可她再也没有回来。然后，玛莎去世了，一个月以前。她就……死了。她的心脏停止跳动了。伤心坏了，我估计。"

他抱起双臂，"就是这些情况。"

莱昂斯问了他几个问题，想要弄清楚她去了哪里，她是不是有什么保持接触的朋友，诸如此类的任何事。但德布拉父亲的回答越来越简短，最后仅一两字，然后什么都回答不上了。

　　最后，莱昂斯确信他不需要任何帮助，他给了她一个德布拉的牙医姓名，也许他能验证是否真是德布拉的尸体。然后，他就完全闭口不说了，就像一个耗尽了电池的玩具一样。

第七十四章

2016 年 5 月 5 日，星期四，得克萨斯州圣安吉洛市

他推开门，走进酒吧，坐在凳子上，生气地咬紧了牙关。这是每天结束时的状况。他全身绷紧，仿佛将要爆炸似的，只有在喝了几杯啤酒后才变得可以忍受了。

在过去的几天里，他开始比平时更加早点去喝酒。他已经干得很恰当了，但在一天快要过去时，就变得无所谓了，是不是？失败总归是失败，即使不是他的过错造成的。

酒吧招待员甚至不用问他要什么酒。他只是朝他点点头，就给他倒了啤酒。他已成了常客。

"嗨，"一个女子在他喝干了第一杯酒时对他说，"我认识你吗？"

他正要耸耸肩，摇摇头，然后对她说不，她不认识他。但他瞥了她一眼，话到嘴边就不说了。

"是啊，我认识你，"她高兴地说，"你……我们上同一所学校，对吗？"

"德布拉吗？"他问道，简直不敢相信。

真的是同一个女孩吗？是那个他在那些漫长的课上一直幻想的可爱清纯的女孩吗？相同的嘴唇，相同的鼻子……但也就是这些相似之处了。她几乎骨瘦如柴，脸颊骨明显地突出了。她的头发，曾经小瀑布似的鬈发，现在卷成乱蓬蓬的一团，看起来几乎粘在一起了。她的皮肤呈现出某种奇怪的色调，油腻。而她的眼睛，她的眼睛太……呆滞无神了。

"对啊。"她微笑着，很高兴被认出来了。大概这种情况并非经常发生的，"你一直都好吗？"

他过了好几秒才想起来她不知道他的名字，那没什么好奇怪的。他给她买了一杯啤酒，他对她说了有关收到学校一封信的蠢事，其间他随意地提到了自己的名字。当她听明白了，他从她凹陷无神的眼睛里看到了她的欣慰，所以她就在聊天时不再兜圈子了，叫他宝贝和哥们儿。

在他把自己当时所做的事告诉她之后，她就印象深刻了，这让他感觉好得多。当他问起她一直在干什么事，提到他曾听说她去了加利福尼亚时，她就看向别处。她含含糊糊地说她在那里有一份好工作，还有她那个窝囊废男朋友。但现在，很明显，她结束了那份工作以及和男朋友的关系，还有加利福尼亚。

"实际上，我正要上一辆公共汽车，"她说道，"也许今天夜里吧。"

"去哪里的公共汽车？"

她耸了耸肩，"谁知道呢。越远越好。我需要重新开始，清白的历史，你懂吗？"

"是的。"

"我真正需要的，"她说道，"是有一点时间好好想想。"

他的身体绷紧了，仿佛是她朝他肚子上踢了一脚似的。

"我明白你的确切意思了。"他的声音嘶哑了，他的手伸进口袋里。他碰触到的那个塑料袋几乎变得烫手了。早几个月他就购买了这袋东西，带着它到处走，把它看作他又一个幻想。他从来不相信自己会有勇气使用它。他在口袋里撕开了袋子，摸出一颗圆圆的药丸捏在手心里。

几分钟之后，她得去一下洗手间，大概也是为了避免显然冷清的聊天吧。等她离开了，他就把手从口袋里抽出来，药丸在手心里。他朝四周张望了一下，浑身已经被汗水湿透了。没人在注意他。他一个快速的动作，那颗药丸就进入她喝了一半的杯子里。看起来那药丸永远不会融化了。任何时刻，酒吧招待员或者他周围的人都可能会问他那是什么，并指指咝咝冒着气泡的药丸。

但是，无人过问。

等到他告诉她说要开车送她去公交站时，她已经喝得半醉了。她坦白说她没钱乘公交车，于是他就往她手里塞了一张 100 美元的纸币，她不再抱怨，收下来，塞进了口袋里，显然她已习惯于向那些她几乎不认识的男子要钱了。

她上了厢式货车后，马上就半闭着眼睛。她根本就没注意到车厢后部有个板条箱，还有挖掘工具。

一时之间，他考虑过别干此事了。他的心脏狂跳得那么厉害，听上去仿佛是连接上了货车里的立体声音响系统。但他的脑子已经在高速运转了，想象着这个行动。而且，这是她自找的。

他开车到了最近的地点。车外一片漆黑，那是自然的，但他知道路径。他在离坑穴的地点几米的地方停了车。他下了车，手拿着一个小巧的 LED 手电，还有一把铁铲，走到了坑边，找到了他留下的记号。他铲掉了坑穴遮盖物上面的沙土，搬走了遮盖物。他往那个打哈欠似的大口子只看了一眼，下面是黑乎乎的深渊，就浑身哆嗦了一下。这可是真实地在发生的事啊。

他打开货车后面的门，拉出那个板条箱。他在沙土上拖着箱子走，心里已经在后悔没把车子停得更靠近一点，把车尾对着坑。

下次吧，他心想。随后又吓了一跳。不会再有下次了，这事只能干一次。

随后，他大步走到货车前，打开乘客座旁的车门。他解开她的座位安全带，他俯在她身上时嗅闻了一下她身上的气味。她身上混合着香水味和腐烂味，这让他发抖了。他在帮她下车时她嘴里还在咕哝着什么。他半是哄骗，半是拖拉，把她拖到了板条箱旁。

他总是觉得板条箱显得巨大，可现在他需要把她硬塞进去才行，他这次意识到板条箱太小了。为什么他从来没去寻找过大一点的东西呢？

因为你从来没有真正地想过你会干此事的。

他开始把她往板条箱里塞……他关上了箱盖，并闩住了它。

他在黑暗中把板条箱拖向坑穴是他这辈子干过的最为艰难的事，他在这过程中差点儿自己掉进坑穴。当板条箱最终翻滚着掉进坑里去时，他听到她沉闷的尖叫声。他因费劲和刺激而感到呼吸沉重。

他在往板条箱上铲土时，马上就发现了问题。周围没有足够的泥土可以轻易地覆盖板条箱。

他在周围铲土填埋，设法让表面保持一致，这样在天明时这地方就看不出异样了。

他拼命地填埋着，不敢停止。很快，他就听不到她的尖叫声了，可他却有点后悔了。他倒希望依然能听到她的叫声。他希望他还能看到她捶击板条箱盖子时的恐惧面容。但是，那是不可能的。

然后，坑穴填埋好了。他的得意之情正要迸发，他需要宣泄。

这才过了数秒钟之后，随之而来的感觉，那种完完全全的、美妙的虚无状态感是他过去从未有过的最佳感觉。他向前注视着黑暗空荡的公路，打烊了的加油站那个轮廓，还有布满繁星的夜空。他很想知道德布拉会如何用她剩余的时间思考。

他的眼光集中到加油站上。早些时候，他并没有担心过加油站，它打烊关门了。但是此刻这个加油站却猛击了他一下，如果那里有个安全监控摄像头该怎么办？

摄像头肯定有夜视功能，并且，假如碰巧摄像头瞄准了他所在的位置呢……

他咽了下口水。怎么之前他从来就没有想到过这一点？

答案又来了。因为他从来没有真正想过他会这么干的。

他考虑把德布拉挖出来，告诉她那只是个玩笑而已。他会开车送她去公共汽车站，把她送上去纽约的公共汽车。这个女人是个毒品瘾君子——没人会相信她说的每一个字。

但他们也许会。而且如果有拍摄的视频录像呢……

噢，天哪。

他可以毁坏视频录像。

这种加油站不会给那些昂贵的储存云付费储存他们的视频录像的。他们的安全监控摄像头会连接到室内的一台电脑上。他所需要做的就是砸碎玻璃窗，走进去，删掉录像，那就万事大吉了。在他所有的装备里，他还有一个滑雪面罩，而且他总是备着手套。

他在工具箱里翻找了一番。砸碎一扇窗户，进去，删掉录像，那只需两分钟即可。而他就会安全了。

第七十五章

2016 年 9 月 12 日，星期一，弗吉尼亚州戴尔市

安德丽雅被惊醒了，明白她听见的什么声音阻碍了她睡觉，但她不肯定那是什么声音。随后，那声音又来了。在门上敲了一下。她皱眉看了看钟。夜里 11 点半。这究竟是怎么回事？

她下了床，赤着脚就走到了起居室。有人在门上又敲了一下。一个彬彬有礼的敲门声，从容不迫。

"谁啊？"

"女士，我是楼下的布朗宁警员。"声音传来了，沉闷，语调正式。"我们得到报告有个陌生人在你们的楼里。你没事吧？"

"这里没人。门锁上了。"

"您肯定吗，女士？有个邻居说她看到有人进入了紧急出口楼梯。您需要我进来查一下吗？"

安德丽雅的心冻结了。那个紧急出口楼梯就在她的卧室窗户外面。她肯定窗户闩上了，但是……一个可怕的景象出现在她的脑海里，罗德·格洛弗通过窗户悄悄进来了，躲藏在她的床下，等待时机，那情景

就像一个孩子的噩梦一样。妈妈，床下有个恶魔。

"嗯，等一下。"她考虑穿上睡袍，可睡袍在卧室里，就在窗户旁边呢。还有紧急出口楼梯呢。布朗宁警员将不得不面对她身穿大圆领女式背心而又不戴胸罩的样子。她拖着脚步走到门口，从门上的窥视孔看出去。身穿制服的警员就站在门口，他的脸偏离了窥视孔，转向了别处，不耐烦地四下张望着。

她拉开门闩，打开门锁，拉开了门。

"进来吧，但——"

他转身面对着她，她的世界天旋地转，极其震惊，威胁不再来自她的身后，不再来自想象中的事了。

他的手急速伸出，一把扼住了她的喉咙，她喉咙里猛然发出的尖叫声被抑制住了，变得低沉沙哑，虚弱无力。格洛弗往屋里走进一步，一脚踢去关上了身后的门。他穿着警服，但他的冷笑则远非一个执法警员应有的表情了。

"你好，安德丽雅，"他低声说着。他用一把刀顶住了她的脸颊，离她的眼睛仅几英寸，用力按了一下，让刀尖轻轻地刺进了一点皮肤。"别挣扎，否则佐伊就会有个独眼妹妹了。别尖叫，别做任何事。你听明白了吗？明白了就眨眨眼睛。"

安德丽雅眨了眨眼，害怕极了。她设法呼吸时肺部一阵痉挛，她的嘴巴绝望地不断张开又闭上。

"有个好消息，"格洛弗说道，"我要你活着。我要佐伊回来时看到你眼睛里的恐惧。我要让她感到自己是个差劲的姐姐，把你一人扔在这里。所以，你只要保持安静，我们很快就会完事。你明白了吗？"

又一次眨眼，又一阵恐惧。即使她想挣扎，她也办不到。她的肌肉就像黄油一样软弱无力，视野里金星飞舞，肺部急需空气。

他的手放松了一点，她则设法喘息着吸了几口气。

"让我们去卧室吧。"他建议。

他慢慢地朝前走了一步，而她则只得蹒跚地后退着跟上。一个想法出现在她的脑海里——他知道他去哪里。他镇静地移动着，他的目光已经朝右边的门闪了一下，似乎他熟知这个公寓房间的布局。她发出了一声啜泣。

"嘘嘘嘘嘘。"

一步，又一步。刀尖几乎近得要触及她的眼睛了，迫使她闭上了眼睛。

"睁开你的眼睛。走。"

然而，正当他们经过客房时，客房门打开了。格洛弗似乎没有意识到，他的目光集中在他的目的地和安德丽雅恐惧的脸上。马文走了出来，看起来很困惑，他的目光定在她的眼睛上。她看到了理解。他开始移动了，此时格洛弗猛然转身，快如毒蛇。他猛地把安德丽雅往墙上一推，手握着刀子向前一冲，刺进了马文的胸部。马文喘息着，眼光呆滞，格洛弗拳头猛击他的脸部，发出了"砰"的声音。马文蹒跚后退，绊倒了，头撞在门上的球形把手上。鲜血几乎立刻就从他松弛的身上汩泪地流出，在地上积成了一大摊。

"不！"安德丽雅一声尖叫，那把刀子立刻又顶在她的眼边了。

"你的贴身保镖很有意思啊，"格洛弗嘘声说道，眼里满是暴怒的神色，"因为这个突然袭击，等我们干完了，我要给你留下点什么来记得我。"

他粗暴地推搡着她走向卧室，动作更凶猛了，脸色铁青，异常凶怒。他的牙齿露出，发出了毫无人性的龇牙低吼。他挥手刮得她晕头转向，对她而言，看不到他的凶恶脸色几乎成了某种欣慰了。他恶狠狠地把她猛地推倒在床上。

几秒钟的空虚之后，一条布箍紧了她的脖子。她记得佐伊告诉她的话。格洛弗的癖好就是绞杀受害者。

她不想让他得手。

即使他真的打算让她活着，他也无法控制他的欲望冲动。他会强奸她，再把她勒死，就像他对待每个其他受害者一样。

可此刻要做什么已经太晚了。布条勒进了她的喉咙，她无法呼吸了。她的手指抓紧了套索，而格洛弗则边撕扯着她的裤子，边咕哝着咒骂和咆哮，发出的嚎叫声远比人类凶残万分。

她脑海里突然跳出了她童年时期的一个景象。她和佐伊锁上了房门，格洛弗在外面"砰砰"地敲门，佐伊抱着她，保护她。可她姐姐此刻远在千里之外。

她渐渐地快要失去知觉了，黑暗的无意识状态令人惬意，但随后绕在她脖子上的布条移动了，稍许松弛了一点，她能够快速地吸口气。这也是格洛弗干的。他知道如何让他的牺牲品活着，仍有意识，直到最后。

她吸进了他的气味，汗水恶臭，污浊恶心。她挣扎了，不想让这种脏东西碰触她。他大笑着，把她的脸推向床垫，他的手指在她的皮肤上肆意摸索着。

一声爆响。

这震得她的耳朵"嗡嗡"作响，不由得发出恐惧的尖叫声。她脖子上的布条消失了，她可以自由地尖叫了，一次又一次，只要她愿意，而她也确实如此尖叫着。她转过身来，看到马文模糊的身影，站在房间里，倚靠着墙，手里拿着一把手枪。

她寻找格洛弗，瞥到他躲在角落里，手捧着腹部，痛苦不堪的表情。他那双捕食动物般的眼睛盯着马文，目光里闪烁着他的犹疑不决。

随着马文举枪射击，又是一声巨响。玻璃窗打碎了，于是她明白他没瞄准，他因失血而晕眩虚弱。格洛弗会意识到这一点，他会猛扑上来，分分钟就能杀死老人。

但他并没有这么做。她看到了他眼里此刻的恐惧，一个习惯于轻易捕食的恶魔所显出的恐惧和不习惯的疼痛。这场搏斗让他大吃一惊。他冲上前来，但不是冲向马文和手枪，而是冲向房门。马文移动了身体，想再打一枪，但格洛弗已经冲出房间了。

一时间，他们两人都没动。然后马文倒在地上，依然紧握着手枪。

第七十六章

　　佐伊坐在床上，纸张散乱在她四周。有些是案发现场的照片，另一些是她所能收集到的有关德布拉·米勒的情况归纳，均为手写。她有个感觉，德布拉比起其他的受害者更为重要。她很不一样——据佐伊所知，她既没有照片分享社交平台账户，也没有脸书的账户，所以杀手没有像对待其他受害者那样去跟踪她。当然，她比其他受害者年龄大。

　　一定有某种与她有关的事促使他行凶的。那是什么事呢？是不是她让他回想起某个他认识的人？也许是他的母亲？或者她的外表有什么吸引他的地方——德布拉的父亲说她看上去从来没有那么糟糕过。这可以理解，可他没有那时的照片，但佐伊能够做出一个合理的估计。她很可能非常瘦弱，皮肤粗糙，牙齿损坏，指甲断裂，神经性痉挛。或许这也是促使杀手行凶的原因。

　　她在尽自己的努力，避免从德布拉的视角去考虑此事。那是个兔子窝她不想陷进去。在所有的受害者中，她估计德布拉遭受的痛苦最多。

　　她的手机响了，她让它响了好几秒钟，她的注意力在别处。然后，她摸到了手机，但依然在读她写的笔记。

　　"喂？"

片刻之间，她所听到的竟然是战栗的呼气，顷刻之间，佐伊的注意力集中了，"安德丽雅吗？"

"佐伊……我……你能回家吗？"

"出什么事了？"在一个焦虑的水池中，她一下子就失去了重心，"出了什么事？"

"格洛弗闯进了公寓。他……袭击了我。"

"你受伤了吗？"佐伊已经下了床，抓起了她的包，把手头的一切都往包里塞。似乎是不可能的事，为什么他会现在来袭击呢？她非常肯定，他一直在等他们放松警惕的时机。他一向都非常有耐心。

"是的……不。我不知道。这里有个护理人员。马文朝格洛弗开枪了。"

"马文朝格洛弗开枪？警察在哪里？格洛弗死了吗？"她需要更多的消息。她那双该死的鞋子哪里去了？

"请回家吧。求你了。我需要你，佐伊。请马上到家。我现在需要你。回家。回家！"安德丽雅的声音抬高了，变得歇斯底里。在电话的背景音里她听到一个陌生人的声音在说她需要镇静剂。

"安德丽雅，我就上路，好吗？我马上就上路。"

她妹妹在电话的另一端啜泣着，一连串抽泣的呜咽，就像一把带锯齿状刀刃的刀子在撕割她的心。随后，电话线路里没声了。

佐伊的鞋子在浴室里。她穿上鞋子，心里一阵茫然，每个动作都是机械地完成的，她感觉行动不平稳，很虚幻。她抓起包就出去了，依稀觉得她遗漏了什么东西，不管了。她连走带跑地奔向梯子，随后意识到，她不可能奔回家去见安德丽雅的。她的心里匆忙地寻找答案，找到了她能想到的最好方式，于是她就转身，匆忙走到泰腾的门前，"砰砰"地敲了起来。

"泰腾，开门！"

他开了门，睁大两眼，非常困惑，手里握着手枪，仿佛他原先期望要向某个人开枪射击似的。这也许很合情合理，考虑到她刚才的尖叫，"出什么事了？"

"格洛弗袭击了安德丽雅。我需要飞回去。给我车钥匙吧。"

泰腾朝她皱了皱眉头，于是她快要动手打他，让他行动了，"车子钥匙！立刻给我。"

"她还好吗？"他边问边走回房间里去了。

"她还活着。我还什么都不知道。马文朝格洛弗开枪了。"

"什么？那么马文好吗？"他问了她一些其他事情，话出了他的口，但她无法在心里连成语句。

"我不知道！"她尖声对他叫道，"把该死的钥匙给我！"

他在夹克衫口袋里找到了钥匙，拿了出来。说了几句话她也没听清，大概是她如何去那里之类的话。

"我要开车去奥斯汀。奥斯汀一直有飞那里的航班，"她说着，从他手里一把夺过车子钥匙，转身快速冲出门去。在她背后，泰腾在说什么，在叫唤她，但她无法回头——没时间了。安德丽雅的尖叫声依然在她的耳畔回响着，催促她向前走，快回弗吉尼亚州。

第七十七章

泰腾眼看着佐伊消失在黑夜之中，然后转身回到自己的房间里，震惊不已。他还从来没见过她这副模样。她的目光，总是那么的尖锐强烈，现在却变得呆滞，一副可怜恐惧的神色。她的脸已被泪水打湿了，可她却根本没注意。

他把自己从麻木的状态唤醒，伸手拿起手机，拨了号。随着铃声响了一次、两次、三次，他等得不耐烦了。

马文接听了，"呆同（泰腾）[①]？"

"马文，你好吗？"

"我朝特（他）开枪了，呆同。我朝那浑蛋开枪了。他糟（找）错人了！"

"你怎么说话变这样了？"

"他打坏了唔（我）的别子（鼻子），呆同。但我朝特（他）开枪了。"

在背景音里，有人在说，"先生，请放下你的枪。"

"我才不放下呢！"马文叫嚷道，"要是他回来了——谁来拿枪去

---

① 译注：呆同，意为泰腾。

设击（射击）特？你？”

“先生，如果你不放下枪，我将不得不——”

“你离唔（我）远点！”

“马文，”泰腾对着手机高声叫道，“怎么回事？”

“他们要我的枪，呆同。我不给。”

“注意你把枪指向哪里了，老家伙！”有人尖刻地说。

“马文，把枪交给警察。”泰腾咬紧了牙关说。

“没门，呆同。谁来照顾阿德亚（安德丽雅）如果我交了？鱼吗？”

泰腾抚摸着前额，心在“怦怦”地跳着，“让我来和警员说话。”

“好。唔的孙子咬（要）说话。他是联邦调查局的。”

一阵沉默，然后另一个声音在电话里响起了，“喂？”

“这是格雷特工，”泰腾说道，“您是哪位？”

“我是科利尔警员。您是此人的孙子吗？”

“是的。发生了什么事，警官？”

“听着，特工，您需要让您那个疯狂的祖父把该死的枪放下。我们进来时，他差点儿朝我们开枪，他看上去精神不太稳定。”

“别担心——他不会向什么人开枪的。”泰腾衷心希望他说对了，“安德丽雅怎么样了？她还好吗？”

“她受到惊吓了，但没多大伤。护理人员在照顾她。但如果您的祖父不把枪放下，他会流血死去的。”

“流血死去？”

"他被刺伤了。护理人员没法接近他，他就像个疯子，很可能也受到惊吓了。"

"不，那是他的通常行为，"泰腾说，"请按免提。"

"嗯，好的。等一下。"

一会儿之后，有点"噼啪"声传来，大概泰腾的声音已经用免提传送了。

"马文？"他叫道。

"对，呆同，怎么啦？"

"我需要你把枪交给警察。"

"不行，呆同。我需要枪。如果那个浑蛋再敢来就开枪。"

甚至流血快要死了，还有鼻子被打坏了，可这人还是大发脾气，这究竟是怎么啦？泰腾几乎要对他尖叫了，但他知道，那只会促使老人更加固执己见，"好吧，听着。那么你可以把枪交给安德丽雅吗？"

"亚许（也许）吧。"马文勉强地说。

"直到他们给你处理好伤口。"

"我不需要处理伤口。只是抓伤了一点。"

"就为了我，好吗，马文？把枪给安德丽雅，让他们看看你的伤势。"

"你可真是个大傻瓜，呆同。"

泰腾宽慰地叹了口气，听着马文叫安德丽雅过来给她枪。经过一阵儿的来回折腾，最后，科利尔警员回到了电话上。

"您的祖父已经得到照料了。"他说。

"谢谢啦。"

"他还真是让人头疼。"

"是的。"

"但从我们掌握的情况来看,他救了这女孩的命。他真是个硬汉。"

"他是这样的。"泰腾坐在床上,筋疲力尽了,"罗德·格洛弗怎么样了?他死了吗?"

"他逃走了。目前无影无踪。"

"无影无踪?"泰腾恨得咬牙切齿,"你们的人不是在监控那该死的房子吗?怎么会让他逃得无影无踪了?"

"我们还在调查。别担心——我们过几个小时就能抓到他。他不会逃远的。他的血在那里流得到处都是。"

"对。"泰腾哼了一声,"我得挂了,警官。谢谢您的帮助。"

他挂了电话,闭上了眼睛,为佐伊担心起来了。她离开的时候情绪糟糕透顶,所以他不该让她自己开车走的。

第七十八章

2016 年 9 月 13 日星期二，得克萨斯州圣安吉洛市

尽管经历过了昨夜的混乱状况，泰腾还是出现在妮科尔·梅迪纳的葬礼上。神父的声音回荡在挤满人群的教堂圣殿上。人们持续的低声交谈倒成了背景噪声。泰腾看着周围的人群，估计大概只有 1/10 的人真的认识妮科尔·梅迪纳或者她的父母。大部分是记者或者好奇的旁观者。

泰腾因为缺乏睡眠而有点烦躁不安。他昨夜花了好几小时和曼卡索讨论，和处理追踪罗德·格洛弗的警员们交谈，还向照料马文和安德丽雅的医疗组了解情况。之后，他才躺在床上，试图入睡。他不肯定什么时候睡着的，但他有个预感，自己睡了没多久闹铃就吵醒了他。

他想起来没车了，所以就给福斯特打了个电话，把情况告诉了他，要他开车来带他走。福斯特对他说不过来了，他为调查的事情实在太忙，但莱昂斯会来接他。15 分钟之后，她出现了，于是他又得对她解释一番佐伊的缺席，这可不是他喜欢的义务。

现在他们一起坐着，看着人群，搜寻杀手。泰腾怀疑他是否会来此，但他们从来也不会知道的。他扫视了一番周围的面孔，想要估计一下谁匹配对杀手做的罪犯行为特征分析。整整一大群人呢，真够呛。虽然他和佐伊已经对杀手的心理有了很多的了解，但他们还从未深入进展到知道他长相如何的程度。年龄大约40岁，很强壮，白人。还有，泰腾从第一个视频里所获得的有关他身材的模糊印象。

一张熟悉的脸引起了他的注意，他皱起了眉头，想要定位一下，直到突然明白是谁了。那是哈里·巴里。他坐在后排，在一个小笔记本上匆匆地记着什么。他们的目光相遇了，哈里朝他点点头。

一个警方的摄影师也在那里，拍摄到场的来客。过后，福斯特和莱昂斯就会忙碌一番，分门别类地处理这些照片。泰腾已经决定不去加入他们的忙碌。葬礼之后，他会处理掉一些细枝末节的琐事，然后回家。马文需要他，佐伊也需要他。

"有个探地雷达组发现了杀手挖的另一个坑。"莱昂斯低声告诉他，读着手机上的一条短信。

"太好了，"泰腾咕哝道。套索收紧了。他很肯定，现在抓到这个杀手只是个时间问题。所以，圣安吉洛市警方不再需要他在那里了。

但他仍然仔细地观察周围的面孔，可心里在想他们追踪了一星期的那个家伙是否会那么容易被辨认出来。

他又把注意力收回到神父身上，神父似乎到了仪式的收尾阶段，正站在棺材旁边的上方。这是一个盖棺葬礼。妮科尔尸体的腐烂连尸体防腐师也无能为力了。

他的手机"嗡嗡"地响了，他打开查看了一下。他不认识这个号码。所以他就拒绝接听，把手机放回到口袋里。

"他们快要结束了，"他说道，"我会站在外面，再看看每个离开的人。也许你该站在后面。"

"好吧。"莱昂斯只是半听着，她还在手机上读另一个邮件。泰腾从她身后望去，看到是德布拉·米勒墓穴的案发现场勘查报告。该报告显然简短得令人失望。除了埋下去的尸体和板条箱，在案发现场什么都没发现。不像其他的谋杀，在板条箱里没发现什么东西——没有摄像头，没有电缆线，没有小道具——在尸体身上也没有任何发现，除了她的钱包。莱昂斯用手指翻动着手机屏幕，开始阅读起验尸报告来。

他谨慎地站了起来，走到外面。自他们来到此地以来，这一天最为闷热，他只穿了一件西服，已经浑身汗水淋漓了。他决定一回到汽车旅馆就去游泳，然后再估算一下乘哪个航班走。

他注视着教堂的大门打开了，人们接踵而出。有十几个新闻记者匆匆地跑上前来拍摄视频。泰腾摇摇头，集中注意力在人群的其余部分。杀手会不会伪装成一个摄影师呢？不太可能。

他的手机又嗡嗡作响了，还是之前的同一个号码。

他把手机放到耳边，"喂？"

"嗯……是泰腾吗？"一个女性的声音，很虚弱。有点熟悉。

"是的，哪一位？"

"我是安德丽雅。佐伊的妹妹。"

"噢，对了。"她的声音听起来就像是她过去自我的一个幽灵，"你现在感觉怎样了？"

"好一点了。头昏眼花。他们一直在给我用镇静剂。听着，你知道佐伊在哪里吗？她的手机打不通。"

他突然感到一阵忧虑，"呃，她说她要从奥斯汀飞回去，她很可能在飞机上。所以她的手机打不通。"

"噢，好吧。那就说得过去了。"安德丽雅听上去感到松了一口气，这种情感泰腾感觉不到，"如果她和你联系，请告诉她给我一个电话，让我知道她什么时候到家。"

"没问题。"

"谢谢泰腾。再见。"

她挂了。泰腾有点心烦意乱地看着行进中的送葬队伍，他们抬着棺材去墓地。莱昂斯在送葬队伍的后面，他对她打了个手势，引起她的注意，他一会儿就和她会合。她点点头。

他拨了佐伊的号码，那个电话就直接连到了语音信箱。他挂了电话，拨了福斯特的电话。

"喂？"福斯特接听了，听上去很不耐烦。

"福斯特，听着，我是泰腾。嗯……对不起打扰你了，但佐伊的电话离线了。她也许正在飞行中，可她昨夜开车走时状态很糟糕。我在担心……会不会发生什么事。"

"你要我查一下昨夜的事故报告？"

"如果不太麻烦的话，"泰腾说，感到很宽慰，是福斯特自己主动提出的，"她开了一辆银色的现代雅绅特去奥斯汀的。"

"没问题。我过会儿给你电话。"

"谢谢，福斯特。我真的很感谢。"

他挂了电话，跟着送葬队伍，看着他们把棺材放进墓穴。妮科尔的母亲控制不住地哭泣着。泰腾决定放下觉得自己是在寻找杀手的任何借口，过去向他们没能救出来的死去女子表示一下敬意。

他的手机响了，他走到离开人群的一边。是福斯特。

"听着，泰腾。没有符合佐伊情况的事故。有两起银色现代雅绅特的事故，但都不是租车的，而且涉及的人员不是佐伊。"

"那么，我估计她在飞行中。"泰腾呼出了一口气，感到放心了。

"目前在奥斯汀和弗吉尼亚州的任何机场之间没有航行中的班机。"

泰腾皱起了眉头，"也许她下飞机后忘记开机了？"

"也许吧。最后的航班在两小时前就着陆了。"

泰腾的心一沉。那样的话，佐伊差不多现在已经回到安德丽雅那里了，"谢谢，福斯特。"

"你和她通上话了就请告诉我，保持联系。"

"好的。再见。"

他挂了电话，又拨了佐伊的号码，结果又是转到了语音信箱。他试了两次都没成功，内心开始升起了某种朦胧的恐惧感。

第七十九章

　　泰腾的生物钟不断地在计算着分秒。自从他意识到佐伊失踪起，已经过去 50 分钟了。

　　他在汽车旅馆的房间里走来走去，给不同人打电话，有在圣安吉洛市的人，也有在奥斯汀的人，还有在匡提科的人，给任何能给予他帮助、能向他提供一丁点儿信息的人打电话。他不断地回想着她离开时的情景。她有点语无伦次，目光呆滞。他永远不该让她在这种状态下开车。但他也在担心马文，所以出了一个瞬间的判断失误。他不断地想象着那辆现代雅绅特在沿途的某个峡谷底下或者某条沟渠里翻车倾覆的情景。佐伊在车里流着血，失去了知觉，或者身亡，这些幻象在他心里闪现着。

　　他的手机响了，是曼卡索。

　　"佐伊没有在任何航班上办理值机手续。"曼卡索紧张得抬高了声音，"有什么公路交通事故的消息吗？"

　　"公共安全厅派出了巡逻车在圣安吉洛市至奥斯汀之间的每条主要公路上搜寻她，"泰腾说道，"但她一定是走 71 号公路了，那是一条很好的公路。她不太可能会迷路。而假如她在路上出了事故，我们就会已经……"他不敢想下去了，"已经知道了。真是狗屁。曼卡索，我会再给你打电话的。”

　　他挂了电话，冲出房间。

　　她根本没上任何航班，他们也没能在去奥斯汀的路上找到她，但有一个地方他从未核查过，甚至根本没想到过。

　　停车场在汽车旅馆的另一边。

　　租的车子依然在那里，佐伊竟然根本就没有上车。

　　她会不会决定叫优步出租车，因为知道自己无法驾驶？泰腾很怀疑这一点。他快步回来，决定去查一下她的房间。

　　他闲逛似的走进了大堂，设法尽量显得很随意。他可以拿出证章要求拿到佐伊房间的钥匙，但柜台的职员也许会叫经理来，然后他们会说他需要出示搜查证……可他没时间了。柜台后的那个姑娘多次看到过他和佐伊一起进出。于是他强装笑脸。

　　“嗨，”他说道，“我的朋友忘带钥匙，把自己锁在门外了。你有备用钥匙吗？”

　　她看着他，有点不确定。泰腾不再直接看她，咳嗽了一下，装作有点尴尬的样子，“她……嗯。在我房间里等着。眼下她没衣服可穿。”

　　那姑娘脸红了，努力掩饰着她的暗笑。她找到了备用钥匙，交给泰腾。泰腾努力自我克制着，不能显得离开得那么匆忙。

　　他开门时心提到了嗓子眼。佐伊的房间里一片混乱。纸张散乱在床上，有些掉在地上。他快速地查看了一下——这些都与薛丁格案件有关。他在床角发现了一双丢弃的长裤。她的牙刷以及其他的洗漱用品依然放在浴室里，所以，他估计她匆忙之中忘了打包带走。在床头柜上有几张最近的案发现场照片，他拿起照片，翻看了一下，然后注意到最下面有一张业务名片。

约瑟夫·多德森，空调技术员和电工。泰腾皱起了眉头，有点困惑，随即就回忆起几天前的早晨他看到的那个离开佐伊房间的男子。

一个体形硕壮的男子。

他的拇指和食指夹着名片，设法思考此事，此时他的手机响了。那个号码他不认得，但他在过去的几个小时里给许多人打过电话。

"喂？"他接听了。

"格雷特工吗？"电话另一端的男子沉重地呼吸着，声音不太稳定，"我是哈里。记者。"

"眼下我没时间——"

"我刚收到来自薛丁格的又一个邮件。一个视频。"这听上去不像那个愤世嫉俗，说话圆滑的记者了，泰腾曾和他交谈过。那男子快要歇斯底里了，"我把链接发给你。"

他挂了电话。

一会儿，手机"哔哔"地响了一声，收到了进来的信息。那不是像前几个那样的正常随机网址。这是一个链接到 YouTube 的视频分享网址。泰腾点击了链接，屏幕上现出了视频。

泰腾的膝盖一下子就软了，他沉重地一屁股坐在床上，注视着佐伊的脸。

第八十章

一片漆黑。

好一会儿，佐伊觉得还是在夜晚，她已经把百叶窗拉下来了。她的嘴巴干渴，感到嘴里毛茸茸似的。她挪动了一下，大概想去拿手机看看几点了。

可她没法挪动自己的双手。它们被反绑在背后了。她能感觉到有什么东西生硬地绑住了她的两只手腕，嘴里被堵塞了。

一大堆混乱的各种感觉和记忆的片段浮现了。疼痛。她全身疼痛，远比她昔日感到的疼痛更为厉害。

她伸脚踢了一下，碰到了上方某种坚硬的东西。她在做梦。有时会发生的——她太集中精神关注那些案件了，所以她常为此做噩梦。但是，身上的疼痛，手腕上的刺痛，嘴里的难受感觉：这一切可都是真真切切的。

那黑暗是绝对的。她无法区别那种黑暗和她闭上眼睛时的黑暗。

她想挣脱双手的束缚，蠕动着，撞到了身边两旁的木壁。惊慌之下，她想坐起来，前额却又撞疼了。

狭窄黑暗的空间里并不寂静。一阵沉闷持续的尖叫声充斥着她周围的空间。只是在她感到嗓子火辣辣地疼时，她才意识到是她自己在透过嘴里的堵塞物尖叫，完全出于恐惧……

第八十一章

她又尖叫起来了。泰腾僵住了，那声音令人难以忍受。

"关掉那该死的声音。"福斯特说，他的嗓音嘶哑。他在打电话。

泰腾坐在警情会议室里，和福斯特还有莱昂斯在一起。他们在桌上放了一台笔记本电脑，视频一直在播放着。他知道在整个警察局里，各个屏幕上都在播放着相同的视频，喇叭里发出了同样的尖叫声。他看了一下手表，自他走进这个房间后他已看了十几次手表。视频已经播放1小时20分钟了。根本不可能知道佐伊已经在那个木箱里多久了。两小时？还是3小时？

或者是8小时？

莱昂斯坐在电脑前面，目光闪烁。她没有静音播放视频，他们都知道个中原因。有一个机会，无论多么渺小，他们在朱丽叶·比奇身上采用过的相同方法也许在此有用。一听到泰腾告诉他有关视频的事，福斯特就派出了巡逻车播放着刺耳的高音量音乐。

但等佐伊安静下来了，他们什么也没听到。泰腾知道薛丁格永远不会两次犯同一个错误。无论她被活埋在何处，她一定是被深埋了，根本隔绝了外部的声音。

"另一条评论，"莱昂斯说道，"'这是假的'。'假的（Fake）'这个词后面拼写成了'CK'。"

薛丁格的视频第一次有评论了。网站有个浏览人数的计数装置，甚至还有"翘起拇指，拇指向下"的标识。薛丁格完全接受了YouTube视频网站，设立了他自己的频道，就叫薛丁格。这个视频标题为"实验四号"。联邦调查局和公共安全厅的网络作战组正在试图追踪上传来源，但泰腾不抱希望。

他在房间里踱着步子，但此刻他停下了脚步，又注视着屏幕。视频传播比起之前的黑了很多，很难看清细节。佐伊仰天躺着，嘴里堵塞着，头发凌乱，脸上泪水涟涟。在远离她的外部世界，泰腾只能瞥见黑暗的木壁。

没有道具，没有标注有毒物或爆炸物的金属装置。传播的视频播放稳定，没有改变。

一时间，他的心里阴影重重，难以言状的恐慌浪潮似的冲击着他的大脑，他的思绪被泛着泡沫的纯粹恐惧巨浪冲走了，他为佐伊命悬一线而深感恐惧。他强迫自己深呼吸，理性地思考。他的这种状态无助于拯救佐伊。他又看了一眼时间。自从视频播放后已经过去了1小时23分钟。

警方有两组探地雷达，正在尽快地搜寻着。泰腾使用佐伊的计算公式，估算出更大一点的搜寻半径范围，他们正在排查这个区域，但是，因为佐伊的活埋墓穴很可能填满了富含黏土的泥土，他们能发现什么的概率几乎为零，即使他们就站在佐伊被活埋处的上面也难以发现她。搜救警犬组也在搜寻同一个区域。

"谢泼德监视人员退出。"福斯特放下手机，"我刚才和监视他的人员谈了一下。他根本没有机会去劫持佐伊。"

泰腾点点头，"佐伊觉得他不太像嫌疑犯。"他依然感到心抽紧了一下。谢泼德是他们仅有的几个线索之一。

"现在我们唯一的嫌疑犯就是那个叫约瑟夫·多德森的家伙，"福斯特说道，"他们现在应该随时就能抓到他了。有什么关于他的想法吗？"

想法。泰腾迫使自己聚精会神，去冷静高效地想一想，"他的年龄大致相符。他身强力壮。他的职业是电工和空调技术人员，所以他很可能有一辆厢式货车用于工作。有可能他能够获得所需的相关技术知识，用于拍摄被他活埋的姑娘们，并在网上发布。还有，他和佐伊关系紧密，所以他能从她那里获得有关调查的细节情况。"

"我倒是喜欢他这样的本事了。"福斯特阴郁地说了一句。

他们都陷入了沉默。佐伊狂乱的呼吸声从电脑上传来，泰腾攥紧了拳头。

"为什么是 YouTube？"莱昂斯问道，在过去的一小时内，这是她第三次这么问了。

"很可能是因为评论，"福斯特不耐烦地说道，"他想看到浏览者留下的震惊恐惧的评论。"

泰腾皱着眉头，在思索着此事，"这与罪犯行为特征分析不符。这个家伙不想与人纠缠。他只想炫耀他是多么聪明厉害。如果他想获得评论，他在前几个实验时就会让浏览者发评论了。我的估计是他不在乎评论。那些只是随机发出的噪声。"

"然后呢？"

泰腾看着视频。YouTube 除了让使用者发评论，还能向他们提供什么呢？那一定是杀手在自己的网站上无法做到的什么事。他所能想到的是广告，但他又怀疑杀手是否会关心收益。

"流量。"莱昂斯突然指着网页浏览数说。那刚刚达到了 4 位数，还在稳步上升。

"这就对了，"泰腾同意，努力克制着身体上的恶心反胃反应，"在朱丽叶·比奇案上，人们已经说起他们无法获得视频，因为那个网站无法应对流量。而这次，我认为他想把影响做大。他想让每个人都能看到。他想要获得之前的名声。"

"YouTube 一旦接到举报就会清除这个视频的，"莱昂斯说道，"怎么办？"

"我们不能让他们这么做，"泰腾说道，他惊得心快停跳了，"我来处理此事。"他会给曼卡索打个电话，请她和 YouTube 联系，解释一下情况，阻止他们清除视频，直到佐伊安全为止。即使他在这么想的时候，他也意识到他正在做那个杀手的确想做的事。他在替那个浑蛋做事。

福斯特的手机响了，他接听了，"是的。带他过来，带他去一号讯问室。"他挂了电话。

"约瑟夫·多德森？"莱昂斯问道。

"是的，"福斯特说道，"他们刚逮到他了。我们正在办搜查证。"

"我们也许没有足够的理由申办搜查证。"莱昂斯指出。

"无论如何我们要搜查他家，"福斯特严峻地说，"我们要获得我们需要的情况去找到她。"

第八十二章

佐伊躺着，筋疲力尽，自从她醒来之后不知过去了多久。她感觉自己似乎间或晕过去了，但不肯定自己是否真的失去了知觉，或者自己的心智是否失常了，留下她的身体在恐惧中盲目地乱动。她无法估算时间的流逝，除了缓慢持续的膀胱压力在增大和越来越难以忍受的口渴感。回想起昨天，她意识到自己并未喝很多，可现在得为此付出沉重的代价了。

但早在口渴之前，窒息会杀死她。

自从她醒来之后，她第一次感到极度疲乏，不再激烈扭动，开始慢慢地思索起自己的处境来了。

在他们着手调查时，分析员曾估计妮科尔·梅迪纳将会在 12 小时之后耗尽空气。朱丽叶·比奇被活埋了将近 9 个小时，等他们找到她时她几乎快要死了。佐伊不知道她身处的这个木箱是否也是相同尺寸的，但假定它是足够窄小的话，那还是比较可靠的估计。比起通常的女子，她身材比较娇小，这意味着也许她被关在木箱里面时空气会更多点。

她所有的扭动和尖叫已经显著地降低了空气的存量。

要最大限度地延长时间的话，她能做到的最好办法是睡觉，这能显著地降低呼吸频率。但此刻这也不是一个选择了，她浑身不适的状况非常严重。所以，她也只好静躺着，保持镇静为好。

"保持镇静"对她还真成问题。她仍然在心底感到那种洞穴般幽暗的恐惧，等待着她再次去触摸木箱板壁，去感受逼仄的空间，去想想在她这个窄小封闭的空间之上堆着的成吨成吨的沙土。

她尝试了一些基本的放松技巧，把注意力集中在自己身上，设法松弛肌肉，平稳呼吸。但她无法恰当地集中注意力，恐惧的念头不断地袭击着她。一时间，她失去了控制，蹬踢起封闭她的四周板壁。哭泣着。

她得设法尝试其他方法了。

假如她无法通过净空心灵的方法使自己镇静下来，她只能让心里充实来使自己镇静下来。这个方法她觉得更加容易去做。事实上，这也是她的习惯性状态。

她尽力去想想安德丽雅，但有着太多的不确定性，太多不同性质的恐惧，所以她赶快回避了这些想法。她妹妹现在活着，很可能处境比她好得多呢。

然后，她突然想到，她很可能正在被拍摄视频。假如她能收集到她处境的任何情况，也许她能设法让浏览者知道，她就能拯救自己。一想到她能够让自己脱离这个处境，她被囚禁的恐惧感立刻减少了许多。

她稍微扭动了几下，使自己的脸颊贴到了木箱板壁上。那是木质，但不知怎么的很光滑。她努力回想其他受害者被关进去的木箱有多光滑。这个木箱有点不同吗？她尝试着嗅闻了木箱内部，或许闻到什么也能有所帮助，但她所闻到的只是她自身的气味。然后她静静地躺着，努力想听听她所感觉到的永远。

什么都没听到。

她的五官之中，味觉和视觉都毫无用处。到目前为止，触觉、嗅觉，还有听觉什么都没提供给她。

她努力回忆昨夜发生了什么。回忆是碎片性的，她估计那很可能是因为她过于心烦意乱了。她回想起决定从奥斯汀飞回家，和泰腾有过短暂的交流——她记不清他们之间说过什么话了。她走向停车场，然后就……

疼痛。她浑身的肌肉僵硬疼痛。她一直无法挪动。

他猛击了她。然后，不知怎么的，把她打昏了。他改变了之前的作案手法。他显然比过去更有信心了，或者说是更加肆无忌惮了。也许两者都有一些。

她努力去回忆，当时她是否设法看看周围有什么能帮助自己的东西。她回忆起在黑暗中看到了租来的车子，然后……什么都没有了，只有疼痛。

她没让自己丧失希望。她知道记忆是如何工作的。记忆常常会以令人吃惊的方式突然爆发出清晰的回想。她会等待着。但她必须得保持思维忙碌。她闭着眼睛，只要她不挪动，还是可能几乎要忘记自己身在何处了。

　　她聚精会神于案件上。这是保持思维忙碌的最好方式。她工作时，能一连几小时地思考一个案子，设法进入杀手的思维模式，找出他的作案动机，他的强烈欲望，触发他作案的事情等。通常，她会在自己周围都放着案发现场和受害者的各种照片，但她眼下还得依赖能回想起来的情况去思考。

　　昨夜，就在安德丽雅来电话之前，她心里也曾一度想到过她，然后，她迫使自己不去想，因为她一直集中心思在德布拉·米勒的案子上。德布拉·米勒是第一个受害者，就是此人激发了杀手开始行凶作案的。

　　如果杀手知道德布拉是谁，并知道她是在逃亡之中的话，他就能估计到没人会报告她的失踪。这会是所有的作案原因吗？

　　不。有无数的无家可归的女孩，没人照料她们。她们非常可能更容易被劫持，因为她们中许多人都是妓女。但这个杀手总是定位在那些既有住房，又生活舒适的姑娘身上。德布拉的案子也许是他搞砸了，但她也是来自一个爱她的家庭，而且她有家可回。

　　她想要在德布拉和其他受害姑娘之间找出一个共同的特征，但找不出来。德布拉显著地比其他受害者的年龄要大。她是个毒品瘾君子，毫不健康；而其他的受害者都很好。德布拉当时正在寻找一条脱离她当时生活的道路，可能与玛丽贝尔·豪有点相似，但与朱丽叶和妮科尔不同。

　　她决定换个方式来解答这个问题。先看看其他 3 个受害者的共同之处，然后再尝试发现这些共同之处能否与德布拉·米勒的情况吻合。

从身体状态来看，其他 3 个姑娘各不相同，但这 3 个姑娘都很漂亮。事实上，朱丽叶·比奇更是美丽非凡，这 3 个姑娘都有着回头率高的颜值。那么杀手也把德布拉看作漂亮女人吗？她瘦削苗条，就像朱丽叶和妮科尔一样，但玛丽贝尔身材曲线优美，两颊圆润。佐伊怀疑外貌是否可能就是答案。

他使用社交媒体跟踪那些姑娘们。她大量地检查过所有这 3 个姑娘的账号。她们都频繁地发帖发照片。她们都显得快乐，尽管说，在社交媒体上这也不算是特别情况，那里只是一片虚假笑容的天地。她们都和不同的男性一起拍过照——也许这就是激发他开始作案的原因吧。大概德布拉·米勒向他送媚求欢，让他觉得她和其他姑娘一样的淫荡。

但是那种推测感觉不对。据佐伊所知，所有那 3 个姑娘的档案以社交媒体的标准来衡量，都是非常纯洁。没有挑逗性的照片，没有比基尼泳照，也没有裸背照，甚至连接吻面容照也没有，只是些欢乐的姑娘和朋友们外出的照片而已。

朋友们。她们很受大家喜爱。或者，至少是社交媒体状况等同于受欢迎程度吧。许多照片都是和不同的人拍摄的，有许多送花赞赏的。所有这 3 个姑娘的照片分享社交平台账号里都收获了超过 500 个花朵。

所以，这 3 个姑娘都是漂亮可爱，讨人喜欢，而德布拉则是孤独一人，满脸病容。

难道他以她们为目标是因为她们与德布拉截然相反吗？或者——

她心里明白了德布拉的父亲说过的话了，"她在学校时是个最可爱快乐的孩子。那么受欢迎，身边围着一群朋友。"在佐伊这个被囚禁之处，感官隔绝，但她能在耳畔听到他说的话，仿佛他就在她身旁似的。

她在学校时。

就这个杀手而言，这4个受害者都是相同的。漂亮可爱，受人欢迎。

但是，德布拉在学校毕业之后就变得不快乐，孤独了。

那么，他那时是个本地男孩。他曾和她上同一所学校。

她突然之间完全肯定了。他曾和她上同一所学校——她，受人欢迎，快乐可爱的女孩；而他，怪异男孩，没有朋友。在班级里，他只能一小时接着一小时地幻想她。对他所做的罪犯行为特征分析明确地把他描述为痴迷性，而相同的倾向在他还是个孩子时肯定即已显现出来了。这种痴迷永远不会完全消失。然后，经过了那么多年之后，他又遇到了她。他已经倍感压力了，大概是因为工作上的什么事——也许他遭解雇了，或者没得到职位提升，或者遇到了一个憎恨他的老板等。而她就在那里。经过20多年了，又回到了他的生活里。那就足以触发一个满足他幻想的反应。

这足以引发他的渴望。一所高中里有多少学生？1000？对照她的分析反复核对，也许获得他们的指纹，比对他们已经获得的那枚不完整指纹，就是了。

不幸的是，这些事她此刻无法去做了。但警方能够做，还有泰腾能够做。她得想什么办法传递出信息才好。

第八十三章

一个身着制服的警员打开了警情会议室的门，"福斯特，约瑟夫·多德森带来了。"

"好，"福斯特说道，"马上就去。"

那人关上门，福斯特转向泰腾和莱昂斯。

"好吧，我们需要敏捷一点。我们没多少时间了。"

泰腾点点头。通常，他们会让那男子先紧张得流点汗，然后猛然进去，一个扮红脸，一个扮白脸。但在嫌疑犯等待的每一分钟里，佐伊都在备受煎熬。泰腾看了一眼屏幕。在过去的 20 分钟里，她一直躺着，闭上眼睛，一动不动。这几乎比起之前的状况更糟糕了，那时她还挣扎着尖叫呢。

"你觉得我们这样来进行怎么样？"他问道。

"你先进去，"福斯特说道，"他已经见过你一次了。他明白你已经知道他是谁了。这可能会让他感到不安。我们会给你些小道具，就像上次对谢泼德那样的。案发现场的照片，厚厚的档案夹，证据袋里他的业务名片。我们已经有了通话记录，所以我们这么演一下，听上去就像我们比起实际掌握的情况知道得更多。然后我进去，告诉他，如果他现在就说出佐伊在哪里，我就会让这个联邦调查局的特工不来找他麻烦……就这类的话，好吗？"

泰腾迟疑了一下。这听上去是个合理的策略，用来对付一个日常的罪犯，但是对付这个连环杀手会怎样呢？

"搜查他家里的许可证怎么样了？"他问道，"如果我们能找到某些更具体的证据，我们也许能更好地讯问他。"

福斯特叹了口气，"莱昂斯正在办理。如果我们在10分钟之后还没有拿到的话，我想我们就……"他含混地挥了挥手，显然不想明说。泰腾已经明白了大意。福斯特意图搜查此人的住宅，无论是否合法。他很赞赏这个做法。

可还有点什么使他却步了。

佐伊显然和这个男子关系非凡。她是否会那么盲目，看不到迹象？在她少女时期，她曾与罗德·格洛弗友好相处，所以她依然有着这些情感伤痕。泰腾只是想相信他的搭档永远不会再让她自己与某个可能是杀手的人亲密相处的。

当然，有些心理变态者是非常出色的演员。

这次讯问可能会持续数小时。如果他们错以为是多德森的话，拯救佐伊的机会就会从渺小减至零。

"这样吧，"他说，"你先进去。带上各种小道具。然后，过半小时，我加入进去，玩联邦调查局的整个一套，同时希望莱昂斯从这个家伙的家里获得我们所需的任何东西。"

"你肯定吗？"福斯特皱着眉头。

"肯定。我想再思考一下，做好充分准备。"

福斯特看着笔记本电脑好一会儿，呼出一口气，离开房间，关上了身后的房门。

泰腾转向笔记本电脑。佐伊躺着，此刻眼睛睁开了，依然没有挪动。她偶尔眨一下眼睛，这是唯一说明她还活着的证明。浏览记录现在已经达到了6位数了。这条新闻已经出现在主要的新闻频道里，而那个链接已经到处可见了。杀手正在得到他想要的效果。整个世界都在观看着。

"假如你在这里的话，你会说什么呢？"他对着屏幕问。他站了起来，在房间里来来回回地踱步。即使约瑟夫抓错了，还有什么他能做的呢？佐伊又会怎么做呢？

她会分析他们所了解到的情况，估计那是什么意思，设法得出新的结论。

佐伊透过嘴里的堵塞物又尖叫了，身体翻来翻去。泰腾走上三步，伸手把笔记本电脑设为静音。有足够多的人在观看着视频。如果有什么声音值得一听的话，他们会通知他。

他坐在桌子旁，拿出他的笔记本，咬着下嘴唇。然后，他写下了几个字，"不明嫌疑犯在停车场上袭击了她。"

那几乎是可以肯定的。停车场上一片漆黑，所以泰腾怀疑佐伊拿到钥匙之后会不会去其他地方。他用钢笔在笔记本上敲了敲，随后加了一句，"他在跟踪她，等待合适的机会。"

这是杀手的策略改变。他选择佐伊作为他的目标，积极地跟踪她。为什么？名声？或者他非常得意自己劫持了一个快要发现他的人？佐伊在那篇报道里公开羞辱了他。或许那就是促使他作案的原因。

泰腾设法想象这个叫约瑟夫的家伙在干着这种勾当。但那不相符。假如约瑟夫要劫持她的话，去敲她的门更合乎情理。因为她已经认识他了，她会开门，而他就可以在她房间里控制住她，让她无法动弹，也许给她灌药，就像他对待其他受害人一样。

一旦他质疑了，其他事情就开始让他感到奇怪。当杀手企图闯入加油站时，他戴了乳胶手套。但约瑟夫是个电工。泰腾有个叔叔也是个电工。泰腾回想起他在工作时戴的是特制橡胶手套，比简单的乳胶手套要厚实得多了。约瑟夫肯定也戴这种手套。

约瑟夫身材高大。虽然很难估计第一个视频里那个杀手的身高，但泰腾怀疑他是否有那么高大。他还怀疑既然知道自己身材多高，那个杀手居然还会拍摄到他自己。

此外，佐伊也会知道的。

第八十四章

　　佐伊试图对着堵塞物发出哼声，快要恶心呕吐了，一阵短暂的恐惧袭来，所以她迫使自己停下了。她能把堵塞物吐出去吗？她尽力用舌头往外顶，结果舌头麻木了。

　　不光是警方在观看着视频。杀手他也在观看着她。如果她设法吐出了堵塞物，或者设法示意什么，他就会关掉视频上传。那么她想帮他们的机会就会失去了。

　　那只能做什么让杀手不会注意的事，或者他在有人获得了信息后才会发现。没有手势信息，没有文字，没有声音。

　　眨眼：那是唯一安全的行动方式。

　　此刻，她是多么地喜欢知道莫斯密码。还有人依然知道莫斯密码吗？就是几下短短长长的眨眼，她就能把任何信息传递给观看着她的人了。可是她不会莫斯密码。唯一的其他可能性就是按照数值眨眼表示字母。一次眨眼表示 A，两次眨眼表示 B……而二十六次眨眼表示 Z。每个字母之间有个显著的停顿。他们自己必须得在文字中间插入空格。

　　她在心里起草了一条简短的信息，"杀手在学校时认识德布拉·米勒。"她绝对能让信息变得更短些。尽她最大的努力去避免 ABC 字母表里的后半部分。"他在学校时认识德布拉。"这更好了。

好了。H是第八个字母，E是第五个字母，K是第十一个字母……她开始眨眼了。

这几乎是不可能的事。

她还得眨眼得自然些，否则杀手会立刻注意到有点不对劲了。那就意味着只能是短而轻地眨眼。她得仔细地计算好字母所需的眨眼数。要在完全漆黑中计算眨眼次数，可她真的难以分辨她的眼睛究竟是睁着还是闭上了……

她一路数到"knew（认识）"这个字里的"W"。而她非常肯定自己会在眨眼时把"H"和"N"搞错了。

她失望地啜泣了一下。她必须重新开始，直到她做对了为止。但是那个杀手很聪明。他会注意到她眨眼的不规律。那样就永远不可行了。她还得再缩短信息。更简短。她只得相信有人会猜测出她设法想表达的内容。

泰腾。她只得相信泰腾会猜测出她的意思。她曾经和他谈起过杀手和德布拉之间的关联。她已经在她房间里留下了所有与德布拉有关的笔记资料。泰腾会明白那就是她心里所想到的事。

她的新信息只是简单的一个词"school"（学校）。第19个字母，第3个字母，第8个字母，第15个字母，第15个字母，第12个字母。

这依然感觉是不可能办到的事。但她决定试试。

但如果她没给予杀手想要的东西，他可能会因为挫折感或厌倦感而关闭上传。她不能让此事发生。

所以，她又剧烈摇晃着尖叫起来了。

他坐着观察，门已经锁上了，确保无人能够进来，他就看着她。他知道自己有许多事要干，但他无法把自己的目光从视频移开。第一个小时表现最佳，她完全失去了控制。看着她哭泣尖叫，他感觉到了一阵难以想象的激动。她不再那么冷漠，那么富于心机了吧？那就是当人们被关进黑暗之中时所发生的事，他们就有时间真正地思考了。

可是，当她镇静下来了，他开始颇感受挫。她在欺骗他。视频至此才拍摄播放了 73 分钟。他需要的更多。

她长时间地躺着不动，所以他真希望他能刺激她再次动起来。也许那是他在未来的实验中应该做的事。他将不得不好好思索一番。

她睁开了眼睛，有一阵子只是在眨眼。她眼睛出什么问题了？是某种紧张的反应？

然后她又剧烈摇动着尖叫了。甚至比起之前的情况更为激烈，看着她还真是刺激。不久，性欲攫住了他，他摸到了桌上的克里奈克斯牌纸巾，呼吸沉重，脸色通红。

等他完事了，她已经停止尖叫，闭眼躺着了。他颤抖着呼出了一口气。这可是他迄今为止做得最好的一个实验了。

泰腾的手机响了。是哈里。泰腾立即接听了。

"说吧。"

"你在看视频吗？"哈里问道，声音很紧张。

"没有，怎么啦？"

"去看那该死的视频。我认为佐伊在设法示意什么呢。"

泰腾匆忙走到屏幕前，盯着看起来。开始，他看不出有什么不同寻常。她只是躺着，不断地眨着眼睛。但随即他意识到她快速眨眼。然后停顿。快速眨眼。再停顿。

"她在……以某种模式眨眼。"

"那不是莫斯密码——我已经查对过了。"

佐伊突然闭上了眼睛。过了一会儿，她又开始扭动蹬踢了。泰腾满怀同情，深感紧张，便转向一边了。

"我认为她在演戏。"哈里说。

泰腾的眼睛又回到了屏幕，"你怎么知道的？"

"我多年来一直在写性丑闻和名流的报道。相信我——当某人在演假戏时我看得出来。"哈里听上去有点恼怒但又有点自鸣得意，"她会停止一会儿。她已经这么做了两次了。你会看到的。"

正如哈里说的，佐伊突然停止了。眼睛闭着，显得筋疲力尽了。

"准备着眨眼。"

突然，佐伊睁开了眼睛，眨眼了。泰腾过了一秒钟才反应过来。

"计数！"他对手机咆哮着，"记住眨眼次数。"

他自己也在计数，在笔记本上潦草地写下结果。一分钟之后，她闭上眼睛，静静地躺着。

"好了，"哈里说道。"我记下的是 8，3，15，27。"

"我记的是 17，3，15，15，11，"泰腾咕哝着，"我敢肯定，在第二次 15 后有个停顿。"

"如果有停顿的话，你就得到 15，12，加起来 27 了。"

"你记错了。是 15，11。那不是莫斯密码，所以很可能是字母。数字就是 ABC 字母表里的位置。"

"好吧。那么我们来看。17 是……A，B，C——"

"悄悄地算，"泰腾厉声说道，"我倒没想到过。"

他写下了 ABC 字母表，还有对应数字。然后再匹配他所计下的数字。笔记本电脑的屏幕上，佐伊又扭动起来了。

"对，"哈里说道，"我得到……rchook。毫无意义。"

"我得到的是 qchook，"泰腾咕哝着。

"如果我数得对了，那就是忽视了停顿，最后就是 12，那就意思是……rchool。"

"School（学校）！"泰腾大叫，"是学校。"

"对啊。"哈里听上去同样兴奋，"那么……她是在告诉我们说她被活埋在学校里？"

"有点道理……"泰腾迟疑着说，"可她怎么会知道她被活埋在哪里呢？"

"也许她在被活埋之前听到了学校的某些噪声。"

"那倒是很有可能的,"泰腾同意,"我会让人立刻去那里检查一下。"

"太好了,有消息就告诉我。"

"嗯—啊,"泰腾说着,挂了电话。他正要冲出房间时却又停下了。

佐伊一直在努力寻找德布拉和杀手之间的关联。会不会那就是她的意思?

又是那种优柔寡断的感觉。错误的决定会浪费宝贵的时间,让佐伊丢掉性命。他决定追踪两条线索。他要去告诉福斯特和莱昂斯有关学校的事,让他们派人在当地学校里搜寻佐伊。那是个更可行的方案。

但他要查一下德布拉的学校生活,碰碰运气,可能这就是佐伊的意思。

克莉丝汀·曼卡索主管在电话里说个不停,视频在她的电脑屏幕上播放着。她早就按了静音,但她无法让自己关掉不看。这好像如果她关掉了,她就会背叛了佐伊,把她扔在黑暗之中一样。

她在与联邦调查局圣安东尼奥市分局的负责特工谈了许久。他已经从精英中派出了6个人去圣安吉洛市了,而他手下的分析员则全天候地分析寻找佐伊。那些话,曼卡索估计,大多是为了安慰她,或者就是推卸责任,也许两者兼而有之。但这是她所能做到的一切了。告诉任何能够帮忙的人。

她拨了泰腾的号码,想知道最新进展,但电话一直占线。

然后，她手里的手机响了。

"喂？"

"是曼卡索特工吗？"声音很熟悉，但她想不起是谁。

"这是曼卡索主管。"

"噢，主管，对。这是哥伦摩尔公园警察局的米切尔·朗尼。还记得我吗？"

她过了一会儿才想起他来。英俊的小伙子，忧伤的绿眼睛，"是的，朗尼，我记得。"

"听着，我在看着视频——"

"我也是，朗尼。我此刻还没有最新进展——我很遗憾。"

"不，听着。我发现了点什么。佐伊在设法告诉我们什么事。她用眨眼表示字母，还有——"

"学校，"曼卡索打断了他，"她眨眼表示的字是学校。"

沉默延长了一点，"对。"米切尔终于说。

"我知道。我有佐伊的搭档，还有3个分析员已经告诉过我了。"

"我就想帮上忙。"

曼卡索闭上了眼睛，对自己有点失望，"我知道，"她说，语调柔和了一点，"谢谢。我们正在尽一切努力。"

那正是真正的障碍。朗尼或者她自己或者她周围的任何人都无法做什么事。佐伊几乎在哪个方面都让他们无法触及，所以他们所能做的只是看着视频。

在完全漆黑一团之中，佐伊继续着她的那一套动作。恐惧地剧烈扭动 30 秒，数到 10，眨眼传递她的信息，休息一会儿。然后再来一次。恐惧，停顿，眨眼，休息。恐惧，停顿，眨眼，休息。

她不知道是否有人看到她了。也不知道他们是否获得了信息。但她知道她将很快不得不停止。因为她消耗了太多的空气。

但在此刻，她继续这么做着，对着地狱眨眼，同时满怀希望。

他在她第四次进入尖叫发作时开始怀疑到什么了。她的歇斯底里发作的时刻极其规律。几乎就像是调节好的。有她这么个女人，几乎可以知道，她即使失控也会遵循着某种模式，眼下就是如此。

他看着她猛地扭动，摇摇头，她的眼睛闭着，但总有什么地方不对劲。他看过在此处境的几个女子的表现，包括她，而她的反应……有点过头了。

她停止了。然后就又开始那个神经紧张的眨眼了。

不，不是神经紧张。是其他什么。有条理的方式。

他仔细地看着，感觉到他的心一沉。那是某种信号。他之前怎么会没注意到呢？他已经被自己的私人情绪和性欲弄得精神困倦了，太急于关注她的恐惧了。

她玩弄了他。

他马上停了视频，截断了上传。然后，过了一会儿，他读到了视频下方的评论。

学校！她在眨眼发送学校那个词

这个视频太假了

我以为是人名呢

那的确是学校

我一直数错了

虚假

学校

是的，学校

有好几百个人在他之前就已经注意到了。他濒临恐慌了，但随后迫使自己镇静下来。学校？那是什么意思？难道她认为她是被活埋在某个学校里？

他摇摇头，困惑不已。那里什么都没有。幸好他在她设法发出其他信号之前发现了。

第八十五章

　　为泰腾开门的男子看上去很可怕。他眼睛里布满了血丝，皮肤苍白。他身上的气味让泰腾回想起他的婶婶躺在医院里临死前发出的气味。无论有多少护士为她的病房通风，为她清洁都没用，他们无法清除掉死神来临时的恶臭。

　　"米勒先生吗？"泰腾问道。

　　那人点点头，一副疲惫的你—究—竟—来—干—什—么地点头。泰腾在他呼出的气息里闻到了一股酒精味。

　　"我是联邦调查局的格雷特工。"他亮出了他的证章，尽管米勒连看都没看一眼，"我能占用您几分钟时间吗？"

　　"没问题，"那人的嗓音刺耳，"是有关德布拉的事吗？"

　　"是的。我在想……您有德布拉的学校年鉴吗？"

　　他原先期待会有什么问题，也许是某种愤怒的反应，但是，米勒先生只是点点头，示意泰腾跟他进去。房间里阴暗，同样的气味散布在每一个角落里。泰腾觉得自己简直不敢深呼吸了。

　　米勒先生带他走进了一个房间，那只能是德布拉的房间了。与这个房子里其他各处不同的是，这个房间里光线充足——床的上方就是一个大窗户，尽管积满了灰尘，阳光仍能照射进来。床上有一处凹陷，似乎是有人刚刚在上面坐过了。泰腾很乐意打赌米勒先生在过去的几天里有大量的时间是在这里度过的，哀悼着他发现其实早就死去的女儿。

角落里有一个小书柜，上面有几本书，几本相册，几本剪贴本，还有 4 本学校年鉴。

"我能拿走吗？"泰腾问道。

"我倒不希望你拿走，"那人说道，"但你尽管翻阅吧。"

泰腾没有争执。他拿了最后的那本，1993 年的。

"你想喝点什么吗，格雷特工？"

"就喝水吧，谢谢。"泰腾已经在一页一页地翻阅了。他没有实际的计划，没什么确定的目标，但他估计会比较容易地找出那些古怪的孩子们。那些穿着与众不同，那些没有出现在集体照里，那些在他们自己的照片里也没有微笑的孩子。那将是一个很好的切入点。

有一件事很明显：德布拉令人难以置信地讨人喜欢。她一直令人印象深刻，出现在无数的照片里，而最为老套的是，她居然还是啦啦队的成员，和就在杀手发现她之前已变成的那个女人完全判若两人了——已经成了一个滥服毒品的瘾君子。

泰腾停了一下，有个熟悉的面孔进入了他的眼里。一张咧着嘴笑的非洲裔美国少年的照片——塞缪尔·福斯特。

当然。泰腾真是懊恼。福斯特曾说过他在学校就认识这个姑娘。他只是在浪费宝贵的时间，原本他可以和福斯特一起来做这件事的，获得那些孩子中任何一个人的第一手资料。他正要放下年鉴，谢谢米勒，然后回警察局，就在此时，另一张脸吸引了他的注意。一个男孩戴着一副大框眼镜，头发卷曲蓬乱。照片下的姓名是克莱德·普雷斯科特。

泰腾对着照片皱起了眉头，难以消除曾经多次见过这个克莱德的感觉。他快速翻了一下年鉴，但克莱德并没有出现在任何的集体照里，也不在任何的俱乐部里。

克莱德·普雷斯科特。泰腾再次看了看他的照片，看了看那张严肃的脸，还有卷曲蓬乱的头发。

柯里（curly，卷曲的）。

这是那个法医的绰号。突然之间，那个绰号完全合乎情理了。他曾经是头发卷曲。他曾和福斯特在同一个学校。

昨天当他们挖出了尸体时，柯里一反常态地出现在案发现场。他尽快地冲向尸体，仿佛是确保他第一个看到似的。难道他试图在拿走什么东西？一件证据？

尽管福斯特意识到受害者曾经和他在同一个学校时做出了反应，但泰腾不记得柯里说过什么话。那绝对怪异。任何人都会说上几句话的。

除非他们想要避免与受害者有过什么关系。

泰腾深深地吸了口气，聚精会神，设法再看看是否还有其他合适的证据。杀手曾发现他们快要确定朱丽叶·比奇的定点位置，仿佛有人向他通风报信似的。柯里能够轻而易举地了解到进程情况，不是在警察局附近转悠，就是打电话给警察里的某个熟人。

　　那份罪犯行为特征分析是怎么说的？非常聪明，40 岁左右，白人。从事的工作要求严苛但无须快速。

　　而他的举止方式——总是想炫耀。想法证明他如何聪明。那次估计玛丽贝尔·豪的死亡时间，居然确切到了荒谬的程度。对妮科尔·梅迪纳的死亡时间估计也是如此。证明他才智的演示。

　　死亡时间。泰腾突然回想起了惠特菲尔德案件，那个死去的妓女被发现埋在沙漠里。在审讯中，结果发现死亡时间有偏差。当嫌疑犯被放走时，柯里应该是主要鉴定人员之一吧，那会受到责怪的。那么，他真的会再次冒险把豪和梅迪纳的死亡时间估计得如此确切吗？永远不会。除非他知道他是对的。而如果是他亲手谋害了她们的话，那他就能很容易地知道了。

　　那就是他生活中最近的压力所在，就是那件事最终把他推向了危险的边缘。惠特菲尔德案件发生在 8 个月之前。审讯很可能在之后的几个月里……开始针对柯里的指责大约在 4 月或 5 月，就是在德布拉·米勒遭遇谋害的时候。

　　他们曾认为杀手会想自己渗入调查——所以他们就开通了一条热线，征求线索。但柯里已经是这完整调查工作中的一个部分了。泰腾的拳头捏成一团。柯里很容易就能进出警情会议室，能看到警方的地图，警方的罪犯行为特征分析的概要，还有案发现场的各种照片。

　　这些都是有点模糊不清，只是间接证据。但感觉这些是对的。

他看了一下时间。快两点了。佐伊已经被活埋了大约 6 个小时了。无论对错，他们都没有更长时间去找到她了。他所获得的只是个预感。他必须得尽快核实，看看他是否对，如果不对，他会和福斯特一起坐下来，逐个地检查那个学校其余的学生情况。那将花费太长的时间，真是可恶。

佐伊的生命取决于他。他必须得做对。

第八十六章

克莱德·普雷斯科特生气地准备着毒物学样品，要提供给警察局的实验室。他已经做好了血液和玻璃体液的样品，现在对每个器官切割一部分，井井有条地贴上标签。他完全疲惫不堪了，昨夜只睡了不到 3 小时，而事情似乎永远做不完，并且是多余的。

他对格雷特工即将来访毫不兴奋。格雷在 20 分钟前给他打电话了，问问他可否过来为什么事检查一下玛丽贝尔·豪的尸体。这特工对他需要什么说得含混不清，只是说那关系到佐伊·本特利被活埋的定点位置。

克莱德想不出来这个特工究竟在说什么。警方其余的人都集中起来，正在大范围地搜寻本地的各个学校。

他听到了有人走近的脚步声，便抬起了眼睛。是塞缪尔·福斯特。

"嗨，柯里。"福斯特疲倦地朝他笑笑。

"嗨，塞缪尔，"克莱德说，"有进展吗？"

"没有。我们没有足够搜救警犬参加搜寻。他们在从奥斯汀和休斯顿派遣一些过来。但是太远了，没什么用。"

"佐伊在干什么？"

"视频上传在大约一个小时前停止了，"警探冷冷地说，"我们希望她还好，但我们估计她被关进那个木箱里已经有 7 个小时了，也可能更长点。我不乐观。"

"那真是可怕。"克莱德用一支黑色记号笔在装有部分肾脏的容器上做了标签，然后把容器放到了柜台上，"我能帮你什么？"

"我来此和格雷碰头。他说他带着证人正在赶来。"

克莱德稍稍紧张了，"一个证人？"

"是啊。没听清楚细节情况。有关玛丽贝尔·豪尸体的什么事吧……"福斯特耸了耸肩，"他说只要一会儿就行。他简直要疯了。"

"那可以理解。"

"我无法想象这家伙想要检查什么。"

克莱德点点头，然后他们就陷入了一阵尴尬的沉默之中。福斯特好像正想说什么话，此刻格雷特工走进了房间。

"噢，好了，"福斯特说道，"你来了。到底是什么事？"

"我只想让我的证人看看玛丽贝尔·豪的尸体，"格雷特工说着，他转过身去，"你可以进来了，小姐。"

一阵高跟鞋的声音传来，步子有点迟疑不决。然后，朱丽叶·比奇走进了房间。她的注视遇到了克莱德的目光，一下子僵住了。她两眼圆睁，急剧地呼出了一口气，她的手飞快地遮住了嘴。

克莱德的心一沉。他靠在柜台上，试图举止随意一点，但他的手指在颤抖着。

"呃，小姐，如果你不介意的话，看一下——"泰腾看到了朱丽叶的脸色，停顿了一下，"小姐？"

她喘出一口气，冲出了房间。

"格雷特工，"福斯特说，"怎么——"

"你们两人都别动！"泰腾咆哮道，"你们就待在这里。"

他去追那姑娘了。

"怎么回事？"福斯特问道，"他在干什么，怎么带那个姑娘到这里来了？她虽然没躺在该死的停尸房里，但她也已经受到了极大的精神创伤了。"

克莱德清了清喉咙，"也许应该我去追她，"他声音嘶哑地说，"这地方不对平民开放的。"

"恕我冒昧，柯里，但你确实不善于和别人沟通。我想我应该去跟着他，看看究竟是怎么回事。"

"很可能你该这么做，"柯里急忙说道，"越快越——"

格雷回到房间里，堵住了门口。他的脸色变了，他咬紧牙关，两眼喷出了怒火。

克莱德还没意识到自己的举动，就已后退了两步，躲到尸检台的对面。

"唔，普雷斯科特，"格雷特工咆哮着叫道，"猜到了什么吧？一切都结束了。"

"你在说什么？"克莱德脱口而出，"那个姑娘——"

"我该怎么称呼你？叫你柯里还是薛丁格？你喜欢我叫你什么？"

"什么？"福斯特结结巴巴地说，满脸不信的神色，"格雷特工，你在——"

"他知道我说的是什么。"特工伸出手指，颤抖着指向克莱德，"是不是？"

"我不知道！"他的脸上毫无血色了。那姑娘已经认出他了，看了一眼就把她的记忆唤醒了。"我不知道发生了什么事。"他在狂暴地思考。他所想做的就是哄骗一下，脱离此地。跳上他的车子。开车逃离。

"格雷特工，你是说普雷斯科特博士是……连环杀手？"

"去和朱丽叶谈谈吧，"特工说道，"她有一个非常有意思的故事要说说呢。"

一时间无人挪动。

"太荒唐了，"克莱德说道，"即使那姑娘认为她认出我……她经历了那么多的刺激。她也许会到处指控呢。就在之前，她还说她不记得谁劫持了她，对吗？"

福斯特盯着他，眯起了眼睛。

"去把她找来，"克莱德催促说，"带她来这里。我们当面谈谈。"

"你说对了，"特工突然说道，"我们没时间胡乱指控了。"

"对。"

"我们能快速澄清此事。让我们取一下你的指纹。"

"什……什么？"

"比对我们获得的那个部分指纹。那个家伙企图闯入加油站时留下的指纹。只要 15 分钟就行了。我有个人能超快地对比指纹。"

福斯特专注地看着克莱德,"你怎么想,普雷斯科特博士?你不会介意我们取一下你的指纹吧?"

他一直知道早晚会有这个结果,至少他还能做的就是体面一点。

"没必要了,"他回答说,装作镇静的样子,"你抓到我了。"

他想到了佐伊,她还深埋在地下。他的最后一次实验,这个实验会让他成名的。

他永远不会对他们说出她被活埋的地点。

第八十七章

泰腾离开了停尸房，感到极度疲惫。他大步走过通往警察局出口的走廊，走了出去。普雷斯科特已经明确表示他不会说出活埋佐伊的地点。他们必须得撬开他的嘴，而且还要快。

朱丽叶在门口等待着。

"你们……你们逮捕他了吗？"她问道，浑身发抖。

"是的。他已经承认了。"几英尺之外的地上有一小摊呕吐物。可怜的孩子。

"他会进监狱，对吗？他们不会让他，比如说……保释之类的？"

"不会。他太危险了。"

"我不需要作证了，对吗？在法庭上？我的意思是，既然他承认了。"

泰腾迟疑了一下，"我希望不需要了。"

朱丽叶呼出了一口气，一滴泪珠流下了她的脸颊。

门开了，福斯特走了出来，看上去有点摇晃。

泰腾转向他，"他在哪里？"

"审讯室里。但他什么也不说。"

泰腾点点头，"我去普雷斯科特的房子。也许他在那里留下点什么。一张地图，或者日记，或者其他什么。"

"快。我们没多少时间了。"福斯特转向了朱丽叶，"你指认了他，很好，小姐。你也许救了佐伊·本特利的命。"

朱丽叶张嘴茫然地看着福斯特。泰腾哼了一声。

"我没有指认任何人，"朱丽叶说道，"我只是按照特工告诉我的去做。我不记得那天夜里发生的事了——我已经告诉过你们了。我觉得我甚至没看到他的脸。"

福斯特眨了眨眼，然后转向泰腾，"诈他的？"

"他拼命想要承认这个名声。只是需要点刺激罢了。"

"但你究竟是怎么——"

"以后再说吧，警探。我要去那蠢货的房子检查。你派了巡逻车去那里了吗？"

"他们会在那里和你会面。"

"好。找人把本年度的最佳女演员送回家。你干得非常出色，朱丽叶。你配得上那个该死的奥斯卡奖。"

第八十八章

审讯室里异常闷热。泰腾迫使自己关上门，把其他房间里散发出来的凉爽空气关在了门外。普雷斯科特习惯于在停尸房里工作，那里的温度显著地低于大楼里其他部分。那是一个合情合理的赌注，闷热让他非常难熬。

不过，他也习惯于在炙热的阳光下挖掘。

泰腾在搜查此人的住房时，福斯特已经释放了约瑟夫·多德森，现在他显然是清白无辜的。然后，他开始审讯普雷斯科特，足足盘问了他一个多小时。普雷斯科特没有要求请律师，而且很乐意谈他之前的谋杀。但一提到佐伊，他便保持沉默。

泰腾坐了下来，什么都没说，只是看着他。普雷斯科特显得很轻松，几乎有点厌烦了。这是个假面具，泰腾很肯定。当他面对朱丽叶时，泰腾从他的眼睛里看到了恐惧的神色。看到普雷斯科特的脸色变得惨白。他过了好一会儿行为举止才变得协调了一点。但泰腾已经瞥见了其背后的真实人格。

泰腾需要再次找到那个真实人格，撬开他的嘴。

不幸的是，他缺乏审讯中最为宝贵的工具。时间。再过几小时，佐伊就会窒息而死，他无法再浪费一会儿的时间。但他也不能让普雷斯科特看出这一点。

他让沉默延续着，心里在读秒，每一秒都是那么的沉重响亮。

"你的笔记本电脑里有个密码应用软件，"泰腾最终开口说道，"控制着从佐伊的地点上传视频信号。"

"说得对，"普雷斯科特说。他的声调镇静冷漠，还有些许自得。

"我和你做个交易。把密码告诉我，我将打开上传视频信号。"

普雷斯科特抬了一下眉毛，"回报呢？"

"我会让你观看。"

普雷斯科特抱着双臂，微微一笑，没说什么。

"我知道你想看的。"

"你对我一无所知，特工。"

"这是你看一眼你拍摄的珍贵视频的最后机会了。在监牢里没有看电影的时间。"

一时间，此人显得犹豫不决，泰腾迫使自己的脸色保持着毫无表情的神色。他更想知道佐伊是否还活着。他估计她已经被关在棺材里差不多 10 小时了。也许时间更长。由于不知道确切时间，他心里备受折磨，不断地感受到白色恐怖。

普雷斯科特摇摇头，"不。"

泰腾没有指望其他的反应。这是普雷斯科特假面具的一个部分。他不太可能会轻易地放弃它。但是，泰腾无法拒绝问一下的引诱。其实，他已经在后悔让这个家伙占了这个小小的上风。

他从公文包里取出了一个笔记本，翻了几页，"我想你不会看到过我们对挖坑杀手所做的罪犯行为特征分析吧？"

普雷斯科特清了清喉咙，"不，我没有看到过。听听你们的想法很有趣。"

"年龄在 30—45 岁。白人。有一辆厢式货车。从事的工作强调彻底性。不太吸引人的家伙。这里有些事与你的背景很吻合。但分析获得的真正有趣部分是——"

门开了，福斯特走了进来，手里拿着几个证据袋。他把袋子放在桌上。莱昂斯跟在他后面，拿着一个便携式碎纸机，她把它放在证据袋旁，没有去看普雷斯科特。他们两人都离开了，关上了身后的门。

普雷斯科特仔细地打量着证据袋。泰腾站了起来，抓起一根碎纸机的电源线。

"我说到哪里了？噢，对了。我们开始估计是什么刺激你去干的时候还真是有趣。"他把碎纸机插头插进了墙壁，然后又坐了下来。他打开一个证据袋，从中取出了笔记本电脑。"你真该把整个东西都用密码锁定的。真是令人吃惊，我们在这儿发现了这种东西。"

"也许这些东西是我想让你们发现的。"

泰腾打开了一直处于休眠状态的电脑，"也许你是这么干的。但人们经常忘记他们的电脑里收集了巨量信息。"他看着屏幕，电脑发出嗡嗡声，正在苏醒，强迫自己不去理会陈旧硬件的迟缓，尽他最大的努力不去看屏幕右下方的时钟。时间——到处都是。

"关于你，有件事情很突出，那就是你是受名声驱使的。"

普雷斯科特嘲笑地哼了一声，"对。好莱坞就在拐角，等着我去呢。"

泰腾扬起了眉毛，"不是好莱坞，也许。但你有你自己的名人堂，对吗？让我来读读你浏览器里的某些查询问题吧。"他打开浏览器上的浏览历史，"最出名的连环杀手。臭名昭著的连环杀手。出名的连环谋杀者……漂亮的小把戏，把杀手替换为谋杀者。我们再来看看其他的……噢，我喜欢这个。重要的连环杀手。几乎每一天里你都会查询这些东西。你在想象你的名字会出现在那些报道和排行榜里吗？这里有一篇报道，你不断地反复阅读。'美国历史上最为臭名昭著的 20 个连环杀手'。你觉得衡量一下自己的话，你能处在哪个位置？第十三？第九？还是第七？"

"我根本不在乎。"

"唔，很好，因为我有条新闻给你。一个连环杀手只谋杀了三四个人根本没资格上排行榜。"

普雷斯科特只是假笑，在椅子里挪动着让自己更舒适点。

"当然，你真的不在乎排名，是吗？"

"是，我不在乎。"

"那么你在乎什么呢，普雷斯科特？"

普雷斯科特抱着两臂，"人道。"

　　这家伙在那个词里加进了许多情感。泰腾真想用手指掐住这个法医的脖子，挤压一下。然而，他却得意地笑笑，"那是当然。你是个正常的人道主义者。"

　　"有时你需要杀几个人以便拯救更多人。"

　　泰腾突然扬起眉毛，"从什么方面拯救他们呢？"

　　"他们自身。"镇静的外表丢掉了，普雷斯科特的眼睛里充满了狂热，"没人有时间再去思考了，是吗？我们都习惯于有时间思考。在等待公共汽车的时候，在超市排队的时候，也许就是坐在你自己的起居室里的时候。但是，当那发生时，我们现在干了什么呢？"

　　泰腾一言不发，就让此人说教布道。

　　"我们敲敲我们的手机。查查推特或者照片分享社交平台或者玩玩糖果大爆险的游戏。因为神禁止我们真的去思考5分钟。从长远来看，你认为这将对我们产生什么影响？整个人类，都要回避他们自己的种种思想吗？"

　　"那就是你给受害者的东西。思考的时间。"

　　"还不止这些。我给每个人时间去思考。每当我停止了视频信号，每个人都开始猜想。她死了？她还活着？"

　　"叠加。"

　　"对。叠加。一个没有答案的问题。我促使他们马上行动。他们不得不思考。"

　　泰腾叹了口气，露出一点疲倦的笑容，"是啊……你的使命，对吗？我已经知道了所有这些。你知道佐伊在为你做的罪犯行为特征分析里写了什么吗？她写道，你太困扰于自己和你所谓的使命了，所以她期待在你的物品里找到一个谨慎的日记。"泰腾打开另一个证据袋，拿出一叠纸，"看看我发现了什么。不是日记，而是更好的东西。你自传的部分草稿。还有一个前言，你在里面写下了你刚才说的一番话。人道啦，思考的时间啦，手机啦，等等——这种东西太无聊厌烦了。但你把时间都花费到这上面去了。这些纸上到处都是你自己的更正和编辑笔记。你写得确实努力，不断修改它。我敢打赌你等不及写完最后的两三章就要去找个出版商了。事实上，我甚至在你的浏览历史里看到你在查找出版代理。有条不紊的计划。"

泰腾拿起最上面的那张纸。"我希望你记得你自己的笔记。"他浏览了一下，脸上显出了无聊厌烦的神色，然后转向碎纸机，塞进了那张纸。碎纸机"嗡嗡"作响，随着纸张变成了长长细细的纸带发出了呼呼的声音。

泰腾拿起另一张纸，又塞进了碎纸机，然后拿起了第三张纸。他看着每张纸被搅碎了，纸带堆积在地上，不断地增大。

"你在毁灭证据，"普雷斯科特说。他的声调镇静，但泰腾能感觉到在这表象背后的什么东西。

"就你而言，我们已经有了太多的证据了。"泰腾又粉碎了第四张纸，"你认为你还剩下几章要写的？"他又粉碎了另一张纸。

"还有几章。这次的审讯将是个重要部分。"

"你知道我是怎么想的吗？"泰腾又粉碎了一张纸。碎纸声听上去令人满意。他希望詹森不会又冲进来，尖叫着说他在毁灭证据。"我想你也许……还剩下三章要写。一章写佐伊，一章写你的被捕，还有一章包括随之而来的司法程序。也许还有一个后记写写你等待死刑的时间。"

"那是你作为编辑的专业意见吗？"

"作为一个热心的读者。"泰腾放下了那堆纸，拿起了最后的那只证据袋，打开了。他抽出了一本书，"《邦迪谋杀录》。在你的书柜里发现的，还有 4 本类似的书。你喜欢阅读泰德·邦迪，是吗？"

"我觉得他很有意思。"

"这本书里有许多地方画了线，一再地折叠书页做记号。你知道我在谈什么吗？"

普雷斯科特一言不发。泰腾让这个沉默延迟一会儿，而他则又粉碎了几页纸。每过一秒钟，佐伊就离死亡近了一英寸。他想让普雷斯科特也感觉到时间嘀嗒嘀嗒地流逝的代价。

"我在谈论的是有关邦迪越狱的那些书页。"泰腾说道，"告诉我，普雷斯科特。你真的认为你能越狱吗？"

"我从来没有想过。"

"泰德·邦迪在 1977 年越狱了。自那之后，我们做了改进措施。我个人可以向你保证，你会被关在监守最严密的单独地下室里，有人一星期 7 天，每天 24 小时地看守你。相信我——你的自传里不会有你如何设法越狱的章节。"这次轮到泰腾得意地笑了。

"你搞错了，特工。我已经完了。"

"你当然完了。"泰腾拿起一页，快速地浏览了一下，"我倒是喜欢你这个笔记。'这个部分需要加工，有点陈腐了。'我得说，我同意你的评价。还有，你拼错了 rhythm（节奏）这个词。应该是在 R 后面跟着H。啊，很好。"泰腾也把它塞进碎纸机。普雷斯科特的假面具挂得很好，但泰腾肯定他的姿态很紧张。泰腾正在让他感到很困惑。他还需要进一步深入多少？还需要多长时间？

"已经没有你自传的其他拷贝了，就我们所知。在法医部门，我们还在深入搜查，但我很肯定只有这一份。我在你的办公桌里发现了 500页的一包纸，有一半是空白的。这个草稿是——唔，曾经是，真的——230 页。隔行写的，这样你可以插入你的笔记，对吗？"泰腾又粉碎了一页，"是啊，这是唯一的一份。除了笔记本电脑里的那份。"泰腾放下那些纸张，转向了笔记本电脑，"在这里。文件名，正如你记得的，是'思考的时间'。"他点击了一下，"假如我删掉了这一份……你还能重写出来吗？"他的手指停留在删除键上。

几秒钟过去了。普雷斯科特没有挪动，他的脸色一片茫然，不再镇静了，不再轻松了，只是装得泰然自若。

"我们得看一看。"泰腾用两个手指敲了一下键盘，"键盘上shift+delete。你不想从垃圾箱里恢复吗，要我这么做吗？"

出现了。普雷斯科特的嘴唇上出现了第一丝愤怒，第一次被激怒的抽搐。泰腾往后一靠，又粉碎了一页。此刻，普雷斯科特的眼睛紧盯着泰腾的手，看着他粉碎每一页纸，泰腾明白他做对了。普雷斯科特没有其他备份了。

"你已经在计划重写了吗？"泰腾问道，"想办法记住你最喜欢的段落为以后重写派用场吗？也许是某个句子你特别地喜欢？尽你的力吧，普雷斯科特，但你可得拼命去回忆了。因为，我会确保不让你有什么东西去写。没有钢笔，没有铅笔，没有该死的蜡笔。还有纸张呢？你不会有一张便条纸。你去厕所时，你将不得不用你自己的手指去揩干净，因为你可以忘掉卫生纸。这部自传将会永无天日，除非我得到我想要的东西。而你知道是什么。"

又一页粉碎了。接着是另一页，再另一页。

"佐伊，在，哪里？"

普雷斯科特咬紧着牙关，仿佛是强迫自己安静下来似的。

"我从你的笔记本电脑上看到你星期天在网上购买了一个移动信号增强器。为什么？你究竟把她活埋在哪里了，还需要移动信号增强器？"

没有回答。

快要有答案了。再来一点。佐伊，在那里坚持住。

"你知道原因的，是吗？"泰腾脸色明亮了，"我还没有说我们分析里的最妙部分呢。是佐伊推测出来的，而看了你家里的书柜后，我意识到她推测得对极了。你有一些医学书籍，一大堆连环杀手的传记。还有一本书叫《活埋》，我根本不需要看就能猜到书的内容了。"

"那又怎样呢？"普雷斯科特嘲笑地反问，"我做研究。"

"说得对！除非你知道缺少了什么，是吗？我没有发现一本有关薛丁格或者物理学或者量子结构的书。我甚至连有关人道，或者思维过程，或者任何类似的一个哲学小册子也没有看到。这几乎显得你对这些事根本不感兴趣。那不是太奇怪了吗？"

普雷斯科特没有回答。

"来，让我给你读读佐伊的笔记吧。"他放下了草稿里的剩余纸页，拿起了笔记本，翻到另一页，"该未明嫌疑人痴迷于他的使命，他的目的。他想相信这是驱使他的东西，是驱使他谋杀的东西。这就是为什么他设立了网站，为什么他流式上传那些视频，为什么他总是自称薛丁格，并且为什么称这些谋杀为'实验'。但这只是个自欺欺人的谎言而已。"

泰腾停下了，抬起眼睛对视着普雷斯科特的目光，看了一会儿，然后又接着读道，"真相是，这个未明嫌疑人谋杀那些女子只是出于一个原因。他从活埋女子的行为中获得性刺激。他用自己的痴迷作为幌子，以躲避对他自己承认这个事实时的羞耻。"

泰腾把笔记本放回去了。从自传剩下的纸张里拿起一页纸。粉碎了它，又粉碎了另一页。

"她使用一些大写的字眼。佐伊喜欢这么做，"他说道，"但她的意思是，这个男人有某种性变态的趣味，喜欢借着活埋女子的时候得到发泄。由于他对自己怪异的癖好感到太尴尬了，所以他发明了整个故事，这样他就不会感到自己是个古怪的失败者了。"

又一页纸粉碎了。普雷斯科特的身体在颤抖着。

"我一旦粉碎完了这本你称之为书的狗屁东西后，我接下来会干的事，"泰腾说道，"就是举行一个新闻发布会。告诉大家我们抓到了挖坑杀手。而这袋子的狗屁纸带是他一边手淫一边观看他自己拍的视频时用的。那就是他这么做的原因。那也将是人们如何记得你的事。"

一页纸粉碎了。

"除非你告诉我。佐伊，在，哪里？"

"你可以继续这么做下去，"普雷斯科特说，他的声音因愤怒而发抖，"但你别想从我嘴里听到一个字。而你那个珍贵的本特利博士可以在地下腐烂了。她曾经就在你的眼皮底下，可你从来就没有意识到。"

泰腾放下了那份草稿，感到一阵激动，"她是曾经在我们的眼皮底下。"

"说对了，"普雷斯科特气急败坏地说着，脸色通红，"她就在你他妈的眼皮底下。"

"注意语言，博士。你没说她就在我们的眼皮底下。你说的是她曾经在我们的眼皮底下。你把她移走了？"泰腾强烈地直视此人，拼命地思索着。此人购买了移动信号增强器。什么情况改变了？

出于某种原因，普雷斯科特无法把连接电缆线从木箱拉到地面。他只得增强信号传输。拼图块移动了，真相正在浮现，"不。当然你没有移动她。是我们，我们是移动她的人。就在刚才，她还曾经在我们的眼皮底下。"

泰腾突然从椅子上站了起来，普雷斯科特紧张了，仿佛害怕泰腾会揍他似的。但泰腾已经大步向门口走去。他知道她在哪里了。

第八十九章

很难说她已经在那里多久了。佐伊知道她无法相信自己的时间估计。睡眠袭来，要攫获她，她挣扎着要保持醒的状态。那没什么意义。假如她睡着了，她会消耗更少的空气。但她也知道十之八九一旦她睡着了，她再也不会醒来了。她不能自我放弃。还没到放弃的时候呢。她一直在想是否她还能干什么。任何她可以传递的信息。

在她起初发出了"学校"这个信息后，她改为"德布拉的学校"，但要搞对可真是个噩梦。她尝试了 3 次，每次都感到她已设法完全掌握了，可眼睛眨得太多了，又停顿错了，摸索下一个字母的数字。她的注意力真是活见鬼了。

最终，她放弃了，只是躺在那里，各种思绪在她心头闪进闪出，就像是一大群萤火虫似的，相互之间乱成一团。

她感到晕眩，脑袋沉重。是筋疲力尽了，干渴，还是空气中含氧量降低了？

她无数次猜想会不会她试图与外面的人沟通反而坏事了。毕竟，他们一直在搜寻她，然后她给了他们一个词，"学校"。那肯定会很容易地被人认为她的意思是她被活埋在某个学校里了。她是否把他们从本来还有希望的线索引开了，让他们白白地辛苦了一番？

　　她想要相信至少泰腾会知道那个杀手从来就不会冒险把她活埋在如此公共的场所，那里有那么多的潜在目击证人呢。

　　她的精力逐渐衰退，她又感到昏昏欲睡了，同时听到了那些声音。安德丽雅的，她父母的，老同事的，还有朋友们的。让她感到宽慰的是，她心里终于摆脱了连环杀手和心理变态者的困扰，让她能放松了，身边围着关心她的人们。

　　突然，一个沉闷的声音让她睁大了眼睛，却没有能够感知到效果。依然是漆黑一片。

　　但她听到了声音，真正的声音。人们沉闷的声音，刮擦声和敲击声。经过在黑暗中如此漫长的静默之后，还能听到除了自己的呼吸声之外的其他声音，那可真是一种无法克制的强烈感情。她想发出尖叫声求救，但叫不出声了。

　　一阵嘎吱声之后，阳光突然照射进来。她立即闭上眼睛，但光线还是穿透了她的眼睑，在她的头颅上射下了刺痛。

　　有人在她身旁，拉出了她嘴里的堵塞物。她转动了一下舌头，突如其来的舌头自由，感觉太棒了。她想要喝水，但无法开口要，无法说话。

　　一个声音在她耳边喃喃地说着，柔和，紧张，充满了担忧。是泰腾。他的手臂扶她起来，把她拉近。她就随他去了，她的两腿被捆绑住了，所以他得攥住她，让她保持直立状态。有人割断了她手腕上的束缚。人们在她周围叫嚷着，急冲冲地指示呼叫医疗救护。

一瓶水伸到了她的嘴唇边，她啜饮了一小口，就让水在嘴里滚动着，激动之下几乎要哭了。

一条手臂围着她的肩膀，一只强壮的手，还有泰腾的声音，"你没事了。我们找到你了，你——"

她挪动了，猛然从那只手臂里挣脱出来。她不想让任何人碰触她。那太近了、太限制了，就像在木箱里那样。她不想再有任何东西来囚住她的身体了。

她费劲地睁开一只眼缝，她期待看到熟悉的景象，和之前的案发现场一样。沙土、碎石块、大石头、仙人掌等围绕着她。

但这些都不是她所看到的。地面绿茵茵的，出于某种原因，周围还有树木和大型的白色形状物……岩石吗？

她睁开了另一只眼睛，举起一只手遮挡住脸部，感觉到泰腾在她身旁，沉默不语。

一个……公墓？

"这是哪里？"她声音嘶哑着问。

"费尔芒特公墓，"泰腾说道，"我们在圣安吉洛市。"

一个公墓。她被活埋在一个公墓里。她的大脑已经在快速旋转着各种想法，但它们杂乱断裂。她环顾四周，注视着那个大坑穴，他们刚才就是从这里把她拉出来的，棺材还在坑底。一具棺材，不是木箱。

"这是……一个坟墓？"

　　"这是妮科尔·梅迪纳的墓,"泰腾告诉她,"他就在葬礼之前把你和她的尸体调换了一下。"

　　她朝下看了看墓穴。里面是棺材,还有某个闪着光的金属东西——红外线摄像头。她的呼吸战栗了,"就在葬礼之前"。是谁干的?是神父?是殡葬人员?她缩紧了自己的身体,摇晃着,已经知道答案了,"是法医。他符合罪犯行为特征分析。压力源呢?"

　　"是惠特菲尔德案件,"泰腾说道,"佐伊——"

　　"错误的死亡时间。当然了。我们原本应该直接看到这一点的。我们原本应该知道的。你收到了我发的信息了吗?我试图眨眼来传递信息,但我无法每个字母都数对——不断地数错了,但我试图告诉你的。"

　　"我们获得了信息,所以我们抓到了他。他和德布拉在同一所高中。听着,我们走吧……"

　　"他什么时候把我和那具尸体调换的?我在那里有多长时间了?"

　　"你应该休息一下。"泰腾示意医护人员过来。

　　"告诉我。多长时间了?"

　　泰腾清了清喉咙,"从我们能说的是,他必须调换尸体的唯一时间是在昨天夜里。他和殡葬馆安排了一下,告诉他们说他对尸体还要做一些最后的紧急试验。他们就把棺材在晚上送到了停尸房里,早晨5点再去取。"

　　佐伊回头看了看棺材,注意到棺材内部是裸露的,衬垫都不见了。他肯定是取走了衬垫,这样任何看到视频的人就不会看到衬垫,也就无法猜测她在哪里了，"他本想等到最后一刻的，以确保我被麻醉的时间足够长，不会在葬礼过程中醒来。而且还要确保我可以活得长一点。所以，很可能是在 4 点 30 分。现在是几点了？"

一个医护人员背着一个小医疗包朝她走近。她却后退了一步，"现在是几点了？"

医护人员看了看泰腾，他举起了一只手阻止了医护人员，"刚过下午 6 点 30 分。"

佐伊眨眨眼，"14 小时了。"某种持续不断的嘀嗒声让她心烦意乱。"14 小时了。"那是她的牙齿，她意识到了。牙齿在打寒战。"我在那里面 14 小时了。他把我放进去。我当时是……那是……"奇怪，她感到太冷了。在圣安吉洛市总是那么炎热的。但她在颤抖着，感到了冷。

"小姐，我要给你吃点药，让你镇静下来，好吗？"医护人员疲倦地问道。

她又后退了一步，颤抖得像一片树叶。她的手掌湿冷，并且她忍不住牙齿打着寒战。她看了一眼泰腾，不知道她需要什么，只知道她需要他做点什么。帮助她。

"我就在这里。"他说。

她看了眼那个医护人员。他拿着一支小针筒，"小姐？"

她的头部痉挛了，朝他快速勉强地点点头，他就拿起了她的手臂。她必须迫使自己别动，这样她才不会挥手打到他。针头刺进了她的皮肉，她的脑袋里闪过一阵回忆，当时她正站在停车场上，她的身体疼痛得僵硬了，突然一针刺进了她的脖子。那是他如何劫持她的过程。

"别走。"她告诉泰腾。

"我哪里也不去。"

第九十章

2016 年 9 月 19 日，星期一，弗吉尼亚州戴尔市

对于创伤后应激障碍，佐伊只了解一点基本知识，但她很肯定，遭受创伤后应激障碍的人不应该互相照顾。尽管如此，那还正是她和安德丽雅在做的事，但考虑到具体情况，还合乎情理地挺有效果。

然而，存在着某些问题。好像她们两人的精神创伤在互相竞争。佐伊要房间里每一扇窗户一直都开着。她需要阳光和空气，就连热闹街道上的噪声在她听来也成了悦耳的音乐。而安德丽雅则要窗户都关闭着，房门锁着。她把公寓房间变成了她自己的茧，并要确保没有任何让入侵者可钻的缝隙。但她们两人设法达成了妥协——起居室的窗户会开着，但那个紧邻紧急出口楼梯的窗户会保持关闭闩紧。当然，房间门一直会紧锁着。佐伊会出去长时间地散步，享受微风吹拂着她脸的感觉。

她们两人都做噩梦。

她们睡在同一个房间里，躺在同一张床上，尽管这个安排很快就不得不改变。佐伊昨夜脸上留下了长长的擦伤，因为安德丽雅在梦中拼命和某个不存在的人搏斗时，几乎要把佐伊的眼珠抠出来了。

幸好，早晨几乎一如既往的正常，有点像周末放假的味道。佐伊在听到油煎声时醒来了，安德丽雅正在厨房里乒乒乓乓地使用锅子准备早餐。她下了床，轻轻地走到厨房，眨了眨眼睛。

安德丽雅轻轻地哼着曲子，听上去自从佐伊回家后心情更快乐了。她身旁的盘子里堆着高高的薄煎饼，她还在做另一张煎饼，快速地翻转着，看着油煎的效果，满意地微笑着。

佐伊伸手去拿薄煎饼，安德丽雅就用小铲子拍她的手。

"哎哟！"

"还没好呢，"安德丽雅说道，"我计划好的。上面还要涂上黄油和枫糖浆。我买了橘子汁搭配着一起喝。"

"但我饿了，"佐伊抱怨道，"就吃一块吧。"她又伸手去拿薄煎饼。

小铲子拍下来了，距她的手指只差了一英寸。

"当心。"安德丽雅眉飞色舞，威胁地挥舞着小铲子。

"那么让我至少先喝一杯咖啡好吗？"佐伊咕哝着，渴望地盯着薄煎饼。

"就一杯。"

佐伊给自己准备了一个杯子，耐心地等待黑色的生命之液灌满杯子。她啜饮了一口，呼吸着咖啡的气味。简直太美好了。

然后，她一个快速动作，偷走了最上面的薄煎饼，急忙塞进嘴里，差点儿噎住自己。

"你该小心点。"安德丽雅哼了一声，"你的脸颊里塞满了薄煎饼——

就像一只大颊鼠。"

佐伊对她咧嘴笑笑，嘴里塞满了，走向起居室，边咀嚼边下咽。

"我放点音乐好吗？"她叫了一声。那是另一件她几乎永远需要的事。音乐。

"好啊，但不要老是碧昂斯或者泰勒的曲子——我已经听够了。"

"凯蒂·佩里的歌好吗？"

"好吧。"安德丽雅答应着。

佐伊放了《少年春梦》，然后走到起居室的窗前，安德丽雅已关闭了，再把它打开，注视着外面来来往往的汽车。

她无须是一个精神创伤专家就知道安德丽雅和她自己之间的显著区别。佐伊的袭击者被关在联邦监狱里，等待审判。而安德丽雅的那个魔鬼依然逍遥法外。尽管警察查看了大楼的每个进出口，尽管设置了路障，尽管进行了全市范围的大搜查，罗德·格洛弗还是不见踪影，就像一个邪恶的魔鬼一般。

"我真希望上星期五夜里我也参加了这种派对。"安德丽雅在她背后说。

"什么？"佐伊问道，吓了一跳。

"这支歌。"

"噢。"她根本就没听音乐，那只是陪伴她的又一种让人放松的声音罢了。

"早餐来了，女士。我们可以关掉噪声了吗？"

"嗯……再听几首吧？《烟火》就要到了。"

安德丽雅叹了口气，摇了摇头，跺着脚回到厨房去了。佐伊跟着她，有点尴尬，不太愿意承认她是多么地需要音乐啊。

会好起来的，她希望。

她们每人一个盘子，薄煎饼堆得简直高耸入云了，上面是一大块黄油，在一摊枫糖浆里漂浮着。第三个盘子里装的是切成片的水果——香蕉啦、草莓啦、苹果啦什么的，还有一些蓝莓和核桃。这顿早餐值得上照片分享社交平台了，假如她们两人中有一个喜欢上传膳食照片的话，但她们两个人都无此嗜好。这两个本特利姐妹都相信食物是吃的，不是为了上传照片到网上好玩的。

佐伊把薄煎饼切成了块，用叉子叉起3块浸透了枫糖浆的薄煎饼片。她随后又在叉子尖上叉了一片香蕉片，放进了嘴里。她闭上眼睛，透过鼻子深深地吸了口气，让甜蜜的感觉充溢全身。凯蒂随同合唱队唱着《烟火》，就是这支歌：一个完美的时刻，一个平静的瞬间，她希望能够永远持续下去。

"昨天我听到你在手机上说话了，"安德丽雅说道，"在和你老板谈论泄露信息的事。"

"没什么。别担心。有人告诉记者说我是——"

"是我透露的。"

佐伊瞪眼看着她，呆若木鸡。

"他在写一本关于你的书，他给我打电话了。他不断地在说假如他能仔细看看你是如何工作的就好了，因为你真的太杰出了。而在你们部门里尽是些令人讨厌的家伙整天在说你的坏话，说你不是特工，却——"

"安德丽雅，你知道这会造成多少麻烦吗？"佐伊真希望哈里·巴里此刻就在眼前，因为她恨不得用叉子插进他的眼睛里去，"我做这份工作不是为了出名。我不在乎他那个蠢货写的书，也不在乎别人怎么说我。"

"你应该在乎。人们的意见很重要。"

"永远，别再，这么做。你明白吗？我不能让你在我背后再去和那些记者谈了。现在尤其不行，因为我们住在一起。"

"你不必担心。"

"好吧。"她依然很恼怒，但大多是针对哈里的。她知道这个浑蛋诡计多端，会花言巧语。他设法摆布安德丽雅，对此她一点也不感到吃惊。

"我要去看看妈妈。"她们沉默地吃了一会儿后，安德丽雅说。

佐伊那天早晨几乎又要噎住了。她咳嗽着，喝了一大口橘子汁，"你要去干什么？"

"她一直烦扰我好几天了，佐伊。她在担心。她需要当面看到我们当中至少一个人。"

"你可以视频通话。"

"佐伊，别太荒唐了。"

"那好！去吧——过3秒钟她就会把你逼疯了。你什么时候飞过去？"

"明天。我已经买了机票。"

"什么时候再飞回来？如果不是半夜的话，我可以去接你。"

"我……不知道。"

佐伊又咬了一口，突然感到紧张了。安德丽雅低头看着自己的盘子，没有吃。她的表情很内疚。

"这与看妈妈无关。"佐伊说。

"这也关系到妈妈。"

"你真的要离开了？"

"我还不知道我要干什么。"她抬起了脸，眼睛湿润了，"我需要离开一段时间。离开这个城市，离开那些回忆，离开——"

"我？"

安德丽雅拿起杯子喝了一口，没回答。

"我不想让你离开。"佐伊感觉自己像溺水了一般。

"也许就几天，佐伊，只是想让脑子清醒点。别把这当成了不起的事——"

"让你脑子清醒一点？和妈妈？"

"和我自己在一起。这与格洛弗无关。这是有关我自己需要有个改变，好吗？我跟随你到这里来没什么计划，这确实对我没什么好处。"

佐伊放下了叉子，咬着嘴唇。

"我爱你，佐伊，"安德丽雅说道，"但我需要这么做，就为了我吧，好吗？"

“好吧。”

“你生我的气吗？”

“不，蕾蕾。我不生气。”她叉起一小块薄煎饼，放进嘴里，无精打采地咀嚼着，“吃你的饼吧。”

第九十一章

当泰腾走近马文的重症护理病房时，他揪心地担忧。昨天他来看望时，老人很安静，他说话时发音含糊不清，皮肤苍白，几乎是透明的。泰腾没有特别注意这些细节，但老人有了某种感染。长久以来，他还是第一次意识到他的祖父真的老了。

他正在让自己坚强起来，开始又一次的艰难探望。就在此时，他听到了病房里传出来一阵女人似的大笑，接着是一个嬉笑的尖叫声。随后，一个中年护士走了出来，摇着头，咧嘴大笑着。

当她看到泰腾，便停住了脚步。"你是马文·格雷的儿子，对吗？"她说道，"你和他简直是一模一样。"

"其实，我是他的孙子。"泰腾说，有点窘迫。

她咯咯地笑着，"嗯—哼。那是肯定的。"

泰腾叹了口气，"他好吗？"

"要我说，他很好。你父亲会比我们都活得长。我认为明天他就能回家了。"

"你肯定你不需要再监护他一两天了吗？"

"我怀疑即使我们愿意的话，我们是否能够留得住他待在这里。"

她朝他眨眨眼，就大步离开了。

　　泰腾走进了病房，马文躺在病床上，拿着一张纸，正皱着眉头。他的鼻子还是又红又肿，尽管看起来比昨天好了一点。

　　"你拿的是什么？"泰腾问道，边在病床边的一个椅子上坐下了。

　　"告诉我，泰腾，那是个7还是个1？"马文问道，给他看了那张纸。

　　"我想是7吧……是那个护士的电话号码？"

　　"去管好你自己的事吧，泰腾。"马文把纸放在床头柜上，拿起了他的手机，"噢，我想起来了。如果有人问起来，就说你是我的儿子。这很重要。"

　　"我记住了。听上去你明天就能出院了。"

　　"那是有关该死的时间，泰腾。我在这里什么都不能做。我不能喝酒，不能抽烟——"

　　"你7年前就戒烟了。"

　　"你是这么想的，对吗？抽烟一直都很好，直到他们告诉我说我不能再抽烟了。可我现在觉得我一直需要一支烟。"马文敲击着手机的屏幕，"我一直在读有关你们那个家伙的事。"

　　"哪个家伙？"

　　"那个叫普雷斯科特的家伙。"马文把手机转向了泰腾，让他可以看到手机屏幕。当然，上面显示了《芝加哥每日新闻》上的报道文章。

　　泰腾转动了一下眼睛。哈里·巴里把这个新闻故事挤得干巴巴的。

"别信你读到的一切。"

"这家伙听上去还真是有意思。他是警察局的法医？你和他一起工作？"

"是啊。这种人你永远看不透的。"

"你应该可以的，从你一开始见到他的时候。你没有看透他的眼睛，泰腾——我已经告诉过你了。你永远能够从眼睛里看到真相。"

泰腾看着祖父的眼睛，"此刻我眼睛里的真相是什么？"

"看起来好像你尿裤子了。"马文对他咧嘴笑笑。

泰腾也只得报以回笑。马文心情不错。他怀疑老人有点沉溺于服用止痛片了，"安德丽雅向你问好。"

马文的脸色变了，露出了关切神色，"她怎么样了？"

"我想她很好，在目前的情况下。她是个坚强的姑娘。"

"不像你相信的那样坚强。"马文咕哝道，"可怜的孩子。你什么时候去抓那个浑蛋，泰腾？为什么你不去干你的工作？"

"我在享受一点假期。就放了几天假，而且整个公寓房间都是我独用了。"泰腾又叹了一口气，这才想起来他大概只剩下一天的假期了。

"噢！那条鱼好吗？"马文问道，他的眼睛睁大了，"该死，我很遗憾。我被刺伤后就没有喂它，泰腾。"

"那条鱼很好——在鱼缸里游来游去。"

"噢，那就好了。"马文放心了，"那只猫呢？"

"弗雷克尔也很好。别担心。"

"啊。"有点失望的表情，"唔，没法什么都赢了。"

"它想念你呢。"

"是的，对，你真滑稽。内部调查怎么样了？你解脱了可以去让世界变得更美好吗？"

"听上去是这么回事。那个目击证人是韦尔斯母亲的一个朋友。显然，那事发生时他甚至人都不在那里呢。"

"韦尔斯是谁？"

"我击毙的那个恋童癖者。"

"那就叫他恋童癖者，泰腾。我记不清你击毙了几个疯子了。"

"只有……别管它了。"泰腾停顿了一下，"你不会介意谈谈……那天夜里的事吧？"

"我有什么好介意的？"

"警方从安德丽雅的证词和现场的证据里了解到案发的基本情况。但我想听听从你的角度看到的情况。"

"哼。是的，呃，有人敲门的声音把我惊醒了。我花了点时间才起来，那时候，安德丽雅已经在门口了。她开了门。"

"你听到他进来吗？"

"我不知道我听到的是什么，泰腾。门又关上了，有一些声音。我觉得有点不对劲。也许是她叫出声来还是什么的，我不知道。我就稍稍开了点门，就看到这个家伙推搡着安德丽雅去她的卧室。我就走上去——"

"你打算干什么呢？揍他吗？"泰腾的声音很尖刻，其实并非他的本意。

"瞧，泰腾，你想听听我的说法，还是想要教训我？我干得比那些该死的警察还要多。"

"很好。然后呢？"

"他打了我一拳。那不算重。我告诉你吧：他动作很大，但他打出的拳头就像个女孩子的一样，泰腾。"

"他打坏了你的鼻子，还刺伤了你，给你留下了脑震荡。"

"谁在讲述事情，泰腾？是我还是你？你在那里吗？如果那是你进行审讯的方式的话，这个家伙总能逃脱也就不奇怪了。"

"好吧。他打出的拳头就像个女孩子的一样。"

"那就对了。所以我就回到房间里，拿起了手枪，然后跟着他进了卧室。我朝他开了一枪，打中了他身体侧面。他转身对着我，所以我就对着窗户又开了一枪警告他。"

"你的意思是你打偏了。"

"你真是个讨厌鬼，泰腾。是的，我打偏了。一片黑暗，房间又小，我的鼻子受伤了，而且我不想伤到安德丽雅，好了吗？"

"好吧。"

"然后他就逃走了。"

泰腾俯身向前，"怎么逃的？"

"从门口逃出去的，泰腾。他经过我身边奔出去，从门口逃走了。"

"他那时看起来什么样子？"

马文想了好一会儿，"你还记得那次弗雷克尔抓伤了我脚腕，然后我就拿着一个油煎锅追它，那是什么时候？"

"还砸坏了我的电视机。是的，马文，我还大致记得那个精彩的一天呢。"

"我把它逼到了浴室里。那只猫脸上的表情——就是那家伙看上去的模样。"

"像一只陷入困境的动物。"泰腾说。

"对了。"马文显得满意了，"也许我该拿个油煎锅去追他，不是拿把枪。"

第九十二章

2016 年 9 月 20 日，星期二，弗吉尼亚州戴尔市

佐伊努力保持着做姐姐的那副又赞成又爱怜的面容，直到安德丽雅钻进了优步出租车，载她去机场。随后她就一下子瘫倒了好一会儿。恐惧潜伏着，等待着她，它几乎就像一个真正的阴影，潜伏在门厅角落里，或者没开灯的房间里，甚至就在关闭着的门外。

她打开了公寓房里所有的窗户。在房间里来来回回地走了很长时间。播放着音乐，提高了音量，让声音充斥在每个空房间里。

过了一会儿，她设法迫使自己工作。她阅读了审讯克莱德·普雷斯科特的记录，有点失望她没有亲自去和他谈谈。为什么她不去？她曾对杰弗里·阿尔斯通这么做了。她之前曾审讯过好几个连环杀手。但这次她没能让自己去面对普雷斯科特。

她读了他部分的自传。尽管泰腾装模作样了一番，把自传从笔记本电脑里删除了，但他已经确保事先保存了一份。同样没法说的是，那些打印好带有笔记的草稿他倒是真的放进碎纸机去了。她真希望她能看到这些有普雷斯科特手写笔记的纸张。

这几乎很有效用。她以此设法度过了长长的一段时间——15小时20分钟——都在工作，写着笔记，充实罪犯行为特征分析。她知道将来某一天这也许会对另一个罪犯行为特征分析员是个珍贵的参考。但是，她之后又意识到自己凝视着空间，身体绷紧了，屏住了呼吸，因为周围的寂静既有压抑感，又耗费她的精神。

有人突然敲了一下她的门，吓得她几乎要发心脏病了。她正要冲进厨房去拿她最大的刀时，泰腾在门外说话了，"佐伊，你在吗？是我。"

她开了门，让他进来，暗自有点恨自己感到多么地宽慰了。

"你在读这东西？"他问道，注意到了桌子上的那些纸页。

"读来很吸引人，"她说道，"普雷斯科特能够表达清晰，我读了之后对他有了更多的了解了。"

"我对这个魔鬼了解得越少越好。"

"他不是……"佐伊摇摇头，后半句不说了，"我真希望你没有粉碎他那些笔记。我倒是很喜欢读读的。"她感到有点惊奇的是，她的语调里居然又是生气，又是指责。

"我太忙于救你的命了，所以没顾得上去管那种事。"

"你原本应该粉碎那些空白纸，没必要把真实的东西粉碎了。你应该先做个备份。你原本可以——"

"你在说什么啊？"泰腾眨着眼睛，显然感到困惑了，"我担心得要死……你知道我当时是怎么挺过来的吗？"

"不知道！"她叫了起来——她自己也不知道为什么，她的脑袋短路了，"但那不会比我经历过的更糟糕吧。"

她为自己的眼泪和非理性的行为感到沮丧。她不想让他看到她这个样子。

泰腾拿起了她的手，非常温柔地把她拉向自己。她就让自己被拉过去，随后她的脸颊碰触到了他的胸膛。他拥抱着她，但抱得很温柔，犹如羽毛般的轻柔，仿佛他知道她无法忍受任何东西的约束。她就闭上眼睛，听着他的心跳声。

过了一会儿，她战栗着呼出了一口气，推开了，"抱歉。"

"你没什么可抱歉的。"

"你要喝点什么吗？"

已经是下午 3 点了。她期望他拒绝。

"那很好。"他说。

她打开了橱柜，取出了一瓶泰斯卡斯凯岛威士忌酒和两只低脚杯。她倒了一点琥珀色的液体给泰腾，可给自己却倒得更多。

"这是给我的定量吗？"泰腾问道，举起了杯子对着光线。

"现在是下午 3 点左右。"佐伊指出。

"可你杯子里比我的多了足足 4 倍！"

"我受过精神创伤了。我可以被允许的。"

"唔，我一直去医院里看望马文。我也受到精神创伤了。"

佐伊给泰腾的杯子里再倒了酒。他从她手里接过杯子，和她碰了一下杯。

"为精神创伤干杯。"他说。

她哼了一声，"为精神创伤干杯。"

他们从各自的杯子啜饮了一口。她让那烟熏味在舌尖上停留片刻，然后再咽了下去，感觉到一股暖意在胸部弥漫开来。他们惬意地在沉默中喝着酒，而佐伊却感觉她的思绪愉快地飘忽着，没有特定的去向。那是真正的提神良方啊。

但她最终叹了口气，"那么，曼卡索告诉我说，你在经手格洛弗案件了。"

他看起来很吃惊，"是吗？她让我别告诉你的。"

佐伊没有回答，她的嘴唇向上一咧。过了一会儿，泰腾发出一声轻轻的诅咒。

"你在撒谎。她没告诉过你什么。"

"她没有。"佐伊从她的杯子里啜饮了一口，很得意，"但你倒是说了。我有个感觉，你会要求加入这个案子的。"

"很好，是的，我要求了。"

"他怎么溜走的，有什么想法了吗？"

"警方认为，他很可能上了屋顶。从那里他能沿着一根排水管爬下去，进入一个没有警察监控的小巷，然后逃走了。"

"听上去他就像个日本忍者。然后他大概借助某种车辆逃走了，设法避开了全城范围的搜捕。"

"那是一般的想法。"

"同时他还在大量流血呢。"她喝完她的酒。

"他们觉得马文可能糊涂了，不知道他自己被打得多重。"

"你怎么想的？"

泰腾的注视遇到了她的目光，"感觉不对。"

"让我们来看看吧，"她说。

他们一起走到她的卧室。显然，之前泰腾还从没去过她的卧室。她有点懊悔没有先整理一下就让泰腾进去了。衣物，包括内衣，扔得到处都是，桌上有 3 个喝了一半的咖啡杯子，床上和地上都是纸张。

"什么都"——她含糊地朝房间里挥了挥手——"别去管。"

"对。"他得意地笑笑。

"根据溅出的血迹和安德丽雅的证词，马文对他开枪时格洛弗就在这里。"她站在床边说。

"所以，马文站在门旁。"泰腾查看了一下，"他已经有脑震荡了，还有鼻子被打坏了。他很可能倚靠在门口，或者倚靠在墙上。"

"一枪击中了格洛弗的侧身部位。"

"格洛弗不习惯受到极度疼痛，"泰腾说道，"据我们所知，他在小孩时没挨过揍。他不打架，他不是那种能轻易地打架占上风的人。他只会欺凌弱者。"

"在芝加哥，我用刀刺伤了他，"佐伊说着，回忆起那天的遭遇，"那一刀刺得不深，但吓得他屁滚尿流。"

"所以，他现在还在疼痛中。"

"第二枪打碎了玻璃窗。马文打偏了，但也许格洛弗不是这么想的。"

"他看到了直接的威胁，马文拿枪对准了他。而他知道开枪非常可能惊动了警察。"佐伊咬了一下嘴唇，"他就想逃离。"

"玻璃窗打碎了，玻璃碎片到处都是，他不想轻视马文。"泰腾的眼睛似乎看得很远，仿佛他正在看当时发生的事。佐伊了解这种表情。安德丽雅有时告诉她说，她看起来就是这种样子的。

"所以，他就冲向门口了。"

"对。"泰腾转向了门口，准备离开了。

"泰腾。"佐伊脱口叫道。她自己也不知道为什么要叫住他。

"什么？"他看着她，有点困惑不解。

"没什么。我们去前门吧。"

她跟着他出了卧室。他们打开了前门，看着走廊。有一扇门通向楼梯、电梯，还有几扇其他公寓房间的门。

"他从哪里逃走的？"

"他吓坏了，"泰腾说道，"而且受伤了。"

"而且他还知道警察就在外面，"佐伊补充说，"我们知道这一点，因为他自己就穿着警服。"

"他是怎样穿着警服走进大楼的？"泰腾问道。

"他究竟是怎么走进大楼的？只是在事后——警察才会警惕任何进

出大楼的人。"

　　佐伊习惯于独自思考。即使她之前和泰腾一起工作时，她也只是把他当作某个可以验证她推论的人。但是，此刻似乎有什么东西咔嗒的一声，于是他们就同步了。他们两人心往一处想了，就像是钟表机械里的各种齿轮一样协调。她仿佛看到了这个人坐在克莱德·普雷斯科特对面，有条不紊地就像砸核桃似的砸开了杀手的嘴。

　　"我们知道他在几星期前就到了戴尔市。"泰腾说。

　　"一旦我离开了，他就不知从哪里冒出来了。"

　　"安德丽雅告诉警方，他似乎对公寓楼的结构很了解，"泰腾说道，"他们认为他很可能之前就已经闯进来查看过了。"

　　"也许他不必那样做。"佐伊有点厌恶，"这里的公寓楼结构布局都是相同的。"

　　"他一直在等待机会。"泰腾看了一下四周，"那是他的作案手法，对吗？他等待着他的猎物。他会选择一个合适的地点，就等待着。"

　　佐伊点点头，"他选择一个完美的地点。等待某个姑娘单独经过。"

第九十三章

　　佐伊和泰腾花费了 7 分钟才说服佐伊所住公寓楼的管理员。他是个坏脾气老头儿，开始的态度就是除非他们有许可证，否则他不会对他们说一个字的。但他们采用了同样的配合手段，佐伊对此觉得既兴奋又困惑。她扮演着受害人，在这楼里的房间被人闯入，而泰腾则以强势的联邦调查局特工的身份出现。

　　7 分钟之后，管理员倒真是愿意把他的初生孩子交给他们了，如果他们要的话。但他们不会要的。他们所想要得到的是所有新近入住者的名字和详情。

　　管理员不太善于描述那些人，但没关系，因为有个新近入住者是个中年男子，他独居，名字是丹尼尔·穆尔。

　　他不愿意给他们钥匙，但坚持要和他们一起去，个中缘由连佐伊也吃不透。也许是出于某种古老的管理员荣誉守则吧，她既不了解也不在乎。但他确实为他们打开了房门。

　　房间里的苍蝇和气味很容易表明至少有好几天无人在此居住了。

　　厨房水槽里扔了一大堆吃了一半的外卖食物盒子，都是来自街角同一个泰国餐馆的。这些东西把整个房间熏得臭气冲天，而管理员则在咕哝着虫子太多了，说要清账，打官司什么的。

佐伊没理他。她大步走进了卧室，泰腾紧随其后。

溅落于地上和床单上的血迹已经干涸。这就是格洛弗的逃亡藏身之处。就如任何受伤的动物一样，他曾躲在窝里，舔舐着伤口。

他是匆忙出走的。房间里散乱着各种纸张，还有一些衣物。佐伊皱起了眉头，试图想明白个中缘由。他在此已经很安全了，然后又出逃了……这是为什么？

"有什么事让他受到惊吓了。"泰腾在她背后说。

"在他袭击了安德丽雅后，警方挨家挨户地进行了调查，"佐伊说道，"警察找住户谈话，询问他们是否听到过什么。"

"他们敲了公寓的门。"

"可能高叫着是'警察'。"她想象着他藏匿于此，蜷缩在角落里，设法无声无息。这给了她一点小小的满足，知道他受了伤，惊恐万分。

"他等待着警方的离开，然后携带着他需要的东西，逃跑了。"泰腾检查了床头柜上的一张纸，"丹尼尔·穆尔的电话账单。他伪造了整个身份。"

"身份窃贼，很有可能，"佐伊说道，"警方通缉他多年了。他设法躲避在警方的搜索范围之外。"

"看看这个。"泰腾递给她一样东西，"一张医院账单。"

一时间，佐伊所想到的是格洛弗居然胆大到敢去医院治疗枪伤。但并非如此。这张账单日期是3个星期之前，是做核磁共振的账单。

她在地上找到了一些结果，皱成一团了。她展开后反复阅读了这些纸张，两眼睁大了。

"是什么？"泰腾问道。

"怀疑有脑部恶性肿瘤，"她说道，"我想他可能快要死了。"最后一块拼图合上了。这就是他没等到警方降低警戒就潜逃的原因了。他没时间了。

"不会发生在善良人的身上的。"泰腾带着冷冷的满足感说道。

佐伊没有回答。她凭直觉感到了一丝恐惧。

一只受伤的动物躲在窝里，舔舐着伤口。

一只垂死的动物没什么可丧失了。这就使它变得难以琢磨——并且危险万分。

第九十四章

他们坐在伍德布里奇的一家酒吧里，因为佐伊还不想回公寓房。泰腾自他们落座后一直喝着同样品脱量的蓝月亮啤酒。佐伊已经在喝第二个一品脱的吉尼斯黑啤酒了，并且杯子里只剩下了一半。长久以来，她第一次喝醉了。通常，稍有点失控便会让她烦躁不安。可在眼下，她沉醉于用酒精去模糊现实中尖锐棱角的方式。

"你知道什么是好东西吗？"她问道。

"什么东西？"泰腾问道。

"啤酒。"

他抬起了眉毛，"你大概已经喝够了那种好啤酒了。"

"你不是我的母亲。"她慢吞吞地说了句。

"谢天谢地。"

"我母亲让人难以忍受。我真不明白安德丽雅为什么要去和她一起住。"

泰腾叹了口气，"她大概还没那么糟糕吧。"

佐伊没再为此争辩，"泰腾，你还知道那个夜晚吗？"

"哪个夜晚？"

"就是那天夜里我说也许你击中了那个家伙，因为你认为他活该。"

"是的。"他从酒杯里长长地喝了一口。

佐伊很肯定她该道歉，尽管她突然又不肯定起初是什么事引发了争辩。她依然觉得自己可能是对的，虽然眼下最好还是不说为妙。"我真蠢，"她最终主动说了句。这可不是她经常说的话——或者说，事实上从未这么说过。但似乎是个安全的做法。

"哦，谢谢你这么说。"他朝她感激地笑笑。

她不知道自己是如何在那个令人苦恼的事情中走过去的。这就像是她蒙上眼睛，在一片雷区里狂奔，纯粹靠运气才避免了踩到地雷。

"我也想谢谢你救了安德丽雅。"

"我没救过安德丽雅，"他说，颇感吃惊。

"不，你救了她。你让你祖父去寻找她，就是他击中了格洛弗，救了安德丽雅。所以，我感谢你救了安德丽雅的命。或者说，她感谢你救了她。或者说，我们也许可以分割一下。分担账单吧。"她打着嗝笑道，"我们每人都救了安德丽雅一部分的命。"

"好吧，你确实是喝多了。回家吧。"他跳下了酒吧高脚凳。

"等等。"她一把抓住了他的手腕，"还没喝完呢。"

他叹了口气，再次坐上去，"明天你会有糟糕的宿醉。"

"我不会有宿醉的。"

"你会惊讶不已的。"

"我觉得我不会轻易脱水的。"

背景歌曲换成了辛迪·劳帕唱的《女孩儿们只想找点儿乐趣》。

"噢，我喜欢这首歌。"佐伊说。

"你会的。"

"你这是什么意思？"

"没什么。"泰腾得意地笑笑。

他们默不作声地坐了一会儿，听着歌曲。

"我需要找到罗德·格洛弗，"佐伊说道，这些话让她稍感清醒了，"我知道这么说听起来我有点偏执了，但是——"

"你说得对。"

"什么？"

"你说得对。你需要找到他。我会帮你的。"

"那么，好啊。"她感到了某种奇怪的飘飘然感觉，这倒与她血液里的酒精无关，"谢谢啦。"

"不客气。"泰腾边说着，边使劲从她手里拿过酒杯，里面还有半杯呢，"我的搭档。"

她想设法显得认真一点，他们可是在谈论一件重要事情呢。但那种温暖的感觉沉淀在她的心里，而背后歌里的那些姑娘们只想找点乐趣。她脸上悄然浮现了笑容，持续着。在这些日子里，她第一次几乎有了安全感。

鸣谢

本书如无我妻子利奥拉（Liora）的支持，就无法问世。任何时候我有需要之时，她总会和我一起进行头脑风暴，阅读并编辑我的作品，给予我无穷的支持。尽管她时常要求我写写花卉虫草，蝴蝶流萤，但她却又总是对我写谋杀者和心理病态者给予帮助。总有一天，我会为她写一本有关花卉虫草，蝴蝶流萤的惊险小说。

克莉丝汀·曼卡索（Christine Mancuso）教会了现在我所知的许多写作知识，阅读了本书的第一稿。她给我提供了许多手记，帮我发展了朱丽叶·比奇这个人物，还有佐伊和约瑟夫之间的相互交流情节，以及更多的其他描述。

杰西卡·特里布尔（Jessica Tribble）是我的编辑，给我提供了编辑手记，令人惊讶地有益。在她的帮助下，我剪辑了绝对需要剪辑的部分，修改了谜案，使之更有效果，并且，完全重写了本书的开头部分，使之更为引人入胜。

布莱恩·奎特慕斯（Bryon Quertermous）承担了本书的策划编辑工作。他修改了显著的节奏问题，帮助调整了对话部分，使之更为出彩，并且协助删除了两个并非必要的薄弱章节。

　　斯蒂芬妮·周（Stephanie Chou）为本书做了最终的编辑，修饰了我原本笨拙过时的语法现象，纠正了我无数的拼写错误，并且提出一些暗藏的错误，其中包括某次太阳西下的过程持续过长的错误。

　　萨拉·赫什曼（Sarah Hershman），我的代理人。她对本书抱有信心，帮助本系列小说获得出版，并且获得了尽可能多的成功。

　　感谢作家之角里我所有的作家朋友。他们给予我支持和帮助，当这个系列小说首次问世时，为我喝彩鼓励。我找不到比他们更好的朋友了。感谢我的父母。在我如同坐过山车般变幻莫测的"成为作家"的过程中，他们给予我所需的所有支持。